metro

Mitra Devi
Der Blutsfeind
Ein Fall für Nora Tabani



*metro* wurde
begründet von
Thomas Wörtche

## Zu diesem Buch

Zwei Maskierte stürmen die Zurich Credit Bank. Privatdetektivin Nora Tabani, die in der Schalterhalle auf einen Auftraggeber wartet, wird als Geisel genommen. Die Räuber zwingen sie zusammen mit Angestellten und Kunden in den Tresorraum. Zufall? Oder hat jemand Nora Tabani in eine Falle gelockt? Einer der Täter kennt sie. Doch warum hasst er sie so sehr?

Der Plan der Täter geht schief, der erste Mord geschieht, die Lage eskaliert. Und Nora, in Gefangenschaft zur Untätigkeit verdammt, sieht sich mit den Schatten ihrer Vergangenheit konfrontiert.

»Mitra Devi ist eine Kriminalautorin, die es versteht, Spannung aufzubauen, auf die Folter zu spannen und das Publikum mit überraschenden Wendungen zum Schmunzeln zu bringen. Ihre Geschichten leben von charmanten Verbrechern, von einer feinen Ironie und der Gesellschaftskritik, die Täter zu Opfern werden lässt und umgekehrt.«
*Anzeiger Affoltern*

»Gute Krimiautoren sind fantasievoll wie Kunstmaler und akribisch wie Detektive. Mitra Devi vereint diese beiden Eigenschaften.«
*Zürichsee-Zeitung*

## Die Autorin

Mitra Devi, geboren 1963, wuchs in Zürich auf und arbeitet als freie Künstlerin und Journalistin. 2001 erschienen ihre ersten Kurzgeschichten. Inzwischen ist sie Autorin zahlreicher Romane. Für *Der Blutsfeind* erhielt sie 2012 den Zürcher Krimipreis.

Im Unionsverlag sind außerdem lieferbar: *Filmriss; Seelensplitter* und *Das Kainszeichen.*

Mehr über Buch und Autorin im Anhang
und auf *www.unionsverlag.com*

# Mitra Devi

# Der Blutsfeind

## Ein Fall für Nora Tabani

Kriminalroman

Unionsverlag

Die Originalausgabe erschien 2012
im Appenzeller Verlag.

Die Autorin dankt der Schweizer Kulturstiftung Pro Helvetia
für die Förderung ihrer Arbeit an diesem Buch.

*Im Internet*
Aktuelle Informationen, Dokumente, Materialien
zu Mitra Devi und diesem Buch
*www.unionsverlag.com*

Unionsverlag Taschenbuch 716
Mit freundlicher Genehmigung des Appenzeller Verlags

Rieterstrasse 18, CH-8027 Zürich
Telefon +41 44 283 20 00, Fax +41 44 283 20 01
mail@unionsverlag.ch

Reihengestaltung: Heinz Unternährer
Umschlaggestaltung: Martina Heuer, Zürich
Umschlagbild: Diego Vito Cervo
Druck und Bindung: CPI – Clausen & Bosse, Leck
ISBN 978-3-293-20716-5

# 07:00

Als der Wecker schrillte, griff Parker nach seiner Pistole.

Der durchdringende Ton bohrte sich in seine Ohren und machte ihn schlagartig wach. Er setzte sich auf, schwang seine Füße aus dem Bett und klatschte sie aufs Parkett.

Er starrte auf die Taurus in seiner Faust. Es war das PT908-Modell. 9 Millimeter Para-Kaliber, schwarz und schwer. Nick, der Typ, von dem er die Knarre hatte, hatte seine Ex damit umlegen wollen, eine Irre, die ihn mit ihrer Eifersucht in den Wahnsinn getrieben habe, wie er sagte. Nick hatte ihr in den Kopf geschossen. Sie hatte überlebt und vegetierte in einem Heim vor sich hin, während er mehrere Jahre wegen versuchten Mordes gesessen hatte. Die Waffe sei verflucht, behauptete Nick. Parker hatte sie fast umsonst gekriegt. Er glaubte nicht an verfluchte Waffen. Auch nicht ans Schicksal oder an Gerechtigkeit. Das ganze Leben war nichts als absolute Willkür. Bis jetzt hatte er, verdammt nochmal, mehr als genug Pech gehabt. Irgendwann musste sich das Ganze zum Besseren wenden.

Nein, nicht irgendwann. Heute.

Er drückte den Sicherungshebel der Taurus nach unten und löste das Magazin aus dem Schaft. Es glitt in seine Hand. Er drehte es, nahm den metallischen Geruch wahr, fühlte die Macht, die die Waffe ihm gab. Neun Kugeln. Neunmal die Möglichkeit, jemanden auszulöschen. Nicht, dass es bei seinem Plan darum ging, möglichst viele Leute kaltzumachen. Aber wenn er gezwungen würde zu töten, würde er es tun.

Er schob das Magazin zurück. Klickend rastete es ein. Dann zog er den Schlitten am Lauf ruckartig nach hinten. Die Pistole war schussbereit. Er drehte sich um und zielte auf den Spiegel an der Wand. Die Mündung war auf seine Stirn gerichtet.

»Peng«, sagte er.

Er betrachtete sich selbst, den athletischen Mann Mitte dreißig in glänzenden Boxershorts. Drei Narben zeichneten seinen Körper. Die hässlichste, ein dunkelroter Wulst, der sich über die rechte Schulter zog, stammte vom Feuerhaken seines Vaters, mit dem dieser ihn traktiert hatte. Die zweite Narbe – quer über dem Fuß – war das Überbleibsel einer Verletzung, die Parker sich beim Fluchtversuch aus der mexikanischen Strafanstalt »San Miguel José Cristóbal de Alcázar« zugezogen hatte. Die dritte hatte er sich selbst zugefügt. Die feine Linie, die vom Handgelenk bis fast zur Armbeuge reichte, war kaum mehr zu sehen. Gillette extra sharp – fuhr durch Fleisch wie durch Butter. Parker war in letzter Minute gefunden und der klaffende Schnitt mit zwanzig Stichen genäht worden.

Noch immer richtete er die Waffe auf sein Spiegelbild. Auf seiner Brust glänzte ein Schweißfilm. Bizeps und Trizeps zeichneten sich deutlich ab. Kein Fett, alles Muskeln, durch jahrelanges Training aufgebaut. Parker fixierte seine dunklen, dichten Haare, die braunen Augen, blieb an den zusammengekniffenen Brauen hängen, die ihm ein diabolisches Aussehen hätten verleihen sollen.

Taten sie aber nicht.

Andere konnte Parker täuschen, sich selbst nicht. Andere sahen Gefahr und Grausamkeit in seinem Blick. Parker sah Schmerz. Sah Tausende von Erniedrigungen, die ihre Spuren hinterlassen hatten. Und hasste sich dafür.

Er ließ den Arm sinken, sicherte die Waffe und legte sie auf die Matratze. Erst dann stellte er den Wecker ab.

## 07:51

Vorsichtig hielt Nora Tabani die Heuschrecke zwischen Zeigefinger und Daumen, um sie nicht zu verletzen. Was unsinnig war. In wenigen Sekunden wäre das Insekt in einem gierigen Rachen verschwunden. Es zappelte mit seinen giftgrünen Beinchen und hatte hoffentlich keine Ahnung, was auf es zukam. Hätte Nora einen Hund oder eine Katze besessen, hätte sie mit gutem Gewissen eine Futterdose öffnen können, und der Inhalt wäre tot gewesen. Doch sie nannte ein verwöhntes Chamäleon ihr Eigen, das seit neuestem darauf bestand, seine Nahrung lebendig zu verspeisen. Zuerst hatte sie auf seine Macke nicht eingehen wollen, doch dann war ihr nichts anderes übriggeblieben, als nachzugeben, denn Gregor hatte angefangen zu kränkeln.

Das schillernde Reptil hob den Blick, als sie den Terrariumdeckel zur Seite schob. Sie setzte die Heuschrecke auf ein Rindenstück neben dem Wassertrog.

»Hier, mein Kleiner«, gurrte Nora, »dein Frühstück.«

Dass sie für ihn je etwas anderes sein würde als eine Fütterungsmaschine, glaubte sie nicht mehr. Sie hatte alles versucht. Leises Zureden, exotische Delikatessen, eine wärmere Temperatur. Einmal hatte sie sogar homöopathische Globuli, welche die Kommunikation zwischen Tier und Mensch fördern sollten, unter sein Fressen gemischt – es hatte nichts genützt. Ihr Chamäleon war und blieb verstockt.

In Sekundenschnelle schoss Gregors imposante Zunge aus seinem Maul und heftete sich an das Insekt. Dann zog er die Beute in seinen Schlund und sah Nora auffordernd an. Nora wiederholte die Prozedur mit drei weiteren armen Kreaturen, die sich Gregor ohne Anzeichen schlechten Gewissens einverleibte. Als er merkte, dass nichts mehr folgte, kletterte er auf seinen Lieblingsast und kehrte ihr das Hinterteil zu.

»Bitte, gern geschehen«, sagte Nora.

Gregor enthielt sich einer Antwort, rollte seinen Schwanz ein und verfärbte sich blau.

Nora schloss das Terrarium.

Sie sah zum Bistrotischchen in ihrer Küche hinüber, wo neben einer angebissenen Tafel Schokolade und dem aufgeschlagenen »Züritipp« das Couvert lag, das sie gestern erhalten hatte. Es war nicht per Post gekommen, jemand hatte es in den Briefkasten gelegt. Ohne Marke, ohne Absender. Auf einer weißen Karte stand die Nachricht: »Ich möchte Sie engagieren. Treffen Sie mich morgen um 9 Uhr beim Hauptsitz der Zurich Credit Bank.«

Es kam immer wieder vor, dass sich ein potenzieller Klient nicht persönlich zu Nora traute und sich stattdessen anonym meldete. Entweder war die Sache so delikat, dass er nicht im Büro einer Privatdetektivin gesehen werden wollte, oder es war ihm wichtig, dass das Ganze von Anfang an nach seinen Regeln lief. Nora hatte nichts dagegen.

Sie arbeitete momentan an zwei kleineren Fällen, die nicht viel Zeit in Anspruch nahmen, und konnte einen neuen Auftrag gut gebrauchen. Vor allem die damit verbundenen Einnahmen. Nicht, dass sie am Hungertuch nagte, aber um ihre Finanzen war es nicht gerade rosig bestellt.

Der Hausbesitzer hatte die Miete von einem Tag auf den andern um 200 Franken erhöht und rechtfertigte dies mit irgendwelchen Reparaturarbeiten im Keller, von denen Nora nie etwas gesehen hatte. Sie hatte sich beim Mieterschutzverband beraten lassen und erfahren, dass sie gegen die Erhöhung vorgehen könnte. Doch auf einen monatelangen Streit hatte sie keine Lust, darum ließ sie es bleiben. Zudem war es nur noch eine Frage der Zeit, bis allen Hausbewohnern gekündigt und auch dieses Gebäude, wie so viele andere im Zürcher Seefeldquartier, ausgehöhlt, renoviert und für den doppelten Betrag ausgeschrieben würde. Kürzlich hatten zwei Männer mit Messgeräten beim Eingang herumgestanden und danach

Fotos von der Fassade gemacht. Nora hatte die Satzfetzen »dringend nötig« und »Bruchbude aufwerten« aufgeschnappt. An die statistisch verschwindend kleine Wahrscheinlichkeit, in Zürich eine zahlbare Wohnung zu finden, durfte Nora gar nicht denken. Geschweige denn an den Umzugsstress.

»Das wird für dich auch schwierig werden«, sagte sie zu ihrem Chamäleon. »Ein neues Heim, eine andere Aussicht und fremde Gerüche.«

Gregor umklammerte mit seinen Krallen einen dünnen Ast und richtete den Blick auf einen Punkt in der Ferne.

Nora zog ihre Lederjacke an, steckte das Handy ein und stieg von ihrem Mansardenzimmer zum Büro hinunter. Sie würde sich in einer halben Stunde zur Bank aufmachen und war gespannt, wer dort auf sie wartete. Als geborener Morgenmuffel war sie trotz der zwei Tassen Kaffee, die sie intus hatte, müde, doch die Aussicht auf einen neuen Fall belebte sie.

Im Treppenhaus roch es nach Nikotin, Haarspray und Färbemitteln. Gaby, die Coiffeuse vom Untergeschoss, lüftete ihren Salon wieder mal nicht übers offene Fenster, sondern ins Innere des Hauses. Der beissende Mief zog wie in einem Kamin die Stockwerke hoch. Die Friseurin und ihre Kundinnen rauchten Kette. Das hatte vor einer Weile zu beträchtlichen Unstimmigkeiten im Haus geführt. Um diese zu klären, hatte Nora sich geopfert und sich von Gaby die Haare wasserstoffblond färben lassen. Sie hatte geglaubt, beim gemütlichen Zusammensein mit ihr ins Gespräch zu kommen und die Wogen zu glätten.

Doch weder war es gemütlich gewesen, noch hatte sich irgendwas geglättet. Außer ihrem Portemonnaie. Eisiges Schweigen hatte geherrscht, während sich das aggressive Bleichmittel unter der Wärmehaube in Noras Kopfhaut gefressen hatte. Das war über ein Jahr her, inzwischen waren ihre Haare wieder dunkel nachgewachsen, sie trug sie kurzgeschnitten mit widerspenstigen Strähnchen, die überall abstanden.

Sie kam im ersten Stock an und trat ins Detektivbüro, das aus drei Räumen bestand, wenn man den Eingangsbereich als Zimmer zählte. Zwei knallrote Sessel standen darin, auf denen die Klienten Platz nehmen konnten. Was bisher noch niemand getan hatte. Irgendetwas stimmte wohl mit der Farbintensität nicht. Im Brockenhaus »Tigel« gleich um die Ecke, in dem sie die Sessel gekauft hatte, hatten diese in dezentem Bordeaux überzeugt. Kaum im Büro aufgestellt, leuchteten sie aus unerfindlichen Gründen wie Feuerwehrautos.

Angrenzend lagen Noras Arbeitsraum mit dem überquellenden Schreibtisch, hell, groß, mit Blick zur Seefeldstraße, und das kleine Eckbüro ihres Partners Jan Berger.

Um diese Zeit erwartete Nora, die Detektei leer vorzufinden. Doch Jan saß am Computer und schaute erstaunt hoch. »Nanu? Was sind denn das für neue Sitten, Chef? Leidest du an Schlaflosigkeit?«

Nora lehnte sich an den Türrahmen. »Bist du immer so früh im Stollen?«

»Seit du mich eingestellt hast, mit wenigen Ausnahmen«, antwortete er mit unüberhörbarer Genugtuung in der Stimme. Erfreut fuhr er fort: »Weißt du, was für ein Tag heute ist?«

Nora gähnte ausgiebig. »Keine Ahnung.«

»Wir feiern ein rundes Jubiläum.«

»Ein rundes – tatsächlich? Ich dachte, wir arbeiten etwa anderthalb Jahre zusammen.«

»Es sind haargenau 541 Tage!« Seine Augen leuchteten. Als sie nicht reagierte, meinte er: »Klingelt bei dir nichts?«

Sie schüttelte begriffsstutzig den Kopf. »Was soll daran rund sein?«

»Chef! 541 ist eine Primzahl! Und zwar die Hundertste. Wenn das nicht was Besonderes ist! Ich finde, das sollten wir festlich begehen, was meinst du?«

Nora lachte ungläubig. »Ehrlich, Jan, manchmal kommst du mir vor wie ein Alien.«

»Wieso? Erkennst du denn die Schönheit von Primzahlen nicht?«

Sie setzte sich an ihr Pult und betrachtete das Durcheinander: »Ich erkenne die Schönheit von Kaffee an einem frühen Morgen.«

»Okay, ich hab den Wink verstanden.« Jan stand auf, ging in die Büroküche und kam bald darauf mit einer dampfenden Kanne zurück.

Nora rümpfte die Nase. »Das ist kein Kaffee.«

»Das ist Grüntee«, gab er zurück. »Gesünder und besser fürs Oberstübchen. Außerdem hattest du schon zwei Kaffee.«

»Warum weißt du das?«

»Weil ich dich kenne.«

## 08:14

Bashkim Rahmani band seine dunkelblaue Krawatte. Vor Aufregung hatte er fast die ganze Nacht nicht geschlafen. Heute war sein erster Arbeitstag bei der Zurich Credit Bank. Die Lehrabschlussprüfung hatte er mit guten Noten bestanden. Der Personalleiter der Bankfiliale am Stadtrand hätte ihn gern behalten. Doch Bashkim hatte anderes vor. In den Ferien hatte er sich in diversen Kursen weitergebildet und schon ein Jahr vorher unzählige Bewerbungen geschrieben. Die Absagen waren stapelweise hereingeflattert. Es lag an seinem Namen, das wusste er. Kosovo-Albaner rangierten in diesem Land auf dem hintersten Platz auf der Sympathieliste. Doch Bashkim hatte nicht aufgegeben, bis man ihm diesen Superjob angeboten hatte. Er konnte es kaum fassen.

Sein Vater war vor dem Balkankrieg als einfacher Saisonnier in die Schweiz gereist, hatte auf dem Bau gearbeitet und seinen Kindern klare Richtlinien mitgegeben. »Wir sind hier nur geduldet«, hatte er oft gesagt. »Fallt nicht auf und arbeitet hart.« Die vier Geschwister hatten sich daran gehalten.

Bashkim war der Zweitgeborene. Sein älterer Bruder Florim war nach Pristina zurückgekehrt und hatte ein kleines Reisebüro eröffnet, seine jüngere Schwester Arjeta hatte es als Einzige ihrer Klasse ins Gymnasium geschafft, und der kleine Luan verblüffte seine Kindergärtnerin immer wieder mit seinem umfangreichen Wortschatz.

Bashkim zupfte sein weißes Hemd in Form, zog den dunklen Anzug an und schlüpfte in die frischgeputzten Lederschuhe. Er machte eine halbe Drehung und begutachtete die Bügelfalte seiner Hose. Er wirkte erwachsen. In den nächsten Tagen würde er sein Zimmer der neuen Situation anpassen. Das »Pirates of the Caribbean«-Poster kam in den Abfall, ebenso der Setzkasten mit den bunten Traktoren drin, die er seit seiner Kindheit angehäuft hatte. Dafür war er inzwischen zu alt. Die Dübellöcher des Sammelgestells würde er zuspachteln, vielleicht sogar die Wände frisch streichen. Von seinem ersten Lohn wollte er sich ein Bild kaufen. Eine Schwarz-Weiß-Fotografie, die er einmal in einer Ausstellung gesehen hatte. Sie zeigte einen Kran, der hoch über die Häuser von New York ragte, und ein Dutzend Arbeiter, die darauf saßen und in schwindelerregender Höhe zu Mittag aßen. Das Bild war ziemlich berühmt, das wusste er. Er wollte in eine Galerie gehen und es professionell rahmen lassen, damit es richtig zur Geltung käme.

Bashkim riss sich aus den Gedanken. Er musste präsent sein für das, was ihn heute erwartete. Vater war bereits bei der Arbeit, seine Schwester in der Schule, und der Kleine schlief noch. Mutter stand in der Küche und bereitete sein Frühstück vor. Der Duft von gebratenem Teig stieg ihm in die Nase.

In einer Dreiviertelstunde würde er den Dienst am Bankschalter antreten. Er hätte nicht nur hinter den Kulissen mit Zahlen, Renditen und Zinssätzen zu tun, sondern würde an der Front Kunden begegnen. Er freute sich sehr darauf. Kommunikation und Beratung entsprachen ihm. Immer wieder hatte er gehört, wie umgänglich und höflich er sei.

Frau Zink, die er bereits kennengelernt hatte, würde ihn langsam in sein neues Metier einarbeiten. Und er gäbe sich Mühe und stiege die Karriereleiter hoch. Irgendwann wäre er derjenige, der die Lehrabgänger einarbeitete. Er täte es freundlich und verständnisvoll, gäbe ihnen aber Werte wie Ordnung und Disziplin weiter, die ihm vermittelt worden waren. Und irgendwann wären die Sprüche, die er während seiner Kindheit hatte ertragen müssen, von denen »Scheiß-Albaner« noch der Harmloseste war, von seiner Seele getilgt.

»Essen, Bashkim!«, rief seine Mutter aus der Küche.

»Ich komme, Mam.«

Er war fertig mit seiner Garderobe, sah aus wie aus dem Ei gepellt, wie jemand, den man ernst nehmen musste. Er trat in die Küche und setzte sich an den Tisch. Seine Mutter war dabei, die Petla im heißen Öl zu braten. Sie dufteten unwiderstehlich. Als sie auf beiden Seiten goldgelb waren, schaufelte sie die Rauten aus Teig mit einer Holzkelle aus der Pfanne und legte sie auf seinen Teller. Sie gab Fetakäse, in Streifen geschnittene Peperoni, Tomatenschnitze und Gurkenscheiben dazu.

»Ju bëftë mirë!«, sagte sie.

Bashkim wünschte ihr auch einen guten Appetit wie jeden Morgen, obwohl sie nie frühstückte. Er nahm ihre Befangenheit wahr. Ob er ihr in seinem Anzug fremd vorkam? Daran würde sie sich gewöhnen müssen.

Eigentlich hatte er geglaubt, vor lauter Nervosität keinen Bissen runterzukriegen, doch plötzlich merkte er, dass er einen Mordshunger hatte. Er verschlang die heißen Petla und trank zwei Tassen Tee dazu. Als sein Teller leer war, wischte er sich mit der Serviette die Ölreste vom Mund und stand auf. Er trug das Geschirr zum Waschbecken, spülte es ab und stellte es auf das Abtropfgitter. Seine Mutter beobachtete ihn, das spürte er. Verstohlen wischte sie sich eine Träne aus den Augen. Bashkim versuchte, cool zu bleiben.

Plötzlich umarmte sie ihn ungestüm. Ein paar Sekunden ließ er es geschehen, dann murmelte er: »Du kannst mich loslassen, Mam, ich gehe nicht auf eine Weltreise.«

Sie trat etwas zurück und betrachtete ihn so lange, dass es ihm unangenehm wurde. »Der Schritt, den du heute tust, ist viel bedeutender als eine Weltreise.« Sie strich ihm über den Kopf.

»Mam, ich bin kein kleines Kind mehr!«

Sie lächelte und gab ihm einen Klaps. »Geh jetzt, damit du beizeiten in der Bank bist.«

»Es ist noch viel zu früh.«

»Besser zu früh als zu spät.«

Auch so eine Sache. Das mit der Pünktlichkeit. Bashkim kannte keinen Schweizer, der es in dieser Hinsicht mit der Familie Rahmani aufnehmen konnte. Sein Freund Shaban spottete oft, die Rahmanis hätten die Grenze der Überanpassung längst überschritten und bewegten sich gefährlich in Richtung Spießigkeit. Doch Bashkim war das egal. Er hatte einen Job, und was für einen! Während Shaban für ein Taschengeld bei seinem Onkel in der Werkstatt aushalf und es wohl nie weiterbringen würde.

Bashkim Rahmani verließ das Haus, den Blick seiner Mutter im Rücken, und sein Puls ging schneller als sonst. Vor Aufregung, vor Vorfreude, vor Stolz.

## 08:29

»Hoppla«, entfuhr es Greta Hollenstein, als sie auf dem Kopfsteinpflaster ausrutschte und um ein Haar stürzte. Im letzten Moment konnte sie das Gleichgewicht wieder finden.

»Glück gehabt, meine Liebe«, murmelte sie.

Greta sprach ausgesprochen gern mit sich selbst. Es gab ihr das Gefühl, nicht allein zu sein, die eigene Stimme beruhigte sie und klang wohl in ihren Ohren.

Wacker schritt sie über den Lindenhof und die Strehlgasse hinunter. Es war bedeckt, der Wind trieb die Wolken von Westen her über die Stadt. Zwei Kirchturmuhren schlugen kurz hintereinander halb neun. Heute hatte ihre Schwester Mathilda Geburtstag. Greta hatte sich mit ihr zum Abendessen verabredet und wollte vorher noch einige Besorgungen in der Stadt machen und ein Geschenk für sie kaufen. Als begeisterte Donna-Leon-Leserin würde sich die Schwester über den neuen Venedig-Krimi freuen. Mathilda hatte ihre Flitterwochen in der Lagunenstadt verbracht und schwärmte immer noch – zwanzig Jahre, nachdem ihr Mann gestorben war – von den Gassen, Kanälen und den charmanten italienischen Gondolieri. Greta hatte Venedig nie gesehen und konnte mit den Krimis von Donna Leon nichts anfangen, sie las mit Vergnügen die nordischen Autoren. Die beiden Schwestern teilten nicht nur die Vorliebe für spannende Bücher, sondern vieles mehr. Sie hatten sich stets stark miteinander verbunden gefühlt und sich kaum je gestritten. Mathilda hatte akzeptiert, dass Greta die Ältere war und das Recht hatte, ihr hin und wieder etwas vorzuschreiben, und Greta hatte ihre Verantwortung ernst genommen und dafür gesorgt, dass Mathilda nach dem frühen Tod der Mutter eine Lehre als Schneiderin machen konnte.

Bei einem guten Glas Wein konnten sie immer noch über das Leben philosophieren wie in früheren Jahren. Greta hatte nie geheiratet und diese Tatsache kein einziges Mal bereut. Unabhängigkeit war ihr wichtiger gewesen. Als sie jung gewesen war, hatten die Mädchen ihre Freiheit oft zugunsten der Ehe aufgegeben und ein Leben geführt, das weit unter ihren Möglichkeiten lag. Greta war Lehrerin geworden. Bis zu ihrer Pensionierung hatte sie im Schulhaus »Waidhalde« die Oberstufe unterrichtet. Das war nun auch schon mehr als fünfzehn Jahre her. Heute wurde Mathilda achtundsiebzig, und sie, Greta, feierte in zwei Monaten ihren achtzigsten Geburtstag.

Sie war noch immer gut zu Fuß und machte jeden Tag einen stündigen Spaziergang dem See entlang. Auch bei Regen. Dann hüllte sie sich jeweils in ihre Allwetterjacke »South Pole Extra Condition«, die sie ein Vermögen gekostet hatte, und die, wie ihr der Verkäufer eifrig versichert hatte, auch für antarktische Temperaturen geeignet war. Doch heute regnete es nicht. Greta hatte ihre weinrote Jacke angezogen und ein lila Halstuch dazu gewählt. Ihre grauen Haare waren noch immer dicht, und die dünne, goldumrandete Brille passte gut dazu.

Greta kam zur St. Peterhofstatt, wo auf der grünen Holzbank, die rings um den dickstämmigen Laubbaum verlief, ein Obdachloser übernachtete.

»Nanu«, sagte sie.

Er schlief, sich der Form der Bank anpassend, auf ausgebreiteten Zeitungen. Neben ihm befand sich ein braungraues Stoffbündel, das wohl seine Habseligkeiten enthielt. Sein Brustkorb, auf dem der verfilzte Bart lag, hob und senkte sich regelmäßig. Greta empfand Mitleid mit ihm. Ende September konnte es um die Mittagszeit noch recht warm werden, aber nachts fielen die Temperaturen in den einstelligen Bereich.

»Dich habe ich hier noch nie gesehen«, flüsterte sie. »Das ist kein typischer Platz für Clochards.«

Sie blieb einen Moment stehen, dann ging sie zu dem Schlafenden hin. Als sie neben ihm stand und sein leises Schnarchen hörte, merkte sie, dass er streng roch. Nach Bier, Knoblauch und ungewaschenen Kleidern.

»Viel Speck hast du nicht auf den Rippen«, überlegte sie laut.

Sie öffnete ihre Handtasche, nahm ein Fünffrankenstück hervor und legte es neben den Mann.

»Aber nicht für Alkohol.«

Greta Hollenstein ging die Schlüsselgasse hinunter. Sie hatte vor, Mathilda zum Essen in die »Kronenhalle« einzuladen. Dazu musste sie noch zur Zurich Credit Bank, um etwas Geld abzuheben.

## 08:42

Parker faltete den Plan zusammen und steckte ihn in die hintere Hosentasche. Er hatte ihn seit Wochen studiert. Er kannte die Haupthalle der Bank in- und auswendig. Die Anzahl Schalter und Besprechungsnischen für die großen Transaktionen. Die Standorte der Überwachungskameras und der unsichtbaren Alarmauslöser. Er war vertraut mit der Treppe, die ins Untergeschoss zu den Safes führte, in denen die Reichen Schmuck und Gold aufbewahrten, das sie dem Steueramt verheimlichten.

Er wusste, wie viele Angestellte er im Erdgeschoss anträfe. Montagmorgen, kurz nach Türöffnung, waren es gerade mal drei. Schalter A bis C würden besetzt sein, Schalter D bis F erst zwei Stunden später geöffnet werden. Kunden hätte es um diese Zeit nicht mehr als ein halbes Dutzend, vielleicht weniger. In den oberen Stockwerken lagen die Büros, doch zu denen gelangte man nur durch die Tür im Nebengebäude. Die einzige wirkliche Schwierigkeit, auf die sie stoßen würden, war der bewaffnete Sicherheitsmann links des Eingangs. Doch

Parker und sein Kumpel Tony hatten die Situation unzählige Male durchgespielt. Sie wussten, in welcher Reihenfolge sie die Bank betreten würden, wer den Uniformierten ausschalten und wer die anderen in Schach halten würde. Montagmorgen war perfekt. Optimal für eine schnelle, unkomplizierte Aktion. Tony und er wären verschwunden, bevor die Tussi von Schalter C »Hilfe!« kreischen könnte. Er schätzte, das Ganze würde eine Sache von zwei Minuten werden.

Dennoch hatte Parker vorgesorgt. Auf Tony konnte er in dieser Beziehung nicht zählen. Der war zu einfach gestrickt, um sich einen Plan B auszudenken. »Knarre hoch, Kohle kassieren und weg!«, das war Tonys Devise.

Konnte klappen, durchaus. Doch Parker wusste, dass die Dinge oft nicht so liefen, wie man wollte. Was, wenn einer der Kunden Widerstand leistete? Wenn die Schalter-C-Zicke die Bullen rief, ohne dass sie es merkten?

Zuerst hatten sie sich die Credit Suisse oder die UBS vornehmen wollen. Da mussten Millionen in allen Währungen rumliegen. Doch die Hauptsitze am Paradeplatz waren viel zu groß und zu gut gesichert. Daraufhin hatte Tony die Zürcher Kantonalbank vorgeschlagen. Parker hatte abgewinkt. Das Haus befand sich im Umbau. Gerüste waren aufgestellt, überall standen Maschinen und lagen Werkzeuge herum, die ganze Halle war ausgehöhlt und voller Gipsstaub. Der Betrieb wurde bis zum Bauende in einem Provisorium bei der Rentenanstalt weitergeführt, das Parker noch nicht hatte auskundschaften können.

Sie hatten sich für die Zurich Credit Bank entschieden. Die ZCB, vor kurzem noch direkt am Paradeplatz gelegen, war inzwischen eine Straße weiter Richtung Limmat gezogen und befand sich nun an der Fraumünsterstraße neben der »Old Fashion«-Bar, genau gegenüber dem Hintereingang der Fraumünsterpost. Die ZCB war kleiner, überschaubarer und bot bessere Möglichkeiten abzuhauen. Ihre beiden Motorräder hatten Parker und Tony schon gestern strategisch gut plaziert. So schnell konnten die Bullen gar nicht sein, wie Parker und sein Kumpel die Kohle abtransportieren, auf ihre Kawasakis springen und davonbrausen würden.

Parker zündete sich eine Zigarette an und rauchte mit tiefen Zügen. In diesem Moment vibrierte sein Handy. Er legte die Zigarette in den Aschenbecher und sah auf die Uhr. 8.45 Uhr. Tony meldete sich auf die Sekunde genau.

»Mach mich auf den Weg«, lautete das SMS. »Bei dir alles in Ordnung, Frankenstein?«

»Alles o. k., Dracula«, schrieb Parker zurück.

Er schnürte seine schwarzen Sportschuhe. Von Kopf bis Fuß war er schwarz gekleidet. Er ging in die Küche, öffnete den Kühlschrank und trank einen großen Schluck Multivitaminsaft aus dem Tetrapack. Dann schwang er seinen Rucksack über die Schulter, steckte die geladene Taurus in seinen hinteren Hosenbund und zog seine Jacke darüber. Ein Lächeln lag auf seinen Lippen. Eines, von dem er wusste, wie stahlhart es auf andere wirkte.

## 08:47

Das 4er-Tram hielt am Bellevue, und Nora entschied sich spontan, doch noch eine Art Frühstück zu sich zu nehmen. Im »Belcafé« kaufte sie ein Käsebrötchen. Damit es besser hinunterrutschte, half sie mit Kaffee nach. Einen Moment tauchte Jan vor ihrem inneren Auge auf, der ob ihres exzessiven Kaffeegenusses seinen netten, rundlichen Kopf schüttelte und sich um ihre Gesundheit sorgte. Ohne ihn, der ihr immer wieder Salat und Gemüse unterjubelte, würde Nora – so behauptete er – an einem General-Vitamindefizit leiden. Was sich über kurz oder lang durch vermehrte Faltenbildung, frühzeitige

Ergrauung und geistige Einbußen bemerkbar machen würde. Falten und graue Haare waren bestimmt frei erfunden, aber die geistigen Einbußen gaben Nora zu denken. Erst kürzlich hatte sie nach einem Wort gesucht, und es hatte ihr partout nicht einfallen wollen. Die Folgen eines Vitamin-B-Mangels? Oder erste Anzeichen von Altersdemenz? O. k., bei dem Wort hatte es sich um Chromosomenmutationsstruktur gehandelt, doch ihre Schwierigkeit, den Begriff auf Anhieb zu finden und ihn stattdessen mit »Dings« zu umschreiben, war kein gutes Zeichen. Außerdem hatte sie vergessen, warum um alles in der Welt sie das Wort Chromosomenmutationsstruktur überhaupt hatte verwenden wollen.

Nun, seis drum. Sie trank den Kaffee aus, überquerte die Tramschienen und gelangte zur Quaibrücke. Der See war dunkel, fast unheimlich, der Wind blies kräftig in die Wellen. Vereinzelt lagen noch Nebelschleier über den Ufergemeinden. Ein Dutzend Schwäne schwamm um die mit Planen überdeckten Segelboote, die an den Bootsplätzen vor Anker lagen.

Nora bog am Bürkliplatz rechts ab, kam an der Frauenbadi vorbei und erinnerte sich an den Sommer, als sie sich zwischen plantschenden jüdischen Mädchen, verschleierten muslimischen Frauen und schnatternden Studentinnen in der Sonne geräkelt und in der Limmat abgekühlt hatte. Das schien so weit weg. Nach ihrem freiwilligen Aufenthalt in der psychiatrischen Klinik »Seeblick« zwecks Aufklärung eines Mordfalles war es mit der Arbeit gleich weitergegangen. Die Aktivität hatte ihr geholfen, die Schrecken des Klinikerlebnisses etwas zu verarbeiten.

Kurz vor Türöffnung erreichte sie die Zurich Credit Bank. Ein Geschäftsmann wartete bereits vor dem Eingang und betrachtete die Werbung in den Schaufenstern, die höhere Zinsen, großzügigere Kredite und bessere Anlegemöglichkeiten als die Konkurrenz versprach. Neben ihm stand eine junge Frau mit Rasta-Locken, fast noch ein Mädchen. Sie hielt einen struppigen, großen Hund an der Leine. Die ZCB hatte die Finanzkrise vor ein paar Jahren nicht nur unbeschadet überstanden, sondern sogar davon profitiert. Viele enttäuschte Kleinkunden hatten ihrem Finanzinstitut, nachdem sie mit unseriösen Börsenempfehlungen um ihre Ersparnisse gebracht worden waren, den Rücken gekehrt und zur ZCB gewechselt. Nora hatte selbst ein Konto hier. Ob ihr zukünftiger Klient bei dieser Bank arbeitete? Vielleicht war er in Schulden verstrickt oder hatte beunruhigende Beobachtungen an seinem Arbeitsplatz gemacht.

Sie setzte sich auf die niedrige Steinmauer, in welche das Bankenlogo, ein roter Tiger im Sprung, in regelmäßigen Abständen eingemeißelt war. Vom Paradeplatz her war das entfernte Quietschen der Trams zu hören. Abgesehen von einigen Büroleuten, die mit Aktenkoffern vorbeieilten, war es in der Fraumünsterstraße ruhig.

Nora schaute auf die Uhr. Hatte der Geschäftsmann, der nervös neben ihr auf und ab ging und rauchte, sie hierher bestellt? Sie blickte ihn prüfend an, doch er schien in Gedanken versunken und schenkte ihr keine Beachtung. Vielleicht wurde sie drinnen empfangen.

Gleich würde die Bank öffnen.

Ein kühler Wind fegte über die Straße. Dürres Laub wirbelte auf. Nora fröstelte.

Die andere Wartende, die junge Frau, hatte iPod-Stöpsel in den Ohren und bewegte ihren Kopf mit geschlossenen Augen im Takt der Musik. Sie schien direkt dem Woodstock-Festival entsprungen zu sein, trug einen bodenlangen rostroten Rock mit eingenähten Spiegelchen, die im Morgenlicht glitzerten, und einen orangen Pullover mit psychedelischen Mustern. Sie war von einer Sandelholz-Duftwolke umgeben. In ihre hennagefärbten Haarsträhnen hatte sie weiße Kaurimuscheln geflochten, und an jedem ihrer Finger steckte ein Ring. Sie blickte kurz in Noras Richtung, grinste ihr hanfselig zu, während ihr Hund ausgiebig seine Pfoten leckte. Nora nahm nicht an, dass sie die Auftraggeberin war.

Nun näherte sich eine ältere Dame mit lila Halstuch, die Handtasche mit festem Griff umklammert und leise mit sich selber plaudernd. Sie stellte sich zu den anderen Bankkunden. Als sie zu Nora hinübersah, lächelte sie.

Nora lächelte zurück.

Die Uhr der Fraumünsterkirche schlug neun.

Die Entriegelung klickte, ein Surren war zu hören, und das metallene Schutzgitter glitt hinauf. Als es oben eingerastet war, öffneten sich die zwei Glastüren nach beiden Seiten und gaben den Blick in die Schalterhalle frei, die ganz in schwarzem Marmor gehalten war. Der Geschäftsmann schnippte seine Zigarette auf den Boden, drängte sich an der jungen Hippie-Frau vorbei und sagte auf Hochdeutsch: »Lassen Sie mich mal durch, ich habs eilig!« Diese zuckte nachsichtig die Schultern, zog die Ohrstöpsel heraus und verstaute ihren iPod in der Rocktasche.

Die ältere Dame trippelte die Treppe hinauf und ermunterte sich mit einem fröhlichen: »Rein mit dir, meine Liebe.«

Nora betrat als Letzte die Bank. Der uniformierte Mann der Security, der beim Eingang stand, nickte ihr zu. Unzählige golden eingefasste Deckenleuchten spiegelten sich wie Sterne auf dem Marmorboden. Dieser roch nach Zitrus-Reinigungsmittel und schimmerte an einer Ecke noch feucht. Das Putzpersonal schien seine Arbeit soeben beendet zu haben. An der Rückwand, hinter den Schaltern, prangte das Bankenlogo in imposanter Größe. Der rote Tiger aus eingelegtem Marmor sah so lebendig aus, als spränge er tatsächlich quer durch die Halle.

Zielstrebig steuerte der Geschäftsmann auf den linken Schalter A zu und wurde vom Angestellten mit »Guten Morgen, Herr Hagen« empfangen. Die Rasta-Frau schlenderte mit ihrem Hund zum mittleren Schalter B, der von einer tamilischen Bankangestellten mit langen, schwarzen Haaren bedient wurde. Die alte Dame stellte sich vor den Schalter C, wo eine spröde wirkende Mittvierzigerin mit blondem Pagenschnitt und ein junger Mann in schickem Anzug sie begrüßten. Wahrscheinlich ein Neuer und seine Vorgesetzte, dachte Nora.

Sie hatte erwartet, dass jemand sie zu sich winken oder sich sonstwie zu erkennen gäbe. Doch als niemand sie beachtete, setzte sie sich in einen der schwarzen Ledersessel auf der rechten Seite; von dort konnte sie die ganze Schalterhalle überblicken.

»Kommt gar nicht infrage!«, hörte sie Geschäftsmann Hagen ausstoßen. »Das wäre ja ein Viertelprozent weniger! Machen Sie mir einen anderen Vorschlag.« Die Stimmen von Hagen und dem Angestellten klangen wieder gedämpfter.

Dann hörte Nora, wie die Rastalockige sagte: »Ich möchte mein Konto auflösen, mein ganzes.«

Die dunkelhaarige Schalterangestellte nickte, warf einen Blick auf den Computer: »Das wären dann 123 Franken.«

»Genau.«

Die Akustik in dem riesigen Raum war so gut, dass Nora nicht anders konnte, als auch noch den Rest mitanzuhören.

»Darf ich fragen«, fuhr die Angestellte fort, »ob Sie mit unseren Dienstleistungen nicht zufrieden waren?«

»Doch, schon«, gab die Rasta-Frau widerwillig zu. »Obwohl ich Ihre Bank nur gewählt habe, weil Hunde bei Ihnen erlaubt sind. Aber ich will nicht, dass mein Geld weiter in irgendwelche dubiosen Aktien investiert wird, was am Schluss zur Ausbeutung der Dritten Welt, zu Krieg und Waffenhandel führt. Und Hunger.« Sie holte tief Atem und tätschelte den Nacken ihres struppigen Hundes. »Und Armut.«

Nora lehnte sich zurück. Der Wachmann schaute gelangweilt auf die Straße hinaus. Die Geschäfte an den Schaltern wurden abgewickelt, mehrstimmige Gesprächsfetzen waren zu hören. Nora nahm sich vor, eine halbe Stunde zu warten und dann den Rückzug anzutreten, falls ihr potenzieller Klient sich bis dann nicht gezeigt hatte.

Sie sah sich in der Halle um. Es war ein schönes Gebäude, sorgfältig renoviert, so dass der Charme des alten Baustils erhalten geblieben war; die modernen Materialien sorgten für einen zeitgemäßen Eindruck. Auf einigen Chromstahlständern waren Informationsbroschüren ausgelegt. Dickblättrige Pflanzen, so grün, dass Nora nicht wusste, ob sie echt oder künstlich waren, ragten aus den Töpfen, die um die beiden Sitzgruppen standen. An den Wänden hingen mehrere Bilder. Obschon sie von verschiedenen Kunstschaffenden zu stammen schienen, strahlten sie alle eine ähnliche Atmosphäre aus. Es handelte sich bei allen um Naturbilder in Aquarell.

Sonjas Bild befand sich nicht darunter. Noras Mutter hatte während ihrer letzten Ausstellung etliche Bilder verkauft, darunter auch eines an die ZCB, doch anscheinend hing es in einem anderen Raum.

Nora schaute auf die große Wanduhr. Es war noch kaum Zeit vergangen, aber Warten machte sie ungeduldig. Konnte es sein, dass ihr Auftraggeber sie längst beobachtete? Vielleicht handelte es sich um eine äußerst heikle Angelegenheit, und wer auch immer die Absicht hegte, sie zu beauftragen, wollte sich vergewissern, dass Nora der Sache gewachsen war. Sicherheitshalber richtete sie sich auf, streckte den Rücken durch und versuchte, kompetent zu wirken.

Wer hatte sie in die Bank beordert? Der Wachmann? Unwahrscheinlich. Nora sah ihm zu, wie er gedankenverloren auf seiner Unterlippe herumkaute. Hagen, der deutsche Geschäftsmann? Der war noch immer in irgendeine Anlageberatung vertieft. Die Rastalockige schien weder das Geld noch das nötige Alter zu haben, um eine Detektivin anzuheuern, und die ältere Dame vermittelte den Eindruck, als käme sie mit ihren Problemen gut alleine zurecht. Gerade legte sie ihre

Handtasche auf den Tresen, nahm ihre Geldbörse heraus und schob ein paar Scheine hinein.

Vielleicht hatte jemand vom Bankpersonal Nora hierher bestellt, um ihr den Auftrag am Schalter zu übermitteln. Aber an welchem? A, B oder C? Der Angestellte links war damit beschäftigt, Hagen zufrieden zu stellen, die tamilische Schalterangestellte in der Mitte war ganz in die Auflösung des 123fränkigen Kontos vertieft, und diejenige am rechten Schalter arbeitete den Neuling ein. Dieser allerdings schaute sich immer wieder um. Er schien alles in sich aufzusaugen, blickte zu Nora, zum Wachmann, zu den Kunden, dann wieder zu seiner Vorgesetzten, die ihm etwas erklärte. Nora schätzte ihn auf kaum zwanzig. Mit seinen dunklen Haaren mochte er Süditaliener oder Spanier sein oder aus dem Balkan stammen. Ob er Schwierigkeiten an seiner neuen Stelle hatte und Noras Hilfe brauchte?

Plötzlich riss er die Augen auf und starrte zum Eingang.

Nora fragte sich, was in ihn gefahren sein mochte. Dann wurde sie jäh aus ihren Gedanken gerissen.

Ein Schrei hallte durchs Gebäude.

Nora schnellte herum und bemerkte, wie der Wachmann eine ruckartige Bewegung machte.

Laute Schritte ertönten. Etwas Dunkles prallte gegen die Glastür, jemand fluchte. Zwei schwarz gekleidete Männer stürmten in die Bank. Der eine, ein athletischer Typ mit Rucksack, trug eine Frankenstein-Maske mit blutunterlaufenen Augen. Der andere war dünn und schlaksig, sein Gesicht wurde von einer Dracula-Maske mit spitzen Eckzähnen verdeckt. Das Ganze ging so schnell und wirkte so abstrus, dass Nora nervös herauslachte. Erst dachte sie an Halloween, dann an Filmaufnahmen.

Bis die beiden Männer ihre Pistolen zückten.

Und Nora die 9-Millimeter-Taurus erkannte.

Sie hielt den Atem an. In Fernsehkrimis war dies die Stelle, wo normalerweise geschrien und gekreischt wurde, doch hier herrschte Totenstille. Die Kunden und Angestellten waren erstarrt. Mit großen Schritten preschten die Maskierten auf den Security-Mann zu. Dieser griff nach seiner Walther P22. Der eine riss sie ihm aus der Hand und schlug sie ihm auf den Kopf. Stöhnend sank der Uniformierte zu Boden. Der Mann mit der Frankensteinmaske schaute zu den Überwachungskameras hoch, feuerte mehrere Schüsse ab, bis alle zerstört waren. Dann lief er zur alten Dame und hielt ihr die Pistole an den Kopf. »Keiner bewegt sich! Sonst blas ich der Lady das Hirn aus dem Schädel! Kapiert?« Die Worte klangen gedämpft unter der Maske hervor.

Die Frau wurde bleich.

Die Rastalockige drückte ihren Hund an sich, der den Schwanz eingezogen hatte und sich hinter seinem Frauchen versteckte.

Frankenstein herrschte sie an: »Kapiert?«

Sie nickte.

»Du auch!« Er starrte Nora an. Nora sah durch die Maskenschlitze seine dunklen Augen. »Komm her! Sofort! Ich will euch alle im Blick haben! Stellt euch in eine Gruppe!« Er deutete mit der Pistole auf einen Punkt vor sich. Die Leute versammelten sich ängstlich. Nora schloss sich ihnen an.

»Okay. Keinem passiert was, wenn ihr ruhig bleibt. Das ist eine Sache von zwei Minuten.« Er überließ seinem Kumpanen das Bewachen der Gruppe und hechtete zum Schalter C, schwang sich über die Glastrennwand auf die andere Seite des Tresens. »Pfoten weg!«, schrie er der blonden Angestellten zu, die anscheinend versucht hatte, den Alarmknopf zu drücken.

Die Frau verharrte reglos, ihr Blick ein einziges Entsetzen.

Nora starrte zum Ausgang.

»Denk gar nicht daran!«, fuhr der Dracula-Kerl sie an.

Er scheuchte alle zusammen und befahl: »Legt euch hin!«

Als sie zögerten, schrie er: »Wirds bald! Auf den Boden mit euch!«

Nora wünschte, sie hätte ihre Smith & Wesson dabei gehabt. Doch heute morgen hatte sie keinen Grund gehabt, die Pistole mitzunehmen. Sie legte sich auf den Bauch. Die anderen taten es ihr nach. Die ältere Dame brauchte etwas länger.

»Und jetzt die Arme auf den Hinterkopf! Na los!«

Die Kunden gehorchten.

Nora warf einen Blick zum Security-Mann. Um ihn hatte sich eine kleine Blutlache gebildet. Seine Augen waren geschlossen, doch er atmete. Dracula hielt seine Waffe in der Hand und steckte die des Sicherheitsmannes in seinen Hosenbund. Er stellte sich vor die Leute und zielte abwechselnd auf den einen, dann den anderen.

Währenddessen forderte Frankenstein alle drei Schalterangestellten auf, ihre Notenschubladen zu öffnen. Er nahm aus seinem Rucksack eine Sporttasche, entfaltete sie und zog den Reißverschluss auf. Der junge Angestellte von Schalter C nutzte die Gelegenheit, bewegte sich unauffällig zur Seite, als suche er den Notknopf.

»Du da!«, fauchte Frankenstein. »Wie heißt du?«

Der andere zuckte zusammen und zog seine Hand zurück. »Bashkim Rahmani.«

Frankenstein drückte ihm die Pistole in die Wange. »Ein Albaner. Willst du den heutigen Tag überleben, Bashkim Rahmani?«

Dieser nickte.

»Dann beweg deinen Arsch zu den anderen und leg dich hin!«

Rahmani schielte auf den Lauf der Pistole, der sich in seine Haut bohrte, verließ den Schalterbereich durch einen Seitendurchgang und ging auf die Mitte der Schalterhalle zu.

»Runter mit dir!«, empfing ihn Dracula und wies ihn an, sich neben die Rastalockige zu legen.

Rahmani tat es.

Der Hund winselte. Die Frau versuchte flüsternd, ihn zu beruhigen.

Nora spürte die Kälte des Bodens an ihrer Wange. Sie suchte Blickkontakt, erkannte die Angst in den Augen des Geschäftsmannes, die Empörung der alten Dame, den Trotz des jungen Albaners. Im Moment konnte sie nichts anderes tun, als die Anweisungen der Bankräuber zu befolgen. Es war nicht der Zeitpunkt für tollkühne Aktionen. Die Täter hatten kein Motiv, jemanden zu töten, da niemand ihre Gesichter gesehen hatte. Wenn sie Glück hatten, war das Ganze tatsächlich in zwei Minuten überstanden. Dennoch raste Noras Herz, und ihr Mund war staubtrocken. Sie wagte kaum zu atmen. Ein Gedankte drängte sich ihr auf: Wer war ihr Auftraggeber? Was wollte man von ihr? War dies ein unglaublicher Zufall, oder hatte ihr geplantes Treffen etwas mit diesem Bankraub zu tun?

Der Sicherheitsmann stöhnte und öffnete langsam ein Auge. Unbeholfen tastete er nach seinem Funkgerät. Dracula riss es aus seinem Gürtel und kickte es gegen die Wand, wo es zersplitterte. Der athletische Maskierte stieß die drei Schalterbeamten, nachdem die Geldschubladen offen waren, zur Gruppe und befahl ihnen, sich ebenfalls hinzulegen. Dann riss er ein Geldbündel nach dem anderen aus den Schubladen und stopfte sie in die Sporttasche.

Da griff der Schalter-A-Bankangestellte nach seinem Handy.

Dracula bemerkte es. »Her damit!«

»Entschuldigung«, sagte der Banker leise und schob ihm das Mobiltelefon zu. Nora sah, wie er zitterte.

Der Bankräuber nahm es und warf es in die Ecke, in der schon das Funkgerät in seinen Einzelteilen lag. »Hast du Angst?«

»Ja.«

»Das solltest du auch, Mann! Versuch hier nicht, den Helden zu spielen. Nochmal so was und du bist tot. Dein Name?«

Der Angestellte murmelte etwas.

»Ich hab dich nicht verstanden, Mann! Red lauter!«

»Furrer. Reto Furrer.«

»Hast du Kinder?«

»Ja.« Er schaute zu Boden. »Eine Tochter.«

»Soll sie ohne Vater aufwachsen?«

Furrer schwieg.

»Ich hab dich was gefragt.«

Nora litt mit dem Mann, der mit Tränen in den Augen flüsterte: »Nein, sie soll ihren Vater nicht verlieren.«

»Und an wem liegt das?«

»An mir«, gab Furrer kläglich zurück.

»Ich seh, du hast kapiert.« Dracula fuchtelte mit der Waffe herum. »Das gilt für euch alle! Eine falsche Bewegung und ihr kriegt eine Kugel ab! Wenn ihr tut, was wir sagen, seid ihr uns in Kürze los.«

Niemand rührte sich.

Nur das Scheppern der Schubladen und das Rascheln der Geldbündel, die der Räuber mit der Frankensteinmaske in die Tasche stopfte, waren zu hören. Nora atmete flach. Sie hatte ihren Kopf auf die linke Seite gelegt und schaute die alte Dame an, die ihren Blick erwiderte. Wache, hellblaue Augen hinter einer feinrandigen Brille. Nora nahm keine Panik in ihrem Gesicht wahr, sondern einen eindrücklichen Lebenswillen. Die Dame würde an dieser Situation nicht zerbrechen.

Nora blickte weiter nach hinten und beobachtete den Bankräuber, der die Kassen leerte. Er bewegte sich geübt und locker. Ein Sportler. Einer, der bestimmt bereits vor diesem Raub kriminell gewesen war. Vielleicht kleinere Sachen. Betrug, Diebstahl, Einbruch. Ganz klar war dies nicht sein erstes Mal. Er war derjenige, der den Coup geplant hatte. Nora hatte keine Ahnung, wie sie darauf kam, aber sie war sich sicher. Frankenstein war das Hirn, Dracula der Ausführende.

Ein unterdrücktes Schluchzen war zu hören. Es kam von Hagen, dem deutschen Geschäftsmann.

»Halt die Schnauze!«, brüllte sein Bewacher.

Doch der Mann konnte seine Gefühle nicht mehr zurückhalten und weinte nun lauter.

»Ich hab gesagt, Klappe halten!« Der Maskierte marschierte auf Hagen zu, richtete die Pistole auf ihn und drückte ab.

Der Knall war ohrenbetäubend. Die Kugel traf den Boden eine Handbreit neben dem Geschäftsmann. Dieser zuckte wie von einem Blitz getroffen zusammen und verstummte. Die kommenden Stunden würde er taub auf dem rechten Ohr sein.

»Das nächste Mal ziel ich genauer!«, brüllte Dracula.

»Was machst du für einen Scheiß?«, schrie Frankenstein von hinten seinen Kumpel an. »Halt die Leute ruhig und reiß dich verdammt noch mal zusammen!«

»Der Typ hat geplärrt wie ein Kind«, verteidigte sich Dracula, »so was ertrag ich nicht. Da denk ich mir –«

»Hör auf zu denken und mach deinen Job!«, rief Frankenstein und stopfte weiter gebündelte Geldscheine in die Tasche.

Nora schaute zur Uhr. Es waren gerademal drei Minuten verstrichen. Doch bei den Betroffenen würde sich dieses Erlebnis einbrennen, als wären es Jahre gewesen. Nora wusste das. Sie wusste, was traumatische Situationen mit einem Menschen machen konnten. Sie hatte, als sie noch bei der Polizei arbeitete, täglich mit Opfern von Gewalt zu tun gehabt. Viele waren für den Rest ihres Lebens gezeichnet. Doch einige wurden erstaunlicherweise stärker, in ihnen steckte eine Auflehnung gegen die Bedrohung, die sie selbst überraschte.

Der athletische Räuber hatte seine Tasche vollgepackt. Er schwang sich über den Schaltertresen: »Lass uns verschwinden!«

Er lief um die tamilische Bankangestellte, warf einen kurzen Blick auf Nora, stutzte, als sähe er sie zum ersten Mal richtig. Und erstarrte. Durch den Schlitz der Maske bohrte sich sein Blick in den ihren. Langsam kam er auf sie zu, bewegte sich geschmeidig wie ein Panther.

Noras Puls raste. Das maskierte Gesicht kam näher. Sie roch sein Aftershave, sah das Aufblitzen in seinen Augen.

Ganz leise, fast kindlich erstaunt, und gleichzeitig eiskalt, flüsterte er: »Nora Tabani?«

## 09:07

Bashkim schaute zu seiner Vorgesetzten. Ihre Gesichter lagen nur eine Armlänge voneinander entfernt auf dem kalten Marmor. Barbara Zinks Brille war verrutscht, ihr Lippenstift verschmiert. Er hörte ihren flatternden Atem, der nach Pfefferminze roch.

Hatte sie gesehen, was er getan hatte? Ihr Blick wanderte unruhig hin und her. Dann, als sie sicher war, nicht beobachtet zu werden, nickte sie ihm mit der Andeutung eines Lächelns zu. Ja, sie wusste es! Sie hieß es gut. Darüber war er froh. Einen Moment lang hatte er befürchtet, er hätte schon am ersten Arbeitstag das Falsche gemacht und sie alle in Gefahr gebracht. Kurz bevor der Kerl mit der Frankensteinmaske ihn nach seinem Namen gefragt hatte, war es Bashkim gelungen, den stillen Alarm unter der Tischplatte zu betätigen. Dieser wurde direkt an die Nummer 117 geleitet. In wenigen Minuten würde es hier von Polizisten wimmeln, und dieser Albtraum hätte ein Ende. Die Täter würden gefasst und ins Gefängnis gesteckt, und er, Bashkim, wäre der Held des Tages. Frau Zink würde ihn immer mit Respekt behandeln, wissend, dass sie ihm ihr Leben verdankte, morgen erschiene vielleicht ein Artikel über den »mutigen, jungen Kosovo-Albaner« im »Tages-Anzeiger«, womöglich käme sogar das Fernsehen. Mam wäre stolz auf ihn, und Pap würde beiläufig sagen, von seinem Jungen habe er nichts anderes erwartet. Das war das Schönste für Bashkim, die Selbstverständlichkeit, mit der sein Vater immer das Beste von ihm annahm. Nie hatte es geheißen »das kannst du nicht« oder »dazu taugst du nicht«. Bashkim war mit dem Gefühl aufgewachsen, in ihm stecke Großes, und wenn er sich anstrenge, könne er fast alles erreichen.

Nicht, dass es Bashkim darum gegangen war, als er den Alarm betätigt hatte, nein, daran hatte er keine Sekunde lang gedacht. Er wollte nur helfen. Die Vorstellung, Zeuge eines Blutbades zu werden, fand er unerträglich. Denn dass die Männer nicht zögern würden, von ihren Waffen Gebrauch zu machen, war ihm klar. Besonders der als Dracula Maskierte war schnell reizbar und konnte sein Temperament kaum im Zaum halten.

Gerade gab er der Rastalockigen einen Tritt ins Bein, weil sie die Arme vom Kopf genommen hatte. Bashkim sah es aus dem Augenwinkel.

»Bist du lebensmüde, Schlampe?«, fauchte Dracula. »Ich hab euch erklärt, wenn ihr tut, was wir sagen, passiert euch nichts. Pfoten über den Kopf, aber dalli!«

Sie stöhnte. »Ich kann nicht. Ich habe meine Schulter kürzlich ausgerenkt.«

Dracula kniete zu ihr hinunter und hielt ihr seine Pistole vors Auge. »Und ob du das kannst!«

Zitternd legte sie ihre Arme auf den Hinterkopf, lag völlig verspannt da. Der Hund, der neben ihr am Boden saß, drückte seine Schnauze in ihre Seite.

»So ist gut.« Dracula verpasste ihr nochmals einen Tritt und kontrollierte die anderen, die sich alle mucksmäuschenstill verhielten.

Bashkim sah, wie der Mann mit der Frankensteinmaske vor der Frau stehen blieb, die er vorhin mit Nora Tabani angesprochen hatte. Wieso kannte er sie? War sie ebenfalls eine Kriminelle? Konnte sein. Der misstrauische Blick, die Wachsamkeit. Und die schwarze Lederjacke, die sie trug. Sah aus wie die von

Keira Knightley im Film »Domino«, in dem sie eine Kopfgeldjägerin spielte. Bashkim beobachtete die Tabani genau.

Thomas Baumann hatte in der Zentrale der Stadtpolizei Uraniastraße eigentlich nichts zu suchen. Als Kommandant der Interventionseinheit »Skorpion« war er für die risikoreichen Situationen mit hohem Gewaltpotenzial wie Banküberfälle, Geiselnahmen oder Terroranschläge zuständig. Seine sechzig Grenadiere hatten alle eine harte Spezialausbildung absolviert und identifizierten sich hundertprozentig mit ihrer Aufgabe. In ihrem Besprechungsraum hielten sie sogar einen Skorpion der Gattung »Centruroides exilicauda« in einem Terrarium. Giftig, angriffig und furchtlos – eine ständige Erinnerung an die Eigenschaften, die diese Männer brauchten, um ihren Job zu tun.

Da Baumann in der Nähe zu tun hatte, wollte er die Mittschnitte des letzten Einsatzes – der Operation »Rammbock« – gleich selber holen. Es ging um einen Bijouterieüberfall an der Bahnhofstraße, bei dem es dreisten Tätern trotz der neuen Sicherheitsvorkehrungen einmal mehr gelungen war, ihr Fahrzeug als Einbruchwerkzeug zu benutzen. Mit ihrem Auto hatten sie die Schaufenster zertrümmert, hatten Uhren, Juwelen und Schmuck im Wert von mehreren Hunderttausend Franken erbeutet und waren innerhalb kürzester Zeit verschwunden. Noch fehlte jede Spur von ihnen. Ein anonymer Anrufer hatte die Polizei informiert, dabei hatte es Ungereimtheiten gegeben, denen Baumann nachgehen wollte. Die Zeitangabe der Zentrale, die den Anruf entgegengenommen hatte, stimmte nicht mit derjenigen seiner eigenen Protokollführer überein. Es handelte sich zwar nur um wenige Minuten, doch die konnten für die Ermittlung entscheidend sein.

Baumann betrat die Zentrale. Reger Betrieb herrschte. Mehrere Telefone läuteten, der Drucker spuckte gerade eine Serie von Blättern aus – Detailkarten von Zürcher Stadtteilen, wie Baumann erkennen konnte – und der City Screen an der Wand blinkte rot.

Auf Linie 1 versuchte eine junge Polizistin, die er nicht kannte, einen Anrufer zu beruhigen, der ein Ufo über dem Zürcher Oberland gesichtet haben wollte. Sie verdrehte die Augen, als spräche sie nicht zum ersten Mal mit ihm, erklärte, dass es sich um Kleinflugzeuge bei einer Militärübung handle, doch der andere schien nicht überzeugt zu sein. Auf Linie 2 hörte Beat Moser aufmerksam zu, nickte mehrmals, machte sich Notizen und legte dann auf.

Er sah zu Thomas hoch und stöhnte. »Du glaubst gar nicht, mit was für schrägen Vögeln wir es täglich zu tun haben.«

Baumann fuhr sich über seine kurzgeschorenen Haare. »Kann ich mir vorstellen. Hör mal, ich suche die Mitschnitte der Operation ›Rammbock‹, sind die noch bei dir?«

»Klar.« Moser zog die unterste Schublade auf und überreichte ihm ein Klarsichtmäppchen mit Akten und CDs.

»Danke.« Baumann zeigte auf den riesigen Bildschirm an der Wand mit dem digitalen Zürcher Stadtplan. Zwischen Paradeplatz und Fraumünsterpost blinkte ein rotes Lämpchen in schnellem Rhythmus, begleitet von einem leisen, hohen Alarmton. »Hast du das kontrolliert?«

»Leuchtet erst seit ein paar Sekunden.« Moser ging zum City Screen und schaute sich an, welche der Institutionen, die einen direkten Draht zur 117 hatten, betroffen war. »Der Hauptsitz der ZCB. Wird wohl wieder ein Fehlalarm sein. Du weißt ja, dass 99 Prozent der eingehenden Alarme –«

»Ich weiß. Die Angestellten, die Putzfrau, der Techniker. Irgendwer kommt an den Notknopf, und ihr habt zu tun. Beklag dich nicht. Anderswo haben sie keine Arbeit.« Er dachte an seinen Aufenthalt in Südafrika im letzten Jahr. Für einen interkontinentalen Austausch war er zusammen mit zehn seiner Grenadiere nach Johannesburg gereist, um dort einer neu gegründeten Polizeieinheit Aufbauhilfe zu leisten. Diese hatte ihm die ärmsten Viertel gezeigt. Er hatte erlebt, was es hieß, wenn Tausende erwerbslos waren, die Gewalt überhandnahm und niemand da war, um sie zu stoppen.

»Ich beklag mich ja gar nicht«, widersprach Moser. »Ich sag nur, das wäre der sechste Fehlalarm heute. Und es ist erst kurz nach neun. Zwei Banken, drei Postfilialen, eine Versicherung ... ach, was solls. Wahrscheinlich ist Vollmond.« Er ging zurück zu seinem Arbeitstisch, rief die Bankenliste im Computer auf und scrollte durchs Alphabet, bis er bei der Zurich Credit Bank angelangt war. Da stand die Telefonnummer der Bank. Daneben der Sicherheitscode, den einer der Angestellten der Polizei mitteilen musste, damit diese wusste, dass es sich nicht um einen Ernstfall handelte. Baumann kannte den Code auswendig. 7 – 7 – 3 – 2. Meldete sich jemand mit der falschen Zahlenkombination oder nahm niemand ab, rückte die Polizei sofort aus.

Moser hob den Hörer und wählte die Nummer. Er trommelte mit den Fingern auf seinen Schreibtisch. »Nun komm schon«, murmelte er.

Baumann hatte eigentlich gleich wieder an seine Arbeit zurückkehren wollen. Doch aus irgendeinem Grund blieb er stehen. Er ahnte, dass es mit der Auswertung der Mitschnitte der Operation »Rammbock« in nächster Zeit nichts würde. Sein Gefühl trog ihn selten.

Moser war ruhig geworden. Er runzelte die Stirn, wartete, sah Baumann an. »Da geht keiner ran.«

## 09:08

Das Telefon von Schalter A klingelte. Niemand nahm es ab. Nachdem es zwölfmal durch die Bankhalle geschrillt hatte, verstummte der Ton.

Parkers Blick war unverwandt auf Nora gerichtet. Nora

versuchte, den Maskierten einzuordnen. Seine Augen waren dunkel, doch die Aussparungen der Maske waren zu klein, als dass Nora seine Gesichtszüge hätte erkennen können. Sie hatte keine Ahnung, wer er war. Auch seine Stimme kam ihr nicht vertraut vor. Aber das hatte nichts zu bedeuten. Sie hatte einst Dutzende von Tätern hinter Gitter gebracht, an deren Stimmen sie sich nicht mehr erinnern konnte. War es einer von ihnen? Hatte er sie in die Bank bestellt?

Nein, das war absurd, wieso sollte er das tun?

Nora war verwirrt. Endlich fragte sie: »Kennen wir uns?«

Der andere kniff seine Augen zu dünnen Schlitzen zusammen.

»Was ist, Alter?«, rief Dracula von hinten. »Hauen wir jetzt ab oder nicht?«

»Aber sicher«, gab der andere zurück, noch immer auf Nora hinunterschauend.

»Komm schon, Parker! Lass uns keine Zeit ver–«

»Keine Namen, du Idiot!« Frankenstein löste seinen Blick von Nora und stieg wütend über die am Boden Liegenden.

Nora nutzte die Gelegenheit. In Sekundenschnelle griff sie nach ihrem Handy in der Jackentasche. Um die Nummer 117 zu wählen, reichte es nicht, sie schaffte es nur, die Kurzwahlnummer 1 zu drücken, und steckte das Handy sofort zurück. Unter der 1 war Jans iPhone gespeichert. Er sollte mithören. Er würde verstehen und die Polizei verständigen.

»Wen kümmern unsere Namen!«, spottete Dracula. »In einer Stunde sind wir schon aus dem Land! He, Leute! Der da ist Parker, ich bin Tony, und die Bullen können uns mal!«

»Halt die Fresse, Affenhirn!« Parker knallte ihm eine ins Gesicht.

Tonys Maske verrutschte, er richtete sie wieder gerade, murrte etwas.

»Ich wusste, es war ein Fehler, die Sache mit dir durchzuziehen«, zischte Parker.

»Ist ja gut. Können wir endlich gehen? Wie viel Kohle hast du überhaupt zusammen?«

»Genug.« Parker eilte mit der gefüllten Sporttasche Richtung Ausgang.

»Wie viel? Nun sag schon!« Tony riss die Tasche an sich. Er öffnete sie, wühlte darin, schnappte sich ein paar Geldbündel und hielt sie Parker unter die Nase. »Ist das alles? Du hast gesagt, hier sind Millionen zu holen! Das sind höchstens Hunderttausend.«

»Es reicht für uns beide. Los, weg hier!«

»Das war nicht die Abmachung!«, stieß Tony aus. »Mit diesen läppischen paar Kröten wirst du vielleicht glücklich. Ich hab was Besseres vor.«

Er lief auf Furrer, den eingeschüchtert dreinblickenden Banker, zu. »Du da! Ich will den Schlüssel zum Untergeschoss!«

»Den – was? Ich verstehe nicht …« Furrer sah sich hilfesuchend um.

»Die Schließfächer, Mann! Da liegt Schmuck und Gold in den –«

»Hör auf, Tony!«, schrie Parker. »Wir hauen ab, aber sofort! Meinst du, die Bullen lassen uns in aller Ruhe die verdammten Goldbarren einpacken?«

»Wo siehst du denn einen Bullen? Keiner weiß, dass wir hier sind.«

»Das kann sich jeden Moment ändern. Zwei Minuten, nicht länger, das war der Plan.«

Reto Furrer räusperte sich. »Wenn ich etwas sagen dürfte …«

»Halt die Schnauze!«, fauchte Parker.

»Lass ihn doch reden!« Tony beugte sich zum Bankangestellten hinunter. »Was möchtest du uns sagen, Milchgesicht?«

»Ich … unser Schlüssel nützt Ihnen nichts. Es braucht für jedes Fach jeweils einen der Bank und denjenigen des Schließfachmieters.«

»Na, siehst du.« Parker lief am blutenden Wachmann vorbei auf die Glastür zu.

»Bleib stehen!« Tony richtete seine Waffe auf Parker. »Jetzt machen wir einmal, was ich sage! Ich glaube dem Käsegesicht nämlich nicht. Die können die Schließfächer bestimmt öffnen.«

Furrer zuckte zusammen.

Parker drehte sich um. »Du vermasselst alles, du Schwachkopf!«

»Gib mir die Tasche!«

»Spinnst du?«

»Her mit der Tasche, Alter! Ich meins ernst! Wir füllen sie mit Gold und Juwelen.«

Parker ging unberührt zum Ausgang.

Tony schoss.

Der Hund bellte.

Parker zog sein Bein mit einem wütenden Schrei zurück. »Hast du den Verstand verloren? Um ein Haar hättest du mir den verdammten Fuß weggepustet!« In der Spitze seines Schuhs klaffte ein Loch. Eine zerfetzte, schwarze Socke kam zum Vorschein, ein bleicher, unverletzter Zeh.

»Sorry, Parker«, murmelte Tony und wich ein paar Schritte nach hinten. »Ich wollte dich nicht treffen. Ich dachte nur –«

Parker preschte auf Tony zu und stieß ihm der Faust in die Brust, so dass er zurücktaumelte. »Du bist so ein Arschloch! Sollen wir uns hier streiten, bis die Polizei kommt? Wir sagten, das Ganze habe nur Erfolg, wenn es in kurzer Zeit über die Bühne geht.«

Tony kratzte sich unter der Maske. »Das hast du gesagt. Ich war von Anfang an der Meinung, so viel Kohle wie möglich zu kassieren.« Er zielte noch immer mit seiner Waffe auf Parker. »Gib mir deine Knarre, Alter. Tut mir leid.«

Parker schüttelte den Kopf. »Du machst einen großen Fehler.«

»Tus einfach! Du weißt, ich würd schießen.«

Nora schaute zu den anderen Liegenden. Alle verfolgten gebannt die Wendung, die das Ganze genommen hatte.

Parker griff langsam nach seiner 9-Millimeter-Taurus, hielt sie am Lauf und übergab sie Tony. Dieser schob sie in seinen Hosenbund, wo bereits die Walther P22 des Wachmanns steckte. »Und jetzt die Tasche, los, mach schon! Am Schluss wirst du mir dankbar sein. Ich verarsch dich doch nicht. Ich tu das für uns beide, Mann.«

Parker reichte ihm die Tasche.

Tony ging zu Reto Furrer und befahl: »Steh auf!«

Furrer rappelte sich hoch.

Nora hoffte, Jan habe den Anruf entgegengenommen, höre diese Diskussion und ziehe die richtigen Schlüsse.

»Und jetzt komm mit!«, fuhr Tony fort.

»Wohin?«, fragte der Bankangestellte.

»Ins Untergeschoss. Wo ist der Schlüssel?«

»Ich sagte doch –«

Tony drückte ihm die Pistole an den Hals. »Du lügst, verdammter Banker!«

Furrer schaute verzweifelt zu der blonden Angestellten hinunter, die neben Bashkim Rahmani auf dem Bauch lag. Diese schüttelte unmerklich den Kopf.

Tony hatte es gesehen. »Was war das?«

»Nichts«, flüsterte sie unter ihren Armen hervor, die noch immer auf ihrem Hinterkopf lagen.

»Wie heißt du?«

»Barbara Zink.«

Nora blickte erneut zur großen Uhr. Wieder waren ein paar Minuten vergangen. Mit jeder vergrößerte sich die Chance, dass die Polizei einträfe, bevor es zum Blutvergießen käme. Parker stand beim Eingang und schien sich nicht entscheiden zu können, ob er ohne Beute abhauen oder sich auf Tonys Plan einlassen solle. Nora konnte sehen, wie es in ihm arbeitete. Warum hatte er sie erkannt? Wer war dieser Mann? Und wer hatte Nora hierher bestellt, mitten in einen Banküberfall? Das Ganze musste irgendwie miteinander zusammenhängen. Doch sie hatte keinen blassen Schimmer, wie.

Tony packte Furrers Hand, drückte die Pistole in dessen Handfläche und schaute die blonde Angestellte an. »Und so läuft das, Madame Zink: Ich schieß deinem Kollegen in den Finger, wenn du nicht redest! Zuerst in den kleinen, dann in den Ringfinger, und danach arbeite ich mich langsam zum Daumen vor. Dann folgt die andere Hand. Du sagst mir jetzt, wo die Schließfachschlüssel sind.«

Barbara Zink wurde kalkweiß und stotterte ein paar Worte.

»Ich versteh dich nicht! Du darfst dich aufsetzen, wenn du mit mir sprichst!«

Die Angestellte tat es, rückte ihre Brille zurecht und stotterte aufgewühlt: »Bitte tun Sie ihm nichts. Es ist so, wie er sagte: Jedes Schließfach hat zwei Schlösser. Ins eine kommt der Schlüssel, den wir in der Bank haben, ins andere derjenige des Mieters. Ohne den lassen sich die Fächer … nicht öffnen.«

Ihr Zögern war Tony aufgefallen. »Und das ist bei allen Schließfächern so?«

Barbara Zink wartete einen Moment.

Es war ein Moment zu lange.

Tony drückte ab.

Wieder ließ der Hund ein jämmerliches Bellen hören.

Furrer heulte auf. »Mein Gott!«, schrie er. »Sie haben mir in den Finger geschossen! Er ist kaputt! Mein kleiner Finger ist kaputt!« Er hielt die Hand an sich gepresst, aus der das Blut auf den schwarzen Marmorboden tropfte.

»Jesus Maria, das wollte ich nicht!«, rief Barbara Zink. »Es tut mir so leid, Reto! Bitte hören Sie auf! Ich sage alles! Aber es wird unsere Bank ruinieren.«

Tony wandte sich ihr zu, und Nora ahnte, dass er unter seiner Maske grinste. »Nur zu, Fräulein. Was möchten Sie mir mitteilen?«

Furrer liefen die Tränen übers Gesicht.

Die alte Dame am Boden schaute abwechselnd auf Furrer und auf Zink, dann fragte sie: »Entschuldigen Sie, Herr Bankräuber, dürfte ich bitte den armen Herrn verbinden?« Sie zeigte auf ihr lila Halstuch.

Tony stieß ein ungläubiges Lachen aus. »Das könnte dir so passen, alte Schachtel!«

Da meldete sich Parker. Seine Stimme war hart wie Stahl. »Lass sie, Tony.« Er half der Dame auf und ließ zu, dass diese ihr Halstuch um Furrers Finger wickelte. Sie sprach beruhigend wie zu einem Kind auf ihn ein. »Ihr Finger ist nicht kaputt, Herr Furrer, sehen Sie. Nur verletzt. Das kann genäht werden. Alles wird wieder gut. Wir bleiben jetzt ganz ruhig.«

»Haargenau, Lady!«, stieß Tony aus. »Ihr bleibt ruhig. Und nun zu dir, Barbara. Dein Reto hat jetzt noch neuneinhalb Finger. Es könnten weniger werden. Erzähl mir die Wahrheit.«

Zink bemühte sich sichtlich, sich die Panik nicht anmerken zu lassen. »Die Wahrheit ist, die neuen Safes funktionieren so, wie wir es Ihnen erklärt haben.«

»Aber es gibt noch andere?«

»Ja. Die alten, die nie renoviert wurden.«

»Wie viele?«

»120. Anfang des letzten Jahrhunderts funktionierte das System so, dass die Kunden zum Schalter kamen, ihre Fachnummer nannten, ein Angestellter das Fach mit dem Bankschlüssel öffnete und dem Kunden die darin liegende Lade gab. Einige unserer langjährigen Kunden lieben diese antiken, verzierten Fächer und wollten sie – trotz geringerer Sicherheit – mieten. Bestimmt sind keine wertvollen Dinge drin. Wahrscheinlich nur …« Der Stress war ihr anzuhören. »Nur Dokumente.«

»Das lass mal unsere Sorge sein. Wo sind die Schlüssel für die antiken Fächer?«

Barbara Zink machte einen letzten Versuch. »Bitte haben Sie Erbarmen. Wenn publik wird, dass die persönlichen Wertsachen in unserer Bank nicht sicher sind, wird das die ZCB nicht verkraften können.«

»Interessiert mich einen Dreck! Schlüssel her oder ich –« Er riss Furrers Hand zu sich und drückte die Pistolenmündung in dessen Ringfinger.

»Nein! Bitte nicht!«, schrie sie.

Sie eilte zum Wandschrank hinter den Schaltern, entnahm ihm einen Aluminiumkoffer und trug ihn durch die Halle. Dann stellte sie ihn vor Tony.

»Was ist das?«

»Die 120 Schlüssel.«

Kommandant Thomas Baumann fixierte das rot blinkende Lämpchen auf dem City Screen. Er seufzte. Nach der Auswertung der »Rammbock«-Sache hatte er seine wohlverdienten drei Freitage in den Bergen verbringen wollen. Sauna, Sprudelbad und Dampfbad in einem Wellnesshotel im Engadin, wo um diese Zeit bereits der erste Schnee lag. Erholung pur, er hatte es bitter nötig. Er würde es verschieben müssen. »Moser, alarmier den Streifenwagen!«

»Sofort.« Beat Moser wählte die direkte Linie im Multifunkgerät, das ihn jederzeit mit allen Streifenwagen verband, die unterwegs waren.

Es knisterte, dann meldete sich eine Stimme: »Streifenwagen Limmat 1, Suter. Was gibts?«

»Code rot bei der ZCB.«

»Hauptsitz?«

»Fraumünsterstraße«, bestätigte Moser.

Thomas Baumann legte seine Akten auf den Tisch und trat näher ans Funkgerät. »Hier Baumann, wo seid ihr?«

»Biegen gerade in die Talstraße ein.«

Für jeden Zürcher Stadtteil war ein Wagen mit zwei Streifenpolizisten zuständig, der Tag und Nacht im Quartier zirkulierte. Streifenwagen Limmat 1 – normalerweise in der

Innenstadt unterwegs – war bei Bedarf zusätzlich im Stadtkreis 7 im Einsatz. Dass er sich momentan ganz in der Nähe des möglichen Tatorts befand, war ein Glücksfall. Falls es sich tatsächlich um einen Banküberfall handelte – wovon Baumann momentan ausging – spielte der Zeitfaktor eine wichtige Rolle. Die beiden Männer von Limmat 1 konnten im Handumdrehen bei der Zurich Credit Bank sein.

»Was ist mit der Alarmpatrouille?«, kam es aus dem Gerät.

»Fordern wir an«, gab Baumann zurück. »Checkt die Lage vor Ort.«

»In Ordnung.«

Baumann hörte das Beschleunigen des Motors, das Aufheulen des Horns, dann war die Verbindung unterbrochen. Er wandte sich an Beat Moser. »Informier den Patrouillenwagen.«

Moser nahm Kontakt mit der Einsatztruppe der Grenadiere auf, die dem Kreis 1 zugeteilt waren. Es waren vier Mann, Skorpions, ebenfalls ständig auf Abruf bereit, so dass in wenigen Minuten sechs Leute vor der Bank sein würden. Sollte die Lage es erfordern, würde Baumann weitere Skorpions aufbieten. Diese bräuchten eine halbe Stunde, bis sie ausgerüstet, bewaffnet und vor Ort wären. Noch konnte sich das Ganze als Irrtum herausstellen. Baumanns Leute waren schon etliche Male in Vollmontur und Kampfausrüstung an einem vermeintlichen Tatort aufgetaucht, um dann zu erkennen, dass nicht nur kein Verbrechen vorlag, sondern auch keiner der Angestellten den Alarmknopf betätigt oder den Rückruf der Polizei gehört haben wollte. Trotz der immensen Kosten mussten sie jedem Notruf nachgehen.

Moser schaltete das Funkgerät aus und deaktivierte das rote Licht auf dem großen Bildschirm. »Die Alarmpatrouille ist auf dem Weg.«

In Jans Hirn arbeitete es fieberhaft. Vorhin hatte sein Handy geklingelt. Er dachte, es sei seine Frau Monika, die vorhatte, ihn anzurufen, um einen Treffpunkt fürs Mittagessen zu vereinbaren. Sie hatte heute nachmittag ausnahmsweise frei, da sie ihren Dienst mit einer Kollegin der Onkologischen Abteilung getauscht hatte. Bis um elf würde sie noch im Uni-Spital arbeiten, dann wollte sie mit der Polybahn zum Ventral fahren, im Café »Mohrenkopf« eine heiße Schokolade trinken und Jan später irgendwo in der Stadt treffen.

Als er den Anruf entgegennahm, das »Sali Schatz« bereits auf den Lippen, erkannte er die Nummer auf dem Display.

»Nora?«, fragte er. »Was gibts?«

Von der anderen Seite kam ein Rascheln, als hätte Nora in ihrer Jackentasche aus Versehen seine Kurzwahltaste gedrückt.

»Hallo, Chef?« Jan lauschte ein paar Sekunden. Als nichts weiter zu vernehmen war, wollte er die Verbindung kappen, um Nora keine horrende Rechnung zu bescheren. Dann stutzte er. Undeutlich hörte er einen Mann sagen: »Halt die Fresse, Affenhirn!«

Was sollte das denn sein? War Nora in einen Streit geraten?

Er stellte auf Freisprechfunktion, schob die Lautstärke aufs Maximum und legte das iPhone auf sein Pult.

Wieder raschelte es, dann hörte Jan eine andere Männerstimme: »… hast gesagt … Millionen zu holen … höchstens Hunderttausend …«

Jan starrte auf das Mobiltelefon, ging in Sekundenschnelle mehrere Erklärungen für diese seltsamen Dialoge durch, doch keine ergab Sinn. Nun vernahm er etwas von »Schließfächer … Schmuck … und Gold«. Zwei Leute brüllten sich an. Es folgte ein Schuss. Ein Hund bellte. Jemand schrie.

Das konnte nichts anderes bedeuten, als dass Nora in einen Überfall verwickelt war und versuchte, ihn zu erreichen.

»Nora«, flüsterte er, »kannst du mich hören?«

Keine Antwort.

Er versuchte es etwas lauter, dann hielt er inne. Er durfte Nora nicht gefährden. In welchen Schwierigkeiten sie auch immer steckte, es schien so, als könne sie nicht reden. Seine Stimme, die aus ihrem Handy ertönte, brächte sie in Gefahr.

Jan stand auf und tigerte unruhig im Büro hin und her, während aus seinem Mobiltelefon weiterhin fremde Leute zu hören waren. Nora hatte etwas von einer Bank erzählt, in die sie bestellt worden sei – aber in welche? Jan grübelte über den Namen nach. Doch Nora hatte ihn nicht genannt. Da kamen unzählige infrage. Er nahm an, dass es um ein Gebäude in der Stadt handelte, aber sie hatte nichts Genaueres erwähnt. Sie wolle nur schnell einen möglichen Klienten treffen, hatte sie gemeint, und sei sicher bald wieder zurück. Bald. Also doch Zürich. Jan eilte zum Regal, packte das gelbe Branchentelefonbuch und schlug es auf.

Zweieinhalb Seiten Bankfilialen. UBS, Credit Suisse, Kantonalbank, Raiffeisenbank, Sparkassen, ZCB, Migros-, Coop- und Citibanken, etliche Privatgeldinstitute, von der Bank Gutenberg über die HSBC zur Julius Bär Bank.

Jan stöhnte. Keine Chance, herauszukriegen, wo Nora sich befand.

Also anders herum. Auf dem Festnetzapparat wählte er die Nummer 117, berichtete von Noras Telefonanruf und hielt der Polizistin am anderen Ende sein Handy hin, damit sie mithören konnte. Sie werde der Sache sofort nachgehen, sagte sie. Es klang, als wüsste sie bereits, was geschehen war. Jan fragte, wo der Bankraub im Gange war.

»Das darf ich Ihnen nicht mitteilen«, antwortete sie.

Nein, natürlich nicht. Jan legte den Hörer des Festnetztelefons auf und folgte dem aggressiven Wortgefecht, das aus seinem Handy kam. Zum Glück hatte er sich ein iPhone gekauft. Während er die Stimmen weiterhin über Lautsprecher vernehmen konnte, aktivierte er die App »Around me« und ließ sich alle Banken im Umkreis von einigen Kilometern auf dem Stadtplan zeigen. Nora hatte das Büro um zwanzig vor neun verlassen, das hieß, der Stadtrand kam nicht infrage, wenn sie sich um neun mit ihrem Auftraggeber hatte treffen wollen. Jan konzentrierte sich auf die Stadtkreise 1, 2, 3, 4, 6, 7 und 8, ohne Wollishofen und den Teil hinter dem Schaffhauserplatz. Dumm war nur, dass sich die meisten Geldinstitute genau in diesen Kreisen befanden. Im Außenquartier Seebach wimmelte es nicht gerade von Banken.

Er überlegte weiter. Nora hatte von ihm nur einen Grüntee bekommen. Sie hatte sich auf jeden Fall irgendwo noch einen Kaffee reingezogen. Dass sie stadtauswärts Richtung Tiefenbrunnen und Zollikon gefahren war, konnte er sich nicht vorstellen, also wäre der realistische Ort für einen Kaffee das Bellevue, genauer gesagt, das »Belcafé«. Dort wäre sie um etwa zehn vor neun angekommen, hätte das Gebräu hinuntergestürzt und wäre gleich wieder weitergefahren oder zu Fuß gegangen. Auf jeden Fall wären ihr nur noch zehn Minuten geblieben, wenn sie pünktlich ankommen wollte. Und pünktlich war sie, trotz ihres sonst chaotischen Wesens. Er verkleinerte den Radius auf einen Kilometer rund ums Bellevue.

Noch immer über ein Dutzend Banken.

Das war gar nicht gut.

Unentwegt drangen die Stimmen aus seinem Mobiltelefon, er hörte die Worte »Untergeschoss« und »Schlüssel«. Jan verstand nicht alles. Doch er sortierte sofort die kleineren Bankfilialen aus, von denen er wusste, dass sie mehr oder weniger nur aus ein paar Bankomaten und Schaltern bestanden, aber bestimmt keine unterirdischen Schließfächer hatten.

Es waren nach wie vor zu viele.

Hatte Nora wirklich nicht erwähnt, wohin sie wollte? Jan versuchte, sich an jedes Wort zu erinnern, das sie heute morgen gewechselt hatten. Verärgert schüttelte er den Kopf. Er nahm sich vor, dass künftig keiner von ihnen das Büro für einen Auftrag verlassen dürfe, ohne dem anderen genau mitzuteilen, wo das Ziel sei.

Blieb noch die letzte Möglichkeit. Jan würde den Polizeifunk abhören. Vor ein paar Wochen hatte Mike Salzmann, Noras ehemaliger Kollege bei der Kripo, Jan gewarnt, wenn er sich weiterhin ins Funksystem der Polizei hacke, müsse er mit ernsten Konsequenzen rechnen. Dass Nora und Jan sich ab und zu an der Grenze zur Illegalität bewegten, wenn es die Ermittlung erforderte, nahm Mike zähneknirschend hin, er belieferte Nora der alten Freundschaft wegen sogar immer wieder mit Insider-Informationen. Doch die Vorstellung, dass Jan den internen Funk abhörte, hatte den cholerischen Berner rasend gemacht.

Der Zweck heiligt die Mittel, fand Jan. Es ging nicht um irgendwelche kleinen Delikte. Genau in diesem Moment fand ein Banküberfall statt. Nora war in Gefahr. Andere Menschen ebenfalls.

Jan suchte die Frequenz auf seiner Funkstation, drehte am Rädchen, es quietschte, surrte, knisterte, dann war der Polizeifunk scharf zu vernehmen. »Hier Streifenwagen Limmat 1«, hörte er, »wir kommen in wenigen Augenblicken bei der ZCB an. Wo ist die Alarmpatrouille?«

»Erreicht in diesem Moment die Fraumünsterstraße«, gab jemand zurück.

Bingo. Die ZCB an der Fraumünsterstraße.

In diesem Moment hörte er aus seinem iPhone einen Knall, ein erneutes Hundebellen und eine Frau, die schrie: »Bitte hören Sie auf! Ich sage alles!«

## 09:13

Noras Gesicht wärmte den kalten Marmorboden. Ihr Rücken war verkrampft, sie atmete stoßweise. Hinter ihr hechelte der Hund der Rasta-Frau. Nora hatte die Schüsse gezählt. Bisher waren es drei aus Tonys Waffe gewesen. Einer zur Einschüchterung von Hagen, einer hatte Parkers Schuh durchbohrt und der dritte Furrers Finger getroffen. Parker hatte, soweit Nora sich erinnerte, siebenmal geschossen, um die Überwachungskameras außer Gefecht zu setzen.

Sieben- oder achtmal?

Ganz sicher war sie nicht.

Beide Täter hatten Taurus-PT908-Modelle, die, wie Nora wusste, mit neunschüssigen Magazinen ausgestattet waren. Das hieß, Tonys Waffe enthielt noch sechs Kugeln, Parkers noch eine oder zwei. Dann war da noch die Waffe des Wachmanns, die Walther P22, über die die beiden zusätzlich verfügten. Gut möglich, dass die Bankräuber Reservemagazine auf sich trugen, doch der Augenblick, in dem ihre Waffen leergefeuert wären, böte die einzige Chance für einen Überraschungsangriff. Falls Nora denn einen solchen wagte. Vielleicht war es besser, auszuharren und zu hoffen, die Polizei träfe rechtzeitig ein und sie alle kämen mehr oder weniger heil heraus.

Doch Nora bezweifelte, ob sie dazu fähig wäre. Sobald sich eine Gelegenheit ergäbe, würde sie handeln. Das war das Erbe ihres Vaters. Schon Carlo hatte das Warten und Nichtstun kaum aushalten können. Ob es seine fehlende Geduld gewesen war, die ihm vor sechs Jahren das Leben gekostet hatte, hatte Nora nie erfahren. Mike Salzmann hatte sich darüber ausgeschwiegen. Der Schock über Carlos Tod hatte sich in sein Gesicht eingebrannt. Er hatte es nicht über sich gebracht, Nora die Einzelheiten über Carlos letzten Einsatz zu erzählen. Es sei besser, sie wisse es nicht, hatte er gesagt, sie solle ihren geliebten Vater so in Erinnerung behalten, wie sie ihn gekannt habe. Nora war über Monate von Bildern furchtbarer Verbrennungen, Verstümmelungen oder sonstiger Verunstaltungen ihres Vaters verfolgt worden und war froh gewesen, dass sie die Details nie erfahren hatte. Ihre Mutter hatte die Leiche identifizieren müssen und nie ein Wort darüber verloren. Doch immer wieder nagte es an Nora, dass sie nicht wusste, was ihr Vater in seinen letzten Stunden erlebt hatte. All die Jahre nach seinem Tod hatte sich Mike um Nora gekümmert wie um eine eigene Tochter. So sehr, dass Nora ab und zu der Verdacht gekommen war, ihre Mutter habe Carlo mit Mike betrogen und dieser sei in Wirklichkeit Noras Vater. Doch das war unrealistisch. Es hatte etliche Situationen gegeben, in denen Sonja auf Mike eifersüchtig gewesen war und Carlo vorgeworfen hatte, seinem Arbeitspartner mehr Einblick in sein Inneres zu gewähren als seiner Frau. Damit hatte sie nicht ganz unrecht gehabt. Doch Sonja war auch keine pflegeleichte Ehefrau gewesen. Geschweige denn eine unkomplizierte Mutter. Seit sie wieder nach Zürich zurückgekehrt war, sahen sie sich zwar öfter und waren sich nähergekommen. Doch irgendetwas Unausgesprochenes schwebte immer zwischen ihnen.

Die Gesichter ihrer Mutter, ihres Vaters und Mike Salzmanns, die vor Nora auftauchten, waren intensiv und dreidimensional. War dies die berühmte Rückschau auf das eigene Leben, bevor es zu Ende ging? Würde sie bei diesem Banküberfall umkommen? Sie zwang sich, den trüben Gedanken keine Energie zu geben, obwohl ihr Herz raste wie eine Maschinengewehrsalve. Sie musste aufmerksam bleiben, registrieren, wer die Kontrolle hatte, wann die Konzentration der Männer nachließ, zählen, wie viele Schüsse fielen. Und zur rechten Zeit eingreifen.

Draußen schlug die Uhr der Fraumünsterkirche viertel nach neun. Tony starrte noch immer auf den Koffer, den Barbara Zink vor ihn hingestellt hatte und der mit zwei Zahlenschlössern gesichert war.

»Er ist verschlossen«, stieß Tony aus. »Wie lautet der Code?«

»Links 3679, rechts 1205«, antwortete die Bankangestellte kläglich.

»Gutes Gedächtnis, Kleine.« Er drehte an den Rädchen, klappte den Deckel auf und warf einen Blick hinein.

Nora erkannte auf einer schwarzen Samtunterlage mehrere Reihen silberner Schlüssel, die nummeriert waren.

Parker kam auf seinen Partner zu. »Gib mir meine Knarre zurück. Was jetzt kommt, schaffst du nicht allein.«

Tony langte unter seine Maske und wischte sich den Schweiß ab. »Du knallst mich nicht ab? Ich mach das doch für uns beide.«

»Das hast du schon mal gesagt«, gab Parker zurück und hielt fordernd die Hand hin. »Die Knarre.«

Tony reichte sie ihm. »Du wirst noch froh sein, Alter, wenn wir auf den Bahamas –«

»Halt verdammt nochmal deine Klappe, du unfähiger Volltrottel! Ich hatte einen perfekten Plan. Kurze Sache, keine Verletzten, keine Toten. Wegen dir wird das Ganze noch den Bach runtergehn.«

Plötzlich waren von draußen Sirenen zu hören. Alle Blicke richteten sich auf die Frontfenster der Bank. Durchs Glas sah man zwei Streifenwagen mit Blaulicht und heulendem Horn in die Fraumünsterstraße brausen und mit quietschenden Reifen zum Stillstand kommen. Der eine war ein Alarmpatrouillenfahrzeug, wie Nora erkannte. Das hieß, die Interventionseinheit »Skorpion« war bereits involviert. War das Jans Werk? Oder hatte jemand vom Bankpersonal die Polizei alarmieren können? Nora drehte den Kopf und nahm auf Bashkim Rahmanis Gesicht den Hauch eines zufriedenen Lächelns wahr. Sie hoffte, die Bankräuber würden nicht erfahren, dass er es gewesen war. Als Rahmani Nora sah, verdüsterte sich sein Ausdruck. Misstrauisch hielt er ihrem Blick stand.

Draußen wurden Autotüren aufgerissen. Mehrere bewaffnete, uniformierte Polizisten stürmten auf die Bank zu. Tony schoss blindlings ins Glas. Nora zählte mit. Vier, fünf, sechs, sieben Kugeln.

Das Sicherheitsglas der Fenster nahm keinen Schaden. Tony schrie: »Verpisst euch, Scheißbullen!«, und feuerte weiter. Acht. Neun. Klick. »Verdammt!« Er drückte mehrmals ab, doch das Magazin war leer. Er schleuderte die Pistole in eine Ecke, griff an seinen Hosenbund und holte die Waffe des Wachmanns hervor. Also hatte Tony kein Reservemagazin für seine Taurus.

»Hör auf!«, brüllte Parker. »Oder ich leg dich um! Genau das wollte ich vermeiden!«

Tony steckte die Pistole widerwillig zurück.

Die Polizisten erreichten den Eingang, die Tür öffnete sich automatisch. Einer der Männer rief von draußen: »Stellen Sie das Feuer ein! Unsere Waffen sind auf Sie gerichtet!« Als keine Schüsse mehr fielen, fuhr er fort: »Wir kommen ganz langsam herein! Es muss keine Verletzten geben!«

»Keinen Schritt weiter!« Parker riss die tamilische Angestellte vom Boden hoch und presste ihr die Waffe an die Schläfe. »Sonst stirbt die Kleine hier!«

Er hielt sie fest umklammert. Ihr Gesicht war angstverzerrt, ihr Mund zu einem Schrei geöffnet, doch kein Ton kam heraus.

Die Polizisten zögerten.

Bashkim Rahmani meldete sich vom Boden: »Bitte, nehmen Sie mich! Lassen Sie Manisha gehen!«

Tony gab ihm einen Tritt in die Seite. »Das hättest du wohl gern, Albaner!«

Rahmani krümmte sich.

»So ein mutiger Junge«, murmelte die alte Dame neben Nora.

Parker rief zu den Polizisten: »Zurück mit euch, oder ich drücke ab!«

Die Uniformierten nickten sich zu, hielten ihre Waffen noch immer auf Parker gerichtet, während sie ein paar Schritte rückwärtsgingen.

»Schneller! Weiter weg! Wirds bald!«, rief Parker. »Ich zögere nicht, sie umzulegen!«

Die sechs Mann traten den Rückzug an. Plötzlich sprang der Wachmann auf, der bis jetzt bewegungslos am Boden gelegen hatte und hechtete nach draußen.

»Hiergeblieben!«, schrie Tony und zog die Waffe. Parker schob Tonys Pistole zur Seite, bevor dieser schießen konnte. »Lass ihn. Wir brauchen ihn nicht.«

Der Sicherheitsmann taumelte in die Gruppe Polizisten, die ihn in Empfang nahm. Die Glastür schloss sich hinter ihm.

Nora sah zu Bashkim hinüber. Der schüttelte verständnislos den Kopf, starrte dem Wachmann voll Verachtung hinterher und flüsterte: »Feigling.«

Parker wandte sich an Tony. »Du hast uns diese ganze Scheiße eingebrockt! Los jetzt! Schaff die Leute ins Untergeschoss.«

»Alle?«

»Was denkst du denn? Dass wir die Leute hier rumstehen lassen, während wir unten die Fächer leeren? Du hast das angezettelt, nun führ es auch richtig durch!«

»Okay, Parker.« Tony wollte die Leute vom Boden hochjagen und fuchtelte nervös herum: »Auf mit euch, Pack!« Doch alle Augen waren auf Parker gerichtet.

Erst als dieser sagte: »Steht auf und folgt ihm!«, erhoben sie sich. »Das ist jetzt kein Bankraub mehr. Das ist eine Geiselnahme.«

»Zentrale, bitte kommen«, schepperte es aus dem Funkgerät im Hauptbüro der Stadtpolizei, »hier Streifenwagen Limmat 1, Suter.«

Beat Moser machte Thomas Baumann Platz, so dass sich der Kommandant melden konnte: »Wie sieht die Lage aus, Suter?«

»Bewaffneter Überfall auf die Zurich Credit Bank«, kam es zurück. »Zwei maskierte Männer mit Faustfeuerwaffen, sechs bis acht Geiseln, ein Hund. Wir mussten uns zurückziehen, da das Leben einer Frau in Gefahr war.«

»Haben die Täter irgendwelche Forderungen gestellt?«, fragte Baumann.

»Bis jetzt nicht.«

»Tote oder Verletzte?«

»Konnte ich in dieser kurzen Zeit nicht feststellen. Aber ... Moment ... ein Sicherheitsmann der Bank möchte mit dir sprechen.«

Es knisterte in der Leitung, dann ertönte eine aufgeregte Stimme. »Hier ist Karl Gutknecht, ich bin von der Security. Ich konnte mich ... retten.« Er klang wie ein von Schuldgefühlen geplagter Deserteur.

»Was haben Sie beobachtet, Herr Gutknecht?«

»Es sind zwei Täter. Sie haben vier Bankangestellte unter Kontrolle: Reto Furrer, Manisha Krishnakumaran, Barbara Zink und Bashkim Rahmani. Furrer haben sie in die Hand geschossen.«

Baumann machte sich Notizen. »Ist er schwer verletzt?«

»Ich bin nicht sicher.«

»Weiter?«

»Weiter sind da vier Kunden. Rainer Hagen, ein deutscher Stammkunde. Dann eine etwa 80-jährige Dame sowie eine 30-Jährige. Und eine Jugendliche mit einem Polski-Owczarek-Nizinny.«

»Mit einem was?«

»Einem Polnischen Niederungshütehund. Braun-grau-schwarz gescheckt mit langen zottigen Haaren, ich habe selber so einen.«

Baumann verdrehte die Augen. »Die Rasse tut nichts zur Sache.«

»Entschuldigen Sie bitte. Ich bin ... ziemlich durcheinander.« Seine Stimme brach.

»Begreiflich, Herr Gutknecht. Aber Sie müssen sich noch einen Moment zusammenreißen. Was können Sie mir weiter sagen?«

»Die Bankräuber haben das Geld aus der Schalterhalle erbeutet sowie meine Waffe. Nun haben sie vor, sich an die Safes im Untergeschoss zu machen.«

»Was ist mit den Überwachungskameras?«, fragte Baumann.

»Sind zerstört.«

»Alle?«

»Ich glaube ja.«

Baumann winkte Beat Moser heran. »Mach den Sicherheitschef der ZCB ausfindig. Ich will alle Details über die Kamerastandorte erfahren.«

Moser nickte und eilte zum Telefon.

»Gutknecht«, fuhr Baumann fort, »was können Sie uns über die Geiselnehmer sagen?«

»Einer ist ein Hitzkopf, der sofort schießt, wenn jemand aufmuckt, der andere ist ruhiger, aber mindestens so bedrohlich. Sie haben Streit bekommen und mussten ihren Plan ändern. Das ist doch gut, oder?«

»Das ist gefährlich«, gab Baumann zurück.

»Ich verstehe.«

»Sonst noch was?«

»Nein«, meinte der Wachmann.

Baumann schrieb alles auf, dann bedankte er sich und bat den Wachmann, das Funkgerät wieder dem Streifenpolizisten zu übergeben.

»Hier Limmat 1, Suter«, meldete sich dieser.

»In einer halben Stunde«, informierte Baumann ihn, »werden weitere Skorpions bei euch eintreffen. Ich richte den Führungsraum mit der direkten Linie ein. Informiert mich über die kleinste Änderung der Lage.«

»In Ordnung.«

Baumann beendete das Gespräch, dann rief er einen seiner Männer an, teilte ihm mit, eine achtköpfige Einsatzgruppe habe sich schnellstmöglich im Führungsraum einzufinden.

Nun wandte er sich an Moser. »Hast du den Sicherheitschef der Bank erreicht?«

Moser nickte. »Er kontrolliert in den nächsten Minuten die Monitore der Kameras. Sobald er weiß, ob eine oder mehrere noch intakt sind, meldet er sich.«

»Stell ihn direkt zu mir durch«, gab Baumann zurück. »Und sorge dafür, dass die Praktikantin Kaffee und Mineralwasser in den Führungsraum bringt.«

Parker zog den Rauch seiner Zigarette tief in seine Lungen. Er kochte vor Wut. Es war genau das passiert, was er befürchtet hatte: Sein Kumpel hatte es verbockt. Und er, Parker, musste nun nach einer Lösung suchen. Weil Tony zu beschränkt war, selber zu denken, weil er zu gierig war, und weil er überhaupt der größte Idiot der nördlichen Hemisphäre war. Parker hätte die Sache mit einem anderen durchziehen sollen.

Tony, mit dem Alukoffer in der einen und der Knarre des Wachmanns in der anderen Hand, trieb die Angestellten und Kunden aus der Haupthalle zum Seitenausgang, der ins Untergeschoss führte. Die Bullen hatten sich vom Eingang zurückgezogen und lauerten auf der anderen Straßenseite. Parker stieß die tamilische Angestellte in die Gruppe zurück und trat als Letzter ins Treppenhaus. Die Leute stolperten dicht aneinandergedrängt nach unten. Die Rastalockige tätschelte ihren Hund, dieser hatte den Schwanz eingezogen und trottete mit dem Kopf dicht am Boden neben ihr her. Der Geschäftsmann hielt sich am Ärmel von Barbara Zink fest; es war nicht klar, ob er sie oder sich selbst beruhigen wollte. Neben ihr stieg die alte Dame die Stufen hinunter und flüsterte Furrer tröstende Worte zu, der seinen blutenden Finger hielt, welcher mit ihrem lila Halstuch umwickelt war. Bashkim Rahmani, der übereifrige Angestellte, warf Parker einen bösen Blick zu. Parker zielte drohend mit seiner Pistole auf ihn, bis er wegschaute.

Parker konnte sich kaum beruhigen. Er wusste, was eine

Geiselnahme nach sich zog. Er hatte im Knast einige kennengelernt, die wegen Ähnlichem saßen. Für einen unblutigen Bankraub, der nur materiellen Schaden verursachte, konnte man mit ein paar Jahren davonkommen; bei Geiselnahme kannten die Gerichte keine Gnade. Die Opfer seien bis ans Ende ihrer Tage gezeichnet, hieße es, sie hätten um ihr Leben gebangt und seelischen Schaden erlitten. Besonders hart waren die Richter, wenn Frauen darunter waren. Dieser Gedanke erzürnte Parker noch mehr. Als ob die Leiden von Frauen doppelt zählten! Er war ein Mann, und sein Leben war eine einzige Wüste gewesen. Die Jahre seiner beschissenen Kindheit tauchten vor ihm auf. Die harte Hand seines Vaters, seine Mutter, die alles billigte. Das Eingeschlossensein in seinem Zimmer, in dem es weder Spielsachen, noch Musik oder Bücher gegeben hatte. Keine Freunde, keine Spielkameraden. Niemand hatte das Haus betreten dürfen. Aus der Verzweiflung, Einsamkeit und Verlorenheit hatte sich im Laufe der Jahre ein einziges Gefühl herauskristallisiert: eine unbändige, zerstörerische Wut. Wut auf seine Eltern, auf die Menschheit, auf die ganze Welt. Er hasste alles und jeden. Am meisten sich selbst. Sein Herz fühlte sich an wie eine rabenschwarze Grube, gefüllt mit beissenden Rachegedanken. Manchmal versuchte er, ein guter Mensch zu sein, andere zu verstehen, jemandem zu helfen, aber es gelang ihm nie richtig. Nach ein paar Sekunden war die Anwandlung jeweils vorüber, und das schwarze Loch hatte ihn wieder.

Aber das würde nun aufhören. Er würde diesem Land den Rücken kehren und die Vergangenheit hinter sich lassen. Vor zwei Jahren waren seine Eltern kurz hintereinander gestorben. Parker hatte gehofft, er würde Erleichterung verspüren, ein Gefühl von Freiheit oder Entspannung, hatte sogar damit gerechnet, dass trotz alledem eine Spur von Trauer über ihren Tod aufkäme. Doch all das war ausgeblieben. Er hatte nur Leere empfunden.

Er hatte nichts zu verlieren gehabt, hatte den Bankraub gut geplant, war cool geblieben. Bis vor ein paar Minuten. Nicht nur Tonys eigenmächtige Handlung brachte ihn zur Weißglut. Was ihn völlig aus dem Konzept warf, war die Begegnung mit dieser Nora Tabani. Sie hatte er am wenigsten hier erwartet. Es war die Person, die er hasste wie keine andere.

Um ein Haar hätte er reflexartig abgedrückt, als er sie erkannt hatte. Die Kugel wäre in ihre Stirn gedonnert, hätte ihr Hirn zerfetzt und wäre am Hinterkopf wieder ausgetreten. Das Blut wäre aus ihr geschossen, und sie wäre augenblicklich tot gewesen. Es hätte ihn mit Genugtuung erfüllt. Doch er hatte sich beherrscht. Er durfte die Kontrolle nicht verlieren. Einmal entfacht, würde seine Wut grenzenlos. Er spürte, dass er etwas in sich trug, das ihn zum Massenmörder machen und ihn ungebremst töten lassen könnte.

Parker schob die Gedanken mit einem Kraftakt beiseite. Er hatte keine Zeit für sowas. Er musste einen kühlen Kopf bewahren. Für Eskalation hatte Tony schon gesorgt. Der kriegte es hin und hinterließ aus lauter Dummheit ein paar Leichen. Parker musste ihm unbedingt zeigen, wer hier das Sagen hatte.

Falls sie die neue Situation geschickt angingen, würden sie nicht geschnappt. Draußen standen noch immer ihre beiden Kawasakis – die konnten sie vergessen. Die würden die Bullen bestimmt beschlagnahmen. Sie brauchten ein anderes Fluchtfahrzeug. Morgen früh ging ihr Flug von Amsterdam in die Karibik, dorthin, wo man so etwas wie eine Auslieferung in die Schweiz nicht kannte. Wenn sie in den nächsten Stunden die Sache in den Griff kriegten und die Geiseln für ihre Zwecke benutzten, würde die Zeit reichen, um nach Holland zu fahren. Dort hatten sie vor, die Beute Frank, einem Hehler, zu überlassen, der das Geld auf ihr bereits eröffnetes Konto überwiese, so dass sie das Flugzeug nicht mit dem gestohlenen Gut besteigen mussten. Parker konnte sich auf Frank verlassen. Es war nicht das erste Mal, dass er mit ihm zusammenarbeitete. Natürlich würde er einen Teil der Beute für sich abzwacken, schließlich hatte er auch Arbeit damit, doch er bliebe fair. Noch war nichts verloren. Parker brauchte bloß eine gute Idee.

Nach der Ankunft auf den Bahamas würde er sich so schnell wie möglich von Tony trennen. Wenn er neu anfangen wollte, ging das nur allein. Denn Tony träumte vom Geldverprassen in Spielcasinos, von Besäufnissen am weißen Sandstrand und schnellem Sex mit heißen Bräuten. Parker genügte ein stiller Ort, wo er ein anderer werden konnte. Er würde sich häuten wie eine Schlange, und darunter käme ein neuer Parker zum Vorschein. Einer, der das Leben genießen konnte. Einer, den man nicht fürchtete, sondern mochte.

Parker schaute auf die Gruppe vor ihm, die nun im Untergeschoss angekommen war. Tony drängte sie in den Vorraum, der weiter hinten zur Halle mit den Schließfächern führte. Ein dunkelroter Teppich schluckte die Geräusche der Schritte. Eine meterdicke runde Tresortür aus Stahl verband die beiden Räume. Sie war geöffnet, und Parker konnte einen Blick auf die langen Reihen der Fächer werfen. Auf der linken Seite des Vorraums war eine marmorne Empfangstheke, auf deren Vorderseite das Bankenlogo, der rote Tiger im Sprung, eingemeißelt war. Zwei Computerbildschirme standen auf dem Korpus. Auf der rechten Seite des Raums befanden sich schwarze Ledersessel und ein Glastischchen für die Wartenden.

»Cool«, sagte Tony, »keiner hier.«

»Und das macht dich nicht misstrauisch, du Schwachkopf?«, brüllte Parker ihn an.

»Wieso? Wie meinst du das?«

»Um diese Zeit sollte hier jemand arbeiten. Das heißt, dieser Jemand hat die Schüsse vorhin gehört und sich aus dem Staub gemacht.« Parker ging auf die blonde Bankangestellte zu, die ängstlich zurückwich. »Gibt es irgendwo einen Hinterausgang?«

Barbara Zink schüttelte den Kopf. »Sie … sie konnte nicht flüchten. Sie hätte an uns vorbeikommen müssen.«

»Sie?«

Barbara Zinks Antwort war nur noch ein Flüstern. »Angela Morandi. Sie ist heute morgen für die Schließfächer zuständig.«

»Tony!«, befahl Parker. »Du bleibst hier und bewachst die Geiseln!«

»Okay, Boss.« Er zog seine Draculamaske gerade, scheuchte die ganze Gruppe auf die eine Seite und stellte sich breitbeinig mit gezückter Pistole vor sie hin. »Keinen Mucks, oder ihr seid tot!«

Parker blickte auf die beiden Überwachungskameras, die an den oberen Ecken des Raums montiert und auf die Empfangstheke sowie die Sessel gerichtet waren. Mit zwei gezielten Schüssen schaltete er sie aus. Glas klirrte, Plastik brach, schwarze Splitter fielen zu Boden. Ein elektrischer Draht schnellte aus dem Loch in der Wand und wippte hin und her. Befriedigt über seine Treffsicherheit fegte er aus dem Vorraum.

Auf einem Zwischenboden des Treppenhauses fand er die Toiletten. Er stürzte hinein, öffnete das Damenklo auf der linken Seite, das aus zwei Kabinen bestand, bückte sich und schaute erst unter der einen, dann der anderen Tür durch. Nichts. Er stieß die Türen ganz auf. Da war niemand. Er eilte ins Männerklo und sah, dass eine Kabine verschlossen war. Als er durch den Spalt lugte, entdeckte er keine Schuhe. Doch die Bankangestellte musste hier drin sein. Wahrscheinlich saß sie mit angezogenen Beinen auf der Klobrille. Er lauschte. Ein leises, schnelles Atmen war zu hören, wie von einem gefangenen Tier.

»Angela Morandi!«, sagte er. »Komm raus, oder ich schiesse durch die Tür!«

Sie zögerte.

»Ich zähle bis drei, dann drück ich ab! Eins …«

Die Klinke bewegte sich nach unten, und eine pummelige Frau mit dunklem Pferdeschwanz kam verschüchtert aus der Kabine. In der Hand hielt sie einen schwarzen Schirm. Sie zitterte.

»Warst du es, die die Polizei gerufen hat?«, fragte Parker.

Die Frau bewegte lautlos ihre blutleeren Lippen.

»Antworte!«

»Sie wussten es schon«, gab die andere leise zurück. Sie richtete den Schirm gegen ihn.

Parker schnaubte. »Lass das lächerliche Ding fallen und komm mit!«

Angela Morandi gehorchte. Sie ließ den Schirm zu Boden gleiten. Parker schob sie vor sich her und brachte sie in den Vorraum der Schließfächerhalle. Als sie die Geiseln erblickte, die von Tony in Schach gehalten wurden, murmelte sie: »Oh Gott, Barbara … Reto ….« Sie erblickte Furrers Hand im blutigen Halstuch und wurde kreidebleich.

Parker stieß sie zu den anderen. »Setzt euch nebeneinander auf den Boden. Lehnt euch an die Wand an. Ihr werdet ein paar Stunden hier bleiben, bis wir eine Lösung gefunden haben. Wenn ihr nicht auf dumme Gedanken kommt, geschieht euch nichts. Los, runter mit euch!«

Die Leute setzten sich auf den Teppich. Die Rasta-Frau kreuzte die Beine zum Schneidersitz. Furrer legte die verletzte Hand auf den Oberschenkel. Sein Gesicht war schmerzverzerrt. Die ältere Dame hatte sichtlich Mühe, in die Hocke zu gehen und fragte leise: »Wäre es nicht möglich, dass wir auf den Sesseln Platz nehmen könnten?«

»Ich sagte, auf den Boden!«

Rahmani half ihr, bis auch sie neben den anderen auf dem Teppich saß.

»Und jetzt legt eure Handys vor euch hin!«, fuhr Parker fort.

Hagen griff sofort in die Innentasche seines Mantels und deponierte sein iPhone sorgfältig vor seinen Füßen.

»Ein bisschen schneller, verdammt nochmal!«

Die Angestellten Barbara Zink, Angela Morandi und Bashkim Rahmani taten es dem Geschäftsmann nach.

»Meines ist in der Schalterhalle oben«, sagte die tamilische Angestellte. »In meiner Handtasche.«

»Wie heißt du?«, fauchte Parker. Die Kleine war außergewöhnlich hübsch, aber Parker verbot sich Gedanken an Ausschweifungen. Er war schließlich nicht Tony, er hatte sich im Griff.

»Manisha Krishnakumaran.«

»Wenn du mich belügst, Manisha …«

Sie schüttelte vehement den Kopf. »Ich schwöre, es ist –«

Parker betrachtete ihr enges, anthrazitfarbenes Kleid, das keine Taschen aufwies. Ihre Hüften waren perfekt gerundet. Ihre Beine so wohlgeformt, wie man es nur bei mit Photoshop bearbeiteten Models auf Plakatwänden sah. Jedenfalls gab es keinen Zentimeter an ihrem Körper, wo sie ein Mobiltelefon hätte unterbringen können. Er nickte. »In Ordnung.«

Neben ihr saß Reto Furrer wie ein kleiner Junge, der wartet, bis er an die Reihe kommt, und kommentierte jammernd: »Mein Handy habt ihr ja vorhin –«

»Ich weiß!« Parker regte sich über den Typen auf. Ein echter Waschlappen, der zu nichts anderem taugte als zu einer öden Arbeit in einer Bank. Und solche Leute hatten die Macht, Millionen von Franken, Euro oder Dollar zu verwalten. Kein Wunder, ging in der Finanzwelt alles vor die Hunde. Parker wandte sich an die Frau mit dem Köter. »Was ist mit dir?«

Umständlich wühlte sie in ihrer Umhängetasche, auf der ein Cannabisblatt aufgestickt war und darunter die Worte »Free Ganja«. Es klimperte und rasselte: Sie nahm eine Dose Red Bull heraus, einen weißen Spielwürfel, eine mit indischen Zeichen verzierte Haschpfeife, dann einen Feldstecher in einem Lederetui.

»Wofür ist der denn? Bist du eine Spannerin?«

»Ich beobachte Vögel«, sagte sie.

»Dein Name?«

»Janis. Wie Janis Joplin.«

»Und weiter?«

»Nur Janis.« Sie schluckte, suchte weiter in ihrer Tasche.

Parker ging einen Schritt auf sie zu. »Ich sagte, ich will deinen Nachnamen hören.«

Sie murmelte etwas.

»Lauter!«

»Blocher«, sagte sie verschämt.

Tony prustete los, was unter der Maske einen dumpfen Ton verursachte.

Parker brachte ihn mit einer gebieterischen Handbewegung zum Schweigen. »Da gibts nichts zu lachen. Es macht die Sache nicht besser, wenn sie mit dem Politiker verwandt ist.«

»Ich bin nicht mit dem verwandt!«, gab Janis mit empörtem Blick zurück. »Zum Glück.« Sie hatte ihr Handy gefunden, das in einem rot-grün-gelb gestreiftem Wolltäschchen steckte, und legte es vor sich hin.

Parker stellte sich vor die alte Dame. »Und du?«

»Greta Hollenstein«, sagte sie, »pensionierte Sekundarlehrerin.«

»Ich will nicht deinen verdammten Lebenslauf, sondern dein Handy.«

»So was brauch ich nicht«, sagte sie und hielt ihm ihre geöffnete Handtasche hin. »Ich wüsste nicht, wie ich so ein Ding bedienen sollte. Außerdem sehe ich nicht mehr gut. Große Schriften kann ich lesen, aber mit meinem Grauen Star würde ich so eine kleine Tastatur –«

»Halt die Klappe.« Parker durchwühlte die Tasche, die mit diversem Krimskrams gefüllt war. Schlüssel, Kugelschreiber, Brillenetui, ein zerknautschtes Päckchen Pfefferminzbonbons, ein Buch und ein riesiges Altweiberportemonnaie, in dem die Münzen klimperten. Er ertastete ein Taschentuch, das etwas feucht war, und zog seine Hand angewidert zurück. Ein Mobiltelefon fand er nicht. »Okay.«

Zuletzt trat er vor Nora Tabani. Er fühlte, wie sein Hass erneut aufflammte, als er in ihre Augen sah. Sie schaute ihn forschend an, als suche sie in ihrem Gedächtnis nach dem Gesicht, das zu seiner Stimme passte. Sie war intelligent, das spürte er. Sie ließ sich von ihrer Angst nicht beherrschen, sondern behielt die Nerven. Wenn von einer der Geiseln Gefahr ausging, dann von ihr, das war ihm klar. Sie würde jede Möglichkeit zur Gegenwehr nutzen. »Rück dein Handy raus!«, befahl er.

Nora Tabani hob bedauernd die Schultern. »Ich habe keins.«

»Das hättest du wohl gern! Durchsuch sie, Tony!«

»Aber klar doch«, gab sein Kumpel zurück, kniete sich hin und tastete die Tabani ab, die es stoisch über sich ergehen ließ. Erst untersuchte er die Außentaschen ihrer Jacke, dann die Innentaschen, danach die Taschen ihrer Jeans. Er fand einen Schlüsselbund und steckte ihn zurück, ohne ihn genauer anzuschauen. Mit sichtlichem Vergnügen fuhr er ihren Beinen entlang, hob die Hosensäume und kontrollierte Socken und Schuhe. »Sie sagt die Wahrheit, Alter. Sie hat keines. Das heißt … Moment mal, ich hab da was vergessen …« Er rutsche näher zu ihr und fuhr mit den Händen unter ihre Bluse. Als er ihre Brüste begrabschte, sah Parker, wie ihre Hand zuckte, als müsste sie sich beherrschen, Tony keine runterzuknallen. Doch sie tat nichts dergleichen. Sie bedachte Tony mit einem Blick, der Bände sprach, hielt sich aber zurück. Ja, dachte Parker, die Tabani ist nicht zu unterschätzen.

Rahmani starrte entrüstet auf die Szene, als wollte er gleich eingreifen. Barbara Zink wandte ihren Blick ab. Greta Hollenstein schüttelte den Kopf und murmelte: »Wie entwürdigend …«

»Lass es gut sein«, sagte Parker zu Tony.

»Warum? Hier hab ich noch nicht nachgeschaut.« Tony fingerte am Reißverschluss von Tabani Jeans herum.

»Gütiger Gott!«, entfuhr es Greta Hollenstein.

»Ich sagte, hör auf!«, Parker zog seinen Kumpel am Jackenärmel zurück und stieß ihn zur Seite.

Tony stolperte, rappelte sich wieder hoch. »Ist ja gut, Alter, reg dich nicht so auf.«

Die Tabani schaute erst zu Tony, dann zu ihm hoch. Parker suchte vergeblich ein Anzeichen von Angst in ihrem Gesicht. Mit selbstsicherer Stimme, die ihn rasend machte, meinte sie: »Überzeugt?«

Parker beugte sich ganz nah zu ihr hinunter, starrte sie durch seine Maskenschlitze an und zischte: »Wenn du mich verarschst, Tabani, bist du tot.«

## 09:18

Noras Herz schlug zum Zerspringen. Der Typ trieb ein Machtspiel mit ihr, aber den Triumph, sie einzuschüchtern, gönnte sie ihm nicht. Sie versuchte, sich nichts anmerken zu lassen, und setzte ein Pokerface auf, das ihrem Chamäleon alle Ehre gemacht hätte. Als Parker sich von ihr abwandte, entließ sie die angehaltene Luft so leise sie konnte. Um ein Haar wäre sie aufgeflogen. Sie hatte ihr Mobiltelefon während des Hinabsteigens ins Untergeschoss unauffällig vorn in ihren Hosenbund geschoben. Sie hatte geahnt, dass die Bankräuber den Geiseln jeglichen Kontakt mit der Außenwelt verunmöglichen würden, indem sie ihnen die Handys wegnahmen. Falls Jan mitgelauscht hatte, wusste er genug. Sie hatte die Verbindung unterbrochen, um Akku zu sparen, doch wegen der Tastatursperre hatte sie es nicht geschafft, das Gerät auszuschalten. Das musste sie dringend nachholen, sobald sich eine Gelegenheit bot. Sonst konnte es passieren, dass es plötzlich läutete. Das Handy drückte in ihren Bauchnabel. Sie konnte kaum fassen, dass Tony es nicht gefunden hatte. Seine Hände waren überall gewesen, nur nicht dort. Sie wusste, der Versuch war riskant gewesen. Doch er war es wert. Die Aktion war den Männern entglitten, das hieß, sie waren noch unberechenbarer. Ihr Stress konnte Menschen das Leben kosten. Wenn Nora schon keine Waffe auf sich trug, wollte sie wenigstens die Möglichkeit zur Kommunikation nach außen haben.

Die Interventionseinheit der Polizei würde das Leben Unschuldiger nicht gefährden, sondern ginge auf die Forderungen der Geiselnehmer ein. Zumindest pro forma. Und Forderungen kämen. Parker und Tony konnten die Bank nicht mehr auf dem Weg verlassen, den sie vorgesehen hatten. Solange sie hier unten die Safes leerten, waren Nora und die anderen Gefangenen in relativer Sicherheit. Die entscheidende Phase käme, wenn die Männer abhauen mussten. Um die Chance für eine erfolgreiche Flucht zu erhöhen, nähmen sie wohl eine der Geiseln mit. Nora hoffte, es träfe nicht die alte Dame. Greta Hollenstein schien zwar rüstig zu sein und nicht so leicht zu erschüttern, aber körperlich wäre sie nicht in der Lage, sich zu wehren. Hagen, der deutsche Geschäftsmann, war zwar groß und massig, wirkte jedoch kaum wehrhafter. Janis Blocher war wegen ihres Hundes nicht die optimale Fluchtgeisel. Außer die Täter entschlossen sich, das Tier zu töten. Reto Furrer war verletzt und würde alles vollbluten, was nicht im Interesse der Bankräuber sein konnte, die sich, ohne Aufsehen zu erregen, davonmachen und vielleicht das Land verlassen wollten. Bashkim Rahmani käme nicht infrage. Er würde kämpfen. Aus Sicht der Täter wären die Angestellten Barbara Zink, Angela Morandi oder Manisha Krishnakumaran am besten geeignet, ihnen die Flucht zu ermöglichen.

Oder sie, Nora? Sie wünschte fast, die beiden wählten sie. Sie hatte Erfahrung mit Gewalttätern, wusste, womit sie rechnen musste und war physisch in Bestform – schnell, beweglich und dank ihres wöchentlichen Kampfsporttrainings fähig, es auch mit Bewaffneten aufzunehmen, falls deren Aufmerksamkeit für eine Sekunde nachließ.

Nora hatte weiter die Schüsse gezählt. Nachdem Parker im Erdgeschoss mindestens sieben Kugeln verbraucht und hier unten die beiden Videokameras ausgeschaltet hatte, war sein Magazin definitiv verfeuert. Er hatte keinen Leerschuss abgegeben, es hatte nicht geklickt, das hieß, Parker war höchstwahrscheinlich nicht klar, dass sich in seiner Taurus keine Munition mehr befand. Das konnte für einen Überraschungsangriff genügen. Wenn Tony nicht wäre. Er trug die Waffe des Wachmanns allzu locker in der Hand.

Nora beobachtete ihn. Der schlaksige, große Typ sammelte alle Handys vom Boden auf und warf sie über die Empfangstheke, wo sie an einen Aktenschrank schepperten und in den weichen Teppich fielen. Dann machte er sich weiter hinten am Koffer zu schaffen. Parker half ihm dabei, ohne seinen Blick von den Geiseln zu lassen. Nora hatte Parkers Augen durch seine Maske gesehen. Dunkel, feurig, voller Wut. Was verband ihn mit ihr? Woher kam sein Hass? Sie zerbrach sich den Kopf, fand aber keine Erklärung.

Sie betrachtete ihre acht Mitgefangenen. Alle saßen dicht aneinandergedrängt an der Wand und schwiegen. Hagen starrte trübselig vor sich hin, Angela Morandi schluchzte lautlos, Rahmanis Blick war auf Nora gerichtet. Er wirkte nicht mehr so abweisend, vielleicht hatten Tonys Grabschereien den jungen Kosovaren überzeugt, dass Nora nicht mit den Bankräubern unter einer Decke steckte.

Noch immer fragte sie sich, wer sie in die Bank bestellt hatte. Vielleicht würde sie es nie erfahren. Vielleicht hatte ihr Auftraggeber im letzten Moment einen Rückzieher gemacht. Und das Ganze stellte sich als unglaublicher Zufall heraus. Seltsam nur, dass sie nicht daran glaubte.

Greta Hollenstein saß neben Nora, die Handtasche in ihrem Schoss. »Mathilda hat heute Geburtstag«, murmelte sie zusammenhangslos.

Nora wusste nicht, ob sie mit sich selber redete oder sie angesprochen hatte, und fragte gedämpft: »Wer ist Mathilda?«

Die alte Dame drehte den Kopf, und die Andeutung eines Lächelns erschien auf ihrem runzligen Gesicht. »Meine Schwester. Ich wollte Geld abheben, um sie in die ›Kronenhalle‹ einzuladen.«

»Das tut mir leid«, flüsterte Nora zurück.

»Sie wird achtundsiebzig.«

Tony und Parker ließen es zu, dass sie sich leise unterhielten. Barbara Zink blickte zu Greta Hollenstein herüber, als würden ihre Worte sie beruhigen.

Diese fuhr fort: »Ich bin die Ältere.«

Nora fühlte sich genötigt zu antworten: »Das sieht man Ihnen aber nicht an.«

»Ja, nicht wahr?«

Mit leicht bitterem Unterton sagte Nora: »Ich hätte heute auch ein rundes Jubiläum zu feiern. Den 541. gemeinsamen Arbeitstag mit meinem Partner.«

»Oh«, gab die Dame zurück, »die hundertste Primzahl.«

Nora schaute sie entgeistert an, darauf meinte die andere: »Vergessen Sie nicht: Ich war Lehrerin.« Sie streckte Nora die Hand hin. »Übrigens: Ich bin Greta. Ich finde, so eine Situation schweißt zusammen, da sollte man sich nicht mit Förmlichkeiten abgeben.« Nach einer kleinen Pause meinte sie: »Wir müssen uns ja nicht gleich duzen. Aber uns mit Vornamen anzureden, wäre schön.«

Nora schüttelte ihre Hand, stellte sich ebenfalls vor, dann taten es ihr einige gleich.

Zink fuhr über ihre blonde Pagenfrisur und flüsterte: »Barbara. Seit achtzehn Jahren bei der Zurich Credit Bank. Wir haben in einer Krisenübung gelernt, dass solche … Über…

Überfälle … leichter zu bewältigen sind, wenn unter den Geiseln Solidarität entsteht.« Ihre Stimme brach, eine Träne rann über ihre Wangen. »Verzeihen Sie bitte.«

»Sie brauchen sich nicht zu entschuldigen, Barbara, das ist ganz natürlich«, sagte der deutsche Geschäftsmann und fügte hinzu: »Hagen, Rainer Hagen. Aus Düsseldorf. Immobilienberater für Stockwerkeigentum im oberen Preissegment.«

»Studentin«, sagte Janis. »Erstes Semester. Ethnologie.« Sie streichelte ihrem Hund, der seinen Kopf auf ihre Beinen gelegt hatte, übers Fell: »Das ist Dylan. Dreijährig.«

Bashkim Rahmani sagte: »Heute ist mein erster Arbeitstag.«

»Ich hoffe, es ist nicht dein letzter«, antwortete Manisha leise. Dann stockte sie und errötete. »Ich meine nicht … mein Gott, das klingt ja so, als ob ich denke, du würdest heute sterben. Ich wollte nur sagen, in all den Jahren, seit die ZCB gegründet wurde, hat es noch nie einen Bankraub gegeben. Ich hoffe,« sie schaute Rahmani schüchtern an, »dieses Unglück ändert nichts an deinem Entscheid, bei uns zu arbeiten.«

»Auf keinen Fall«, sagte Rahmani leise, aber bestimmt. »Es ist mir eine große Ehre, die Stelle bekommen zu haben.«

Reto Furrer gab ein leises Stöhnen von sich. Gretas lila Halstuch, das er um seine Hand geschlungen hatte, hatte sich inzwischen in einen nass-roten Lappen verwandelt.

»Schmerzen?«, fragte Angela Morandi.

Furrer nickte.

Unterdessen hatte Tony den Koffer auf die Theke gelegt. Er nahm einen Schlüssel raus und ging damit in die angrenzende Halle mit den Schließfächern. Man hörte ihn hantieren. Metall schepperte, ein Scharnier quietschte, eine schwere Lade knallte auf einen Tisch. Ein Deckel wurde angehoben.

Dann rief Tony: »Heilige Scheiße, Alter, sieh dir das an! Und diese Bankzicke hat uns gesagt, hier sind nur Dokumente!«

Parker ging ein paar Schritte in seine Richtung.

In diesem Moment vibrierte es an Noras Bauchnabel.

Verdammt!

Reflexartig griff sie nach ihrem Handy, doch die ersten Worte der Nationalhymne dudelten bereits durch den Raum. »Trittst im Morgenrot daher …« So unpassend wie hier war der Klingelton noch nie gewesen. So schnell sie konnte, schaltete sie das Mobiltelefon aus.

Greta starrte sie an.

Rahmani riss die Augen auf.

Parker schnellte herum und preschte auf die Geiseln zu. Ein Schweißtropfen fiel von seiner Maske auf den Boden. »Wer war das?«

Jan saß am Computer und hackte sich in die Baupläne der Zurich Credit Bank. Das hieß, Hacken konnte man es eigentlich nicht nennen. Noch nicht. Noch befand er sich auf öffentlichen Webseiten.

Bis vor kurzem waren die Gesprächsfetzen der Bankräuber und Geiseln aus dem Lautsprecher seines iPhones gedrungen. Zwar mit störenden Nebengeräuschen, aber einigermaßen verständlich. Die Gruppe hatte sich auf den Weg zum Untergeschoss gemacht, das hatte er begriffen. Plötzlich hatte es geraschelt, als ob Nora ihr Handy an einen anderen Ort verschoben hätte, dann war die Verbindung abgebrochen. Um den Kontakt mit Nora wiederherzustellen, hatte Jan sein iPhone geschüttelt – eine völlig untypische Handlung für ihn, die wohl nur seinem Stress zuzuschreiben war. Natürlich kamen keine weiteren Geräusche aus dem Gerät. Jan hatte keine Ahnung, ob das ein gutes oder schlechtes Zeichen war.

Er legte das Mobiltelefon zur Seite und wandte sich wieder dem Computer zu. In Windeseile klickte er sich durchs Internet. Er fand die Konstruktionsvorlagen eines Architekturbüros, das vor zwölf Jahren größere Renovationen am Gebäude der ZCB vorgenommen hatte, auf einer zwar schwer zu entdeckenden, aber noch immer legal zugänglichen Seite.

Das Eindringen in die verschlüsselten Ordner entsprach dann nicht mehr ganz dem Surfverhalten eines Normalusers. Doch Jan musste dringend erfahren, ob sich Noras Lage verändert hatte, wenn er ihr helfen wollte. Seine technischen Fähigkeiten hatte er noch nie eigennützig angewandt.

Er klickte auf die Datei »grundriss_zcb_1.pdf« und öffnete das Dokument. Es zeigte die Pläne des Erdgeschosses der Bank, die Schalter und Fenster, links die Tür zum Treppenhaus. Er öffnete »grundriss_zcb_2.pdf« und fand die Bauskizzen der unterirdischen Etage: den Vorraum und die Haupthalle mit den Schließfächern, dazu am linken Rand den Treppenaufgang und auf halber Höhe Toiletten in einem Zwischenstockwerk. Die Strom- und Wasserleitungen waren gelb beziehungsweise blau markiert, tragende Elemente hervorgehoben. Die grau schraffierten Flächen konnte Jan zuerst nicht einordnen. Es schienen schmale Hohlräume zu sein, die sich aus verschiedenen Ecken den Wänden entlangzogen und an der Hausrückseite ineinandermündeten. In den Toilettenräumen waren mehrere dieser Bereiche eingezeichnet, zwei davon direkt über den WC-Kabinen. Von der Außenmauer führten die Bahnen zwischen zwei Isolationsschichten nach oben. Jan kontrollierte die Pläne der oberen Stockwerke, wo die Büros der Angestellten untergebracht waren, und fand überall dasselbe System. Das mussten die Lüftungsschächte sein. Sie hatten einen Durchmesser von etwa siebzig Zentimetern und schienen auf dem Gebäudedach zu enden.

Würde das Nora etwas nützen?

Er wusste es nicht, doch er druckte die Pläne aus. Dann steckte er sein iPhone-Kabel in den USB-Anschluss des Laptops, verband das Handy damit und kopierte die beiden PDFs auf sein iPhone. Noras vorsintflutliches Mobiltelefon hatte weder Internetzugang, noch konnte es PDFs öffnen, war aber immerhin imstande, Fotos zu empfangen. So wandelte Jan die Dateien auf seinem Handy in JPEGs um und schickte sie als

MMS an Nora. Er schrieb ein paar erklärende Worte dazu, damit Nora die verschiedenen Farben auf den Plänen deuten konnte. Dummerweise würde sie die Bilder auf ihrem mickrigen Display nicht vergrößern können und bräuchte Sperberaugen, um aus den kleinen Skizzen schlau zu werden.

Was er hier tat, half ihr vielleicht. Vielleicht auch nicht.

Er fühlte sich elend. Hatte er irgendetwas übersehen?

Er hatte die Polizei verständigt. Dass diese ihn in ihre Aktionen nicht miteinbeziehen würde, war klar. Er war Detektiv, rechtlich gesehen eine Privatperson. Kreuzte er vor der Bank auf, würden sie ihn vom Platz weisen. Sollte er das Ganze einfach den Behörden überlassen und hoffen, dass die Geiseln bald befreit wären und der Überfall ein unblutiges Ende nähme? Das wäre das Vernünftigste.

Er ging unruhig im Büro auf und ab.

Nein, er konnte einfach nicht warten. Er musste etwas tun.

Vielleicht sollte er Mike unterstützen. Vorausgesetzt, Mike war überhaupt an diesem Fall beteiligt. Jan wusste, dass die Polizei zuerst die Lage vor Ort überblicken und erst dann Hintergrundinformationen suchen würde. Er konnte helfen, indem er Mike die Baupläne gab.

Jan wählte die direkte Kripo-Nummer. Während er dem Rufton lauschte, wurde ihm klar, dass er sich etwas vormachte. Die Polizei brauchte ihn nicht. Sie hatte genügend Leute, die auf Raub, Geiselnahmen und andere Gewaltakte spezialisiert waren. Er hielt es bloß nicht aus, als Statist am Rande dabei zu sein.

»Geh schon ran«, murmelte er.

Doch Mike nahm nicht ab.

Jan versuchte es auf seinem Handy und hörte nur die Combox. Eine Sekunde überlegte er sich, eine Nachricht zu hinterlassen. Dann ließ er es bleiben.

In diesem Moment klingelte sein iPhone. Er hoffte, es sei Mike.

Doch es war ein Mann von der Polizeizentrale. »Herr Berger? Sie haben uns vorhin angerufen. Stehen Sie noch in Kontakt mit einer der Betroffenen?«

Jan seufzte. »Die Verbindung wurde unterbrochen.«

»Welche Informationen haben Sie erhalten?«

»Es sind Schüsse gefallen«, sagte Jan.

»Das ist uns bekannt.«

»Die Bankräuber haben Geiseln genommen und sie ins Untergeschoss gebracht.«

»Ich verstehe. Wissen Sie noch mehr?«

»Leider nein.«

»Bitte teilen Sie uns mit, wenn Ihre Kollegin Sie wieder anruft. Fragen Sie nach Kommandant Baumann.«

»In Ordnung.«

Jan ging in die Küche, rastlos und unentschlossen, stützte sich am Spültrog ab und trank den Rest des heute früh zubereiteten Wermuttees. Die herben Wirkstoffe des Getränks würden seinen Magen beruhigen, und ein ruhiger Magen, das wussten schon die alten Römer, half beim Denken. Nora würde ihn auslachen, wenn sie ihn so sähe, und würde das bittere Gebräu eine Beleidigung für den Gaumen nennen. Er durfte sich gar nicht ausmalen, was sie durchmachte. So stark, wie sie sich immer gab, war sie gar nicht. Das hatte er gleich bei ihrer ersten Begegnung gemerkt. Doch er tat ihr den Gefallen, sie für eine Powerfrau zu halten, weil er wusste, wie wichtig das für sie war. Wenn es beispielsweise um ihre Vergangenheit ging, konnte sie erstaunlich wortkarg sein. Nicht, dass sie irgendwelche Leichen im Keller hatte – jedenfalls glaubte er das nicht –, vielmehr fand sie, ihr Innenleben gehe niemanden etwas an. Jahrelang hatte sie damit zu kämpfen gehabt, dass ihr Vater im Dienst erschossen worden war und sein Mörder noch immer frei herumlief. Sie hatte den Menschen verloren, den sie am meisten geliebt hatte; dieser Verlust hatte ihre Beziehung zu anderen Leuten, insbesondere zu Männern, verändert. Jan hatte miterlebt, wie

Nora sich in gefühlskalte Typen, Kriminelle oder Lügner verliebt, sich in kurze, heftige Affären gestürzt hatte, nur um sich bald darauf zu schwören, den Rest ihres Lebens als Einsiedlerin zu verbringen. In den letzten Wochen hatten Monika und er sie mehrmals zum Abendessen eingeladen. Anfangs waren sie zu dritt gewesen, dann hatten sie Benny, einen guten Single-Freund, dazu genommen, was Nora mit einem spöttischen »Wollt ihr mich verkuppeln?« quittiert hatte. Die Stimmung bei Tisch war trotz allem unbeschwert gewesen, das Gespräch persönlich und offen, doch beim Verabschieden hatte Jan eine tiefe Traurigkeit in Noras Augen bemerkt. Als Benny gegangen war, schlug Monika vor, bald wieder ein Treffen zu vereinbaren, doch Nora schüttelte den Kopf. »Ist lieb von euch. Aber so dringend habe ichs nicht nötig. Bin ganz zufrieden allein.«

Jan glaubte ihr nicht. Er wünschte sich, sie hätte jemanden an ihrer Seite. Einen Partner, mit dem sie das Schöne teilen konnte, der ihr aber auch in schweren Zeiten helfen würde, wie zum Beispiel die Nachwirkungen dieses Überfalls zu verarbeiten. Jan nahm sich vor, Noras Schockzustand nach ihrer Befreiung wenn nicht mit Gesprächen – da würde sie dankend abwinken –, wenigstens mit seiner Hopfen-Baldrian-Melisse-Mischung zu kurieren. Auch wenn er wusste, dass es Nora schwerfiele, überhaupt zuzugeben, dass sie unter Schock stand.

Er schaute einen Moment gedankenverloren auf den Zettel, der bei der Tür hing und auf den Nora mit schwungvoller Schrift »Druckerpatronen, Kaffeekapseln, Nachfüllbeutel Handseife, gelber Markierstift, Martini Bianco« geschrieben hatte; darunter war ein lachendes Männchen gemalt. Er trank den letzten Schluck und überlegte sich, wie er weiter vorgehen sollte, als sein Handy klingelte.

Das musste Mike sein! Bestimmt hatte er Jans Nummer auf seiner Anrufliste entdeckt. Jan eilte in sein Bürozimmer, grabschte nach dem Telefon und sagte, ohne einen Blick aufs Display zu werfen: »Mike?«

»Nein, mein Lieber, ich bins«, flötete jene Person am anderen Ende, die er momentan am wenigsten brauchen konnte.

»Sonja«, entfuhr es ihm lahm, »was willst du denn?«

»Begrüßt man so eine alte Freundin?«

»So meinte ich es nicht«, gab er zurück, »ich warte bloß auf einen Rückruf von Mike.«

»Oh, der gute, alte Mike! Wie geht es ihm denn?«

»Sonja, wirklich, ich habe keine Zeit. Lass uns ein anderes Mal plaudern.«

Noras Mutter seufzte. »Eigentlich versuche ich es nur auf deiner Nummer, weil ich Nora nicht erreichen kann. Ich habs vorhin auf ihrem Festnetz probiert und dann auf ihrem Handy – sie geht einfach nicht ran.«

»Sie … sie ist beschäftigt. Ich richte ihr aus, dass sie dich zurückrufen soll. Einverstanden? Ich lege jetzt auf. Die Linie muss frei sein.«

»Ist was, Jan?«

»Nein, Sonja, es ist alles okay, ich erwarte nur einen Anruf. Von Mike. Mike Salzmann. Geschäftlich.« Es klang völlig unglaubwürdig.

Sonja wurde hellhörig. »Stimmt etwas nicht mit Nora?«

»Es ist alles in Ordnung, wirklich.«

»Wo ist sie?«

»Sie hat zu tun.«

»Jan.« Sie machte eine bedeutungsschwangere Pause, dann sagte sie mit eindringlicher Stimme: »Du verschweigst mir etwas.«

»Sonja, ich darf dir nichts sagen. Du weißt, wir nehmen das Berufsgeheimnis ernst.«

»Ich bin ihre Mutter. Nora ist in Gefahr. Ich spüre es.«

»Sie arbeitet an einem Fall.«

Leise sagte sie: »Heute wollte ich mit ihr reden, genau heute. Es gibt da einiges, das sie nicht weiß. Über früher. Es … es ist mir wichtig, dass ich sie treffen kann, Jan. Die

Zeit ist reif. Ich habe ihr versprochen, dass sie es eines Tages erfährt.«

»Geht klar, Sonja, ich leite es ihr weiter. Sie wird sich bei dir melden.«

»Jetzt.«

»Das geht nicht. Im Moment arbeitet sie an etwas Wichtigem.« Mit Nachdruck fuhr er fort: »Worüber ich dir nichts mitteilen darf. Bitte versteh das.«

Ein paar Sekunden herrschte Schweigen. Dann kapitulierte Sonja. »Entschuldige, Jan, dass ich so insistierte. Es hat mich viel Mut gekostet, diesen Anruf zu machen. Ich … ich ringe schon seit Jahren damit.«

Jan konnte sich nicht vorstellen, worum es ging, doch was immer es war, es musste warten. Er beendete das Gespräch und versuchte es sogleich nochmals bei Mike.

Nichts.

Kurzentschlossen packte er Autoschlüssel und Jacke und machte sich auf den Weg Richtung Zurich Credit Bank. Sollte ihn die Polizei doch vom Tatort verjagen – versuchen musste er es.

»Wessen Handy war das?«, stieß Parker aus und tigerte mit gezückter Waffe vor der Gruppe hin und her.

Niemand sagte etwas. Wenn Nora sich jetzt nicht meldete, gefährdete sie die anderen. Sie holte Atem, um zu antworten.

Da kam ihr Greta Hollenstein zuvor. »Es tut mir leid, Herr Parker. Das war nur mein Wecker.«

Nora starrte sie erstaunt an.

»Ein Wecker?«, bellte Parker.

»An meiner Uhr.« Greta hielt ihm ihr Handgelenk hin und wies auf ein kleines, goldenes Damenührchen, das nie und nimmer eine Weckfunktion hatte. Was tat sie da bloß? Nora wollte das Ganze klären, doch Greta fuhr fort: »Der Ton erinnert mich daran, meine Medikamente einzunehmen.«

Sie griff in ihre Handtasche, nahm eine Tablettenschachtel heraus und wedelte damit herum. Nora las die Aufschrift »Oxybutynin«. Sie erinnerte sich vage, dass dies eine Arznei gegen Blasenschwäche war.

Parker kniete sich zu Greta hin und berührte mit seiner Frankensteinmaske beinahe ihr Gesicht. »Glaub nicht, dass ich dich verschone, nur weil du alt bist.«

Greta schüttelte tapfer den Kopf. »Das würde ich nicht von Ihnen verlangen. Darf ich nun meine Tabletten nehmen?«

»Was passiert, wenn du es nicht tust?«

»Ich könnte«, sie schien einen Moment zu überlegen, »ich könnte ohnmächtig werden.«

Parker starrte sie an.

Greta setzte noch einen drauf. »Oder gar sterben.«

Nora wand sich innerlich. Sie durfte nicht zulassen, dass die freundliche Dame sich wegen ihres versteckten Handys in Gefahr brachte. »Hören Sie, Greta«, sagte sie, »lassen Sie mich klarstellen –«

»Was mischst du dich da ein, Tabani!«, fauchte Parker. »Wenn die Alte ihre Medizin braucht, soll sie sie kriegen. Ich will nicht, dass mir hier jemand krepiert.« In die große Halle rief er: »Tony! Komm her!«

Als er wegschaute, nickte Nora Greta dankbar zu.

Greta lächelte nur.

Tony tauchte auf. »Wenn du wüsstest, was in diesem Schließfach ist!«

Parker ging gar nicht darauf ein. Er zeigte auf Greta. »Begleite sie zur Toilette. Lass sie Wasser trinken und schau zu, dass sie ihre Pillen schluckt.«

»Wieso?« Tony schaute von einem zum anderen. »Was ist denn passiert?«

»Tus einfach!«, schrie Parker.

»Ist ja gut, ist ja gut.« Tony zerrte Greta vom Boden hoch und verschwand mit ihr Richtung WC.

Parker blieb vor der Gruppe stehen. Kaum jemand wagte zu atmen.

Nora betrachtete seinen athletischen Körper. Seine Haltung, die Muskelspannung, die Art, wie er die Waffe hielt. Er wirkte konzentriert wie ein jagendes Tier, bevor es seine Beute riss. Plötzlich kam Nora etwas an ihm vertraut vor. Vielleicht irrte sie sich, aber sie konnte das Bild nicht abschütteln. Ein junger Mann im Gerichtssaal. Angeklagt des Raubmordes, begangen mit besonderer Grausamkeit. Nora und Mike hatten mit ihren Ermittlungen entscheidend dazu beigetragen, dass er gefasst worden war. Eigentlich hätte er noch Jahre in der Strafanstalt absitzen müssen. War er abgehauen? Das Letzte, was sie von ihm in Erinnerung hatte, war sein hasserfüllter Blick, als er an ihr vorbei aus dem Gerichtssaal geführt worden war, und die Worte, die er in ihre Richtung gezischt hatte: »Dafür wirst du bezahlen.« Ja, es war möglich. Die Größe stimmte, die Bewegungen, der Körperbau. Einzig bei der Stimme war sie sich nicht ganz sicher. Das konnte aber auch daran liegen, dass diese wegen der Maske gedämpfter klang. Doch zum ersten Mal hatte Nora eine Ahnung, wer dieser Mann sein könnte.

## 09:32

Eine knappe halbe Stunde, nachdem der Alarm eingegangen war, hatte Thomas Baumann den Führungsraum im Hauptgebäude der Stadtpolizei eingerichtet. Acht Personen, davon zwei Frauen, saßen an den u-förmig angeordneten Tischen und warteten auf seine Anweisungen. Einige flüsterten miteinander, den Blick auf ihn gerichtet. Weitere Leute, so der Einsatzleiter »Schutz und Rettung« und das Polizeiliche Kamerateam, träfen demnächst ein. Baumann hatte beschlossen, die Filmcrew zur Zurich Credit Bank zu schicken und sich die Aufnahmen mit einer Live-Verbindung direkt in den Führungsraum senden zu lassen. So war er als oberster Einsatzleiter in Realzeit über das Geschehen informiert und konnte die nötigen Schritte mit seinen Mitarbeitern planen. Dieses Vorgehen hatte sich bei den letzten Aktionen der Interventionseinheit bewährt.

Der große Raum lag vorn im Halbdunkeln, im hinteren Bereich brannte die Hälfte der Neonröhren. Die Praktikantin hatte Mineralwasserflaschen und Gläser bereitgestellt sowie Schreibblöcke und Stifte hingelegt. An einem der drei Computer saß der Protokollführer, ein übergewichtiger Mann mit gutmütigem Gesicht, bereit, die Besprechung Wort für Wort mitzutippen. Der Beamer lief und projizierte das Bild auf eine soeben heruntergerollte Leinwand, die noch leicht schwankte. Zu sehen war die Webseite mit dem Foto der Bank.

Baumann stand am vordersten Arbeitstisch und versuchte, sich nicht vom Beamerstrahl blenden zu lassen. Der Laptop neben ihm war geöffnet. Er drückte auf die Enter-Taste, worauf das Bankenfoto verschwand und die Stichworte, die er vorhin eingegeben hatte, in Übergröße erschienen:

**Operation Roter Tiger**

09:07 Alarm der Zurich Credit Bank geht in der Zentrale ein
09:12 Streifenwagen Limmat 1 vor Ort
09:13 Erste Alarmpatrouille der Skorpions vor Ort
09:14 Bestätigung Limmat 1, Suter: Banküberfall auf die ZCB
09:15 Konfrontation mit Tätern, Bedrohung einer Geisel, Wachmann flüchtet
09:16 Rückzug aus taktischen Gründen
09:17 Funkkontakt mit Wachmann der Bank, Beschreibung der Lage

09:19 2 weitere Einsatzwagen der Interventionseinheit Skorpion mit je 6 Mann angefordert

»Die Operation Roter Tiger«, begann Baumann, und augenblicklich verstummten die Gespräche, »erfordert Tatkraft und Fingerspitzengefühl. Wir haben zwei bewaffnete Täter und acht Geiseln, vier Kunden und vier Angestellte. Keine Toten, einen Verletzten.« Er schaute in die Runde. Überall sah er aufmerksame Gesichter. Er drückte erneut die Eingabetaste, worauf auf der Leinwand ein Ausschnitt des Stadtplans rund um den Paradeplatz erschien.

Mit einem roten Laserstift zeigte er auf die Stelle gegenüber dem Hintereingang der Fraumünsterpost. »Laut Bericht sind die Täter mit den Geiseln inzwischen im Untergeschoss der Bank, wo sich die Safes befinden. Zwei unserer Kollegen sind neben dem Bankeingang postiert, der Polizeiliche Assistenzdienst sichert den Tatort großräumig ab. Die Fraumünsterstraße wird in beide Richtungen gesperrt.«

In diesem Moment kam Beat Moser von der Zentrale herein.

»Ja?«, fragte Baumann.

»Ich habe soeben mit Christoph Wagner, dem Sicherheitschef der ZCB, gesprochen. Er bestätigt die Aussage des Wachmanns, wonach alle Überwachungskameras ausgeschaltet sind. Nur zwei Monitore im Securityraum übertragen noch Aufnahmen: jene, welche mit den Kameras außerhalb des Gebäudes verbunden sind.«

»Das nützt uns momentan nicht viel. Wo ist Wagner jetzt?«

»Unterwegs«, entgegnete Moser. »Ich habe ihn mit den Überwachungsbändern hierher bestellt. Er wird in einer Viertelstunde eintreffen.«

»Sehr gut. Vielleicht gelingt es uns, die Bilder auszuwerten, die gemacht wurden, bevor die Kameras zerstört wurden.«

Moser zog sich zurück, Baumann fuhr fort, sich an den Spezialisten für elektronische Medien wendend: »Philipp, du richtest alles für die Wiedergabe und für eine eventuelle Rekonstruktion defekter Aufzeichnungen ein.«

»In Ordnung.« Philipp Landolt, ein rothaariger St. Galler, begab sich zum Multimedia-Pult und startete die Apparate.

»Zwölf weitere Skorpions werden in Kürze bei der Bank eintreffen. Einsatzleiter Front ist Leon Merz.«

Einige nickten.

»Silvio«, Baumann zeigte auf einen kleinen, drahtigen Polizisten, »du informierst Pressesprecherin Judith Halder. Sie ist bis Donnerstag zuständig. ›Tele Züri‹ und ›Tele Downtown‹ haben bereits Wind von der Sache bekommen. Judith soll den TV-Redaktionen ein kurzes Statement abgeben und sich dann bei mir melden.«

»Mach ich sofort.« Silvio Blatter, unter anderem verantwortlich für die Zusammenarbeit mit den Mediensprechern, verzog sich in die hintere Ecke des Raums und wählte eine Nummer auf seinem Handy. Baumann konnte ihn leise reden hören.

Währenddessen tippte der Protokollführer unablässig in seinen Laptop, mit einer Geschwindigkeit, die Baumann jedesmal zum Staunen brachte. Seine Finger schafften es, mit dem Sprechtempo der Leute mitzuhalten.

Landolt hatte inzwischen die Abspiel- und Auswertungsgeräte für DVDs eingerichtet und war dabei, den Funk des Streifenwagens Limmat 1 sowie denjenigen der Alarmpatrouille auf Lautsprecher zu stellen. Man hörte die Stimme von Suter, der mit einem der Skorpions sprach, dann die Antwort des anderen.

Baumann ließ den Blick über die Anwesenden schweifen. Alles zuverlässige, erfahrene Leute, auf die er in den kommenden Stunden zählen konnte. Er hoffte, der Einsatz zöge sich nicht über Tage hin. Das war schon vorgekommen. Für die Geiseln wäre dies eine enorme Belastung, und auch die Nerven der Täter lägen blank, was eine Eskalation begünstigte.

»Wie weiter?«, fragte Blatter, nachdem er die Pressesprecherin informiert hatte.

Baumann legte den Laserstift aufs Pult zurück. »Wir brauchen einen Vermittler.«

Mike Salzmann saß mit Pia beim Frühstück. An freien Tagen genoss er die gemeinsamen Mahlzeiten mit seiner Frau. Sie waren selten genug. Er bestrich sich eine Scheibe Brot mit Pias selbstgemachter Kirschenmarmelade, trank einen Schluck Schwarztee, dann probierte er eine von Pias neuen Kreationen. Seine Frau backte für ihr Leben gern. Von urschweizerischen Wähen über italienische Dolci bis zu amerikanischen Donuts mit grellbunten Streuseln testete sie jedes Rezept, dessen sie habhaft werden konnte. Würde Mike nicht ab und zu vehement ablehnen, bestände die Gefahr, dass sich sein massiger, aber dennoch muskulöser Körper in einen schwabbeligen verwandelte; er ginge buchstäblich auf wie ein Ofenküchlein. Ein solches – noch warm, wohlgeformt und mit etwas Zimt bestreut – schob er sich gerade in den Mund. Er kaute genüsslich und nickte Pia zu, die ihn erwartungsvoll anschaute.

»Ist es nicht zu süß?«, fragte sie.

Mike schüttelte den Kopf und gab mit vollem Mund zurück: »Es ist genau richtig.«

»Das Rezept stammt von der kroatischen Küste. Ist es vielleicht zu wenig süß?«

»Es ist perfekt. Wie immer.«

»Hätte ich etwas mehr –«

»Pia«, Mike griff demonstrativ zu einem weiteren Gebäck, »das Küchlein ist delikat.«

Sie strahlte ihn an. Sie war in einer Familie groß geworden, in der die Ansicht vorherrschte, eine Frau heirate sowieso; deshalb hatte sie keinen Beruf erlernt. Ihr Selbstwertgefühl litt immer noch darunter. Hie und da hatte sie im Verkauf gejobbt, dann waren die Kinder gekommen, und nachdem diese ausgeflogen waren, hatte Pia unter einem klassischen »empty-nest-Syndrom« gelitten. Sie hatte sich nutzlos und gelähmt gefühlt. Es waren schwierige Jahre gewesen, die ihre Beziehung strapaziert hatten. Ausgerechnet in der Zeit, in der sie ihn am meisten gebraucht hätte, war Mike beruflich engagiert gewesen wie nie zuvor.

Inzwischen hatte sich Pia erholt und Backen als neue Berufung entdeckt. Sie backte Vanillehäubchen und Caramelschnitten für Wohltätigkeitsbazare, Cremecornets und Amaretti für Galerieapéros und mit Smarties verzierte Sterne für Kindergarteneröffnungen. Am allerliebsten aber backte sie für ihn.

Mike hatte sich in der Kripo hochgearbeitet und eine Weiterbildung als Vermittler bei Entführungsfällen absolviert. Die Kommunikationsmodule hatte er mit Bravour abgeschlossen, eine Leistung, die ihm seine Kollegen nicht zugetraut hatten. Energie, Mut und Entschlossenheit gestand ihm jeder zu. Mit seiner weiß-grauen Mähne, dem Jahr für Jahr imposanter werdenden Schnurrbart und seiner tiefen Stimme jagte er manchem Polizeigreenhorn Angst ein. Einige nannten ihn Seebär, andere General. Psychologisches Fingerspitzengefühl schien weniger zu ihm zu passen. Doch genau das war es gewesen, was ihn am meisten am neuen Betätigungsfeld gereizt hatte. All die Jahre, die er mit Ermittlungen zu tun gehabt hatte – mit administrativem Aufwand, renitenten Tätern, unbefriedigenden Gerichtsurteilen und rasanten Fahrten hinter Verdächtigen quer durch die Stadt – hatte ihm etwas gefehlt. Lange hatte er es nicht benennen können. Mangelnde Abwechslung war es nicht gewesen, aber zu wenig Tiefgang. Was trieb einen Mörder zu seiner Tat? Warum gab jemand ein Verbrechen zu, das er nie begangen hatte? Wie schafften es misshandelte Kinder, als Erwachsene nicht selbst zu Schlägern zu werden? Was diese Fragen anbelangte, hatte ihm die Polizeischule nicht viel bieten können. Umso mehr die Weiterbildung. In letzter Zeit hatte er sein Vermittlungsgeschick mehrmals einsetzen können. Und jedesmal war es ihm gelungen, sich eine Spur in den Täter einzufühlen. Das war unabdingbar. Erfuhr ein Geiselnehmer nur Ablehnung oder Verachtung von Seiten des Vermittlers, hatte dieser schon verloren.

Einmal mehr schweiften Mikes Gedanken zu Carlo. Noras Vater war ein Freund gewesen, wie er niemals wieder einen fände. Hätte er damals richtig reagiert, wäre der Mord vielleicht nie geschehen. Seit über sechs Jahren machte er sich Tag für Tag Vorwürfe. Nora zu sehen, riss die Wunde jedesmal wieder auf.

Er hatte versagt.

Er hätte Carlos Tod verhindern können, wenn er mit Carlo zusammen das Haus betreten hätte. Sie hatten es schon seit längerem observiert, ein heruntergekommenes Reihenhaus, das als Drehscheibe eines Dealerrings diente. Mike hatte zuerst den Garten und den Keller durchsucht, während Carlo sich ans Innere gemacht hatte. Laut eines dubiosen anonymen Anrufers sollten sich hier über zwanzig Kilogramm Heroin befinden. Sie waren zu zweit losgeschickt worden. Reine Routine, hatte es geheißen, der Verdächtige halte sich außer Landes auf, das Ganze sei wahrscheinlich eine Fehlmeldung. Mike hatte gerade einen muffig riechenden Kellerschrank inspiziert, als er einen erschreckten Ausruf von oben vernahm. Augenblicklich war ihm klar, dass etwas schiefgelaufen war. Er raste die Treppe hoch, hörte Schüsse, einen Schmerzensschrei, dann das Knarren des Parketts. Er nahm einen Schatten wahr, eilte ihm nach, sah einen Arm, der eine Waffe hielt. Erneut knallte ein Schuss. Mike spürte einen Stoß in seinem Knie. Prallte zurück. Der Schütze machte sich aus dem Staub. Humpelnd gelangte Mike ins Schlafzimmer. Carlo lag blutüberströmt am Boden. Mike eilte ihm zu Hilfe.

Eine rote Lache breitete sich um Carlos Oberkörper aus. Mikes Herz raste. Wie in Trance riss er sich das Hemd vom

Leib, schob es unter Carlos Rücken, band es eng um seine Brust und versuchte so, die Blutung zu stoppen. Es war sinnlos. Ein lebenswichtiges Organ schien getroffen worden zu sein. Das Blut rann unvermindert aus Carlos Körper. Sein Gesicht war blass, sein Atem ging flattrig.

Mike zückte sein Funkgerät und schrie: »Verletzter Ermittler! Wir brauchen sofort Unterstützung!« Er hörte die Schritte des Täters, die sich entfernten, stieß zitternd hervor: »Ich krieg diesen Schweinehund, Carlo! Das schwör ich dir!«

Carlo schüttelte den Kopf und murmelte etwas Unverständliches.

Mike neigte sich zu ihm hinunter. Er merkte erst jetzt, dass sein Knie zerschossen war. Noch wusste er nicht, dass er für den Rest seines Lebens hinken würde. Er fühlte keinen Schmerz.

»Lass ihn«, flüstere Carlo. »Bleib bei mir … bis … es vorbei ist.«

»Du stirbst mir hier nicht!«, brachte Mike heraus und spürte, wie ihm die Tränen in die Augen schossen. »Die Ambulanz trifft jeden Moment ein.«

Carlo lächelte schwach. »Hör mir zu, … mein … Freund.« Seine Stimme war nur noch ein Hauchen. Er hustete. Ein Rinnsal Blut floss aus seinem Mund. Für einen Moment schloss er schmerzverzerrt die Augen. Dann holte er tief Luft und sprach die Worte, die Mike den Rest seines Lebens nicht vergessen würde. Erst konnte er nicht glauben, was Carlo ihm anvertraute. Er wollte aufbegehren, handeln, die Sache in Ordnung bringen.

Dann verstand er.

Carlo suchte Mikes Blick, griff nach seiner Hand und drückte sie kraftlos. »Versprich es mir.«

Mike schluckte.

»Bitte«, hauchte Carlo. Zweimal hob und senkte sich sein Brustkorb noch, dann regte er sich nicht mehr. Es wurde still, entsetzlich still.

»Ich verspreche es«, brachte Mike tränenerstickt heraus. Er legte seinen Kopf auf Carlos Brust und weinte um den toten Freund. Es war das erste Mal seit Jahren, dass er seine Gefühle nicht zurückhalten konnte. Und dann fuhr der Schmerz in sein Knie, so intensiv, dass ihm fast schwarz vor Augen wurde.

»Liebling, was ist?«, fragte Pia und riss Mike aus seinen Erinnerungen.

»Nichts«, erwiderte er und versuchte ein Lächeln.

Sie massierte ihm den Nacken. »Du kannst mir alles sagen, Schatz. Das weißt du doch.«

»Das weiß ich«, gab Mike zurück.

Pia legte ihm ein weiteres Ofenküchlein auf den Teller. »Dann ist es wieder das, worüber du nicht sprechen kannst?«

»Ja.«

Mike biss ins süße Gebäck, schüttelte die Schatten der Vergangenheit ab und wischte sich mit der Serviette über den Mund. »Lass uns den freien Tag genießen.«

Als wäre dies das Stichwort gewesen, klingelte sein Handy. Vorhin hatte Jan versucht, ihn zu erreichen. Mike hatte sich erlaubt, den Rückruf auf morgen zu verschieben. Aber die Nummer, die er jetzt auf dem Display sah, durfte er nicht ignorieren.

Er nahm ab.

»Mike«, hörte er Einsatzleiter Thomas Baumann, »wir brauchen dich.«

Parker zerbrach sich den Kopf. Wie sollten sie bloß aus dieser verfluchten Situation herauskommen, ohne Beute oder Leben zu verlieren?

Die Geiseln saßen stumm an der Wand und beobachteten ihn.

»Hört auf, mich so anzuglotzen!«, schrie er entnervt. »Ich muss nachdenken.«

Sie wandten den Blick ab. Die Alte, die nun dank ihrer Medizin hoffentlich nicht zusammenklappen würde, starrte auf ihre Handtasche. Furrer, das Weichei, hielt mit schmerzerfülltem Gesichtsausdruck seine verletzte Hand. Rahmani kniff die Brauen zusammen.

»Was gibts denn da nachzudenken?«, fragte Tony und klimperte mit zwei Schlüsseln. »Hier wimmelt es von Waren, die auf uns warten.«

»Ich überlege, wie wir deinen Fehler wieder ausbügeln können!«, fuhr Parker ihn an. »Los, bring die Geiseln in die Halle mit den Safes. Es hat keinen Sinn, dass einer von uns sie hier bewachen muss, damit der andere ungestört arbeiten kann.«

Tony scheuchte die Leute auf. »Ihr habt gehört, was er gesagt hat! In die Halle mit euch!«

Die acht Personen erhoben sich, Tony dirigierte sie durch die dicke runde Stahltür in den angrenzenden Raum. Dieser war riesig und in mehrere Gänge mit Tausenden von metallenen Schließfächern unterteilt, die vom schwarzen Marmorboden bis fast zur Decke reichten. An die obersten gelangte man nur mit einer Roll-Leiter, die an einer Stange entlanggeschoben werden konnte. Parallel verlaufende Decken-Neonröhren tauchten den Raum in ein kaltes Licht. Die vorderste Safe-Reihe stammte aus einem früheren Jahrhundert, das erkannte Parker auf den ersten Blick. Die 120 Schließfächer waren aus dunklem Metall, und jedes einzelne war mit dem allseits bekannten springenden roten Tiger versehen. Die altmodischen Schlösser waren größer als die modernen, die Fachnummern kunstvoll in kleinen goldenen Lettern angebracht. Tony hatte anscheinend das erstbeste Fach auf Brusthöhe geöffnet, den Inhalt in die Sporttasche gestopft und die Lade achtlos in eine Ecke geschmissen.

Parker beobachtete ihn. Tony brachte die Leute zum hinteren Ende der Halle, wo sie keine Möglichkeit hatten zu fliehen, ohne an ihnen vorbei zu müssen. Erneut fragte die alte Dame, ob sie sich nicht auf einen Stuhl statt auf den Boden setzen dürfe, worauf Tony ihr eine Ohrfeige verpasste.

Parker holte den Alukoffer mit den Schlüsseln aus dem Vorraum und deponierte ihn auf einem der Tische, die zwischen den Gängen standen. Er ging systematisch vor, begann links oben und würde sich nach rechts unten vorarbeiten. Der Gang mit den antiken Fächern war nicht so hoch wie die neuen Gänge, so dass er ohne Leiter auskam. Er öffnete Fach Nummer 1, zog die Lade heraus und legte sie neben den Koffer. Sie war leicht. Er entdeckte Papiere, Mietverträge, eine Scheidungsurkunde und ein paar amerikanische Goldmünzen. Diese steckte er ein, den Rest ließ er liegen. Schließfach Nummer 2 war leer. Nummer 3 war so schwer, dass Parker auf Gold hoffte. Doch als er den Inhalt genauer unter die Lupe nahm, stellte sich heraus, dass der Besitzer altmodische Gewehrmunition aufbewahrt hatte. Hunderte von Patronen waren fein säuberlich aufeinandergestapelt und füllten die ganze Lade. Parker konnte nichts damit anfangen und stellte sie zur Seite. Er griff nach Nummer 4. Endlich. Geldbündel, Euro, Dollar und japanische Yen. Er stopfte alles in die Tasche.

Tony trat zu ihm heran. »Na? Hab ichs dir nicht gesagt?«

In diesem Moment wurde Parker bewusst, dass er Tony nicht ausstehen konnte. Er war als Einziger infrage gekommen, dieses Ding mit ihm zu drehen. Alle anderen schmorten entweder im Knast, waren zu feig, zu beschränkt oder auf Bewährung draußen und wollten nichts riskieren. Tony war zwar der Unfähigste von allen, doch er war von Anfang an dabeigewesen und hatte keine Fragen gestellt. Parker war davon ausgegangen, dass nichts schiefgehen könne, wenn er die Planung selbst übernahm.

Tony hatte mehrere Jahre wegen Urkundenfälschung, Körperverletzung, Exhibitionismus, sexueller Belästigung und Raubüberfalls gesessen. Alle Anklagepunkte hatte er mit einem einzigen Coup geschafft. Er hatte sich als Besitzer einer Tankstelle ausgegeben und diese Tatsache mit einer dilettantisch hergestellten Besitzurkunde zu beweisen versucht. Als die Tankstellenangestellte ihm nicht geglaubt hatte, hatte er sie geschlagen, an ein Warenregal gefesselt und sich vor ihr entblößt. Darauf hatte er sie mit Masturbation einschüchtern wollen, was nicht geklappt hatte, da er keinen Ständer gekriegt hatte, wie er Parker einmal erzählte. Die Angestellte hatte trotz ihrer misslichen Lage auf sein schlaffes bestes Stück gestarrt und ihn ausgelacht, worauf er ihr in den Magen getreten hatte. Tony hatte die Kasse ausgeraubt, eine Fertigpizza in die Mikrowelle geschoben, sie genüsslich verspeist und zwei Flaschen Cola dazu getrunken. Nebst dem Geld hatte er mehrere Stangen Zigaretten geklaut, einen Stapel Sex-Magazine und eine Box Erdbeerglace. Als er gerade dabeigewesen war, sein zweites Eis zu verputzen, war die Polizei eingetroffen.

Tony hatte keine Ahnung gehabt, wie es der Frau gelungen war, die Behörden zu alarmieren. Er hatte mit Erdbeereis nach den Uniformierten geworfen, was eine rosarote Schweinerei hinterlassen und ihm in den Medien den Titel »Dümmster Einbrecher des Jahres« eingebracht hatte. Da es nicht seine erste kriminelle Tat gewesen war, waren die Gerichte hart mit ihm umgesprungen. Im Knast hatte Tony aus seinem Reinfall eine schräge Komödie gemacht und allen, die es hören wollten, und auch denen, die es schon hundertmal gehört hatten, die Sache mit dem Tankstellenraub erzählt. Anfangs hatten sich die Mithäftlinge über seine Story amüsiert, bald aber war er der erbärmlichste Gefangene des ganzen Baus. Parker hatte ihn nur als Partner gewählt, weil er wusste, dass er für alles zu haben war und nicht viel nachdachte. Das war ein Fehler gewesen, das war Parker nun klar.

Nun mussten sie aus ihrer misslichen Lage das Beste machen. Taschen füllen, Fluchtauto bestellen, eine Geisel mitnehmen, abhauen. Vielleicht käme doch noch alles gut. Vielleicht würde Parker endlich die Wende in seinem Leben schaffen, auf die er so lange gehofft hatte.

»Sollen wir das einpacken?« Tony zeigte auf eine Digitalkamera, mehrere Objektive und zwei Harddisks, die im Schließfach Nummer 37 gewesen waren.

»Was willst du denn damit?«, fragte Parker zurück. Er warf einen Blick zu den Geiseln. Sie saßen weiter hinten, schön sichtbar für ihn, und flüsterten leise miteinander.

»Nun ja, die Kamera ist von Sony. Sieht neu aus, Full HD, so eine hatte mein Bruder Tom auch.«

»Mit dem Geld, das wir haben, kannst du dir hundert Kameras kaufen. Wir schleppen nicht unnötig Gewicht mit uns rum.«

»Aber es ist eine Sony«, murrte Tony dumpf unter seiner Maske hervor. »Tom hat tolle Filme damit gemacht.«

»Scheiß auf Tom! Steck sie in deine Jacke, wenn du sie unbedingt willst. In die Sporttasche kommt sie nicht.«

Tony legte sie widerwillig beiseite und öffnete ein neues Schließfach. »Wow! Ich glaub, mich küsst ein Elch!«

Parker schaute zu ihm rüber und sah, wie er gierig in einer Handvoll Schmuck wühlte. Rote, blau-schimmernde und durchsichtige Steine, Geschmeide aus Weiß- und Gelbgold.

»Wie der Schatz von Ali Baba!«, schwärmte Tony. »Das Buch hatte ich mal!«

Parker wunderte sich, dass Tony überhaupt lesen konnte. »Du weißt ja gar nicht, ob die echt sind.« Frank, ihr holländischer Hehler, wollte keine Risiken eingehen. Bargeld und Gold waren okay, bei Schmuck war er vorsichtig. Schmuck schätzen zu lassen, bedingte Nerven, Zeit und gute Beziehungen.

»Klar sind die Klunker echt!«, gab Tony zurück. »Sonst würde man sie wohl nicht hier aufbewahren.«

»Fälschungen werden genauso gut gehütet wie echte Juwelen.«

»Ist mir egal. Ich nehm sie mit.« Tony stopfte den Schmuck in die Tasche.

Parker hatte keine Lust, mit ihm zu streiten. Während Tony

willkürlich ein Fach ums andere öffnete, enttäuschte Laute oder Freudenschreie ausstieß, ging Parker methodisch vor. Nummer 5 enthielt Akten. Nummer 6 vergilbte Fotos, ein altes Tagebuch und ein Dutzend Briefe, die mit einem gestickten weißen Bändchen zusammengehalten wurden. Im Schließfach Nummer 7 fand Parker zwei Goldbarren. Sie waren zwar mit einer Registriernummer versehen, doch Frank würde die Herkunft der Barren geschickt verschleiern können. Er arbeitete mit Profis zusammen, welche die geraubten Güter entweder veränderten oder durch so viele Hände gehen ließen, bis ihr Ursprung nicht mehr eruiert werden konnte. Parker legte das Gold auf die Banknoten, mit denen die Tasche bis zur Hälfte gefüllt war. Er arbeitete sich weiter vor, Fach um Fach, fand erstaunlich viel wertlosen Mist und nur wenig Brauchbares. In der Nummer 23 befanden sich dick gebündelte Geldscheine, alles Franken. Der größte Fisch bis jetzt. Die Tasche wurde praller und schwerer, Tony schien in seiner Arbeit aufzugehen, stieß immer wieder »wow!« und »schau dir das mal an!« aus. Parker versorgte die Hunderter, Zweihunderter und Tausender und dachte daran, dass er in ein paar Tagen ein anderer Mensch wäre.

Nora starrte auf das Gemälde. Sonja hatte ihr erzählt, dass sie eines ihrer Aquarelle der Zurich Credit Bank verkauft hatte. Es war dasjenige, das Nora schon an der Vernissage am besten gefallen hatte, aber sie hatte nicht gewusst, wo es hing. Nun saß sie schräg unterhalb des Bildes. Was für eine verrückte Situation! Während Tony und Parker gierig ihre Beute in die immer voller werdende Sporttasche stopften und alle paar Sekunden Kontrollblicke in ihre Richtung warfen, war Nora eine Geisel in einem Banküberfall und betrachtete die violette Klippenlandschaft, die ihre Mutter gemalt hatte.

Das Bild war vielleicht einen halben auf einen Meter groß. Spitze Felsen ragten in den Himmel. Das Meer war dunkel und unruhig. Weit hinten erkannte man die Gischt als feinen Lichtschimmer zwischen zwei Küstenabschnitten. Die Szene barg ein Geheimnis, fand Nora, etwas Unausgesprochenes versteckte sich in den tief violetten Farbtönen. Es war nicht klar zu erkennen, ob sich auch Menschen auf dem Gemälde befanden oder ob die gezackten Silhouetten ausschließlich Steinformationen waren.

Nora hatte ihre Mutter nach der Bedeutung des Aquarells gefragt. Sonja hatte ausweichend geantwortet. Ein Bild brauche keine Worte, es spreche für sich selbst. Natürlich hatte sie recht gehabt, zu viele Erklärungen zerstörten die Faszination. Doch zu gern hätte Nora gewusst, warum ihre Mutter ihr Werk »Trennung« genannt hatte.

Ein Scheppern und Klappern ertönte von den beiden Bankräubern. Parker nahm aus seinem Rucksack eine zweite Sporttasche, faltete sie auf, und Tony legte das Diebesgut hinein. Den Rucksack lehnte Parker an eine der Schließfachwände. Er wirkte schwer. Was konnte darin sein? Munition, befürchtete Nora. Parker überließe es nicht dem Zufall, wie lange seine Waffe einsatzbereit war. Noch hatte er die Taurus nicht neu geladen.

Abseits der Täter hatten sich die Geiseln etwas beruhigt. Nora hörte, wie Barbara ihrer Kollegin Angela zuflüsterte: »Gleich sind sie fertig, dann lassen sie uns frei.« Angela nickte hoffnungsvoll. Nora teilte ihre Zuversicht nicht.

Sie zog ihre Jacke aus und legte sie auf den Boden. Die Halle war überhitzt. Rahmani und Manisha sprachen leise miteinander. Hagen schaute starr geradeaus, Janis fuhr ihrem Hund durch die zottigen Haare. Greta hatte ihren Mantel ebenfalls ausgezogen und sich darauf gesetzt. Sie redete mit Furrer, während sie ihr Halstuch, das ihm als Verband diente, abnahm, umdrehte und erneut um seinen Finger wickelte.

Zu gern hätte Nora nachgeschaut, ob eine Nachricht von Jan eingegangen war. Doch das Handy aus seinem sicheren

Versteck zwischen Bauch und Gürtel zu holen, war zu heikel. Immerhin hatte sie es geschafft, das Mobiltelefon wieder einzuschalten, den Vibrationsalarm und den Klingelton jedoch zu deaktivieren. So konnte sie Nachrichten empfangen und senden, ohne ein Geräusch zu verursachen. Kurzentschlossen rief sie in Parkers Richtung: »Ich muss mal!«

»Verklemms!«, gab er zurück.

»Geht nicht. Lassen Sie mich einfach schnell zur Toilette. Bestimmt bin ich nicht die Einzige mit diesem Bedürfnis.«

Furrer nickte. »Sie hat recht. Ich wäre auch froh, wenn ich –«

»Wer sonst noch?«, fragte Parker.

Hagen und Janis hoben die Hand.

»Tony«, sagte Parker, »du begleitest einen um den andern hin und wieder zurück. Lass sie keine Sekunde aus den Augen.«

Tony kam her, brachte erst Furrer, dann Rainer Hagen zu den Toiletten und wieder an den Platz. Als Janis aufstand, wedelte ihr Hund und wollte mit.

»Hiergeblieben!«, wies Tony ihn zurecht und gab ihm einen Tritt.

Er jaulte und wich zurück.

»Das ist nicht nötig!«, rief Janis aufgebracht. »Dylan gehorcht, wenn man es ihm nett sagt.«

»Ich bin nicht nett!«, fuhr Tony sie an. »Merk dir das, Göre! Merkt euch das alle! Wenns nach mir ginge, könntet ihr euch hier die Hosen vollpissen!«

Der Hund schaute hechelnd zu seinem Frauchen hoch, dann zu Tony, der einen erneuten Tritt andeutete. Sofort zog Dylan den Schwanz ein und wich zurück.

Greta zog ihn zu sich. »Ganz ruhig, braver Hund.« Dann in Janis' Richtung: »Ich schaue nach ihm, gehen Sie nur.«

Tony griff Janis an den Hintern, während sie Richtung Toiletten gingen. Es dauerte mehrere Minuten, bis sie zurückkehrten. Tony hatte seine Hände in den Hosentaschen, Janis'

Gesicht war rot vor Scham. Nora spürte die Wut in sich aufsteigen. Bestimmt hatte Tony die junge Frau bei offener Tür angestarrt. Oder sogar begrabscht.

»Jetzt du.« Tony forderte Nora auf mitzukommen.

Nora ging vor ihm her, sie verließen die Halle, durchquerten den Vorraum mit dem dunkelroten Teppich und gelangten in das Zwischenstockwerk.

»Machs dir gemütlich«, sagte Tony und wischte sich den Schweiß unter der Maske ab. Er öffnete die rechte Kabine und ließ Nora hinein. Als sie die Tür schließen wollte, schüttelte er den Kopf. »So läuft das nicht, Schätzchen. Tony will sehen, was du tust.«

»Was soll ich schon tun!«, gab sie zurück. »Sie sind doch nicht so ein abartiger Typ, der sich von einer pinkelnden Frau antörnen lässt, oder?«

»Ich soll dich nicht unbeaufsichtigt lassen, hat Parker gesagt.«

»Und Sie tun schön brav alles, was er befiehlt?«

Tony stützte die Hände in die Hüften. »Reiz mich nicht, Miststück! So was kann ich nicht ausstehen.«

»Ich dachte nur«, meinte Nora beiläufig, »Sie hätten etwas mehr Schneid. Da hab ich mich wohl getäuscht.«

Sie ging in die Kabine.

Tony schlug die Tür wütend ins Schloss. »Aber mach schnell!«

Nora klapperte mit dem Deckel, raschelte mit dem Papier und griff währenddessen nach dem Handy. Sie entdeckte ein MMS von Jan, die erklärenden Worte. Das Foto, das er ihr geschickt hatte, war winzig klein, zeigte einen Plan, auf dem fast nichts auszumachen war. Doch als sie las »grau-schraffierte Flächen sind Lüftungsschächte«, verstand sie. Sie erkannte auf der Skizze das Treppenhaus, die Toilettenräume mit den einzelnen Kabinen und genau darüber die grauen Stellen. Sie schaute nach oben. Tatsächlich. Oberhalb des WCs war ein nicht ganz metergroßes, mit kleinen Luftlöchern versehenes Quadrat in die Decke eingeschraubt. Ob der Schacht als Fluchtweg taugte, konnte sie nicht sagen, doch vorsorgen schadete nicht.

»Verdammte Hitze unter dieser Maske!«, hörte sie Tony von draußen murmeln, dann rauschte der Wasserhahn.

Nora nutzte die Gelegenheit, stieg auf die Klobrille und schaute sich die Schrauben aus der Nähe an. Vier Stück. Kreuzschrauben mit kleinem Durchmesser. Sie hörte, wie Tony sich das Gesicht wusch, prustete und schnaubte; sie langte in ihre Hosentasche, wo sich ihr kleines Taschenmesser am Schlüsselbund befand. Sie horchte: Tony trank in gierigen Schlucken. Vorsichtig öffnete sie das Messer, versuchte, nicht mit den Schlüsseln zu klimpern, fand den Schraubenzieher. Tony trank weiter. Nora drehte die erste Schraube auf, bis sie nur noch lose herunterhing.

»Wirds bald da drin?«, rief Tony, drehte den Wasserhahn zu und zog lautstark mehrere Papierhandtücher aus dem Kasten.

»Ich kann nicht, wenn ich belauscht werde«, sagte Nora.

»Dann lass es bleiben und komm raus.«

»Nur noch einen Moment.« Nora drehte an der zweiten Schraube, hustete dazu, um das Geräusch zu übertönen.

Von draußen war zu vernehmen, wie Tony seine Maske wusch. Vermutlich war das Innenteil nass vor Schweiß. Er trocknete sie ab. Nora hatte die letzte Schraube gelockert. Der Deckel des Lüftungsschachts hing nur noch locker an der Decke, dennoch war es kaum zu sehen, wenn man nicht ausdrücklich darauf achtete. Nora sprang lautlos vom Klo und öffnete die Tür.

Gerade rechtzeitig, bevor Tony die Draculamaske aufsetzte. Sie hatte sein Gesicht gesehen. Graue Augen, hagere Züge, unsymmetrische Wangen. Nur eine Sekunde. Aber sie könnte der Polizei ein perfektes Phantombild liefern.

»Scheiße!«, schrie er. »Warum hast du nicht gespült?«

»Was? Warum?«, gab sie verwirrt zurück. »Das hab ich vergessen. Sorry.«

»Warum? Weil ich dann verdammt nochmal gewusst hätte, dass du rauskommst, und vorher die Maske angezogen hätte.«

Wutentbrannt zerrte er sie heraus, stieß sie vor sich her und schob sie durch den Vorraum in die große Halle zurück.

»Sie hat mich gesehen!«, schrie er Parker zu. »Wir können die Maskerade genauso gut bleiben lassen!«

»Was heißt da wir?« Parker hatte sich über die zweite Tasche gebeugt, die er bereits zur Hälfte gefüllt hatte, und erhob sich nun. »Nur weil du ein Trottel bist –«

»Ich will dieses verfluchte Ding nicht mehr tragen!« Tony schmiss die Draculamaske auf den Boden. »Ich verschmachte darunter. Ist eh unnötig. Morgen um diese Zeit sind wir weit weg. Die können unsere Fotos zeigen, wo sie wollen, sie kriegen uns nicht.«

Parker schüttelte den Kopf. »Mach, was du willst, mich reitest du nicht mit in die Scheiße.«

Tony preschte auf ihn zu. »Du willst mich also hängenlassen? Ist das dein Plan? Mich sollen sie schnappen, und du bist fein raus?«

»Wieso? Du sagtest ja, morgen seien wir weit weg. Wozu also die Aufregung?«

Nora stand unschlüssig zwischen ihnen und wollte zu den anderen zurückgehen.

Tony hielt sie fest. »Du bleibst! Wegen dir ist dieser ganze Mist passiert!« Er zog die Pistole des Wachmanns und richtete sie auf Parker. »Zieh das Ding aus!«

»Das hättest du gern.«

»Runter mit der Maske! Du weißt, mein Finger sitzt sehr locker am Abzug. Entweder wir ziehen das Ganze gemeinsam durch oder gar nicht. Meinst du, ich weiß nicht, was du über mich denkst, du arrogantes Arschloch?«

Parker griff langsam nach seiner Waffe.

»Das lässt du schön bleiben. Ich sags dir nur noch einmal. Maske runter oder ich jag dir eine Kugel in den Kopf.«

Parker zog die Frankensteinmaske aus. Sein Gesicht war wutverzerrt.

Nora starrte ihn an. Dunkle Augen, dichte Brauen, gut geschnittene Gesichtszüge. Ein Mann voller Hass und Rachegedanken. Ein Mann, der entschlossen war, seinen Weg zu gehen, was immer es ihn kostete. Nora versuchte, ihn mit dem Angeklagten im Gerichtssaal in Verbindung zu bringen, der sie damals bedroht hatte. Es ging nicht. Das war er nicht. Dieser Mann, der sie aus irgendeinem Grund zu kennen schien, war ihr völlig fremd.

In diesem Moment packte Parker die Pistole in Tonys Hand, drehte sie in Sekundenschnelle um und schoss seinem Kumpel in den Fuß. »Das ist für deinen Ungehorsam!«

Tony schrie auf. Er krümmte sich vor Schmerz, klappte zusammen und fiel zu Boden. Das Blut drang durch seinen Schuh. »Warum hast du das getan? Ich hätte doch nicht geschossen! Wir sind doch Kumpel!«

Parker stand groß und erbarmungslos über ihm und zielte auf seinen Kopf. »Noch so was und ich leg dich um. Ist das klar?«

Tony röchelte, Tränen rannen ihm übers Kinn.

»Ob das klar ist, hab ich dich gefragt.«

»Ist klar, Parker.«

»Ab jetzt tust du wieder, was ich dir sage. Weil du ein Idiot bist und allein nichts auf die Reihe kriegst. Kapiert?«

»Kapiert, Parker«, heulte Tony erbärmlich. »Ich bin ein Idiot und tu, was du mir sagst. Wir ziehen das gemeinsam durch … wir schaffen das … morgen um diese Zeit –« Der Rest seiner Worte ging in Schluchzen unter.

Parker hob seinen Rucksack, griff hinein und entnahm ihm eine Rolle Verbandsmull. Er warf sie Nora zu und zischte so leise, dass niemand sonst es hören konnte: »Mach dich nützlich, Tabani. Verbinde seine Wunde. Das hast du bei der Kripo doch sicher gelernt. Oder ist sich eine Privatschnüfflerin zu gut dafür?«

Nora fing die Rolle auf und machte sich daran, Tonys Hosenbein hochzuschieben. Bleiche, dicht behaarte Haut kam zum Vorschein. Sie zog Tonys Schuh und Socke aus, wickelte den Verband eng um seinen Fuß, während der Mann weinte wie ein kleines Kind. Sie rollte die Socke wieder darüber. Die beiden Masken – Frankenstein und Dracula – lagen auf dem Boden wie abgezogene Gesichter.

In Noras Kopf wirbelten die Gedanken durcheinander. Was ging hier vor? Parker kannte nicht nur ihren Namen, ihm war auch bekannt, dass sie bei der Polizei gewesen war und inzwischen als Detektivin arbeitete. Was wusste er noch von ihr? Und wer war er?

## 09:45

Der Mann, der den Führungsraum betrat, war so übergewichtig, dass er Mühe hatte, durch die Tür zu gelangen. Er trug eine große Ledermappe und einen Plastiksack mit dem Bankenlogo der ZCB. Jeder Schritt schien ihn anzustrengen. Stöhnend kam er auf Thomas Baumann zu. »Christoph Wagner, Sicherheitschef der Zurich Credit Bank. Habe mich beeilt, so gut ich konnte.«

Baumann ergriff seine Hand. Sie war weich und schlaff. »Vielen Dank, dass Sie so schnell gekommen sind. Sie haben die Bänder der Überwachungskameras dabei?«

Wagner lächelte überheblich. »Heutzutage sind das keine Bänder mehr. Wir verwenden digitale Hightech-Geräte, die auf einen 72-Stunden-Rhythmus konfiguriert sind.« Er klemmte die Mappe zwischen die Beine, legte den Plastiksack auf den Tisch und nahm mehrere Harddisks heraus. »Die Szenen werden aufgezeichnet, bleiben drei Tage auf den Datenträgern gespeichert und werden dann automatisch überspielt.«

»Ich verstehe.«

Wagner öffnete die Ledermappe. Darin befand sich ein Übersichtsplan der Bank. Er faltete ihn auseinander und zeigte mit seinem feisten Finger auf die markierten Stellen. »Hier und hier, sehen Sie.«

»Die Standorte der Überwachungskameras?«

»Richtig. Acht Stück. Zwei draußen, vier in der Schalterhalle, zwei im Vorraum zu den Schließfächern im Untergeschoss.«

Baumann winkte seine Kollegen heran, die sich im Halbkreis um den Sicherheitschef stellten.

Dieser fuhr fort: »Im dritten Stock des Gebäudes befindet sich der Securityroom 3A. War vorhin dort und habe die Monitore kontrolliert. Sind alle bis auf zwei schwarz. Das heißt, die Täter haben alle Kameras zerstört mit Ausnahme der beiden Geräte, die auf die Eingangstreppe bei der Straße gerichtet sind.«

»Haben Sie sich die …« – im letzten Moment verkniff sich Baumann, das Wort »Bänder« in den Mund zu nehmen, obwohl es im Polizeijargon noch immer gebräuchlich war – »… die Datenträger angeschaut?«

Wagner schüttelte den Kopf. »Keine Zeit. Hab mich sofort auf den Weg zu Ihnen gemacht.« Seine Stirn glänzte vor Schweiß, seine wenigen Haare waren quer darüber gekämmt.

»Was ist mit dem Schließfachraum?«, fragte Baumann.

»Was soll damit sein?«

»Wird der nicht elektronisch überwacht?«

Wagner stieß ein spöttisches Grunzen heraus. »Da würden sich unsere Kunden schön bedanken, wenn sie gefilmt würden, wie sie ihre höchst privaten Sachen in die Fächer versorgen. Diskretion geht bei uns über alles.« Es klang stolz.

»Lieber Diskretion als Sicherheit?«, konnte Baumann sich nicht verkneifen.

Wagner war entrüstet. Sein Kopf färbte sich rot. »Sie werden in der ganzen Stadt … ach was, im ganzen Land keine Bank finden, die ihre Kunden bei ihren Privatgeschäften filmt! Dafür sind wir in der Schweiz schließlich bekannt! Unser Bankgeheimnis gehört weltweit zu den –«

»In Ordnung, Herr Wagner. Lassen Sie uns die Bilder anschauen.« Baumann wandte sich an Philipp Landolt, den Spezialisten für Elektronik, und überreichte ihm die Harddisks. »Kannst du es so einrichten, dass sie simultan ablaufen?«

Der St. Galler nickte. »Alles schon vorbereitet.« Er ging zum Multi-Einlesegerät, verband einen Datenträger nach dem anderen mit den USB-Schnittstellen, gleich darauf leuchteten auf der Zwölfer-Monitorwand acht Bildschirme auf. Oben rechts war auf jedem die Zeitangabe zu sehen. Landolt synchronisierte sie auf den Zeitpunkt, als die Räuber die Bank gestürmt hatten. Das war um 09:05:13 gewesen, wie sie nun sahen. Die oberen vier Bildschirme zeigten die Schalterhalle. Auf dem linken waren zwei Dunkelgekleidete zu sehen, die durch die Tür drangen. Allerdings war das Bild nicht sonderlich scharf. Die Masken, die sie trugen, waren nur mit viel gutem Willen als Frankenstein und Dracula zu erkennen, die Aufnahmen waren schwarz-weiß und grobkörnig. Nun liefen die Männer durch die Halle. Da der Ton auf den Aufzeichnungen fehlte, konnte man die Geräusche nur erahnen. Der vordere Täter schoss auf eine Kamera. Bildschirm eins wurde schwarz. Der Mann drehte sich um, feuerte zweimal auf die zweite Überwachungskamera, auch dieser Bildschirm fiel augenblicklich aus. Dann war der Bankräuber im Profil zu sehen. Seine Maske saß etwas schief, so dass ein Teil seines Kinns zu erkennen war. Mit einer raschen Bewegung brachte er sie in Ordnung und zielte auf Kamera drei, traf, das Bild fiel aus, es folgte Kamera vier.

»Stopp!«, sagte Baumann. »Kannst du die Auflösung verbessern?«

Landolt fror die Szene ein. Der Täter zielte nun mit seiner Pistole direkt auf die Mitte des Bildschirms, als griffe er die Leute im Führungsraum an. Hinter ihm befand sich der andere, der so hager war, dass ihm die Hosen um die Beine schlenkerten. Die Kunden waren zu sehen, erstarrt in ihren Bewegungen, und ein Hund, der seine rechte Vorderpfote hob.

Landolt schüttelte den Kopf, während er auf den Laptop schaute. »Ich kann die Pixelzahl nicht erhöhen. Aber ich werde den Gap-Fill-Modus aktivieren. Dieser verbindet die Zwischenräume um die einzelnen Pixel aufgrund der angrenzenden Daten mit den wahrscheinlichsten Farben. Er kann deshalb auch falsche Bilder liefern. Wir sollten uns nicht allzu sehr darauf verlassen.«

Landolt gab eine Tastenkombination im Bearbeitungsprogramm ein, zoomte das Bild von Kamera vier heran, worauf dieses zwar mehr Details zeigte, aber auch etwas flockiger wirkte. Nun war die Aufschrift auf dem Rucksack des einen Täters zu sehen: »Mammut«.

»Outdoorfirma«, murmelte Baumann, »teuer, professionell, nicht überall erhältlich. Spricht dafür, dass der Mann nicht nach dem Erstbesten greift, sondern die Dinge gut plant.«

»Außer, er hat den Rucksack gestohlen«, wandte Landolt ein.

»Das ist auch möglich. Spul eine Sekunde weiter.«

Landolt tat es. Für einen Moment war die Szene bewegt, dann war wieder ein Standbild zu sehen. Der Schwarzgekleidete hob seine Schulter, neigte den Kopf leicht schräg, hielt den Arm noch immer ausgestreckt. Der Täter im Hintergrund hatte inzwischen einen Schritt nach vorn gemacht. Eine alte Dame drückte erschreckt ihre Handtasche an die Brust, der Hund hatte sich hinter seiner jungen Halterin versteckt.

»Nochmal zurück«, sagte Baumann. »Und jetzt alle gleichzeitig laufen lassen. Ich will die Männer aus jeder Richtung sehen.«

Landolt suchte die richtige Stelle, dann drückte er die Play-Taste. Wieder erschienen die Männer. Vier verschiedene Blickwinkel der Bankhalle, vier Perspektiven auf Kunden und Täter. Die Maskierten stürmten herein, rannten zum Schalter, die Fratze des einen richtete sich auf die Kamera, er zielte, drückte ab, schaute zur nächsten, zielte und schoss.

Baumann ließ Landolt die Szenen des Untergeschosses zeigen. Dasselbe Bild. Die Männer erreichten – diesmal zusammen mit den Geiseln – den Vorraum zu den Schließfächern, schauten ohne zu zögern nach rechts und links oben, entdeckten die Überwachungskameras, der eine schoss und traf sogleich.

»Was können wir über den Schützen sagen?«, fragte Baumann.

»Er ist geübt«, gab Blatter zurück. »Trefferquote hoch.«

Baumann nickte. »Weiter?«

Landolt spulte nochmals einen Sekundenbruchteil zurück und starrte auf die vier Aufnahmen. »Er sucht nicht. Er weiß, was er finden wird.«

»Das wollte ich hören«, antwortete Baumann. »Unser Schütze kennt die Standorte der Kameras. Entweder hat er die Bank zuvor ausgekundschaftet, oder –«

»Oder er hatte Hilfe von innen.«

»Was soll das heißen?«, fragte der Sicherheitschef der ZCB alarmiert.

»Es kann sein«, gab Baumann zurück, »dass einer der Bankangestellten die Täter mit Informationen versorgt hat.«

»Ausgeschlossen!«, stieß Wagner aus. »Unsere Leute werden genauestens überprüft. Schließlich geht es bei einer Bank in erster Linie um Sicherheit.«

Nicht um Diskretion?, hätte Baumann gern gefragt. Stattdessen sagte er: »Geben Sie mir eine Liste all ihrer Mitarbeiter. Inklusive der Chefetage.«

»Die habe ich nicht. Die sind bei unserem Personalchef. Aber ich versichere Ihnen –«

»Wie schnell können Sie sie mir besorgen?«

Wagner zuckte beleidigt die Schultern. »Ein Telefonanruf genügt.«

»Dann erledigen Sie den.« Zu Landolt meinte Baumann: »Ich möchte, dass du eine direkte Linie vom Telefon des Tresorraums zu Mike Salzmanns Funkgerät legst. Als Vermittler wird er die brauchen.«

»In Ordnung.«

»Bei den Safes gibt es kein Telefon«, wandte Wagner ein, »nur im Vorraum beim Empfang.«

»Wie lautet die Nummer?«

Wagner diktierte sie, Philipp Landolt schrieb mit, dann machte er sich an die Arbeit.

## 09:52

Mike stellte sein Zivilauto neben dem Bauschänzli ab und legte die Vignette »Kriminalpolizei im Einsatz« hinter die Frontscheibe. Schon von Weitem hörte er das Polizeihorn. Als er in der Fraumünsterstraße eintraf, brausten zwei VW T5-Busse der Interventionseinheit »Skorpion« mit Blaulicht um die Ecke und kamen quietschend zum Stehen. Je sechs Männer sprangen heraus. Sie trugen alle volle Kampfmontur: schwarze Stiefel, dunkle Knie-, Ellbogen- und Schulterschutze, kugelsichere Westen, Schilde und Helme mit Visier. Bewaffnet waren sie mit der Dienstwaffe SIG sowie mit Maschinenpistolen MP Heckler & Koch.

Vier Männer des Polizeilichen Assistenzdienstes – kurz

PAD genannt – waren dabei, die Straße mit Scherengittern abzuriegeln. Einige neugierige Passanten hatten sich auf dem Trottoir versammelt und versuchten, einen Blick auf das Geschehen zu werfen.

»Bitte zurücktreten!«, rief einer des PADs. »Bleiben Sie hinter der Absperrung!«

Keiner der Schaulustigen wich von der Stelle. Ein junger Skateboarder versuchte, das Gitter zu überklettern, und wurde von einem Uniformierten daran gehindert. Teenies machten Fotos mit ihren Handys; eine Frau lotste ihren Freund vor einen Polizeiwagen, der neben zwei Kawasakis stand, forderte ihn auf, eine coole Pose einzunehmen und filmte ihn.

»Zurück!«, befahl der Mann des PADs mit barscher Stimme. Ein zweiter kam hinzu und scheuchte die Gaffer Richtung Bürkliplatz. Widerwillig verzogen sich die Leute. Nun war die Fraumünsterstraße von der Ecke Kappelergasse bis zur Börsenstraße gesperrt. Es wimmelte von Streifenwagen und Polizisten. Einige Personen streckten ihre Köpfe aus den anliegenden Geschäften und wurden aufgefordert, den Tatort entweder sofort zu verlassen oder bis auf weiteres in den Häusern zu bleiben.

Die zwölf Männer der Skorpions hatten sich aufgeteilt. Die Hälfte blieb beim Einsatzwagen, die anderen standen vor dem Bankeingang und besprachen sich. Von Weitem erkannte Mike Leon Merz, den Einsatzleiter Front der Operation »Roter Tiger«, mit dem er schon einige Male zusammengearbeitet hatte. Er ging auf ihn zu. Theoretisch war Mike ihm unterstellt, praktisch waren sie gute Kollegen. Leon war ein Abenteurer, risikofreudig bis tollkühn, und dass er den Spitznamen »Leon, der Profi« trug, der im gleichnamigen Film keinen Ermittler, sondern einen Profikiller bezeichnete, nahm er locker, er war sogar etwas stolz darauf. Mike hegte den Verdacht, es sei reiner Zufall, dass Leon bei der Polizei und nicht auf der anderen Seite gelandet war.

In diesem Moment traf das Polizeiliche Filmteam, bestehend aus einem Mann und zwei Frauen, ein. Sie begannen routiniert, die Kameras auf die Stative zu montieren, schlossen Mikrophone an, testeten die Geräte.

»Direktübertragung aktiviert«, sagte eine Kamerafrau.

Ihr Kollege hielt ihr ein Handy mit den Worten hin: »Kommandant Baumann ist am Apparat. Er will mit dir sprechen.«

Sie nahm das Gespräch entgegen. Mike stieg die Stufen zur Bank hoch, wo auf beiden Seiten des Eingangs jemand zur Sicherheit postiert war. Durch die gläserne Eingangstür sah er, dass die Schalterhalle leer war. Kein Geräusch war aus dem Innern zu hören.

Mike begrüßte Leon mit einem kräftigen Händedruck.

»Gut, das du schon hier bist, Salzmann«, gab dieser zurück. »Was weißt du über die Sache?«

»Nur, was mir Baumann erzählt hat.«

Leons stahlblaue Augen waren aufmerksam auf Mike gerichtet. Er reichte ihm ein Funkgerät. »Das wird deins sein, falls es zu Verhandlungen kommt. Philipp Landolt ist in diesem Augenblick dabei, eine direkte Linie zum Telefonanschluss des Untergeschosses zu legen.«

Mike schaltete das Funkgerät ein. Es war das neueste DMR-Modell, das im Gegensatz zu seinem Vorgänger über erweiterte digitale Steuerungsfunktionen verfügte und aufgrund der TDMA-Technologie eine hohe Frequenzökonomie garantierte. Das Rauschen wurde fast vollständig unterdrückt, und es besaß die Option zur Simultankommunikation mit einer unbeschränkten Anzahl Benutzer. Mike hatte erst einmal damit gearbeitet und war erstaunt über die hervorragende Qualität gewesen.

»Im Vorraum zu den Schließfächern«, fuhr Leon fort, »gibt es einen einzigen drahtlosen Telefonanschluss, wie uns Wagner, der Sicherheitschef der ZCB, mitteilte. Die anderen beiden Anschlüsse bei den Arbeitsplätzen an der Rezeption sind

Fixstationen. Landolt legt die Direktverbindung auf das kabellose Telefon.«

»Das gibt uns die Möglichkeit zur Kommunikation, egal, wo in der Bank sich die Täter aufhalten.«

Leon nickte. »Zuerst jedoch versuchen wir es Face-to-Face. Wir gehen zu sechst hinein. Die Chance ist zwar klein …«

»… verschwindend klein …«, knurrte Mike.

»… dass wir die Täter so zum Aufgeben bewegen können, aber manchmal laufen die Dinge unkomplizierter ab, als man erwartet. Sollte unsere Aktion nichts bringen, bist du gefragt.«

»In Ordnung«, sagte Mike.

Sein Funkgerät piepste. Er schaute auf das Display. »F1« erschien auf der Anzeige – der Führungsraum im Hauptgebäude. Mike drückte den Lautsprecherknopf.

»Hallo Salzmann, hier Landolt«, tönte es aus dem Gerät. »Die direkte Linie ist gelegt. Hast du Fragen dazu?«

»Wie steht es mit den anderen Fixanschlüssen der Bank?«, wollte Mike wissen.

»Wurden alle deaktiviert. Im Unter- wie im Erdgeschoss. Die einzige intakte Linie ist diejenige zu deinem Funkgerät. Die Täter können keine anderen Nummern wählen. Sobald sie den Hörer abnehmen, landen sie bei dir. Außer sie benutzen ihre Handys. Siehst du die Taste links oben?«

Mike schaute auf das Funkgerät. »Ja.«

»Damit bist du mit uns verbunden. Taste rechts oben führt zur Bank. Bei der mittleren öffnet sich ein Menü, mit dem du die Zentrale, den Einsatzleiter Front sowie manuell wählbare Nummern eingeben kannst. So weit alles klar?«

»Alles klar.«

Eine Sekunde herrschte Schweigen. Dann meinte Philipp: »Viel Glück.«

Das konnte Mike brauchen. Sollte es zu einer persönlichen Konfrontation mit den Bankräubern kommen, müsste er unbewaffnet und unverkabelt sein. Das einzige, das ihm etwas

Schutz bot, war die kugelsichere Weste, die er unter dem Mantel trug. Doch gegen einen Schuss in den Hals oder in den Kopf nützte diese nichts.

Inzwischen hatte Leon seinen Skorpions die letzten Instruktionen erteilt. Die Männer waren einsatzbereit, die Visiere heruntergeklappt, die Maschinenpistolen im Anschlag. Leon schaltete das Mikrophon ein, das ihn mit Kommandant Baumann verband, und steckte sich den Empfangsstöpsel ins Ohr. Dann stellte er die Stirnkamera ein, die an seinem Helm montiert war. Baumann würde jeden seiner Schritte live mitverfolgen können.

»Einsatzleiter Front an Führungsraum«, sprach Leon ins Mikro, »sechs Mann betreten jetzt die Bank.«

Die Glastür öffnete sich automatisch, die Skorpions drangen ein.

Leons Nebenmann setzte ein Megaphon an die Lippen: »Hier spricht die Polizei! Kommen Sie mit erhobenen Händen heraus!«

Mike schaute von draußen zu. Nichts geschah. Keine Antwort, keine Schritte, kein Ton.

»Ich wiederhole«, hallte die Stimme des Sprechers. »Kommen Sie heraus! Die Polizei hat die Bank umstellt!«

Leon und seine Männer drangen vorsichtig ein paar Meter weiter ins Innere. Der Einsatzleiter gab den anderen ein Handzeichen, Richtung Treppenhaus zu gehen. Plötzlich ertönte der Schrei einer Frau, ein schwarz gekleideter Mann mit einer Frankensteinmaske erschien, der eine junge Tamilin an den Haaren mit sich zog. Er drückte ihr eine Pistole an den Kopf. Mike wusste, dass es sich bei ihr um die Bankangestellte Manisha Krishnakumaran handelte.

»Waffen runter oder ich puste ihr das Hirn weg!«, schrie der Bankräuber.

Leon wartete eine Sekunde. Dann bedeutete er seinen Männern, den Lauf der Maschinenpistolen auf den Boden zu richten.

»Bist du der Boss?« Der Maskierte zog die Geisel zu sich heran. Diese war kalkweiß und schaute hilfesuchend zu den Polizisten.

»Der bin ich«, antwortete Leon.

»Ich will hier keinen von euch sehen! Zieht euch zurück, sonst fangen wir an, Leute umzulegen.«

»Nehmen Sie Vernunft an.« Leons Hand lag noch immer am Abzug seiner MP. »Sie können nicht entkommen.«

»Sag mir nicht, was ich kann und was ich nicht kann, Scheißbulle! Ich zähle bis drei, dann habt ihr die Schalterhalle verlassen. Sonst ...« Er riss Manisha Krishnakumaran grob an den Haaren.

»Geben Sie auf«, sagte Leon. »Sie haben keine Chance.«

»Ich sagte, raus! Eins ... zwei ...«

Leon reagierte schnell. Er nickte seinen Männern zu, worauf sich die Skorpions zurückzogen. Der maskierte Täter blieb stehen und starrte ihnen nach, die Bankangestellte noch immer an den Haaren haltend. Leons Team trat auf die Straße.

Mike entschloss sich zu handeln. Er hob die Hände zum Zeichen, dass er unbewaffnet war, und stellte sich vor die Glastür. Sie öffnete sich.

»Was ist mit dir?«, blaffte ihn der Maskierte an.

»Mein Name ist Mike Salzmann. Ich bin der Vermittler.«

»Wir brauchen keinen Vermittler.«

Mike hütete sich, einen Schritt in die Bank zu machen. Er blieb auf der Schwelle stehen. »Sie werden einen brauchen, um hier rauszukommen«, sagte er ruhig. »Womit wollen Sie flüchten? Ihre Motorräder sind konfisziert, einen Hinterausgang gibt es nicht, Sie können nicht ewig in der Bank bleiben und Geiseln halten.«

»Das weiß ich selber!«, gab der andere zurück. Er riss die Frau am Haar und drückte ihr die Waffe mit Nachdruck in die Wange. »Wir haben Forderungen!«

»Welche?«

»Das werdet ihr früh genug erfahren.«

»Wann?«

Der Mann zögerte einen Moment. »In zwei Stunden.«

»Versprechen Sie mir, dass Sie die Geiseln so lange verschonen.«

»Ich verspreche gar nichts.«

Mike schaute auf den Schwarzgekleideten, der weder zitterte, noch unsicher klang. Dennoch entging ihm der innere Aufruhr nicht, in dem sich der Bankräuber befand. Obwohl Mike sein Gesicht nicht sehen konnte, spürte er, dass dieser Mann mit inneren Abgründen zu kämpfen hatte und dass es dabei nicht in erster Linie um Geld ging. Woher er das wusste, war ihm nicht klar, vielleicht war es die Stimme des Täters, vielleicht seine Körperhaltung, am ehesten jedoch die Ausstrahlung, die Mike immer wieder bei Menschen wahrgenommen hatte, denen Ungerechtigkeiten widerfahren waren. Mike verließ sich auf seine Intuition. Vielleicht konnte sie ihm in diesem Fall noch weiterhelfen.

»Wie soll ich Sie ansprechen?«, fragte er.

»Wähl dir was aus.« Der andere lachte kalt, was einen seltsamen Ton unter der Maske verursachte.

Ganz langsam nahm Mike sein Funkgerät aus der Manteltasche und hielt es hoch. »Das hier ist direkt mit dem mittleren Telefon im Schließfach-Vorraum verbunden. Ich rufe Sie in zwei Stunden an. Um Punkt zwölf Uhr. Wir werden eine Lösung finden. Sie brauchen niemanden zu verletzen.«

»Ich erwarte deinen Anruf um zwölf. Und jetzt verpiss dich, Bulle.«

Greta Hollenstein hatte nur undeutlich gehört, was oben abgelaufen war. Ihr Herz schlug schnell. Während Parker mit den Polizisten gesprochen hatte, hatten alle hier unten den Atem angehalten. Nun kehrte Parker wieder mit Manisha zurück. Er stieß die Angestellte von sich, diese prallte an die Wand und sackte zu Boden. Ihr Kinn zitterte, doch sie weinte nicht. Bashkim schaute sie besorgt an. Er rutschte etwas, um ihr Platz zu machen, nahm ihre Hand und hielt sie fest.

Greta versuchte, sich zu beruhigen. Die Lage war ernst. Aber wenigstens war die Polizei vor Ort. Sie waren nicht allein. Sie würden gerettet werden. Greta selbst hatte ein erfülltes Leben gehabt und realisierte erstaunt, dass sie bereit war, hier zu sterben. Hoffentlich nicht schmerzhaft und grausam, aber wenn es sein musste, musste es sein. Doch sie bangte um die jungen Leute. Für die war es zu früh, mit dem Leben abzuschließen. Sie hoffte, dass es sie statt eines anderen träfe, wenn es zum Ärgsten käme. Aber wenn sie ehrlich mit sich war – und Ehrlichkeit sich selber gegenüber war ihr wichtig – lebte sie ganz gern noch ein paar Jahre länger. Sie hatte noch einiges vor. Prag hatte sie noch nie gesehen. Und Barcelona auch nicht. Es gab noch unzählige Bücher, die sie lesen, Spaziergänge, die sie machen, und Sonnenuntergänge, die sie betrachten wollte.

Einen Moment lang war es sehr still, nur Tony gab qualvolle Laute von sich. Parker zog seine Maske aus, legte sie neben die von Tony und beugte sich zu seinem Partner hinunter. Er flüsterte ihm etwas zu. Tony umklammerte mit den Händen seinen Fuß; Blut breitete sich aus. Greta spürte keinen Funken Mitleid mit dem Mann. Seine Augen waren böse und dumm, seine vor Schmerz zusammengepressten Lippen spröd. Er war der Typ Mann, der seine Großmutter für Geld, einen Drogenschuss oder irgendetwas anderes, nach dem er gierte, verkauft hätte. Greta war zwar keine Großmutter und bedauerte das manchmal, aber dass dieser Tony nicht nur vor seiner leiblichen Oma keinen Respekt hatte, sondern vor keinem seiner Mitmenschen, hatte sie sehr schnell bemerkt.

Sie war nicht der Ansicht, in der guten, alten Zeit sei alles besser gewesen. Auch vor fünfzig Jahren hatte es engstirnige, machtbesessene oder schlichtweg beschränkte Leute gegeben, vielleicht sogar mehr als heute. Menschen, die andere manipulierten, bestahlen oder töteten. Nur die Mittel hatten sich etwas geändert. Greta war überzeugt, dass das Internet daran schuld war. Anscheinend konnte man heutzutage alles online besorgen, von Revolvern über Bastelanleitungen für Bomben bis zu hochansteckenden Viren. Bankkonten wurden via Computer geplündert, und Kinder schauten sich Pornofilme an, ohne zu ahnen, was sie ihren sich entwickelnden Psychen antaten. Greta war nicht prüde oder altmodisch, schließlich erinnerte sie sich im Gegensatz zu anderen ihres Alters gut daran, dass sie als Teenager kein Engel gewesen war. Doch gewisse Dinge konnte sie nicht nachvollziehen.

Sie schaute wieder zu Tony, der jammernd auf dem Boden saß, und zu Parker, der inzwischen rastlos hin und her ging. Greta machte sich keine Illusionen, die beiden würden nicht zögern, ihren Geiseln etwas anzutun, um flüchten zu können. Tony, weil er ein Hitzkopf war. Und Parker, falls es seinem Ziel diente.

Etwas raschelte neben ihr. Nora Tabani kramte unauffällig in ihrem Hosenbund herum. Dort musste sich ihr Handy befinden. Greta war froh, der jungen Frau aus der Patsche geholfen zu haben. Ein Kontakt zur Außenwelt konnte in ihrer Situation Gold wert sein. Sie warf einen Blick auf Noras konzentriertes Gesicht, dann schien diese zu merken, dass sie beobachtet wurde; sie schaute Greta an und lächelte.

»Sind Sie Polizistin, Nora?«, flüsterte Greta.

Nora zog erstaunt ihre Augenbraue hoch. »Wie kommen Sie darauf?«

»Nun, Sie scheinen keine Angst vor den Männern zu haben. Als hätten Sie schon oft mit solchen Typen zu tun gehabt.«

Einen Moment zögerte Nora, dann meinte sie: »Sie haben recht. Ich war früher bei der Kriminalpolizei. Jetzt bin ich Privatdetektivin.«

»Das ist gut. Ich bin erleichtert, jemanden wie Sie in unserem Kreis zu wissen.« Greta beobachtete aus dem Augenwinkel die beiden Bankräuber. Tony versuchte gerade, aufzustehen und herumzuhumpeln, musste sich aber bald wieder setzen, und Parker tigerte durch den Raum. Beide achteten nicht auf sie und Nora. Wehleidig fragte Tony: »Was sollen wir tun, Parker?«

Dieser schrie ihn an: »Ich denke nach! Sobald ich entschieden habe, wie es weitergeht, wirst du es als Erster erfahren!«

»Geht klar, Alter, geht klar. Sorry.«

Greta begann wieder, leise mit Nora zu reden; plötzlich stürmte Parker auf sie zu. »Halt deine Schnauze, Alte! So kann ich nicht denken!«

Greta sah gerade noch, wie Nora die Finger von ihrem Handy wegzog und unbeteiligt in die Ferne schaute.

»Ich brauche Ruhe! Das gilt für euch alle hier drin! Ab sofort gibts kein Geschwätz mehr!« Er starrte auf Greta hinunter. »Verstanden?«

Greta nickte: »Verstanden, Herr Parker.«

»Hör schon auf mit diesem ›Herr‹! Seh ich vielleicht aus wie ein Herr?«

Greta versuchte, diplomatisch zu sein. »Wenn Sie sich etwas anders kleiden würden, könnten Sie gut –«

»Das war eine rhetorische Frage, Alte! Und jetzt Klappe halten, alle!« Er gab Tony die Pistole des Wachmanns zurück und forderte ihn auf, die Geiseln wieder zu bewachen. Tony gehorchte, setzte sich an die gegenüberliegende Wand und zielte mit seiner Waffe auf die Gruppe. Währenddessen ging Parker auf und ab, auf und ab. Alle schwiegen. Janis streichelte Dylan mechanisch über den Kopf, Nora saß aufrecht und konzentriert da, Bashkim Rahmani hielt die Hand von Manisha wie einen wertvollen Schatz. Greta seufzte. Wieder einmal dachte sie an ihre Schwester Mathilda, die in Geburtstagslaune war, sich auf ihr Treffen freute und von all dem, was sich hier abspielte, keine Ahnung hatte.

Nun hielt Parker inne, ging zu seinem Rucksack und

wühlte darin herum. Nach einem Augenblick hatte er einen länglichen, schwarzen Gegenstand gefunden, den Greta zuerst nicht erkannte. Er nahm seine Pistole, ließ das Magazin herausgleiten und schob das neue hinein. Jetzt wusste Greta, was es war: Nachschub an Munition. Ihr schauderte.

Plötzlich drehte Parker den Kopf, starrte Nora an und grinste. »Neun Kugeln. Du hast mitgezählt, nicht wahr?«

Nora antwortete nicht.

»Pech für dich«, sagte er. »Ich auch.«

## 10:14

Jan hätte die wenigen Stationen besser mit dem Tram zurückgelegt oder wäre eine Viertelstunde zu Fuß gegangen, statt das Auto zu benutzen. Nachdem er auf der Suche nach einem Parkplatz zwanzig Minuten durch die Innenstadt gekurvt war, hatte er seinen altersschwachen Renault schließlich in einem Halteverbot hinter dem Schanzengraben abgestellt. Eine Buße war ihm sicher, und wertvolle Zeit hatte er auch verloren. Er ärgerte sich über sich selbst. Er eilte über den Paradeplatz und kam zur Fraumünsterstraße. Das Bild, das sich ihm bot, zeigte den Ernst der Lage.

Alles war abgeriegelt. Ein Dutzend Männer in Kampfanzügen warteten auf ihren Einsatz, mehrere Streifenwagen standen mit blinkendem Blaulicht quer in der Straße, und gerade stöckelte Veronika Varidis, die stadtbekannte, platinblonde Moderatorin von »Tele Downtown« auf das Absperrgitter zu. Sie gab ihrem Teamkollegen ein Zeichen, worauf dieser ihr half, das Hindernis zu überwinden, während er die Kamera auf seinen Schultern balancierte. Etwas wacklig erreichte sie die andere Seite des Gitters und ging schnurstracks auf einen gut aussehenden Polizisten zu, in dem sie wohl den Verantwortlichen vermutete. Anscheinend hatte sie richtig geraten, denn Jan hörte diesen sagen: »Leon Merz, Einsatzleiter Front«, und kurz darauf »nein, ich habe keine Zeit für Sie.«

Veronika Varidis ließ sich nicht aufhalten, winkte ihrem Kollegen zu, der dem Einsatzleiter die Kamera ins Gesicht hielt. Jan schaute sich um und entdeckte Mike in der Menge. Dessen Oberkörper wirkte noch massiger als sonst, was bedeutete, dass er eine kugelsichere Weste trug, was wiederum dafür sprach, dass er in diesem Fall als Vermittler arbeitete. Gut für Jan. Endlich könnte er ihm mitteilen, was er erfahren hatte.

Die Reporterin wurde im gleichen Moment von Leon Merz abgewiesen, in dem Mike sich umdrehte und Jan erkannte. Er schüttelte den Kopf, etwas bedauernd, aber dennoch bestimmt, und rief über den Platz: »Nicht jetzt, Jan! Du siehst, was hier läuft.«

Jan eilte auf ihn zu. »Es ist wichtig, Mike! Es hat mit dem Bankraub zu tun!«

Mike stutzte einen Moment. Dann winkte er ihn zu sich.

Veronika Varidis stiefelte sichtlich beleidigt an ihnen vorbei und wartete etwas weiter hinten auf der Lauer, der Kameramann dicht neben ihr.

»Das ist ein denkbar ungünstiger Moment«, sagte Mike, als Jan bei ihm angekommen war. »Du dürftest dich gar nicht hier aufhalten.«

»Ich weiß. Aber hör zu. Nora ist eine der Geiseln.«

»Was?« Jan hatte noch nie eine solche Bestürzung in Mikes Gesicht gesehen. »Bist du sicher?«

»Leider. Ich habe alles mitgehört, sie konnte ihr Handy zur Übertragung nutzen.«

»Ist sie verletzt?«

»Ich glaube nicht.« Jan berichtete mit wenigen Worten, was er wusste.

Leon Merz blickte misstrauisch zu ihnen herüber. »Salzmann? Alles in Ordnung?«

»Ein Informant«, gab Mike zurück, »gib mir eine Minute mit ihm.«

Merz nickte und besprach sich weiter mit seinen Männern.

Jan erzählte von den Bauplänen und dem Lüftungsschacht; Mike horchte auf. Er nahm sein Funkgerät, redete kurz mit jemandem vom Führungsraum und leitete Jans Bericht weiter. »Vielen Dank«, sagte er dann zu Jan. »Aber nun musst du gehen. Das Weitere ist Sache der Polizei.«

»Klar.«

Mike wandte sich ab und sprach mit Leon Merz.

Jan blieb einen Moment stehen, bis einer des Polizeilichen Assistenzdiensts ihn aufforderte, das abgeriegelte Gebiet zu verlassen. Er wollte gerade über das Absperrgitter klettern, als er hörte, wie die Reporterin einen Mann interviewte, der eine Uniform mit dem Bankenlogo trug. Jan trat etwas näher heran und lauschte. Sie schenkten ihm keine Beachtung.

»Karl Gutknecht«, sagte der Wachmann der Bank gerade, »ich habe alles miterlebt.«

Jan sah, wie der Kameramann sein Gesicht so nah heranzoomte, dass man die Bartstoppeln in Übergröße sah, und Veronika Varidis fragte ihn: »Wie fühlten Sie sich, als die gefährlichen Bankräuber mit ihren Kalaschnikows in die Bank drangen?«

»Sie hatten keine Kalaschnikows, sondern –«

»Gerieten Sie in Panik? Dachten Sie an Ihre Liebsten daheim, die Sie vielleicht nie wiedersehen würden?«

»Ich bin nicht verheiratet.«

»Wie gelang Ihnen die Flucht aus dieser furchtbaren Horrorsituation?«

Der Wachmann wirkte unsicher und antwortete dann lahm: »Ich … ich konnte flüchten.«

»Kam es dabei zu einem Kampf?«

»Nein, ich –«

»Sie hörten die Worte des Security-Mannes der ZCB«,

sprach die Reporterin nun direkt zur Kamera, »der nur knapp mit dem Leben davongekommen und jetzt schwer traumatisiert ist. Wir bleiben dran. Live aus Zürich, Veronika Varidis für ›Tele Downtown‹.«

Der Kameramann schaltete sein Gerät aus, die beiden ließen den Bankangestellten stehen und versuchten, einen der Männer des Polizeilichen Assistenzdienstes vor die Linse zu kriegen.

»Herr Gutknecht?«, fragte Jan.

Der Wachmann schaute ihn abwehrend an. »Ich möchte kein weiteres Interview geben.«

»Ich bin nicht von der Presse. Mein Name ist Jan Berger. Eine der Geiseln ist meine Geschäftspartnerin.«

»Oh, das tut mir leid.« Gutknechts Miene veränderte sich. Dann fragte er zuvorkommend: »Wie kann ich Ihnen helfen?«

»Ich unterstütze die Ermittler in diesem Fall«, antwortete Jan, was zumindest ansatzweise der Wahrheit entsprach. »Sind Sie von ihnen schon befragt worden?«

»Das bin ich. Ich hoffe, dass sie das Ganze bald in Griff bekommen. So was ist ganz schlecht für das Image der Bank.« Nach einer Sekunde fügte er hinzu: »Und schlimm für die Betroffenen natürlich.«

»Natürlich«, bestätigte Jan. »Können Sie mir etwas über die Täter berichten?«

»Ich habe der Polizei schon alles erzählt.«

»Sagen Sie es mir nochmals.«

Gutknecht schilderte die Masken, die Kleidung und die Waffen der Männer, dann meinte er: »Ihre Namen sind Parker und Tony. Das habe ich ganz vergessen, der Polizei mitzuteilen. Aber Namen sind wohl nicht wichtig, es geht ja darum, die Männer zu fassen, egal, wie sie heißen.«

»Die Namen sind sogar sehr wichtig!«, widersprach Jan. »Und Sie haben sie wirklich richtig verstanden?«

Gutknecht bejahte. »Ganz bestimmt. Tony ist der Lange,

Hagere. Parker der Chef. Ob das ein Vor- oder Nachname ist, weiß ich nicht. Aber so haben sie sich genannt. Wenn Sie meinen, dass das entscheidend ist, werde ich es der Polizei gleich mitteilen.«

»Lassen Sie nur, das übernehme ich«, sagte Jan.

»Das ist sehr freundlich von Ihnen. Es war alles etwas viel für mich.« Er lächelte entschuldigend.

Jan verabschiedete sich von ihm und suchte Mike erneut auf.

Dieser war in ein Gespräch mit Leon Merz vertieft und runzelte die Stirn, als er Jan wieder sah.

»Nur eine Sekunde«, rief Jan und eilte auf ihn zu. Als er ihn erreicht hatte, sagte er: »Ich kann dir die Namen mitteilen!«

Mike winkte ab. »Die Namen kennen wir.«

»Tatsächlich? Ihr wisst, wie sie heißen?«

Mike nickte. »Das war keine große Sache. Und nun muss ich wirklich weitermachen, Jan. Melde dich, wenn Nora wieder Kontakt mit dir aufnimmt.«

»Das werde ich.«

## 10:49

Nora fand die Untätigkeit unerträglich. Tony machte sich einen Spaß daraus, seine Waffe abwechselnd auf die eine und dann die andere Geisel zu richten. Obwohl Nora bezweifelte, dass er abdrücken würde, war ihr unbehaglich, als der Lauf der Pistole auf sie zeigte. Sie ließ sich nichts anmerken und schaute dem Typen geradewegs in die Augen.

Noch immer herrschte ein Sprechverbot, damit Parker nachdenken konnte. Er saß weiter hinten über einen Tisch gebeugt, rauchte eine Zigarette nach der andern und zeichnete irgendwelche Wege in die Landkarte vor sich ein. Was ging in diesem Mann vor? Nora zerbrach sich den Kopf, woher er sie kannte. Sie fragte sich zum x-ten Mal, ob er derjenige sein könnte, der sie in die Bank bestellt hatte. Aber warum nur? Es ergab einfach keinen Sinn. Vermutlich hatte irgendein Banker sie mit einer Nachforschung beauftragen wollen, dann kalte Füße bekommen und es bleiben lassen, ohne ihr abzusagen. Es konnte nicht Parker sein. Sie musste aufhören, sich verrückt zu machen. Wichtiger war, die Situation hier unter Kontrolle zu behalten.

Leise und bitter lachte sie auf. Kontrolle! Als ob sie hier auch nur den Hauch von Kontrolle hätte. Sie war eine Gefangene wie all die anderen, die neben ihr saßen. Der Willkür zweier Männer ausgeliefert, ohne Fluchtmöglichkeit, ohne Waffe, ohne Gewissheit, dass das Ganze zu einem guten Ende käme. Sie wunderte sich, dass sie nicht verängstigter war. Vielleicht hatten die Jahre bei der Polizei sie tatsächlich abgehärtet. Oder das vorherrschende Gefühl war schlicht nicht Angst. Sondern Ohnmacht.

Etwas, das sie noch schlechter aushielt. Es erinnerte sie an die Zeit nach dem Tod ihres Vaters. Sie hatte Rachefantasien gehabt, die sie um den Schlaf gebracht hatten, hatte sich über Monate vorgestellt, was sie mit dem Mörder täte, wenn sie ihn in die Finger kriegte. Und war über ihre eigenen dunklen Seiten erschrocken. Nein, sie war kein Unschuldslamm. Sie wäre fähig, jemanden, der ihr oder einer ihr nahestehenden Person Schmerzen zufügte, zu verletzen. Nicht nur zur Selbstverteidigung. Sondern auch als Genugtuung.

Parker griff zum Handy, wählte eine Nummer und wippte nervös mit dem Fuß. Er unterhielt sich auf englisch. Nora lauschte aufmerksam. Es klang, als habe er die Sprache nicht in der Schule gelernt, sondern sei damit aufgewachsen. Sie hörte die Namen »Frank« und »Hassan«, dann stieß Parker wütend aus: »Bullshit!« Danach wurden seine Worte wieder leiser. Sein Gesprächspartner schien etwas zu erklären, Parker antwortete so gedämpft, dass Nora es nicht verstehen konnte. Einmal meinte sie »Amsterdam« zu hören und »tomorrow«. Hatten Tony und Parker vor, morgen in Amsterdam einen Flug zu erreichen? Nora erinnerte sich, dass Tony die Bahamas erwähnt hatte, was Parker wütend gemacht hatte. Sie wollte die Information an Jan weiterleiten, doch in diesem Augenblick schaute Parker in ihre Richtung. Sie konnte es nicht riskieren, dass er ihr Handy fand, und verschob ihre Aktion auf später.

Nora verschränkte die Arme und stieß einen tiefen Seufzer aus. Sie schaute auf ihre Leidensgenossen. Greta Hollenstein schien die stärkste von allen zu sein. Sie strahlte eine innere Ruhe aus, die mit dem Alter gewachsen oder schon immer da gewesen war. Reto Furrer hatte Schmerzen und genoss die Fürsorge seiner Arbeitskollegin Barbara Zink sichtlich. Angela Morandi schüttelte fast unmerklich den Kopf, als könne sie noch immer nicht glauben, was sich hier abspielte. Janis Blocher, die junge Rasta-Frau, die nicht mit dem Politiker verwandt sein wollte, war in ihre eigene Welt versunken. Mit geschlossenen Augen kraulte sie unentwegt die Ohren ihres Hundes. Bashkim Rahmani hielt die Hand von Manisha Krishnakumaran. Anscheinend hatten sich die beiden erst heute kennengelernt. Nora schätzte die Tamilin ein paar Jahre älter als den Albaner, beide stammten aus völlig verschiedenen Kulturen, doch die gemeinsame Not schien sie zusammenzuschweißen.

Rainer Hagen schaute starr auf Tonys Waffe. Er war blass, ein dünner Schweißfilm klebte auf seiner Oberlippe. Nora bemerkte, dass der Atem des deutschen Geschäftsmannes ungewöhnlich schnell ging. Hagen saß völlig bewegungslos da, doch seine Halsschlagader pochte in rasendem Tempo. Nora zählte mit. Es waren etwa hundertachtzig Schläge pro Minute. Hatte er eine akute Panikattacke und versuchte, sich mit letzter Kraft im Griff zu behalten? Hagen realisierte, dass sie ihn ansah, seine Pupillen jagten von einer Seite zur anderen, dann richtete er seinen Blick wieder auf Tony. Der schien ein Gespür für die Angst des anderen zu haben, denn er hielt die Waffe auf dessen Brust gerichtet und spielte mit dem Abzug. Sein Zeigefinger bewegte sich fast unmerklich vor und zurück. Als nähme er es in Kauf, dass sich irgendwann ein Schuss löste und direkt in Hagens Herz dränge.

Dem Geschäftsmann lief ein Schweißtropfen von der Stirn über den Mundwinkel und blieb am Kinn hängen. Hagen wischte ihn nicht weg. Tony grinste. Hagen hyperventilierte. Inzwischen waren seine Atemzüge deutlich zu hören, kurz aufeinanderfolgend, aus ihnen sprach Todesangst. Nora schaute auf die Ader an seinem Hals, die inzwischen nur noch flatterte. Wenn es so weiterging, würde er einen Zusammenbruch erleiden. Langsam schienen auch die anderen zu merken, dass sich hier eine Katastrophe anbahnte.

Tony veränderte seine Position, Blick und Pistole nach wie vor auf Rainer Hagen gerichtet.

Diese kleine Bewegung genügte. Hagen konnte sich nicht mehr zurückhalten.

Sein Mund öffnete sich, und ein grauenhafter Schrei drang heraus. Langgezogen, voller Qual.

Alle erstarrten. Tony sagte etwas Spöttisches, das Nora nicht verstand. Greta flüsterte: »Grundgütiger!« Janis öffnete die Augen, der Hund winselte.

Parker kam angerauscht und brüllte: »Was hast du ihm getan, du Scheißkerl?«

»Überhaupt nichts«, sagte Tony, »er ist einfach ausgeflippt.«

Noch immer brüllte sich Hagen sein Elend aus dem Leib. Seine Schreie wollten nicht enden.

Parker ging zu ihm und schüttelte ihn. »Was ist los, Mann?«

Hagen japste nach Luft und stieß hervor: »Ich halte das nicht mehr aus! Sagen Sie ihm, er soll aufhören, uns zu tyrannisieren.«

Parker rollte einen Bürostuhl aus dem Vorraum und stellte

ihn einige Meter entfernt vor die Geiseln. Dann zerrte er Tony vom Boden hoch und nötigte ihn, auf dem Stuhl Platz zu nehmen. »Die Knarre bleibt auf deinen Knien. Du nimmst sie erst in die Hand, wenn jemand Dummheiten macht, verstanden?«

Tony antwortete nicht.

»Wir wollen keine Leichen hinterlassen.« Er starrte drohend auf die Geiseln. »Außer ihr gebt uns einen Grund dazu.«

»Ich hab doch nur Spaß gemacht«, murrte Tony und rollte hin und her. »Ich hab rasende Schmerzen. Ich muss mich doch irgendwie ablenken.« Sein angeschossener Fuß blutete auf den schwarzen Marmor.

Parker ignorierte ihn und ging auf Hagen zu. Dieser duckte sich in Erwartung eines Angriffs. Als nichts geschah, entspannte er sich etwas.

»Bist du wieder in Ordnung?«, fragte Parker.

Hagen nickte mit gesenktem Blick. »Ja, es geht wieder. Entschuldigung. Danke.«

## 11:38

Seit einer Stunde stand Jan mit seinem Renault im Halteverbot. Die Buße klemmte bereits unter dem Scheibenwischer. Er ließ sie dort, vielleicht hielt sie die Verkehrspolizei davon ab, ihm eine weitere aufzubrummen. Ab und zu schauten Passanten durch die Scheibe auf den Laptop, der auf seinen Knien lag. Jan googelte Tony und Parker. Es gab Millionen von Links zu diesen Namen. Auch wenn er die Suche auf »Seiten aus der Schweiz« oder »Bilder« einschränkte, blieben viel zu viele übrig. Er versuchte es mit »Zürich«, »vorbestraft«, »kriminell«, anderen allgemeinen Stichworten. Doch auch dann erhielt er nur eine unübersichtliche Liste mit einer riesigen Anzahl Webseiten, die ihn nicht weiterbrachten. Er ackerte sich durch alte

Zeitungsmeldungen, las Artikel über frühere Banküberfälle und fand einen Beitrag eines Gerichtsjournalisten, der vor ein paar Jahren über einen misslungenen Raubüberfall berichtet hatte. Ein Gabriel Parker war darin involviert gewesen. Die von einem Zeichner angefertigte Skizze des Angeklagten zeigte einen jungen, dunkelhaarigen Mann. Jan wusste nicht, ob es sich bei dem Mann um denselben Täter handelte, der gerade in der Zurich Credit Bank war, und forschte weiter.

Wohl oder übel musste er die legalen Pfade verlassen. Er hackte sich in eine gerichtsinterne Datei mit juristischen Rapporten, dann klickte er auf die Haftanstalt »Murwies«, überwand die Sicherungssperren und gelangte zur Insaßenliste. Er entdeckte, dass jener Gabriel Parker mehrmals eine Strafe abgesessen hatte, einmal für vier Jahre. Während derselben Zeit waren drei Tonys in der »Murwies« inhaftiert gewesen. Jan folgte der Spur. Ein Tony war inzwischen verstorben, einer saß noch immer im Gefängnis, und der dritte war in eine andere Strafanstalt verlegt worden. Jan kontrollierte, ob er sich noch immer dort aufhielt. Das war der Fall. Also Sackgasse.

Jan zuckte zusammen, als eine junge Frau gegen die Scheibe klopfte. Er hatte völlig vergessen, wo er sich befand. Er ließ das Fenster hinunter und sah sie fragend an.

»Brauchen Sie den Parkplatz noch lange?«, wollte die Frau wissen.

Jan bemerkte, dass ein VW-Käfer mit offener Tür und laufendem Motor schräg auf dem Trottoir stand.

»Hier ist absolutes Halteverbot«, sagte er.

»Es ist dringend. Könnten Sie nicht …?«

»Etwas rutschen?«

Sie lächelte ihn dankbar an. »Das wäre toll.«

Jan startete den Renault, fuhr ein paar Meter weiter vor, und die Frau rückte mit ihrem Auto auf. Sie bedankte sich und betrat mit schwingendem Handtäschchen die nächste Boutique, auf deren Schaufenster »Sale! Sale! Sale!« und »Only today!« stand. Schien ja tatsächlich dringend zu sein. Jan fragte sich, warum eigentlich alles auf Englisch angeschrieben sein musste. Vermutlich verkaufsfördernd. Er machte weiter.

Plötzlich stutzte er.

Englisch.

Tony und Parker waren englische Namen. Parker war nicht ins Deutsche zu übersetzen, aber Tony konnte die Abkürzung für Anton sein. Erneut klickte er auf die Insaßenliste der »Murwies« und suchte nach einem Anton.

Bingo.

Ein Anton Novak hatte zur gleichen Zeit wie Gabriel Parker gesessen. Eine Weile hatten sie sogar die Zelle geteilt. Natürlich konnte Jan nicht sicher sein, dass es sich bei den beiden um die Bankräuber handelte, doch irgendwie hatte er das Gefühl, dass er auf der richtigen Fährte war. Bloß – was nützte ihm das? Vielleicht war es tatsächlich so, wie Karl Gutknecht sagte: Namen waren unwichtig.

Unwillkürlich schüttelte Jan den Kopf. Nein, das stimmte nicht. Er hatte es in der Zusammenarbeit mit Nora schon oft erlebt: Je mehr sie über einen Täter wussten, desto eher konnten sie seine Schwachpunkte zu ihren Gunsten nutzen. Jan arbeitete sich weiter vor. Er las die Gefängnisprotokolle, erfuhr, dass Gabriel Parkers Eltern aus Schottland stammten, aber in der Schweiz lebten, dass Parker als intelligent und gefährlich galt und eine Aversion gegen Autoritätspersonen hatte. Anton alias Tony schien eher ein einfaches Gemüt zu sein. Er hatte zweimal versucht, aus dem Gefängnis zu entkommen, einmal in einem Wäschekorb. Statt dass Tony in die erhoffte Freiheit gelangte, vergass man den Korb, in dem er sich befand, in einem Trocknungsraum, wo der Gefangene das Wochenende verbringen musste und am Montag darauf leicht dehydriert aufgefunden wurde.

Jan verfolgte die Spur der beiden. Parker war früher entlassen worden, Tony hatte längere Zeit in Haft bleiben müssen.

Ein Jahr lang teilte Tony die Zelle mit einem Mann namens Clemens Corradin. Dieser wurde, nachdem er sich wiederholt den ganzen Körper aus Angst vor Keimen und Erregern blutig gekratzt hatte, in die psychiatrische Klinik »Seeblick« in Erlenbach überwiesen.

Irgendetwas klingelte bei Jan, als er das las.

Er fand die internen Links zur Klinik »Seeblick«, über die er für einen früheren Fall einmal recherchiert hatte. Tatsächlich, er hatte es geahnt: Clemens Corradin war zur gleichen Zeit in der psychiatrischen Anstalt gewesen wie Nora, als sie freiwillig eingetreten war, um vor Ort ermitteln zu können. Er erinnerte sich, wie sie ihm erzählt hatte, ein Patient mit einer Bakterienphobie habe behauptet zu wissen, wer ihren Vater getötet habe. Sie sei so aufgewühlt gewesen, dass sie ihn berührt habe, etwas, was er nicht ertragen konnte. Er war auf sie losgegangen. Die darauffolgende Auseinandersetzung hatte ihr sogar ein gewaltsames Niederspritzen und eine Nacht im Isolationszimmer beschert.

Konnte das alles Zufall sein? Und falls nicht, was steckte dahinter?

Jedenfalls wollte Jan Nora nicht einfach ihrem Schicksal überlassen. Vielleicht konnte ihm dieser Clemens Corradin etwas über Tony und Parker mitteilen.

Er drehte den Zündschlüssel. Der Renault knatterte, Jan wollte losfahren. In diesem Moment näherte sich eine Verkehrspolizistin, ersuchte ihn, den Motor abzustellen und zeigte auf den rosaroten Einzahlungsschein, der bereits unter dem Scheibenwischer klemmte. Jan grinste entschuldigend. Sie lächelte nicht zurück. Er würgte den Motor ab, langte aus dem Fenster und steckte die erste Buße ein. Worauf sie, ohne die Miene zu verziehen, eine zweite ausfüllte und sie ihm in die Hand drückte.

## 11:57

Mike hatte seit zwei Stunden nichts anderes tun können, als sich mit Leon Merz und seinen Männern zu besprechen. Thomas Baumann, der alles live mitverfolgte, hatte ihm per Funk bestätigt, die Zeitvorgabe des Täters ernst zu nehmen. Die Grenadiere der Interventionseinheit Skorpion hatten während der Wartezeit die Umgebung ausgekundschaftet, nach Hintereingängen, Kellertüren und dünnen Wänden Ausschau gehalten, die im Notfall gesprengt werden konnten. Der Reformladen und die Bar, die an das Bankgebäude grenzten, waren aus Sicherheitsgründen evakuiert worden. In der Schalterhalle war eine leergefeuerte Taurus gefunden worden. Vermutlich hatte einer der Bankräuber sie fortgeworfen, nachdem er sich die Waffe des Wachmanns geschnappt hatte. Mike hatte die Pistole konfisziert und einem Kollegen übergeben.

Immer wieder dachte er an das kurze Treffen mit Jan zurück. Nora in den Händen der Geiselnehmer – unglaublich. Es wühlte ihn auf, die alte Geschichte kam wieder hoch. Was täte Carlo, wenn er in derselben Gefahr wäre? Auf jeden Fall nicht die Nerven verlieren. Passiv herumsitzen hatte Carlo nie gekonnt. Nora war zum Glück nach ihm geraten. Irgendetwas fiele ihr ein. Wenn sie merkte, dass sich die Lage ohne Blutvergießen beenden ließe, würde sie nicht eingreifen. Waren jedoch andere Menschen in Gefahr, könnte sie sich kaum zurückhalten.

Mike wunderte sich, warum Jan nochmals auf ihn zugekommen war, um ihm die Namen mitzuteilen. Mike hatte diese längst von Baumann erfahren. Christoph Wagner, der Sicherheitschef der ZCB, hatte ihnen als Erstes eine Liste aller Angestellten überreicht, die an diesem Morgen arbeiteten. Angela Morandi, Reto Furrer, Manisha Krishnakumaran, Bashkim Rahmani und Barbara Zink. Mike kannte die Namen auswendig, er wusste, wie lange die Leute schon bei der Bank tätig waren und ob einer von ihnen die beiden Täter mit Insiderwissen versorgt haben könnte. Das schien bei niemandem der Fall zu sein. Alle verfügten über einen einwandfreien Leumund, waren integer und hatten ein starkes Verantwortungsbewusstsein, schließlich hatten sie Tag für Tag mit Unsummen von Geld zu tun.

Wieso hatte Jan gedacht, er könne ihm etwas Neues erzählen, indem er ihm ihre Namen mitteilte? Seltsam. Wahrscheinlich war er ebenso in Sorge wegen Nora wie Mike.

Vielleicht auch ein bisschen weniger. Nora war für Mike eine Art Ziehtochter gewesen. Obwohl sie bereits erwachsen gewesen war, als Carlo getötet wurde, hatte Mike das Versprechen ernst genommen, das er seinem Freund gegeben hatte: Er hatte sich um Nora gekümmert. Sie hatte es nicht gewollt, hatte abgewehrt, wenn er nach ihrem Befinden gefragt hatte, doch Mike hatte sich nicht abweisen lassen. Er hatte miterlebt, wie sie ihren Job bei der Polizei an den Nagel gehängt und sich als Privatdetektivin selbständig gemacht hatte. Etwas Brotloseres konnte er sich nicht vorstellen. Doch er hatte es ihr nicht auszureden versucht, das hätte auch nichts genützt. Bezüglich Sturheit hatten die beiden Tabani immer gleich getickt.

Mikes Gedanken schweiften kurz zu Carlos Witwe. Sonja hatte die Welt ihres Mannes und ihrer Tochter nie richtig verstanden. Was mütterliche Wärme betraf, war Nora eher zu kurz gekommen. Sonja hatte eigentlich gar keine Kinder gewollt, Carlo hingegen hatte sich nach einer großen Kinderschar gesehnt, wie er sie von seiner Familie in Italien gewohnt war. So einigten sich die beiden auf ein Kind.

Mike verdrängte seine Erinnerungen. Er schaute auf die Uhr. Es war so weit. Zwölf Uhr, Zeit für den Anruf. Er ging die Stufen bis zur Eingangstür der Bank hoch, Leon begleitete ihn. Die beiden Uniformierten, die rechts und links des Eingangs postiert waren, wichen etwas zur Seite. Mike nahm sein

Funkgerät hervor und drückte den Knopf, so dass er direkt mit dem Telefon im Vorraum der Schließfächer verbunden war.

Der Bankräuber nahm augenblicklich ab. »Ja?«

»Hier ist der Vermittler. Mike Salzmann. Sie haben die Chance, jetzt aufzugeben und mit einer geringeren Strafe davonzukommen. Jede Stunde, die Sie länger Geiseln halten, wird Ihnen vor Gericht –«

»Aufgeben kommt nicht infrage! Ihr werdet unsere Forderungen rechtzeitig erfahren. Erst muss ich weitere Abklärungen treffen.«

»Was bedeutet das?«, fragte Mike.

»Das bedeutet, dass ihr euch gedulden müsst. Ich arbeite an einer Lösung. Folgendes besorgt ihr für uns: Schmerzmedikamente für meinen Partner. Und elf Pizzas. Warm, wenn ich bitten darf. Ruft mich an, wenn sie da sind, dann schicken wir jemanden hoch, sie abzuholen.«

Mike zögerte einen Moment. »Wenn wir das für Sie erledigen, müssen Sie auch etwas für uns tun.«

»Was soll das heißen?«

»Lassen Sie eine Geisel frei. Im Gegenzug bekommen Sie das Essen.«

»Leg dich nicht mit mir an, Salzmann!«

Mike blieb ganz ruhig. »Ob Sie acht oder neun Geiseln in Ihrer Gewalt haben, spielt für Ihre Forderungen überhaupt keine Rolle. Auch wenn Sie nur eine hätten, würde uns alles daran liegen, diese heil herauszubekommen. Bei Ihnen soll eine alte Frau sein. Lassen Sie sie gehen.«

Der andere lachte in den Hörer. »Das würde dir so passen. Merk dir das: Du hast hier nichts zu sagen.«

»In Ordnung«, gab Mike zurück und wagte sich aufs Glatteis. »Ich habe nichts zu sagen. Keine Geisel, keine Pizzas.« Er legte auf.

Leon starrte entsetzt zu ihm herüber. »Bist du sicher, dass das –«

Das Funkgerät piepste.

Mike sah, welcher Anschluss es war. »Sie haben es sich also anders überlegt«, sagte er.

»Verdammter Bulle«, kam es zurück. »Bring uns das Essen und die Medikamente. Du sollst deine Geisel kriegen. Aber ich bestimme, welche.«

## 12:03

Parker spürte das Blut in seinem Kopf rauschen. Er hasste es, wenn man ihm Vorschriften machte. Salzmann sollte seine Befehle befolgen, nicht umgekehrt. Er knallte den Hörer auf einen der Tische, die zwischen den Schließfachgängen standen.

»Was ist?«, fragte Tony, die Waffe auf den Knien, wie Parker es ihm befohlen hatte.

»Ihr habt es gehört«, gab Parker zurück. »Einer von euch kommt frei. Dafür kriegen die anderen was zu futtern. Wer möchte raus?« Er stellte sich mit verschränkten Armen vor die Leute, die beim Gedanken an ihre Freilassung den Atem anhielten.

»Lassen Sie doch Greta Hollenstein gehen«, bat Nora Tabani ohne ein Anzeichen von Furcht, »sie ist achtzig.«

Die Alte wehrte ab.

Tabanis Gelassenheit machte Parker wütend. Erneut spürte er den brennenden Hass, wenn er an sie dachte. Seit Jahren trug er den mit sich herum, während diese Tabani sorgenfrei lebte und keine Ahnung von seinem Leben hatte. Er hasste ihr hübsches Gesicht, ihren schlanken Körper, ihr selbstsicheres Auftreten. Er verabscheute ihre Arbeit, ihren Partner Jan Berger, der nach ihrer Pfeife tanzte, und ihr Viech, das Chamäleon. Gern hätte er es getötet und gehäutet. Seine schuppige Haut hätte er an ihre Tür gehängt. Als Drohung. Als Ankündigung, was ihr demnächst blühe. Seine Rachefantasien hatten ihn dazu gebracht, ihr aufzulauern, sie zu beobachten und sich vorzustellen, was er mit ihr alles anstellen würde. Sie hatte nie etwas davon gemerkt. Tolle Detektivin. Fasste irgendwelche Ganoven und war blind gegenüber der Gefahr, in der sie sich befand. Ja, in Gefahr war sie gewesen, all die Jahre. Parker hatte sich mit äußerster Mühe beherrscht, um seine Fantasien nicht in die Tat umzusetzen. Verdient hätte sie es. So eine wie sie hatte kein Recht auf ein gutes Leben.

Er stieß den Atem aus. Kühlen Kopf bewahren, sagte er sich. Er hatte Geld und Gold, zwei pralle Sporttaschen voll. Er würde von der Polizei Fluchtfahrzeuge erzwingen, nach Holland fahren, die Beute Frank übergeben und das Flugzeug erreichen. Dann würde er sich so schnell wie möglich von Tony trennen, und sobald Franks Überweisung auf seinem Konto eingetroffen wäre, ein neues Leben beginnen. Auf Frank konnte er sich hundertprozentig verlassen. Erstens hatte dieser ihn noch nie hintergangen, und zweitens hatte Parker vorgesorgt. Die Daten-CD, die er bei sich hatte, brächte Frank für den Rest seines Lebens hinter Gitter. Frank wusste das. Parker brauchte ihm gar nicht zu drohen, die Sache war klar. Eine Hand wäscht die andere.

Wieder dachte er an die Tabani. Vielleicht nähme er sie als Fluchtgeisel. Vielleicht stieße ihr dabei etwas zu. Oder er würde später jemanden anheuern, um sie aus dem Weg zu räumen. Damit er endlich Genugtuung bekäme.

Angela Morandi riss ihn aus den Gedanken. »Ich bin der gleichen Meinung. Bitte lassen Sie Frau Hollenstein gehen.«

Parker merkte, dass die Alte gar nicht wusste, wie sie darauf reagieren sollte. Einerseits wirkte sie erleichtert beim Gedanken, freigelassen zu werden, andererseits nahm er eine Bereitschaft zur Selbstaufopferung wahr, wie sie bei alten Leuten oft vorkam, nach dem Motto: Die anderen haben noch ihr ganzes Leben vor sich.

Er schaute die Leute an, die auf seine Entscheidung warteten.

Plötzlich murmelte Reto Furrer vorwurfsvoll: »Ich bin verletzt. Ich bräuchte einen Arzt.«

Der junge Albaner warf ihm einen verächtlichen Blick zu, wollte etwas sagen, überlegte es sich aber anders. Vermutlich weil der Schwächling Furrer sein Vorgesetzter war.

»Lass sie doch auslosen, wer gehen darf«, schlug Tony vor.

»Zum ersten Mal hast du eine gute Idee«, meinte Parker.

Tony strahlte wie ein Idiot.

Parker erinnerte sich daran, was die junge Rasta-Frau aufbewahrte, und forderte sie auf, ihm ihre Tasche zu geben. Sie gehorchte.

Er durchwühlte den Inhalt, fand den weißen Würfel und legte ihn vor den deutschen Geschäftsmann, der am linken Rand der Gruppe saß. »Wir werden ein bisschen spielen. Du fängst an. Wer die höchste Zahl wirft, ist frei.«

»Und wenn mehrere eine Sechs würfeln?«, fragte Furrer.

Tony grinste, fasste nach seiner Pistole, drehte und wendete sie, bis er realisierte, dass Parker ihn wütend anstarrte. Schnell legte er sie wieder in den Schoss und feixte: »Dann gibts ein kleines Ausscheidungsspiel.«

»Los!«, sagte Parker.

Hagen würfelte eine Zwei. Der Albaner, der nach ihm an der Reihe war, eine Eins, Barbara Zink eine Fünf. Als Furrer dran war, hauchte er auf den Würfel wie ein Kind, das seinem Glück etwas nachhelfen will, warf ihn in die Luft und schaffte ebenfalls eine Fünf. Die anderen machten weiter. Niemand hatte eine Sechs gewürfelt. Aber es gab drei Fünfer, darunter die der Tabani. Parker schnauzte sie an: »Du bleibst, wo du bist. Die anderen zwei einen Meter nach vorn.«

Reto Furrer und Barbara Zink rutschten etwas zu ihm.

»Jetzt nochmals.«

Zinks Kinn zitterte. Sie flüsterte: »Das ist grausam.«

»Ja, das ist es«, gab Parker zurück. »Das ganze Leben ist grausam.« Er starrte Nora Tabani an und spürte, wie ihm die Galle hochkam. Tabani runzelte die Stirn, als versuche sie krampfhaft zu verstehen. Natürlich konnte sie das nicht. Aber bald würde sie kapieren. Noch heute sollte sie es erfahren. Bevor er flüchtete. Oder sie tötete.

Reto Furrer würfelte erneut eine Fünf. Seine Mundwinkel zuckten vor Vorfreude.

Die Zink nahm den Würfel und ließ ihn gleich wieder fallen, als fühle sie sich schuldig, in die Endrunde gekommen zu sein. Der Würfel drehte sich zweimal, dann blieb er liegen. Mit der Sechs nach oben. Sie schaute entschuldigend zu den andern.

Furrer erbleichte.

»Tut mir leid, Reto«, sagte Barbara Zink.

Nora war froh, dass Parker sie nicht hatte weiterwürfeln lassen. Es war besser, jemand anders kam frei. Die Warterei ging weiter. Barbara lehnte mit gesenktem Kopf an der Wand, die anderen wirkten entmutigt. In einer halben Stunde brächte die Polizei die Pizzas. Essen konnte die Geiseln einerseits beruhigen, andererseits böten solche Übergaben der Interventionseinheit immer die Gelegenheit für einen Überraschungsangriff. Nora wusste, dass diese kein Risiko einging, wenn Unschuldige in Gefahr waren, doch es war immer möglich, dass die Situation sich innert Sekunden veränderte, was ein Eingreifen erlaubte.

Nora hatte die Beine ausgestreckt, die Arme hielt sie vor der Brust verschränkt. Einmal mehr schaute sie auf das Aquarellbild ihrer Mutter, dessen endlose Weite des Horizonts über dem violetten Meer unter diesen Umständen wie Hohn wirkte.

Parker brütete wieder über der Landkarte, dann telefonierte er erneut. Nora hörte ihn murmeln, erst auf Deutsch, später auf Englisch. Sie versuchte, seinen auffälligen Akzent einzuordnen. Stammte er womöglich aus Irland, Wales oder Schottland? So genau konnte Nora das nicht einordnen.

Von Zeit zu Zeit warf Parker den Geiseln einen kurzen Blick zu. Tony saß noch immer auf dem Bürostuhl, rollte nervös vor und zurück, stöhnte ein paarmal, vermutlich vor Schmerzen und Erschöpfung, dann wurde er ruhiger. Irgendwann schloss er die Augen. Die Pistole hielt er auf seinen Knien. Nach einer Weile glaubte Nora, er sei eingedöst.

Sie zog die Knie an und stellte die Füße auf den Boden. Lautlos griff sie nach ihrem Handy, während sie unbeteiligt in die Halle schaute. Im Sichtschutz ihrer Beine schrieb sie ein SMS an Jan: »Flug checken: Parker + Tony, Amsterdam–Bahamas, morgen. Kontaktpersonen evtl. Frank od. Hassan. Info an Mike + Interpol.« Sie schickte die Nachricht ab, steckte ihr Mobiltelefon wieder in den Hosenbund über dem Bauchnabel. Dann zog sie ihre Bluse darüber glatt und streckte die Beine wieder aus.

Greta hatte Nora beobachtet, ihre Lippen formten die Worte: »Gut gemacht.«

Tonys Kopf kippte nach vorn. Tony schreckte hoch und richtete sich wieder auf. Langsam sank sein Kopf erneut nach unten, zuckte ein paarmal. Tonys Hand wurde schlaff. Nora beobachtete ihn gebannt. Gleich würde ihm die Waffe aus den Fingern gleiten. Parker, der vermutlich glaubte, sein Kumpel lauere wie ein Wachhund, telefonierte etwas von ihnen entfernt, ging hin und her, merkte nicht, was sich abspielte. Greta, Bashkim und Hagen starrten auf Tony. Nora bewegte sich auf dem Hintern nach vorn, näherte sich dem Sitzenden. Janis nickte ihr auffordernd zu, Barbara wirkte erstarrt, Furrer schüttelte ängstlich den Kopf. »Nein«, flüsterte er. Doch Nora ließ sich nicht beirren.

Tony sackte noch etwas tiefer, Parker sprach ins Handy, Nora rutschte vorwärts. Einen Zentimeter, zwei, drei, vier. Hagens Augen huschten unruhig nach rechts und links, Nora spürte seine Hoffnung und gleichzeitig seine Beklemmung. Wieder hatte sie sich Tony ein Stück genähert. Sie war noch einen Meter von ihm entfernt, die anderen saßen etwa doppelt so weit hinter ihr. Tonys Mund öffnete sich entspannt. Sein Atem ging schwer, er hielt den Pistolengriff nur noch lose. Nora schaffte wieder eine kleine Strecke. Vor ihr glänzte die Blutlache, die von Tonys angeschossenem Fuß stammte. Nora konnte nicht anders, als über das feuchte Rot zu gleiten. Sie fühlte, wie das Blut ihre Hose durchnässte, rutschte darüber, streckte die Finger aus.

Tony murmelte etwas.

Nora öffnete ihre Hand.

Tonys Finger ließen los. Die Waffe sauste nach unten. Nora schoss nach vorn, wollte sie packen, verpasste sie um Haaresbreite. Die Pistole knallte zu Boden. Tony riss die Augen auf. Der Stuhl rollte vorwärts, prallte in Nora. Ein Schuss löste sich, die Kugel jagte quer durch die Halle und schlug in ein metallenes Schließfach ein. Alle hielten den Atem an.

Nach einer Schrecksekunde schrie Tony auf, Greta flüsterte: »Scheiße!«

Nora dachte, dass dieser Ausdruck gar nicht zu der alten Dame passe, da rannte Parker bereits auf sie los. Nora wich nach hinten, setzte sich wieder zwischen die anderen. Tony rappelte sich hoch, nahm die Waffe, zeigte damit auf Nora und brüllte: »Sie wars!«

Parker hatte Nora erreicht und zerrte sie an den Haaren hoch.

Ein stechender Schmerz durchfuhr ihre Kopfhaut. Sie kam auf wacklige Beine zu stehen.

»Du verdammtes Miststück!«, brüllte Parker und verpasste ihr einen Faustschlag, der ihre Wangenknochen traf.

Nora taumelte zurück. Einen Augenblick lang war ihr Denken ausgeschaltet. Dann schoss ihr ein einziger Gedanke durch den Kopf: ihr Handy. Er durfte es nicht entdecken. Unwillkürlich griff sie sich an den Bauch. Es war noch da, leicht verrutscht.

Parker schlug erneut nach ihr. Nora wich aus.

»Bitte hören Sie auf!«, rief Greta.

Parker packte Nora an der Schulter und holte zum nächsten Hieb aus. Nora hob schützend ihren Arm, wie sie es in jahrelangem Kampfsporttraining gelernt hatte. Parkers Faust prallte an ihrem Ellbogen ab. Fluchend riss er seine Hand zurück.

»Du willst es nicht anders haben!« Er zückte seine Pistole und drückte sie ihr in den Hals.

Nora schluckte. Sie spürte seinen Atem in ihrem Gesicht, sah das Flackern in seinem Blick. Zorn, Hass, Gewalt. So intensiv, wie sie es noch nie erlebt hatte. Das hier war etwas Persönliches.

»Sag mir, weshalb ich nicht abdrücken soll!«, schrie er.

Das kalte Metall bohrte sich in Noras Haut. Ihr Herz raste. »Weil Sie nicht wegen Mord im Gefängnis landen möchten.«

»Glaubst du, ich hab noch was zu verlieren?«

»Sie haben bis jetzt noch niemanden getötet.«

Parker schob seinen Kopf dicht an ihren. »Das kann sich in dieser Sekunde ändern. Los, an die Wand!«

Er schob sie direkt unter Sonjas Bild.

»Auf die Knie!« Er trat einen Schritt zurück, streckte die Hand aus und richtete seine Waffe wie bei einer Exekution auf sie.

»Das können Sie nicht tun!«, stieß Nora aus.

»Ich sagte, runter mit dir!«

Nora war handlungsunfähig – die Pistole war zu nah, als dass sie einem Schuss hätte ausweichen können, und zu weit weg, als dass sie sie ihm hätte aus der Hand schlagen können. Sie sank auf die Knie.

»Hände hinter den Kopf!«

In Noras Hirn rauschte es, Tausende von Bildern schossen

wild durcheinander. Sie sah Jan, der draußen alle Hebel in Bewegung setzte, sie hier rauszuholen, sie sah ein Dutzend schwer bewaffnete Skorpions, die ihr Leben riskierten, um die Geiseln zu befreien, Dracula- und Frankensteinmasken tauchten vor ihr auf, dann Mike mit dem wilden Schnurrbart und der grauen Löwenmähne, sein Gesicht verzerrt vor Sorge. Sie sah Sonja, hin- und hergerissen zwischen Depression und Hyperaktivität, unfähig, ihrer Tochter Liebe zu schenken. Sie wurde heimgesucht von Fragmenten, Blitzen und fotografisch genauen Bildern aus ihrer Kindheit und Jugend. All die Männer erschienen vor ihr, mit denen sie zusammengewesen war, von denen keiner sie wirklich berührt hatte. Gregor, ihr Chamäleon, blitzte auf, wandte den Kopf ab. Hunderte von Menschen tauchten in Sekundenschnelle vor ihrem inneren Auge auf und verschwanden wieder in einem Meer von Licht und Dunkelheit. Carlo, ihr Vater, stand plötzlich da. Lächelte sie an. Winkte sie heran. »Ich komme!«, wollte Nora rufen und gleichzeitig: »Ich bin noch nicht so weit!« Sie brachte kein Wort über die Lippen, fühlte die Tränen, die ihr aus den Augen schossen, das Stakkato ihres Pulsschlags, sah die Pistole, die auf ihr Herz gerichtet war, ahnte die Kugel, die sie töten würde.

»Hände hinter den Kopf!«, hörte sie Parkers Stimme erneut und wusste nicht, ob er den Satz tatsächlich wiederholt oder ob sie nur ein Echo davon in ihrem Innern vernommen hatte.

Nora legte die Hände hinter ihren Kopf. Nur noch verschwommen nahm sie wahr, wie Manisha zu schluchzen begann, wie Greta flehte: »Nehmen Sie mich, ich bin alt!«, wie Tony feixte: »Jetzt seht ihr, wies euch geht, wenn ihr nicht kuscht.«

War das ihr Ende? Würde sie hier in dieser Bank sterben?

Parker stand vor ihr, bebend vor Zorn, den Finger am Abzug.

Nora schaute ihn an. Sein Blick war gleichzeitig kalt und flammend heiß.

Plötzlich nahm sie einen abgrundtiefen Schmerz in ihm wahr. Eine Art Erkennen. Als würde ihm klar, wer und was er war. Seine Augen wurden feucht. Seine ausgestreckte Hand mit der Waffe zitterte. Sie erwartete den Schuss. Doch Parker drücke nicht ab. Er steckte die Pistole in den Gürtel, sprang mit einem Satz auf sie zu und verprügelte sie, bis sie bewusstlos wurde.

## 12:18

Zu den zwei Strafzetteln wären noch weitere gekommen, wäre Jan in eine Radarfalle geraten. Er holte aus seiner Klapperkiste, was sie hergab. Als er die psychiatrische Klinik »Seeblick« erreichte, dachte er an den Fall des »Kainszeichenmörders«, an dem sie vor zwei Monaten gearbeitet hatten. Nora hatte sich damals aus ermittlungstechnischen Gründen in die geschlossene Abteilung einweisen lassen. In diesem Trakt musste sich Clemens Corradin aufhalten, Tonys ehemaliger Zellenkumpel.

Am Empfang erzählte Jan irgendetwas von einem alten Schulfreund und tat dies anscheinend so überzeugend, dass ihm die Angestellte den Weg zur Abteilung C wies und ihm einen schönen Aufenthalt wünschte. Jan stieg die Stufen hoch, läutete an der Glastür, die kurz darauf von einer jungen Pflegerin geöffnet wurde. Wieder erklärte er, er wolle seinen alten Freund Clemens besuchen, was diesmal ein erstauntes Stirnrunzeln auslöste. »Weiß er davon?«, fragte sie so, als würde sie ihm nicht glauben, dass er den Patienten wirklich kenne.

Jan versuchte ein Lächeln. »Es soll eine Überraschung sein. Nur ein kurzer Besuch.« Als sie nicht auftaute, fügte er schnell hinzu: »Ich weiß, dass ich ihn nicht anfassen darf.«

Nun nickte sie zustimmend. »Bitte seien Sie rücksichtsvoll.

Jede Berührung löst große Ängste in ihm aus. Momentan ist er ziemlich stabil, wir wollen dies nicht aufs Spiel setzen.«

Sie ließ Jan hinein und führte ihn zum Aufenthaltsraum, wo zwei Männer gegen zwei Frauen TischFußball spielten. Einige Patienten saßen vor dem Fernseher, eine spindeldürre, junge Frau mit blau gefärbten Haaren kam ihm irgendwie bekannt vor. Weitere Patienten spielten in einer Ecke Karten. Sie warfen ihm einen kurzen Blick zu, fanden ihn sichtlich uninteressant und widmeten sich wieder ihrer Aktivität. Die Pflegerin führte Jan zu einem ausgezehrten Mann mit tiefliegenden Augen und Bürstenschnitt, der abseits der anderen am Fenster saß.

»Besuch für Sie, Clemens.« Sie wies auf Jan.

Corradin drehte den Kopf und starrte mit leerem Blick an Jan vorbei. »Kommst du wegen der Bakterienplage?«

Die Pflegerin schüttelte den Kopf. »Nein, Clemens, er ist ein Schulfreund von Ihnen. Kennen Sie ihn nicht mehr?«

»Ich komme wegen der äußerst seltenen, hochansteckenden und momentan sehr virulenten Bakterienplage«, sagte Jan schnell.

Die Pflegerin verdrehte die Augen und murmelte etwas von Therapieeffekt sabotieren. Dann ließ sie die beiden allein.

Corradin horchte erfreut auf. »Du bist von der Weltgesundheitsorganisation?«

Jan nickte. »Abteilung für Akutinfektionen mit kurzer Inkubationszeit. Darf ich mich setzen?«

»Natürlich.« Der Patient bot ihm eifrig den Platz neben sich an. »Ich wusste es. Eines Tages würdet ihr meine Briefe ernst nehmen, das wusste ich.«

Jan setzte sich neben den Mann, dessen Haut mit Hunderten von Kratzspuren übersät war. Er nahm Jans Blick wahr und zeigte auf das verkrustete Blut. »Das waren sie.«

»Sie?«

»Die Männer der Biowaffen-Pharma, die mit mir experimentiert haben. Schweinegrippe, Cholera, Typhus, Ebola und Dengue-Fieber. Ich habe alle Erreger in mir.«

»Aber noch leben Sie«, sagte Jan.

»Ja, noch lebe ich.« Corradin schien dies nicht als Glück aufzufassen. Formell fragte er: »Was kann ich für Sie tun, Doktor?«

Jan machte ein ernstes Gesicht. »Wir sind auf der Suche nach dem Ursprungsüberträger. Er scheint aus Ihrem Umfeld zu stammen.«

Corradin hörte aufmerksam zu.

Jan bewegte sich weiter auf dem dünnen Eis, auf das er sich begeben hatte. »Ein gewisser Anton Novak von der Strafanstalt Murwies hat –«

»Das überrascht mich gar nicht!«, stieß der andere aus. »Tony war mit mir in einer Zelle, verstehen Sie?« Er beugte sich zu Jan hinüber und flüsterte verschwörerisch: »Der war von Anfang an infiziert. Er ist einer von ihnen. Sie haben ihn zu mir hereingeschleust, um den bakteriellen Erstkontakt herzustellen.«

»Richtig«, sagte Jan. Er warf einen kurzen Blick auf die anderen Patienten. Alle waren in ihre Spiele oder den Fernsehfilm vertieft. »Tony ist dabei, weitere Menschen zu gefährden. Ich muss alles über ihn erfahren.«

»Da sind Sie bei mir an der richtigen Adresse.« Corradin schaute sich unruhig um. »Aber seien Sie vorsichtig. Feind hört mit. Wir sind hier nirgends sicher.«

Jan rückte seinen Stuhl etwas näher zu ihm, ohne ihn zu berühren.

Dann begann Corradin zu erzählen. Welch schlechter Mensch Tony sei, bis ins Mark verseucht und verdreckt, wie er immer mit Parker zusammengesteckt und diesen bewundert habe, dabei sei Parker ein skrupelloser Mörder.

Jan fragte weiter, machte sich Notizen und ließ Corradin reden, der sich nicht mehr zurückhalten konnte. Falls Corradins Schilderungen auch nur ein Körnchen Wahrheit enthielten, musste Parker weit mehr Verbrechen begangen haben, als Jan in den Gerichtsakten gefunden hatte. Das hieß, dass ihm etliche Taten nicht nachgewiesen werden konnten. Ob Parker auch mit der Biowaffen-Pharma zusammenarbeitete, wusste Corradin nicht, vermutete es aber. Bei Tony war er sich ganz sicher. Corradin fuhr fort, berichtete über die weltweite Verschwörung, über Tonys Beteiligung und Tausende von Opfern. Zwischendurch schilderte er Begebenheiten aus dem Gefängnis, so detailgetreu, dass Jan keine Zweifel an ihrem Wahrheitsgehalt hatte. Dennoch hatte er nicht viel mehr erfahren, als er bereits über die beiden Bankräuber herausgefunden hatte. Doch er hatte es wenigstens versucht.

Er wollte sich langsam verabschieden, als Corradin plötzlich fragte: »Und was tun Sie dagegen?«

»Wir gehen der Sache nach«, antwortete Jan und packte Stift und Notizblock ein.

Corradin kniff die Augen misstrauisch zusammen. »Ich will mehr darüber wissen. Wie legen Sie ihnen das Handwerk? Was tun Sie wegen Tony? Wie machen Sie die Erreger unschädlich?« Seine Stimme bekam etwas Weinerliches, als er auf seine über und über mit Blutschorf bedeckten Arme wies. »Ich kann nicht alle Erreger mit meinen Fingernägeln herauskratzen, verstehen Sie? Ich brauche eine Basismedikation. Ich muss wieder gesund werden.«

Der Mann tat Jan leid. Er versuchte, sich in seine Lage zu versetzen. Überall Keime und Käfer. Was konnte er ihm sagen, das ihn etwas beruhigte? »Wir arbeiten an einem neuen Mittel.«

»Tatsächlich?«

»Ein Multikombinationspräparat.«

»Multikombinationspräparat …«, wiederholte der andere genüsslich, als sei dies das schönste existierende Wort. »Das heißt, es ist gegen mehrere Krankheiten wirksam?«

»Genau.«

»Gegen viele?«

»Gegen sehr viele.«

Corradins Miene veränderte sich. Hoffnung keimte auf, aber auch Skepsis. Schnell schaute er nach rechts und links, dann flüsterte er: »Haben Sie vielleicht sogar ein Heilmittel entwickelt, das gegen alle Erreger hilft?«

»So ist es«, sagte Jan.

»Das stimmt nicht!«, stieß Corradin aus. »Das ist nicht wahr! Das kann nicht sein!«

Jan wurde klar, dass er zu weit gegangen war. »Es ist noch nicht marktreif, aber wir –«

»Du lügst! Bakterien, Viren und Bazillen sind ganz unterschiedlich aufgebaut! Du bist gar nicht von der Weltgesundheitsorganisation!« Er sprang vom Tisch auf und schaute erregt auf Jan hinunter. »Du gehörst zu denen! Ich habe dich durchschaut! Verzieh dich! Hau ab!«

Jan war das Ganze peinlich, er fühlte sich schuldig, den armen Mann in Aufruhr versetzt zu haben. Er stand auf und wollte gehen. Corradin war so laut geworden, dass die anderen Patienten herüberschauten. Die junge Frau mit den blauen Haaren starrte Jan an, als suche sie nach einer Erinnerung. Dann hellte sich ihr Gesicht auf. Sie kam auf ihn zu und drückte ihm den Zeigefinger in die Brust. »Dich kenn ich! Du hast Nora einmal besucht!«

Jan nickte unsicher.

»Ich bin Jay-Jay«, fuhr die andere fort. »Nora Tabani war wie eine Schwester zu mir. Wir haben gemeinsam gegen die außerirdischen Klon-Agenten gekämpft. Nur darum verschone ich dich. Du solltest Clemens nicht so erschrecken.«

Dieser war plötzlich hellhörig geworden. »Nora Tabani, sagst du? Die kleine, freche Nora?« Er schaute Jan plötzlich mit verschlagenem Ausdruck an. »Ich weiß, wer ihren Vater getötet hat.«

Weitere Patienten drängten sich heran und umkreisten Jan von allen Seiten. Es wurde ihm unbehaglich. Er hätte nichts dagegen gehabt, wenn die Pflegerin hereingekommen und dem Ganzen ein Ende bereitet hätte.

»Ich geh dann mal«, sagte er lahm, machte einen Schritt zurück – und prallte in eine alte Frau mit strähnigem Haar, die heiser sagte: »Langsam, Jungchen, langsam.« Sie umfasste mit ihren knochigen Fingern seine Schulter, begrabschte und drückte seine Oberarme, als wäre sie die hungrige Hexe und er Hänsel, der Fleisch ansetzen musste.

»Lass ihn, Emma«, sagte Jay-Jay. »Du machst ihm Angst.«

Die Alte lachte und offenbarte einen zahnlosen Kiefer. Jan wich zur Seite. Corradin sagte immer wieder: »Ich weiß es! Ich weiß, wers war!«

Ein großer Bleicher verkündete: »Ich wars!«

Ein anderer widersprach. »Stimmt gar nicht! Ich hab ihn getötet! Siehst du? Ich hab Mörderpranken!« Er spreizte seine fleischigen Hände vor Jans Gesicht.

Die Pflegerin kam herein. »Was ist hier los?«

»Armes, hübsches Jungchen«, sagte die Alte.

»Er ist Noras Freund«, erklärte Jay-Jay, »aber er muss jetzt gehen. Er passt nicht hierher.«

Die Pflegerin forderte die Patienten auf, den Besucher in Ruhe zu lassen, und bat Jan, die Abteilung zu verlassen. Einige zogen sich murrend zurück, der große Bleiche blieb und behauptete mehrmals, er sei der wahre Mörder. Jan bewegte sich zum Ausgang. Er warf einen letzten Blick auf Clemens Corradin: »Und wer war es wirklich, der Noras Vater umgebracht hat?«

»Carlo ist tot!«, lachte Corradin, »mausetot, liegt unter der Erde und verrottet – und ich weiß, wers getan hat!«

»Wer denn nun?«, fragte Jan, während ihn die Pflegerin aus dem Aufenthaltsraum schob. Als Letztes hörte er von Weitem, wie Corradin heiser lachend rief: »Ein Unschuldiger wars! Ein Unschuldiger hat ihn getötet!«

# 12:31

Bashkim Rahmani spürte Manishas Hand in der seinen, ihre Wärme, ihre Lebendigkeit, die Feinheit ihrer Haut. Manisha lehnte den Kopf an seine Schulter. Bashkim wagte nicht, sich zu bewegen, aus Angst, die Vertrautheit zu zerstören. Die Minuten vergingen, als wären es Ewigkeiten. Die letzte halbe Stunde lastete schwer auf allen. Parkers Gewaltausbruch hatte die Gruppe erschüttert. Hagen schien mit den Nerven am Ende, war bleich und atmete wieder in hastigen Zügen. Barbara Zink, Bashkims Vorgesetzte, weinte lautlos vor sich hin.

Nora lag gekrümmt reglos am Boden. Nach dem, was Parker ihr angetan hatte, waren Bashkims letzte Zweifel geschwunden, Nora könnte mit den Bankräubern gemeinsame Sache machen. Zuvor hatte er das Gespräch belauscht, das sie mit Greta Hollenstein geführt hatte, und erfahren, dass sie eine ehemalige Polizistin war. Als sie sich gegen Parkers Schläge gewehrt hatte, hatte er gemerkt, wie kampferprobt sie war. Nur gegen die Pistole hatten ihre Judo-, Karate- oder sonstigen Kenntnisse nichts genutzt. Nun lag sie unter dem violetten Meeresbild an der Wand, das sie zuvor so lange betrachtet hatte, als hätte es eine besondere Bedeutung für sie. Ihr Gesicht war geschwollen und gerötet, ihre Oberlippe aufgesprungen. Getrocknetes Blut klebte an ihrem Kinn. Parker hatte sie so traktiert, wie Bashkim es noch nie gesehen hatte. Beim letzten Fausthieb hatte er das Knacken eines Knochens gehört, ein Geräusch, das ihm direkt in die Eingeweide gefahren war.

Manisha regte sich an seiner Schulter.

Bashkim schaute sie an. Ihre Gesichter waren dicht beieinander. »Wir schaffen das«, flüsterte er und drückte ihre Hand. Hoffentlich ließ sie seine nicht los, es war so schön, sie zu spüren.

Sie lächelte schwach und erwiderte den Druck, was wie eine sanfte Welle durch seinen ganzen Körper lief.

»In ein paar Stunden sind wir frei«, fuhr er leise fort.

»Meinst du?«

»Bestimmt. Es wird nur noch eine ferne Erinnerung sein, wenn wir unseren Kindern davon erzählen.«

Sie starrte ihn an.

»Ich meine natürlich …« Verdammt, was war ihm da herausgerutscht? »Es tut mir leid, ich meinte selbstverständlich nicht unseren gemeinsamen Kindern, ich wollte sagen …« Er lief puterrot an und spürte, wie ihm der Schweiß aus den Poren trat. »Entschuldige, ich wollte dir nicht zu nahe treten.«

»Kein Problem. Wir sind alle aufgeregt.« Sie entzog ihm ihre Hand, richtete sich auf und rückte etwas von ihm weg.

Bashkim hätte sich ohrfeigen können. Er kannte Manisha kaum, war ihr heute zum ersten Mal begegnet, und er führte sich auf, als seien sie miteinander verbunden, nur weil sie Leidensgenossen waren. Die nächsten Jahre würde er – falls sie wirklich freikamen – mit ihr zusammenarbeiten. Wenn sie ihn aufdringlich fände, wäre das mehr als peinlich für ihn.

Respekt vor Frauen hatte ihm sein Vater beigebracht. Dieser war zwar nach alter Sitte von seiner Familie verheiratet worden, aber obwohl sich Bashkims Eltern nicht freiwillig füreinander entschieden hatten, war im Laufe der Jahre eine tiefe Liebe zwischen ihnen gewachsen. Sie waren ihm ein Vorbild. Doch er, Bashkim, würde sich seine Frau selber aussuchen, wenn die Zeit dazu gekommen wäre. Das stand außer Frage. Er wusste nicht, was sein Vater darüber dachte, sie hatten nie über Beziehungen oder gar Sex gesprochen, doch er nahm an, dass ihm mehr Freiheit gewährt würde, als seinen Eltern damals in Kosovo.

Bashkim hatte noch nie eine Freundin gehabt. Ein paarmal hatte er zwar mit gleichaltrigen Mädchen im Klassenlager rumgemacht, aber zu mehr als Küssen und Fummeln war es dabei nicht gekommen. Während seiner Lehre hatte es eine Kollegin auf ihn abgesehen, die hatte ihm jedoch nicht gefallen. Faktisch war er also noch Jungfrau. Obwohl er natürlich alles wusste, was es zu wissen gab. Sein Freund Shaban prahlte immer mit seinen Eroberungen herum. Bashkim war sich nicht sicher, wie viel davon der Wahrheit entsprach, doch dass Shaban um ein Vielfaches mehr Erfahrungen mit Frauen hatte als er, war ihm klar. Wenn sie darüber redeten, ließ Bashkim ab und zu geheimnisvolle Andeutungen fallen, so dass Shaban denken sollte, dass bei ihm sexmäßig ordentlich was lief.

Das Klingeln des Telefons riss ihn aus seinen Gedanken.

Alle horchten auf.

Parker und Tony hatten sich über die Landkarte gebeugt. Tony fragte: »Warum nimmst du nicht ab?«

»Weil sie nicht denken sollen, wir tanzen an, sobald sie sich melden«, gab Parker zurück und markierte seelenruhig eine Straße am Rand der Karte.

Das Läuten hielt an.

»Nun mach schon, Alter.«

Parker nahm den Hörer ab und knurrte: »Ja?«

»Die Pizzas sind hier«, sagte Mike.

Ein Kurier hatte die elf Schachteln mit dem warmen Inhalt vor einer Minute abgeliefert. Ein Grenadier hielt den Stapel in seinen Händen, zuoberst lag die Packung Schmerzmedikamente, die sie von der Paradeplatz-Apotheke bezogen hatten.

»Ich komm hoch und hol sie ab«, gab der Bankräuber zurück.

»Lassen Sie die Geisel frei, dann bekommen Sie das Essen.«

»Irrtum. Erst die Pizzas, dann die Geisel.« Er legte auf.

Mike stand an der Schwelle zum Eingang und gab seinem Kollegen ein Zeichen, dann betraten beide die Bank. Sie blieben nach ein paar Schritten stehen. Es roch nach Teig und Mozzarella. Kurz darauf kam der Kerl mit der Frankensteinmaske vom Treppenhaus in die Schalterhalle. Er stieß eine Frau vor sich her, die Mike von der Beschreibung her als die

Angestellte Barbara Zink identifizierte. Eine Waffe war auf ihren Kopf gerichtet. Sie stolperte vorwärts, der Bankräuber drängte sie Richtung Ausgang.

»Pizzas auf den Boden und dann zurück mit euch«, schnauzte der Mann.

Mike nickte seinem Kollegen zu, dieser stellte den Schachtelstapel in die Mitte der Halle und entfernte sich.

»Nimm sie!«, sagte der Schwarzgekleidete und stieß Barbara Zink zu den Pizzas. Sie bückte sich, hob die Schachteln auf, die schwerer waren, als sie anscheinend erwartet hatte. Sie verlor beinah das Gleichgewicht. Der Mann dirigierte sie zum Treppenhaus, immer mit gezückter Pistole, dann verschwanden beide. Nach einer halben Minute kam die Angestellte mit leeren Händen durch die Halle gerannt, lief auf Mike zu und warf sich heulend in seine Arme. Mike begleitete sie raus, wo sie später befragt und dem Care-Team übergeben würde.

Der Bankräuber tauchte wieder auf. »Mein Kumpel knallt jemanden ab, wenn ihr mir Schwierigkeiten macht. Wo sind die Getränke?«

»Welche Getränke?«, fragte Mike.

»Wir wollen keine trockenen Pizzas fressen. Bringt uns was zu trinken.«

»Das war nicht die Abmachung.«

»Ich pfeife auf unsere Abmachung. In zehn Minuten will ich hier was Flüssiges sehen.«

Mike wartete einen Augenblick. Dann meinte er ruhig: »Sie können es jetzt schon haben.« Er winkte einen weiteren Kollegen herbei, der in jeder Hand einen Harass mit Anderthalbliterflaschen trug. Mineralwasser, Cola, Eistee. Er stellte die Harasse vor Mike hin.

»Ich will eine weitere Geisel, dann kriegt ihr die Getränke«, sagte Mike.

»Spiel nicht mit uns, Scheißbulle!«, stieß der Maskierte hervor.

»Das tue ich nicht. Ich sagte Ihnen schon, dass es für uns keine Rolle spielt, wie viele Leute Sie in Ihrer Gewalt haben. Aber wenn Sie nicht möchten …« Er nickte dem Polizisten zu, dieser packte die Harasse wieder und begab sich zum Ausgang.

»Halt!«, schrie der Bankräuber. »Hiergeblieben! Stellt die Flaschen ab. Ihr sollt eure verdammte Geisel kriegen!« Er brauste aus der Halle und verschwand im Seitenausgang zum Treppenhaus.

Mike wartete.

Kurz darauf tauchte der andere Bankräuber auf. Er war dünner und schlaksiger, trug eine Vampirmaske und war ebenfalls bewaffnet. Er trug nur einen Schuh, hinkte, seine Socke war voller Blut. Er stieß einen Mann in Anzug und Krawatte vor sich her, der ängstlich einen Aktenkoffer umklammerte, während der Schwarzgekleidete ihm die Pistole an den Hinterkopf hielt. »Voilà, der Gewinner der heutigen Lotterie!«

Mike wollte den Mann, der zitterte und aschfahl war, in Empfang nehmen. Da begann dieser zu stöhnen und die Augen zu verdrehen, bis nur noch das Weiße zu sehen war.

»He, machst du schlapp?«, blaffte ihn der Maskierte an.

Der Geschäftsmann bemühte sich, etwas zu sagen, öffnete den Mund, doch kein Ton kam heraus. Er griff sich ans Herz, sein Gesicht war schmerzverzerrt, dann knickten seine Knie ein. Der Bankräuber hielt ihn unter der Achsel und bewahrte ihn halbherzig vor einem Sturz. Mike eilte zu ihm.

»Bleib, wo du bist, oder ich knall dich ab!«, schrie der Bankräuber, ließ den Mann fallen und zielte auf Mike.

Mike hielt inne.

Der Geschäftsmann schlug hart auf dem Marmorboden auf. Er röchelte. Sein Rücken versteifte sich, seine Arme und Beine zuckten, mit unkoordinierten Bewegungen versuchte er, seinen Hemdkragen zu lockern. Speichel trat aus seinem Mund, dann erstarrte er und blieb bewegungslos liegen.

»Du Weichei!«, schrie der Maskierte. »Krepierst mir einfach

so!« Er drehte seine Vampirfratze in Mikes Richtung. »Aber eine tote Geisel zählt auch, oder nicht?«

Mike nickte und starrte auf den Reglosen.

»Her mit den Getränken!«

Mike schob dem Maskierten die beiden Harasse zu. Der trat dem Geschäftsmann mit dem unverletzten Fuß in die Seite, wie einem Tier, das man auf der Autobahn gefunden hat und von dem man nicht weiß, ob es noch lebt oder nicht. Als der andere sich nicht rührte, schoss der Bankräuber ihm zweimal in den Kopf. In Sekundenschnelle breitete sich eine riesige Blutlache aus. »Verdammter Hosenscheißer! Jetzt wärst du doch freigekommen!«

## 12:36

Reißende Schmerzwellen holten Nora aus der Bewusstlosigkeit. Ihr Kopf pochte, als würde er von einem Holzhammer traktiert, ihr Gesicht fühlte sich wund und aufgeschwollen an. Ein scharfer Stich fuhr ihr bei jedem Atemzug durch den Brustraum. Sie schmeckte Blut auf der Zunge. Vorsichtig öffnete sie erst das linke Auge, dann das rechte. Das Licht blendete sie. Sie roch Käse und Tomatensauce, hörte Leute essen und trinken. Sie versuchte, sich aufzusetzen und scheiterte. Die Augen fielen ihr wieder zu, die Schwärze umhüllte sie erneut, bis sie sich gewaltsam aus dem alles verschlingenden Loch riss.

Sie vernahm eine warme Stimme: »Geht es Ihnen besser, Nora?«, und wusste nicht, von wem sie stammte. Sie nickte, verzog ihren Mund zu einem Lächeln und war sich bewusst, dass sie nur ein gequältes Grinsen zustande brachte.

Stöhnend setzte sie ihre Handflächen auf den Boden, fühlte die Kälte, stemmte sich hoch, spürte jeden Knochen in ihrem

Leib. Irgendetwas war gebrochen in ihrer Körpermitte, jagte peinigende Blitze in ihre Extremitäten. Eine Woge der Panik erfasste sie, als ihr der Gedanke kam, sie könne querschnittgelähmt sein. Sie bewegte ihre Beine, nahm den Schmerz überall wahr. Also war das Rückgrat nicht verletzt. Das Atmen fiel ihr schwer, etwas Spitzes drückte gegen ihre Lunge. Nora berührte ihren Brustkorb und zuckte zusammen. Eine Rippe musste gebrochen sein. Mindestens eine. Sie schaffte es nicht, alleine aufzustehen. Hilfreiche Hände hielten sie und setzten sie auf, was ihr erneut stechende Schmerzen bereitete. Sie lehnte sich an die Wand. Diese Stellung war besser, so konnte sie etwas freier atmen.

Greta schaute besorgt auf sie, ein rosa-weiches Gesicht mit Dutzenden von kleinen Fältchen. »Wie geht es Ihnen, Nora?«

»Geht schon«, presste sie hervor. Sie war kurz davor, erneut ohnmächtig zu werden.

»Hier, nehmen Sie die.« Greta hielt ihr zwei weiße Tabletten und eine PET-Flasche Wasser hin.

»Was ist das?«

»Gegen die Schmerzen. Herr Parker hat mir erlaubt, sie Ihnen zu geben. Der andere Bankräuber und Herr Furrer haben ebenfalls je zwei erhalten.« Nora öffnete kraftlos ihren Mund, Greta legte die beiden Pillen auf ihre Zunge und setzte ihr die Flasche an die Lippen; Nora trank.

»Erst malträtiert er die Leute, dann lässt er sie verarzten?«, brachte Nora heraus. »Was ist das für ein Mensch?«

Sie drehte sachte den Kopf und sah, dass alle, die neben ihr am Boden saßen, Kartonschachteln vor sich hatten, auf denen halbgegessene Pizzas lagen. Reto Furrer riss gerade ein Stück Teig ab und biss hinein, Janis teilte das Essen mit ihrem Hund, Angela Morandi kaute würgend, als würde sie keinen Bissen herunterkriegen.

Plötzlich fragte Rahmani: »Was ist mit Rainer Hagen passiert?«

Parker aß weiter und Tony bemerkte: »Der ist jetzt frei.«

»Wir haben Schüsse gehört.«

»Das ist nicht euer Bier.«

»Ist er tot?«

Tony schwieg. Er nahm eine Flasche Eistee und trank sie in großen Zügen leer.

Parker griff zum Telefon, er brauchte keine Nummer zu wählen, sondern war sofort mit dem Vermittler verbunden, von dem Nora inzwischen wusste, dass es Mike war.

»Salzmann«, sagte Parker, »ruf mich um zwei Uhr nochmals an. Dann erfährst du mehr.« Er legte auf, ohne eine Antwort abzuwarten.

Nora fragte sich, worauf Parker aus war.

Als alle fertig gegessen hatten, sagte Greta: »Herr Parker, ich würde gern die leeren Schachteln wegräumen.«

Tony lachte spöttisch auf und setzte zu einem Spruch an, Parker schnitt ihm das Wort ab. »Lass sie. Sie wird uns nicht davonrennen.«

Greta stand auf, ging durch die Halle zum Vorraum und kam mit einem großen Papierkorb zurück. Sie hob alle leeren Verpackungen auf und stopfte sie hinein. Drei Pizzas waren übriggeblieben: diejenigen von Barbara Zink, Rainer Hagen und Nora. Nora hatte keinen Hunger. Greta stapelte die drei vollen Schachteln aufeinander, legte die ungebrauchten Servietten darauf und deponierte das Ganze auf einem der Tische zwischen den Schließfachgängen. Dann brachte sie den vollen Papierkorb an seinen Platz und kam zurück.

»Hört mir alle zu«, Parker stellte sich vor die Leute, »ihr habt gesehen, was passiert, wenn ihr nicht gehorcht.« Er deutete mit dem Kopf zu Nora. »So wie ihr gehts jedem, der uns verärgert. Ich erwarte in der nächsten Stunde einen Anruf. Dann wird sich alles Weitere klären. Wer von euch kann Auto fahren?«

Die Frage kam so unerwartet, dass im ersten Moment niemand antwortete.

»Na los! Hand hoch – wer von euch hat einen Führerschein!«

Alle Hände schossen in die Höhe. Nora hob ihren Arm kurz in die Luft.

Parker grinste zufrieden. »Alle! Das ist ja besser, als ich erwartet habe. Sogar unsere Oma?« Er schaute auf Greta.

Diese antwortete: »Ich bin seit Jahren nicht mehr gefahren, aber theoretisch könnte ich es. Mir fehlt bloß die Übung.«

»Das reicht mir.« Er zählte die Leute und sagte laut zu sich: »Sieben von euch und zwei von uns. Wir wechseln uns ab, falls nötig.«

Nora hatte keine Energie zu überlegen, was er damit meinte. Ihr Denken war eingeschränkt, ob wegen der Schmerzen oder der einsetzenden Wirkung der Medikamente, wusste sie nicht.

In diesem Moment lief Dylan von seinem Frauchen weg, mit eingezogenem Schwanz und leisem Winseln. Janis rief ihn zurück, doch der Hund zottelte unruhig durch die Gänge.

»Was hat er?«, fragte Parker.

»Er muss sein Geschäft verrichten. Er war seit Stunden nicht.«

»Das hat uns noch gefehlt!« rief Tony und zückte die Pistole.

»Nein!«, schrie Janis. »Bitte tun Sie ihm nichts! Er kann doch nichts dafür.«

»Ich will keinen verdammten Hundedreck hier drin!«

Dylan lief um Tonys Beine herum, schnupperte an seinem blutigen Fuß, schaute zu ihm hoch und legte die Ohren nach hinten.

»Komm zu mir!«, rief Janis. »Komm her, Dylan! Bitte!«

Tony trat nach ihm, der Hund heulte auf, machte einen Sprung zur Seite und lief quer durch die Halle. In der hintersten Ecke hob er sein Bein und machte auf den Boden.

»Ich wische es auf!«, rief Janis, und ihre Rasta-Zöpfe flogen herum. »Ich mach alles sauber. Aber tun Sie ihm nichts.«

Sie stand auf, ängstlich und langsam, als warte sie darauf, dass Tony sie aufhielt. Als nichts geschah und Parker nickte, lief sie ihrem Tier hinterher, nahm im Vorbeigehen die Servietten von den Pizzaschachteln und putzte damit den Boden.

»Das ist erst der Anfang«, knurrte Tony. »Als Nächstes scheißt der Köter uns die Hütte voll. Ich hätte ihn umlegen sollen.«

## 13:48

Als Jan nach seinem Klinikbesuch wieder ins Auto stieg, entdeckte er das SMS von Nora. Sie hatte es schon früher abgeschickt, aber anscheinend war er von den Ereignissen in der geschlossenen Abteilung so absorbiert gewesen, dass er das Piepsen nicht gehört hatte. Er las, er solle einen Flug checken, der am nächsten Tag von Amsterdam auf die Bahamas ging, die Kontaktpersonen hießen möglicherweise Frank und Hassan, und Mike und die Interpol sollten informiert werden. Jan wählte Mikes Nummer. Nur die Combox. Er hinterließ keine Nachricht, sondern startete sein Auto und fuhr Richtung Zürich.

Als er im Seefeld vor dem Detektivbüro ankam und einen Parkplatz gefunden hatte, versuchte er es erneut. Diesmal nahm Mike ab. Jan ging zur Tür und trat ins Treppenhaus. Er berichtete von Noras SMS, und Mike versicherte ihm, er werde gleich seine holländischen Kollegen benachrichtigen.

»Sonst noch was?«, fragte er.

»Ja«, meinte Jan und stieg die Stufen zum Büro hoch, »Parker und Tony hatten einen Zellengenossen, den ich in der Klinik ›Seeblick‹ aufgesucht habe. Ich habe nicht viel aus ihm rausgekriegt, vielleicht wäre es sinnvoll, jemand von euch –«

»Moment mal! Wer sind Parker und Tony?«

»Na, die beiden Bankräuber. Ihr ehemaliger Zellenkumpel ist –«

»Stop, Jan! Verstehe ich das richtig – du kennst die Namen der Täter?«

»Natürlich. Wir sprachen doch darüber! Ich sagte dir, ich weiß, wie sie heißen, und du meintest, ihr hättet die Namen längst.«

»So ein Mist!«, stieß Mike aus. »Tut mir leid, Jan, das war ein Missverständnis. Wie bist du auf sie gekommen? Nein, das kannst du mir später erzählen. Viel wichtiger ist: Wer sind die zwei?«

»Beide saßen in der Strafanstalt Murwies. Der eine heißt Anton Novak, genannt Tony, der andere Gabriel Parker.«

»Wie bitte?« Mikes Stimme hatte einen Tonfall angenommen, den Jan noch nie bei ihm vernommen hatte. Ein paar Sekunden herrschte Schweigen, so dass Jan schon dachte, er habe den Anruf beendet, dann fragte Mike langsam: »Bist du dir ganz sicher? Gabriel Parker?«

»Kennst du ihn?«

»Sein Vorname ist Gabriel und sein Nachname Parker? Wie viele …« Mike räusperte sich und meinte leise, fast wie zu sich selbst: » … wie viele Männer dieses Namens gibt es wohl in der Schweiz?«

»Einen«, sagte Jan und erreichte das erste Stockwerk. »Das hab ich schon abgecheckt. Was ist los, Mike? Wer ist dieser Parker?«

Am anderen Ende war es still.

Jan steckte den Schlüssel ins Schloss, wollte ihn drehen, doch die Tür schien unverschlossen. Zu dumm, er hatte vergessen abzuschließen. Sie hatten teure elektronische Geräte in ihrem Detektivbüro, eine wahre Fundgrube für einen Einbrecher. Jan drückte die Klinke hinunter, öffnete die Tür und hörte Mike ins Handy flüstern: »Das kann ich dir nicht sagen, Jan. Tut mir leid. Es unterliegt der … polizeilichen …« wieder räusperte er sich, als wäre seine Stimme mit Harz verklebt, »der polizeilichen Schweigepflicht.«

Jan glaubte ihm nicht. Er trat ins Büro. »Hauptsache, er bringt Nora nicht noch mehr in Gefahr, als sie ohnehin schon ist.«

»Das wird er aber«, murmelte Mike, bevor er auflegte, »genau das wird er tun.«

Der Satz krallte sich in Jans Ohr fest. Verständnislos stand er da, das iPhone in der Hand, den Blick in den Warteraum gerichtet, in dem jemand im roten Sessel saß. Es duftete penetrant nach Rosenparfüm.

Er brauchte eine Sekunde, um die Situation zu erfassen. »Sonja? Was tust du denn hier?«

Noras Mutter sah aus, als habe sie geweint. Ihr Haar war aufgelöst, ihr Make-up verschmiert. »Bitte entschuldige, dass ich einfach so hier eindringe. Aber du weißt ja, dass ich einen Schlüssel habe. Für Notfälle.«

»Was ist passiert, Sonja?« Jan hängte seine Jacke an die Garderobe und überlegte sich, um welchen Notfall es sich handeln könnte.

»Das fragst du mich? Du hast es ja eben am Telefon gesagt, zu wem auch immer: Nora ist in Gefahr! Ich wusste es! Ich habe es gespürt. Eine Mutter ahnt so etwas. Als ich sie nicht erreichen konnte, du mir keine Auskunft geben wolltest und ich in ›Tele Downtown‹ die Livesendung gesehen habe …« Sie schluckte und wischte sich eine Träne aus dem Gesicht. »Sie haben dort Mike gezeigt, der als Vermittler bei einem Bankraub mit Geiselnahme eingesetzt ist. Da war mir alles klar! Es kann gar nicht anders sein. Nora ist eine der Geiseln!«

»Wie kommst du darauf?«

»Streite es nicht ab, Jan! Ich weiß es! Ich bin krank vor Sorge! Was kann ich machen? Sag mir, was ich tun soll. Ich werde mich für einen Gefangenenaustausch zur Verfügung stellen, ja, das werde ich. Sie sollen mich nehmen und Nora freilassen.

Nora darf nicht unter meinen Fehlern leiden.« Wieder liefen ihr die Tränen herunter, und Jan wusste nicht, was er sagen sollte. »Alles habe ich falsch gemacht! Von Anfang an. Ich war eine schlechte Mutter. Ich hätte Nora … ich will es wieder gutmachen, Jan, alles. Sag mir, was ich tun kann.«

Jan kapitulierte. Er führte sie ins Büro und ließ sie an Noras Pult Platz nehmen. Dann brachte er ihr aus der Küche eine Tasse Lindenblütentee. »Du kannst nichts tun, Sonja. Kein Mensch erwartet von dir, dass du Risiken eingehst und etwas Verrücktes unternimmst. Das würde Nora auch gar nichts nützen.«

»Ich will es aber tun!«, stieß sie trotzig aus. »Ich habe so vieles falsch gemacht, einmal will ich etwas richtig machen!« Sie trank hastig einen Schluck, verbrannte sich die Zunge und zuckte zusammen.

»Überlass die Sache der Polizei. Sie hat Erfahrung mit solchen Dingen.«

»Vielleicht ist sie verletzt. Oder schon tot. Mein Gott.«

»Nora ist in Ordnung«, antwortete er.

»Das sagst du nur, um mich zu beruhigen.«

Jan schüttelte den Kopf. »Ich habe vor einer halben Stunde ein SMS von ihr bekommen. Sie lebt. Sie hat bei der Kripo gearbeitet, vergiss das nicht. Sie ist für solche Situationen ausgebildet.«

»Ihr kommuniziert miteinander? Wie geht es ihr?«

»Es geht ihr gut, Sonja. Glaub mir. Trink deinen Tee, dann geh nach Hause. Du kannst ihr nicht helfen. Was auch immer du in eurer Beziehung klären möchtest, hat Zeit. Und bestimmt haben deine Verfehlungen nicht dazu geführt, dass sie jetzt in der Bank festsitzt.«

Sonja trank brav ihre Tasse leer und stand auf. »Vermutlich hast du recht. Aber ich muss mit ihr reden. Ich muss es wieder gutmachen.«

»Tu das«, sagte er. »Später.«

Plötzlich umarmte sie ihn hastig. »Danke für alles. Du bist

ihr ein wirklich guter Freund. Ich wünschte mir, du wärst mein Schwiegersohn.«

Jan lächelte und löste sich langsam aus der Umarmung. Er würde den ganzen Tag nach Rosenparfüm riechen. »Nora wird nicht für den Rest ihres Lebens Single bleiben.«

»Meinst du?«

»Ganz bestimmt. Sie ist ein viel zu wertvoller Mensch. Sie verdient einen wertvollen Menschen an ihrer Seite.«

Tränen schossen aus Sonjas Augen. »Das hast du schön gesagt.«

Ferngesteuert wie ein Roboter leitete Mike Jans Informationen über die Täter an Thomas Baumann weiter. Er durfte gar nicht daran denken, was das für ihn bedeutete. Er musste handeln. Alles tun, was möglich war. Er sorgte dafür, dass der Tote aus der Schalterhalle gebracht und zum Institut für Rechtsmedizin gefahren wurde. Von Barbara Zink erfuhr er, dass es sich um den deutschen Geschäftsmann Rainer Hagen handelte. Falls dieser an einem Herzanfall gestorben war, hatte Bankräuber Tony Novak lediglich in eine Leiche geschossen, was seine Strafe nicht gerade mildern, aber auch nicht massiv erhöhen würde. Sollte Hagen jedoch noch gelebt haben, als der Schuss fiel, war Tony zum Mörder geworden. Die Rechtsmediziner fänden es heraus. Wie auch immer, für Novak sah es nicht gut aus. Er und Parker hatten sich in eine verfahrene Situation gebracht.

Barbara Zink erzählte Mike, was in der Schließfachhalle alles vorgefallen war. Als er hörte, dass Nora von Parker verprügelt worden war, stockte ihm der Atem. Wie hatte Parker sie bloß in die Bank gelockt? Dass Nora ihre Geldgeschäfte ausgerechnet in jener Bank erledigte, die Gabriel Parker ausraubte, und noch dazu zum selben Zeitpunkt, war höchst unwahrscheinlich. Was wollte der Mann von ihr? Mike durfte nicht daran denken, in welcher Gefahr sie schwebte.

Er begleitete die Bankangestellte zu einer Psychologin des Care-Teams, die sie zu einem Wagen führte. Es begann zu nieseln. Ein kalter Wind fegte durch die Straße. Mike stellte den Kragen hoch. Nach ein paar Minuten hörte der Regen auf, und vereinzelte Sonnenstrahlen drangen durch die schnell vorbeiziehende Wolkenschicht.

Leon Merz trat zu ihm. »Eben hören wir die ersten Gesprächsfetzen des Edic-mini.«

Die Skorpions hatten in eine der Getränkeharasse ein Abhörgerät eingebaut. Der »Edic-mini A31 Digital Voice Recorder« war sorgfältig in die Verdickung an der unteren Ecke eingearbeitet und auf den ersten Blick nicht sichtbar, da er die gleiche dunkelgrüne Farbe aufwies wie der Kunststoff ringsum.

»Komm und hör dir das an. Bisher hatten wir nur undeutliche Geräusche. Doch jetzt kriegen wir was rein. Vermutlich haben sie den Harass anders plaziert.«

Mike folgte Leon zum Einsatzwagen 1, wo einer der Grenadiere damit beschäftigt war, die Frequenz der Übertragung zu verbessern. Aus dem Empfangsgerät knisterte es, dann vernahm Mike die Stimme von Tony Novak: »... deutscher Blödmann ... selber schuld ... ich konnte nichts dafür, Alter. Er hat mich so gereizt ...« Parker antwortete etwas, dann sagte Novak einige Sätze, die kaum zu verstehen waren. Einen Moment herrschte Stille. Der Grenadier erhöhte die Tonempfindlichkeit, was jedoch nur dazu führte, dass das Rauschen lauter aus dem Gerät drang. Etwas knackte, kratzte und schabte, als würde der Getränkekasten mit dem Aufnahmegerät über den Boden gezogen, dann war der Klang plötzlich ganz rein.

»Wir ändern unsere Pläne«, hörte man Parker nun flüstern. »Ich hab den Flug annulliert. Wir nehmen jetzt die Autobahn über Lausanne nach Genf, von dort die Landstraße nach Dardagny. Dort gibt es einen kleinen unbewachten Grenzübergang.«

Mike griff hastig nach seinem Block und machte sich

Notizen. Das war mehr als ein Glücksfall. Er würde sofort Baumann informieren, damit dieser mit den französischen Behörden Kontakt aufnahm. Falls den beiden Bankräubern die Flucht überhaupt gelänge und sie die Grenze erreichten. Doch Vorsorge treffen mussten sie sowieso.

»... in Frankreich weiter nach Paris«, fuhr Parker fort. »Dort haben wir kurz vor Mittag einen direkten Flug nach Moçambique.«

Mike schrieb hastig mit.

»Ach nein, weißt du was, Tony«, drang Parkers Stimme nun kristallklar aus dem Gerät. »Ich habs mir anders überlegt. Wir fahren durch Graubünden, über den Berninapass und überqueren unterhalb von Poschiavo die Grenze. Von Tirano nach Mailand ist es nicht mehr weit, dort nehmen wir die Vormittagsmaschine nach Buenos Aires.«

Mike notierte sich alles, dann stutzte er.

»Ich weiß noch was Besseres, Kumpel«, fuhr Parker mit immer eisigerem Unterton fort. »Wir fahren über St. Margrethen nach München und steigen dort in die Aeroflot nach Moskau und fliegen dann nach Novosibirsk. Oder wie wärs mit Ouagadougou? Oder Honolulu?«

Mike hatte aufgehört zu schreiben. Er schaute zu Leon Merz.

In diesem Moment dröhnte Parkers Stimme aus dem Gerät: »Verdammte Scheißbullen! Haltet ihr uns eigentlich für völlig bescheuert?«

Mike zerknüllte den Zettel mit den angeblichen Fluchtplänen.

»Salzmann«, brüllte Parker so laut ins Mikrophon, dass sich seine Stimme im Einsatzwagen überschlug, »du rufst mich in den nächsten drei Sekunden an! Du gibst mir dein Versprechen, uns nicht mehr zu verarschen. Brichst du es, stirbt eine weitere Geisel. Eins ... zwei ...«

Mike rief an.

»Elender Saftsack! Hast du endlich kapiert, mit wem ihr es zu tun habt?«

»Ja, Gabriel Parker, wir haben es kapiert.«

»Woher zum Teufel kennst du meinen Vornamen?«

»Ich weiß noch viel mehr als das. Ich weiß, wer Sie sind. Sie können sich die Monster-und-Vampir-Maskerade sparen. Sobald Sie diese Bank verlassen, werden Sie und Anton Novak zur internationalen Fahndung ausgeschrieben. Egal, ob Sie nach Genf, München oder Honolulu unterwegs sind. Geben Sie auf. Es wird Ihnen positiv angerechnet, wenn Sie keine weiteren Geiseln verletzen.«

»Halt die Klappe, Bulle. Du hast ja keine Ahnung.«

Mike schaute auf die Uhr. Es war sieben Minuten vor zwei. »Ersetzt dies unserer Gespräch von 14 Uhr?«, fragte er.

»Ja, das tut es. Ich gebe dir hiermit unsere Forderungen durch. Und merk sie dir gut: Wir verlangen einen Ford Transit Kleinbus mit zwei Längsbänken und vollem Tank, neun schwarze Overalls mit Kapuzen, neun Paar schwarze Stiefel in verschiedenen Größen, neun schwarze Sporttaschen, neun Gesichtsmasken und neun Walther P22 Soft-Air-Pistolen. Jedes dieser Dinge soll dem anderen aufs Haar gleichen.«

»Das Letzte geht nicht. Soft-Air-Feuerwaffen unterstehen neu dem Waffengesetz, wir können Ihnen diese nicht besorgen.«

»Doch, das kannst du, Bulle. Du weißt, dass sie täuschend echt aussehen, aber ungefährlich sind. Wenn du uns die Ware nicht lieferst, wirst du den ersten Kopf in der Schalterhalle finden. Ich glaube, es wird derjenige der alten Dame sein. Oder jener des Neunzehnjährigen, der sein ganzes Leben noch vor sich hat? Ach was, es wird Nora Tabanis Blut sein, das du vom schönen Marmorboden kratzen wirst. Ich glaube, das würde dich betrüben.« Er machte eine Pause, dann sagte er mit rauher Stimme: »Haben wir uns verstanden?«

»Wieso braucht ihr Imitationswaffen?«

»Wieso wohl? Und jetzt wiederhol, was ich dir gesagt habe.«

»Ein Kleinbus«, sagte Mike, »neun Walther P22-Soft-Air-Pistolen, Stiefel, Sporttaschen, Masken und Overalls.«

»Mit Kapuzen.«

»Mit Kapuzen.«

»Ich geb euch eine Stunde.«

»Das reicht nicht«, sagte Mike.

»Es muss reichen.«

Mike holte tief Luft. »Es ist nicht in Ihrem Interesse, wenn wir Ihnen nicht genau das besorgen, was Sie wünschen. – Wir brauchen mehr Zeit.«

»Wie viel?«

»Zwei Stunden«, sagte Mike. »Bis 16 Uhr.«

»Ihr kriegt zwei Stunden. Keine Sekunde länger.« Parker legte auf.

Mike schloss einen Moment die Augen.

»Gut gemacht«, meinte Leon. »Zwei Stunden sind mehr als genug. Wir werden eine zweite Strategie entwickeln können.« Der Einsatzleiter sprach in sein Mikrophon, gab seinen Leuten Anweisungen, dann bat er, mit Baumann verbunden zu werden, und berichtete von Parkers Forderungen.

Mike hörte nur mit halbem Ohr zu. Er ließ den Kopf auf die Hände sinken und hätte sich am liebsten auf den Mond schießen lassen. Oder ein Dutzend von Pias Ofenküchlein verdrückt. Eine Havanna Montecristo Special geraucht. Einen Scotch pur in sich hineingeschüttet. Er wollte nicht mehr denken und nicht mehr fühlen. Doch er musste. Nora war in Lebensgefahr. Weitere Geiseln ebenfalls. Er durfte sich keine Schwäche erlauben, hier ging es nicht um ihn. Bevor er sich wieder zusammenriss und alles gab, was er konnte, erlaubte er sich, das Ausmaß des Schreckens eine Sekunde lang zu spüren: Parker war wieder aufgetaucht. Wie ein Schatten hatte er all die Jahre in Mikes Kopf herumgespukt, nun war er real und stand vor ihm. Vor diesem Augenblick hatte sich Mike immer gefürchtet. Er hatte gewusst, der Moment würde eines Tages kommen, und nun war er da. Die Vergangenheit hatte ihn eingeholt.

Thomas Baumann öffnete das Fenster und ließ etwas Luft herein. Frisch konnte man sie nicht gerade nennen, aber wenigstens anders. Die Abgase der Uraniastraße und des Bahnhofquais, die in den Führungsraum drangen, vertrieben zumindest den Elektrosmog. Die Computer liefen auf Hochtouren, der Drucker spuckte unentwegt Protokolle aus, der Beamer zeigte noch immer die Lage vor Ort: Mike Salzmann, Leon Merz und ein Dutzend Grenadiere steckten die Köpfe zusammen. Vor einer Weile war die Schnepfe von »Tele Downtown« herumgestöckelt und hatte die Leute nervös gemacht; Baumann konnte sie nicht ausstehen und zappte zu Hause jedesmal auf einen anderen Sender, wenn sie am Bildschirm auftauchte. Kurz nach ihr war ein dicklicher Mann über die Abschrankung geklettert und hatte mit Mike gesprochen. Das sei Jan Berger gewesen, hatte Baumann erfahren, ein Kollege von Nora Tabani, die er noch von ihrer Kripo-Zeit her kannte. Und diese sei eine der Geiseln. Was für eine verworrene Situation.

Das Polizeiliche Filmteam schickte immer die gleichen Bilder. Baumann war drauf und dran, ihnen zu sagen, sie sollten die Kameras abschalten. Doch genau in jener Sekunde, in der die Geräte nicht liefen, konnte etwas passieren, das er später nie mehr auf Band hätte. Also flimmerten Mike, Leon, genannt der Profi, und die Skorpions in ihren schwarzen Kampfanzügen über die Leinwand, während die Männer im Führungsraum ihren Arbeiten nachgingen.

Baumann nahm Kontakt mit der Interpol auf, gab Namen und Beschreibung von Tony Novak und Gabriel Parker durch, dann sprach er mit der holländischen Polizei. Nach dem Reinfall mit dem Abhörgerät konnten sie sich zwar auf keine Destinationsankündigung verlassen, doch dass Nora das Gespräch zwischen den Bankräubern unbemerkt hatte belauschen und an ihren Partner weiterleiten können, gab dem Ziel Amsterdam–Bahamas mehr Gewicht als irgendwelchen Honolulus und Ouagadougous.

Silvio Blatter kam mit dem Ausdruck einer langen Excel-Tabelle mit Namen und Adressen auf Baumann zu. »Wir haben alle Mitarbeiter der Zurich Credit Bank kontrolliert.«

»Wie viele sind das?«

»Schweizweit mehrere Hundert. In der Filiale an der Fraumünsterstraße arbeiten 42, davon rund ein Drittel an den Schaltern. Der Rest ist in der Administration in den oberen Geschäftsräumen tätig. Fürs Erste haben wir die Angestellten der anderen Städte weggelassen und uns auf diejenigen der betroffenen Filiale beschränkt.«

»Inklusive Führungspersonal?«, fragte Baumann.

»Inklusive Kaderleute, Manager, Personalleiter und so weiter. Wir haben jeden, so gut es ging, unter die Lupe genommen. Doch da wir nur zu viert waren, konnten wir sie lediglich oberflächlich überprüfen. Wenn wir mehr Zeit hätten –«

»Ist in Ordnung«, meinte Baumann. »Ich gehe nicht davon aus, dass Mitarbeiter in Bern oder Basel in die Sache verwickelt sind. Was habt ihr herausgefunden?«

»Die Schalterangestellten, die als Geiseln gehalten werden, sind wahrscheinlich sauber. Wahrscheinlich. Ich komme später nochmals darauf zurück. Aber wir sind da im Rechnungswesen auf etwas gestoßen. Kann sein, dass jemand aus dieser Abteilung die Bankräuber mit Informationen versorgt hat.«

»Ja?«

»Hier.« Blatter zeigte auf die betreffende Zeile in der Liste. »Ein René Schwarz, Mitte vierzig, unverheiratet, kinderlos, ist vorbestraft.«

»Delikt?«

»Betrug.« Er wies auf einen Auszug des Strafregisters, welche die gelöschten Einträge ebenfalls anzeigte. »Die Tat ist verjährt. Seine jetzigen Arbeitgeber wissen nichts davon. Schwarz hat damals bei einer kleinen Privatbank gearbeitet und die Kundenkonten so manipuliert, dass die Zinserträge hinter dem Komma ab- statt aufgerundet wurden. Diese Kleinstbeträge ließ er sich während Jahren auf sein Konto überweisen. Da hat sich im Laufe der Zeit einiges zusammengeläppert, so dass er schließlich Millionen verbuchen konnte. Er hat seine Strafe verbüßt und ist wegen guter Führung frühzeitig entlassen worden.«

»Erschien René Schwarz heute zur Arbeit?«

»Das ist es ja, was uns stutzig macht. Er hat Überstunden eingezogen und hält sich seit zwei Tagen auf den Seychellen auf.«

»Hm.« Thomas Baumann machte ein paar Schritte. »Habt ihr sein Rückflugdatum kontrolliert?«

Blatter nickte. »Das ist in zwei Wochen. Er könnte aber auch pro forma ein Retourticket gelöst haben und im Inselstaat bleiben. Er hat wie gesagt keine Angehörigen hier.«

»Ich möchte, dass ihr alles ausfindig macht, was den Schluss zulässt, dass Schwarz einen definitiven Abgang geplant hat: Kontobewegungen, Einkäufe mit Kreditkarten, Krankenkassenverlegung ins Ausland. Redet mit seinen Nachbarn, seinen Arbeitskollegen, seinem Vermieter.«

»Er besitzt eine Eigentumswohnung.«

»Dann mit der Verwaltung. Vielleicht hat er die Wohnung zum Verkauf ausgeschrieben. Geht allem nach.«

»In Ordnung.«

»Du hast einen weiteren mutmaßlichen Informanten erwähnt?«

»Bashkim Rahmani. Ein junger Kosovare, der heute seinen ersten Arbeitstag am Schalter hat. Unsere Überprüfung ergab zwar, dass Rahmani einer gut integrierten Familie angehört, in der Schule immer Bestleistungen erbracht hat und ehrenamtlich in einem Quartierverein mitarbeitet, wo er Jüngeren bei den Aufgaben hilft, aber …«

»Was macht ihn verdächtig?«

»Nun, er ist Kosovare. Statistisch gesehen verüben Kosovaren –«

»Keine Vorurteile, bitte. Hat er sich je etwas zuschulden kommen lassen?«

»Das nicht, aber es ist sein erster Tag in der Bank.«

»Den er gleich mit einer Mitbeteiligung an einem Raub begeht?«

»Ich dachte nur …«

»Ich glaube, Rahmani können wir getrost von der Liste streichen«, sagte Baumann. »Folge der Spur von René Schwarz.«

## 15:07

Nora hatte nochmals zwei Schmerztabletten bekommen und fühlte sich etwas belämmert. Mehr durfte sie nicht nehmen, sie musste einen klaren Kopf behalten. Nebst ihrem malträtierten Gesicht sowie den Prellungen an Armen und Beinen waren es vor allem die gebrochenen Rippen, die ihr Schmerzen bereiteten. Das Atmen fiel ihr schwer. Sie hoffte, ihre Lunge sei nicht verletzt.

Die Stimmung in der Halle war auf dem Tiefpunkt angelangt. Das Flüstern war verstummt, alle waren mit sich selbst beschäftigt. Dass Parker und Tony Pläne gemacht hatten, die sie miteinbezogen, war ihnen klargeworden, als die beiden alles in neunfacher Ausführung von der Polizei gefordert hatten.

Greta hielt die Augen geschlossen, auch andere versuchten, etwas zu ruhen, um gegen allfällige weitere Strapazen gewappnet zu sein. Bashkim blickte sehnsüchtig zu Manisha, die trübselig zu Boden schaute.

Tony tippte auf seine Armbanduhr. »Ich hoffe bloß, die Bullen beeilen sich.« Er rollte mit dem Bürostuhl hin und her, bis Parker zischte: »Hör schon auf damit!«

Nora dachte nach, so gut es ihr medikamentenumnebelter Kopf zuließ. In weniger als einer Stunde würde die Polizei den Bankräubern das Gewünschte liefern. Falls es den Skorpions bei der Übergabe nicht gelang, die Täter unschädlich zu machen, sah es schlecht aus. Hier in der Bank waren die Geiseln für Parker und Tony als Verhandlungs- und Tauschmittel wertvoll. Auf der Flucht sicherten die Gefangenen den Räubern anfangs zwar noch das Überleben – doch nur, solange sie von den Skorpions verfolgt wurden. Schafften es die beiden, die Polizei abzuschütteln, würden die sieben Leute zur Last. Für zielstrebige Kriminelle gab es nichts Überflüssigeres als nichtsnutzige Geiseln. Das hieß, Noras Leben und dasjenige ihrer Mitgefangenen war keinen Pfifferling mehr wert. Tony und Parker hatten nichts mehr zu verlieren. Vielleicht ließen sie die Geiseln einfach laufen. Vielleicht machten sie aber auch kurzen Prozess mit ihnen.

Nora musste das verhindern. Es musste ihr gelingen, die Interventionseinheit in die Bank einzuschleusen. Ihre einzige Chance war, die Täter zu überraschen. Noch fünfzig Minuten bis zur Übergabe. Das konnte genügen. Nora räusperte sich, dann sagte sie so unterwürfig sie konnte: »Verzeihung, ich muss mal.«

»Schon wieder?«, machte Tony. »Ihr Weiber und eure läppische Blase! Ich schlage vor, du hörst auf zu jammern.«

»Ich jammere nicht, ich muss mal.« Ganz ruhig bleiben, sagte sie sich, nicht angriffig werden.

»Du willst dich mit mir anlegen? Kannst du haben, Miststück!«

»Tony!«, sagte Parker scharf. »Begleite sie zur Toilette und bring sie wieder zurück.«

»Du bist viel zu lasch mit ihnen.«

»Nein«, entgegnete Parker, »bin ich nicht. Ich setze Prioritäten. Und diese Leute in die Hosen machen zu lassen, gehört nicht dazu.«

Tony murrte, dann wies er mit der Waffe in Noras Richtung.

Nora kämpfte sich auf die Beine. Sie zuckte zusammen. Durch ihren Brustkorb jagten stechende Schmerzen. Sie stützte sich an der Wand ab; ihr Atem pfiff, aber sie schaffte es, sich aufzurichten. Parker beobachtete sie mit einem seltsamen Ausdruck im Gesicht. Nora hätte schwören können, ein Körnchen Mitgefühl in seinen Augen wahrgenommen zu haben. Aber vielleicht war das reines Wunschdenken.

Doch – da war es wieder. Als sie vor Schmerzen aufstöhnte, wurde sein Blick für eine Sekunde weich. Sie sah das Kind in ihm, das betrogen worden war und sich nicht anders hatte schützen können, als sich hinter einer stahlharten Fassade zu verstecken. Ein Junge, der älter wurde und böse Dinge tat, um sein eigenes Elend nicht zu spüren. Und der von Zeit zu Zeit merkte, was er da tat.

Dann war der Augenblick vorbei, so schnell, wie er gekommen war. Parker schaute wieder unbeteiligt ihrem Versuch zu, mit möglichst wenig Schmerzen ein Bein vors andere zu setzen.

Tony schubste sie durch die Halle. Nora bewegte sich vorsichtig vorwärts, so dass ihre Rippen kaum in Mitleidenschaft gezogen wurden, was wohl sehr steif aussah. Als sie bei den WCs ankamen, öffnete Nora die Tür der Kabine, in der sie bereits einmal gewesen war. Tony stellte sich breitbeinig davor. »Beeil dich.«

Nora schloss die Tür hinter sich. Diesmal drehte Tony den Wasserhahn nicht auf. Es war totenstill im Raum. Es blieb ihr nichts anderes übrig, als zuerst die Spülung zu betätigen. Während das Wasser rauschte, kletterte sie auf die Klobrille. Sie biss sich auf die Zähne vor Schmerz. Als der Tank sich blubbernd wieder füllte, griff sie lautlos nach den vorderen beiden Schrauben, die den Deckel des Lüftungsschachts hielten. Sie hatte sie das letzte Mal fast vollständig gelöst. Sie drehte sie mit beiden Händen gleichzeitig heraus.

Der Wassertank war voll, es wurde ruhig. Nora hörte Tonys Atem. Sie balancierte auf dem linken Fuß und drückte mit dem rechten auf die Spülung. Erneut rauschte es. Erneut stach es in ihrem Brustkorb. Tony schien sich nicht zu wundern, weshalb sie mehrmals spülte, vermutlich dachte er, das sei ein typisches Weiberproblem und hänge mit läppischen Blasen, monatlichen Beschwerden oder was auch immer zusammen.

Nora nutzte das Geräusch. Sie hob die Abdeckung über ihrem Kopf, die auf einer Rille lag, an und schaute in die Öffnung. Sie konnte nur ein kurzes Stück des Tunnels erkennen, weiter oben verlor er sich in der Dunkelheit. Doch sie hatte genug gesehen: An der Wand befanden sich metallene Sprossen, und der Schacht war breit genug, um einen Menschen durchzulassen. Perfekt. Sie nahm die beiden Schrauben in den Mund und langte mit der freien Hand nach ihrem Mobiltelefon. Dann spülte sie erneut und fotografierte im Schutz des Geräuschs mit dem Handy den Schacht. Einen verräterischen Blitz besaß ihr mittelalterliches Modell zum Glück nicht.

»Kriegst du da drin ein Kind, oder was?«, bellte Tony.

»Ich habs gleich.« Nora ließ den Schachtdeckel wieder nach unten in die Rille gleiten. Sie fixierte ihn so lose wie möglich und stieg hinunter. Dann setzte sie sich und raschelte mit dem Klopapier. Gleichzeitig schickte sie Jan das Bild des Lüftungsschachts als MMS. Sie hatte keine Zeit, Mikes Nummer herauszusuchen, Jans Kurzwahl war zuoberst. Jan würde das Foto an Mike weiterleiten. Und dieser wüsste, was zu tun war.

## 15:13

»Was meinst du, Leon?«, fragte Thomas Baumann.

Das Handyfoto, das der Beamer auf die Leinwand warf, war unscharf und grobkörnig. Baumann betrachtete das auf vier Quadratmeter vergrößerte MMS des Lüftungsschachts, das Mike ihm vor einer Minute übermittelt hatte. Auf dem Bildschirm daneben war das Gesicht von Leon Merz zu sehen. Baumann breitete die Baupläne der Zurich Credit Bank auf dem Tisch aus. Darauf war zu erkennen, dass der Schacht, der von der Kundentoilette hochführte, außer dem Abzug auf das Gebäudedach einen kleinen Eingang im zweiten Stock aufwies. Baumann sandte Merz den Plan. »Kannst du etwas erkennen?«

Merz starrte auf seinen Laptop. »Könnte klappen.«

»Der Sicherheitschef der ZCB meint, die Luke im zweiten Geschoss sei keine Tür«, fuhr Baumann fort, »sondern ein verschraubter, 65 Zentimeter hoher und 50 Zentimeter breiter Durchlass.«

»Das genügt uns.«

»Wie lange braucht ihr für die Vorbereitungen?«

Leon überlegte einen Moment. »Fünfzehn Minuten. Dann zehn für das Öffnen des Durchgangs und das Hinunterklettern. Plus einige Minuten für das Aufschrauben des Deckels im Toilettenraum und das Eindringen in die Bank.«

»Alles in allem also nicht länger als eine halbe Stunde?«

»Nein.«

Baumann schaute auf die Uhr. Noch vierzig Minuten bis zur Übergabe. »Auf keinen Fall?«

»Auf keinen Fall.«

»In Ordnung. Geht zu viert rein. Wie immer gilt: Der Schutz der Geiseln hat Vorrang, dann erst erfolgt das Fassen der Täter und das Sicherstellen des Diebesgutes.«

Leons Gesicht nahm einen säuerlichen Ausdruck an. »Ich

mach das nicht zum ersten Mal, Thomas. Wirf mich nicht mit Dieter in einen Topf.«

Dieter war vor über zwei Jahren auf eigenen Wunsch entlassen worden, doch noch immer sprach man bei der Interventionseinheit von ihm. Er war einer der Fähigsten gewesen, hatte stets einen kühlen Kopf bewahrt und konnte später nicht mehr sagen, was dazu geführt hatte, dass er im entscheidenden Moment versagt hatte. Es war um einen Fall häuslicher Gewalt gegangen. Der Täter, ein stämmiger Koch, hatte seine Frau und seine beiden Töchter über Jahre hinweg misshandelt. Am betreffenden Tag hatte er sie auf dem Balkon der gemeinsamen Wohnung im dritten Stock ausgesperrt und war mit gezücktem Tranchiermesser wüst fluchend durch die Stube geirrt. Alle paar Minuten ging er hinaus und bedrohte seine Familie. Die Skorpions wurden gerufen, und nach einiger Zeit gelang es Dieters Kollegen, den Täter zu entwaffnen. Anstatt die Frau und die Töchter des Mannes als Erstes in Sicherheit zu bringen, ließ sich Dieter auf eine Diskussion mit dem Koch ein. Der stürzte sich plötzlich auf seine Frau und stieß sie vom Balkon; sie überlebte schwer verletzt. Dieter war danach ein gebrochener Mann.

»Es ist keine Schande, sich jedesmal aufs neue klar zu werden, worum es geht«, gab Baumann zurück. »Aber ich vergleiche dich nicht mit Dieter. Ich weiß, wie sie dich nennen.«

Leon grinste schräg. »Sonst noch was, Thomas?«

»Wir bleiben ständig in Kontakt.«

Leon nickte, legte den Laptop zurück in den Einsatzwagen und verschwand aus dem Bild. Das Polizeiliche Filmteam zoomte auf den Eingang der Bank. Baumann drehte sich zu seinen Mitarbeitern um.

In diesem Moment riss Beat Moser von der Zentrale die Tür auf. »Soeben habe ich Bescheid von Silvio Blatter bekommen. Die Zeit reicht nicht!«

Baumann verstand zuerst nicht, wovon Moser sprach. Er starrte ihn an, in Erwartung weiterer Erklärungen.

»Sie haben die Stiefel, Kapuzenoveralls, Imitationswaffen« – er schaute auf eine Liste, auf der mehreres durchgestrichen war – »die Sporttaschen und das Fluchtauto besorgt. Aber nicht die Masken.«

»Wieso nicht?«

»Es scheint nirgends neun gleich aussehende Karnevalsmasken zu geben. Sie haben es bei ›Tansini‹ am Bellevue versucht, im ›Franz Carl Weber‹ an der Bahnhofstraße, beim ›Leibundgut‹ in der Kuttelgasse, im –«

»Schon gut, komm zur Sache.«

Moser schlug ratlos mit der Hand auf die Liste. »Es gibt Hexen und Monster und Kobolde. Nur nicht neun gleiche.«

»Dann sollen sie sich verdammt nochmal an die Hersteller wenden.«

»Sind schon dabei. Zwei von uns sind auf die Kostümverleiher angesetzt. Aber das dauert eine Weile. Ich hoffe, sie schaffen es bis vier Uhr.«

»Da gibts nichts zu hoffen«, polterte Baumann. »Wir brauchen die Masken. Sofort.«

## 15:59

Eine schlechte Nachricht nach der anderen erreichte Mike. Leon und sein Team waren unerwartet auf Schwierigkeiten gestoßen, nachdem sie im zweiten Stock den kleinen Durchlass aufgebrochen hatten. Anscheinend hatte man dahinter vor Jahren eine Betonmauer errichtet, die auf den Plänen nicht eingezeichnet gewesen war, aus welchem Grund auch immer. Leon hatte augenblicklich Betonbohrmaschinen und Steinwinkelschleifer angefordert, doch mit dem Durchbruch würde das Ganze mindestens eine halbe Stunde länger dauern als berechnet.

Baumann hatte Mike vorgeschlagen, die Übergabe zu verzögern. Mike war hin- und hergerissen. Ein Aufschub wäre für Parker ein Affront, was einer Geisel das Leben kosten konnte. Doch wenn die Skorpions den Schacht erst nach der Übergabe erreichten, war die ganze Aktion zwecklos: Die Täter wären mit ihren Gefangenen bereits auf der Flucht.

Mike starrte auf die Kartonschachteln im offenen Einsatzwagen und zählte die angeforderten Kleider, Stiefel und Sporttaschen. Sie waren vollzählig und identisch. Er öffnete die Schachtel mit den Masken. Fünf Halloweenfratzen mit Blut und Narben, zwei Barack Obamas und zwei Zauberer. Er stöhnte. Dann öffnete er das letzte Paket, in dem die Soft-Air-Waffen lagen. Und wusste, dass sich eine Verzögerung gar nicht verhindern ließ. Er nahm die oberste heraus und drehte sie nach allen Seiten. »Wer hat die besorgt?«

Einer der Grenadiere antwortete: »Silvio Blatter und zwei Kollegen.«

»Das sind Berettas!«

»Meinst du, das spielt eine Rolle? Die sind sowieso nicht echt.«

Mike fuhr ihn an: »Natürlich spielt das eine Rolle! Siehst du das Modell? Parker besitzt die Waffe des Wachmanns, eine Walther P22. Er will Verwirrung stiften und braucht Imitations-Walther P22, damit wir nicht wissen, welche scharf ist. Die Berettas wird er niemals akzeptieren.«

Von der Fraumünsterkirche schlug es vier.

Mike nahm sein Funkgerät und drückte auf die direkte Verbindungstaste.

Parker nahm ab. »Habt ihr die Sachen?«

Mike versuchte, seiner Stimme einen ruhigen Klang zu geben. Was ihm schwerfiel. Wie hatten seine Kollegen nur so nachlässig sein können! Der Auftrag war klar gewesen. »Es gibt da ein Problem«, sagte er.

»Wieso überrascht mich das nicht?«, meinte Parker sarkastisch.

»Glauben Sie mir, wir haben getan, was möglich war. Aber wir konnten noch nicht alle Masken besorgen. Und … die Waffen sind falsch.«

»Was soll das heißen?«

»Das heißt, es sind keine Walther P22.«

»Das müssen sie aber sein!«

»Ich weiß. Tut mir leid. Unsere Leute arbeiten daran. Geben Sie uns noch etwas Zeit. Sie werden alles bekommen. Das Fluchtauto steht bereits vor der Tür. Es ist das Richtige. Ein Ford Transit.«

»Farbe?«

»Grau.« Baumann hatte vorgeschlagen, einen gelben Wagen zu organisieren, immerhin hatte Parker keinen Wunsch bezüglich der Farbe geäußert. Einem auffälligen Auto konnten sie besser folgen. Mike war dagegen gewesen. Wenn Parker wütend würde, gerieten die Geiseln unnötig in Gefahr. Doch er hatte veranlasst, dass zwischen den Achsen ein Sender installiert wurde.

Es knisterte in der Verbindung, Mike hörte Parker etwas rufen, eine verängstigte Frauenstimme war zu vernehmen, es dauerte ein paar Sekunden, dann stürzte Parker mit Angela Morandi in die Schalterhalle.

Er war nicht maskiert, Mike konnte sein Gesicht sehen, und ein Stich fuhr ihm in den Magen. Diese Augen, dieser Ausdruck, dieser Hass. Die Pistole hielt er an den Kopf der Frau. Er zerrte sie vor die Tür und schrie: »Siehst du, Bulle? Ich meine es ernst! Wir haben einen Flug zu erreichen, wir haben keine Zeit!«

Mike hob die Hand, um zu zeigen, dass er unbewaffnet war, und trat in die Schalterhalle. Nur drei Meter trennten sie.

Die Frau in Parkers Gewalt rührte sich nicht, schaute Mike verzweifelt an.

»Sie werden alles bekommen«, versicherte Mike. »Aber geben Sie meinen Leuten noch etwas mehr –«

»Eine Viertelstunde!«, fauchte Parker. »Keine Sekunde länger. Sonst stirbt die Kleine.«

»Das ist zu wenig.«

»Ich sagte eine Viertelstunde! Ich hab euch schon viel zu viel durchgehen lassen.« Er zerrte Morandi an den Haaren zurück zum Treppenhaus und verschwand aus Mikes Blickfeld.

Mike trat auf die Straße zurück und brüllte den erstbesten Grenadier an: »Ihr habt gehört, was er gesagt hat! Besorgt die verdammten Dinger!«

»Mike«, gab dieser zurück, »das ist nicht unsere Aufgabe. Die Kollegen sind dran.«

»Ich weiß«, sagte Mike. »Entschuldige. Ich kann den Gedanken nicht ertragen, dass dort unten Menschen sterben, weil wir hier Fehler machen.«

In diesem Moment piepste sein Funkgerät. Silvio Blatter war dran. »Wir haben die Masken und sind jetzt unterwegs, um die Walther P22 zu besorgen.«

»In Ordnung. Beeilt euch, als wär der Teufel hinter euch her.« Er machte eine Pause und fügte hinzu: »Denn das ist er.«

Parker stieß Angela grob von sich, zog einen weiteren Bürostuhl vom Vorraum heran und setzte sich neben Tony. Beide starrten auf die Geiseln, die noch immer am Boden saßen und sich an die Wand lehnten. Angela versuchte, die Fassung zu bewahren, doch Nora merkte, dass sie mit den Tränen kämpfte. Was für ein Albtraum. Dieser Tag würde sich ein Feuermal in die Seelen der Betroffenen einbrennen.

Nora änderte vorsichtig ihre Stellung. Der reißende Schmerz in ihrem Körper war in ein dumpfes Pochen übergegangen. Ihr Augenlid war aufgeschwollen, ihre Arme, die Parkers Schläge abgewehrt hatten, würden sich in den nächsten Tagen rot, blau und grün verfärben. Und Teile ihrer gebrochenen Rippen steckten irgendwo, wo sie nicht hingehörten. Wenigstens hatte Nora keine Angst mehr, ihre Lungen seien perforiert worden. Sie hätte Blut gespuckt, oder die Atemnot wäre stärker geworden. Hoffte sie jedenfalls. Ihre medizinischen Kenntnisse waren nicht gerade herausragend, aber der gesunde Menschenverstand sagte ihr, dass ihre Verletzungen nicht lebensgefährlich waren. Nur sehr, sehr unangenehm. Sie stöhnte, als sie sich etwas anders hinsetzte. Jeder Zentimeter entschied über viel Schmerz oder weniger Schmerz.

Greta schaute auf die Uhr und flüsterte besorgt: »Sieben nach vier.«

In acht Minuten musste die Polizei die geforderten Sachen liefern. Nora dachte an das MMS, das sie Jan geschickt hatte, und betete, dass es in die richtigen Hände gefallen war. Vielleicht war ein Team der Interventionseinheit bereits dabei, durch die Schächte ins Gebäude einzudringen.

Als hätte das Schicksal ihre Gedanken gelesen, war aus der Ferne ein Bohren und Hämmern zu vernehmen. Tony schaute weiter grimmig vor sich hin, Parker wurde hellhörig. Als das Geräusch nicht aufhörte, fragte er: »Was ist das?«

»Sie renovieren die Büros im oberen Stock«, sagte Manisha so beiläufig, dass Nora sie hätte umarmen können. Das waren keine Renovationsarbeiten. Das waren die Maschinen der Skorpions, die sich Einlass verschafften. Hoffnung keimte in Nora auf.

Parker schaute Manisha kalt an. »Bist du sicher?«

»Natürlich. Ich war diejenige, die den Kostenvoranschlag der Baufirma abgesegnet hat.«

»Wie heißt die Firma?«, fragte Parker misstrauisch.

Nora hielt den Atem an. Wenn Manisha nur nicht zu weit gegangen war. Eine Schalterangestellte war nie und nimmer zuständig für Renovationsausgaben.

»Müller & Sieber.«

Nora hatte noch nie von einem Bauunternehmen dieses Namens gehört.

»Wie hoch war der Kostenvoranschlag?«

»24 000 Franken«, sagte Manisha wie aus der Pistole geschossen. »Plus minus zehn Prozent. Das muss bei Bauarbeiten eingerechnet werden.«

Parker nickte.

Nora atmete auf. Manisha schaute unbeteiligt zur Seite, doch Nora sah, wie die Ader an ihrer Schläfe klopfte. Mit ihrer Schlagfertigkeit hatte die Angestellte ihnen vermutlich das Leben gerettet. Angela schien nicht an Manishas Worten zu zweifeln, auch Bashkim nahm sie anscheinend für bare Münze. Nur Reto Furrer schaute verwirrt von einem zum andern, und Nora flehte ihn innerlich an, sich still zu halten. Doch Furrers Gesicht sprach Bände. Wenn er es nur nicht vermasselte, nun, da das Glück einmal auf ihrer Seite war.

Das Hämmern, Bohren und Rattern ging weiter, entfernt zwar, doch deutlich zu hören.

Greta starrte aufs filigrane Zifferblatt ihres Goldührchens. Noch vier Minuten.

Die Spannung stieg. Niemand rührte sich. Der Zeiger wanderte erbarmungslos weiter.

Noch drei Minuten.

Noch zwei.

Noch eine.

Tony sprang auf. »Ruf an und frag, was los ist!«

Parker nahm das Telefon, wartete einen Moment, dann bellte er: »Wo sind unsere bestellten Sachen?«

Mike antwortete etwas am anderen Ende, das Nora nicht verstehen konnte. Parkers Miene verdüsterte sich. »Wir sagten eine Viertelstunde! … Nein, dafür haben wir kein Verständnis! Reißt eure verdammten Ärsche auf, um uns die Waffen –«

Tony preschte zur Gruppe. »Mir reichts! Die nehmen uns überhaupt nicht ernst! Ich werd ihnen zeigen, mit wem sie es hier zu tun haben!« Er riss Angela an der Schulter hoch.

Parker schaute ihn böse an, während er in den Hörer bellte: »Nein! Fünf genügen nicht! Ich sagte neun Walther P22! Neun!

Habt ihr kapiert?« Tony zückte die Waffe und zielte mitten auf Angelas Stirn.

Ihre Augen waren vor Panik weit aufgerissen.

Greta flüsterte: »Wie furchtbar!«

Parker warnte Mike: »Unsere Geduld geht zu Ende.«

»So ist es!«, brüllte Tony und zog den Abzugshahn zurück.

Angela schluchzte lautlos.

Parker zischte ins Telefon: »Mein Kumpel hält den Lauf seiner Knarre in die Fresse einer Angestellten. Wenn ihr nicht augenblicklich –«

Tony schrie: »Ich habs so satt, wie die mit uns umspringen!«

Parker starrte ihn an und schüttelte den Kopf, während er Mike zuhörte.

Tony drückte die Mündung der Pistole in Angelas Haut.

Parker gab Tony wütend ein Zeichen, sich zurückzuhalten.

»Die können mich mal!«, stieß Tony aus.

Bashkim flüsterte: »Bitte verschont sie.«

Greta schlug die Hände vors Gesicht.

Angela schloss die Augen.

Tony schoss.

Die Wucht der Kugel, die durch ihren Kopf drang, schmetterte Angela Morandi an die Wand, wo sie reglos zusammensackte.

Der Hund bellte zweimal, dann herrschte entsetzliche Stille.

Bashkim warf sich auf Tony und schrie: »Mörder! Was bringt euch Angelas Tod! Ihr kriegt doch eure Sachen!«

Tony schleuderte ihn weg. Bashkim stolperte rückwärts und prallte in Janis, die ihn auffing.

»Verdammter Idiot!«, schrie Parker und legte den Hörer auf. »Wer hat gesagt, du sollst sie umlegen? Du reitest uns immer tiefer rein. Es geht hier nicht um Tote, sondern darum, Druck auszuüben!«

»Aber sie haben sich nicht an die Abmachung gehalten!«, gab Tony zurück.

»Sie tun ihre Arbeit, du Schwachkopf! Es dauert bloß länger! Um halb fünf haben sie die Ware hier.«

»Und wenn wir unseren Flug nicht mehr erwischen? Ich hab keine Lust, den Rest meines Lebens in einer verschimmelten Knastzelle zu verbringen.«

»Wir erreichen den Flug. Schaff die Leiche weg, ich will sie nicht mehr sehen.«

Tony hob die tote Angela an den Füßen an und zog sie quer durch die Halle. Ihre Haare schleiften am Boden entlang und hinterließen eine rote Spur.

Parker stand auf und tigerte zornig den Schließfachgängen entlang.

Niemand sagte etwas. Das Grauen stand allen ins Gesicht geschrieben.

Nora griff nach ihrem Handy, suchte diesmal die Nummer von Mike und schrieb: »Tut was! Die Lage eskaliert!«

## 16:17

Leon Merz robbte auf dem Bauch durch den schmalen Gang. Der Staub der aufgebrochenen Betonmauer, der den Boden als weißer Film bis weit hinten bedeckte, reizte seine Schleimhäute. Drei Männer des Skorpion-Teams folgten ihm dicht auf den Fersen. Noch verlief die Strecke waagrecht. Ein feiner Lufthauch war von vorn zu spüren. Außer den Geräuschen, die die Männer verursachten, war es im Lüftungsschacht still. Leon beleuchtete mit der Taschenlampe den Weg, der weiter vorn um neunzig Grad abfallen und nach unten führen würde. An der Decke, nur fingerbreit über seinem Kopf, verliefen Röhren und Leitungen. Eine davon knackte. Ein vom Licht aufgescheuchter Käfer krabbelte einer Rille entlang und verschwand in einer Spalte.

Leon rutschte auf Ellbogen und Knien weiter, Zentimeter um Zentimeter. Sein Kampfanzug verhinderte, dass er sich aufschürfte, erschwerte aber das Vorwärtskommen. Das Maschinengewehr an seinem Rücken machte es ebenfalls nicht einfacher. Die Stirnkamera auf seinem Helm nahm alles auf, was er sah, und schickte die Bilder in den Führungsraum.

In seinem Ohr piepste es undeutlich. Leon schob den Mikro-Kopfhörer tiefer in seinen Gehörgang. Baumanns Stimme kam aus dem Gerät. »Noch sechs Meter, dann habt ihr die Horizontale hinter euch.«

»Verstanden«, sagte Leon ins Mikrophon.

Die vier Männer krochen weiter. Leon hörte das Keuchen von Peter, der hinter ihm war. Das Atmen in der trockenen Luft war beschwerlich. Betonstaub flog auf, wirbelte herum und drang in Leons Nase. Er musste niesen, versuchte, möglichst wenig Lärm zu machen, da er nicht wusste, wie stark der Schall durch diese Innenräume geleitet wurde. Bald hatten sie das Ende des horizontalen Teils erreicht. Leon hielt vor einem Abgrund. Er leuchtete hinunter. Vor ihm befand sich eine Verzweigung, zwei senkrechte Tunnels führten nebeneinander hinunter, durch eine Blechwand getrennt. Beide waren mit Metallsprossen versehen.

»Nehmt den linken Gang«, sagte Baumann in Leons Ohr. »Von euch aus gesehen. Der führt zur rechten Toilettenkabine.«

Leon versuchte, sich zu drehen, so dass er mit den Füßen voran in den Schacht steigen konnte. Doch der Platz reichte nicht aus. Er schob seinen Körper über den Abgrund, hielt sich an der ersten Leitersprosse fest, stieß sich zur anderen Wand und stützte sich dort ab. Wieder wollte er wenden, diesmal in schwindelerregender Höhe. Es klappte nicht. Der Schacht war zu eng. Falls je ein Mensch vor ihnen hier gewesen war, hatte er wissen müssen, dass er nicht Kopf voran hineinsteigen durfte. Leon überlegte, ob sie umkehren und es nochmals versuchen sollten. Er verwarf den Gedanken. Zu großer Zeitverlust.

»Stahlrolle«, flüsterte er nach hinten, »Karabinerhaken.«

Er hörte es rascheln, als Peter in seiner Seitentasche suchte, dann spürte er dessen Hände an seinem Rücken. Peter tastete an Leons Anzug nach dem Gegenstück zum Karabiner und hängte den Haken daran. Er rastete ein, Peter zog am Draht und kontrollierte, ob die Verbindung hielt. »Gesichert«, sagte er.

Der bis zu dreißig Meter ausrollbare Stahldraht konnte von jedem der Männer selbständig ausgelassen und eingezogen werden. Leon hatte das batteriebetriebene Steuerelement an seiner Hüfte angebracht. Die anderen würden sich gegenseitig helfen und ihm folgen. Leon montierte den zweiten Befestigungshaken an der obersten Sprosse des Schachts und drückte die »Go«-Taste. Mit einem Ruck sauste er einen Meter hinunter. Er baumelte kopfvoran im Gang und suchte nach der Balance. Er fand Halt, zog sich Sprosse für Sprosse in die Tiefe, während er den Draht weiter ausfahren ließ, was ein metallenes Surren verursachte. Hinter ihm hörte er die anderen dasselbe tun. Die Taschenlampe klemmte er zwischen die Zähne, das Licht zuckte hin und her.

Er kam an einer Tafel vorbei, auf der »15 m« geschrieben stand. Er glitt weiter, hangelte sich Griff für Griff hinunter, passierte die 10-Meter-, danach die 5-Meter-Markierung. Dann entdeckte er das Ende des Tunnels. Ein gelochter Schachtdeckel. Der Druck in seinem nach unten hängendem Kopf nahm zu, das Blut pulsierte an seinen Schläfen. Wahrscheinlich war er knallrot. Er erreichte die Abdeckung. Seine Füße hingen in der Luft, mit den Handflächen stützte er sich ab. Er ließ sich das letzte Stück hinuntergleiten, bis seine Nasenspitze den Deckel berührte. Dann leuchtete er mit der Taschenlampe durch die Luftlöcher. Und spähte in die Toilettenkabine, die von den unzähligen dünnen Lichtstrahlen erhellt wurde.

In wenigen Minuten würde diese verfahrene Situation, in die Tony ihn gebracht hatte, eine Wende nehmen. Parker lehnte sich an eine Wand, die aus Tausenden von Schließfächern bestand. Gefüllt mit den Schätzen der Reichen und Korrupten dieser Welt, vollgestopft mit hinterzogenen Geldbeträgen und beim Steueramt nicht deklarierten Goldbarren. Und er sollte hier der Kriminelle sein! Wie hatte Bertolt Brecht einmal so schön gesagt? »Was ist der Einbruch in eine Bank gegen die Gründung einer Bank?« Sehr richtig. Kluger Kopf, dieser Brecht. Hatte sich gegen Ungerechtigkeiten gewehrt und war sich bis zum Schluss treu geblieben.

Die Leute in der Halle saßen still, ängstlich und abwartend nebeneinander. Er konnte es ihnen nicht verübeln. Einen Moment hatte er versucht, sich vorzustellen, wie es für ihn wäre, eine der Geiseln zu sein. Er würde wohl kämpfen, er würde sich nicht einfach ergeben. Aber das war rein hypothetisch, außerdem spielte es keine Rolle. Er war keine Geisel, er war derjenige, der die Fäden in der Hand hielt.

Parker wusste, dass er fähig war, der Polizei zu entkommen, wenn er auf der Flucht alles gab. Im Gegensatz zu den Bullen hatte er nichts zu verlieren. Wenn Unbeteiligte seinen Weg kreuzten, hatten sie Pech gehabt. Er würde niemandem ausweichen und nicht bremsen.

Parker spürte ein Brennen im Magen. Vielleicht war ihm die Pizza nicht bekommen, vielleicht war er nervöser, als er sich eingestehen wollte. Sein Plan war perfekt gewesen: keine Verletzten, keine Toten, viel Kohle, Abhauen nach drei Minuten – und jetzt das. Wenigstens hatte er nun eine Lösung gefunden. Frank käme ihnen in Holland entgegen und nähme ihnen die Ware ab, bevor sie sich zum Flughafen Amsterdam-Schiphol aufmachten. Und Hassan würde ihnen zuvor den Weg aus der Schweiz nach Deutschland ebnen. Denn selbstverständlich konnten sie nicht in einem von der Polizei zur Verfügung gestellten Auto über die Grenze fahren. Bestimmt hatte dieser Salzmann dafür gesorgt, dass ihr Fluchtwagen markiert oder mit einem Peilsender versehen war. Ein anderes Auto musste her. Und Hassan hatte ein anderes. Es war alles vorbereitet. Parker und Tony besaßen falsche Pässe, die ein halbes Vermögen gekostet hatten, doch die Investition hatte sich gelohnt. Die Ausweise waren professionell gemacht, farbecht, mit Prägedruck, eingestanzten Ziffern, gelochten Nummern und allem Schnickschnack. Das war Plan B, den Parker ausgetüftelt hatte. Die nächste halbe Stunde würde nochmals stressig. Doch sobald sie die Bullen abgehängt hätten – und abhängen würden sie sie, daran zweifelte Parker keine Sekunde – könnte er sich entspannen.

Er löste sich von den Schließfächern, ging hin und her, die Hand auf dem Magen. Hoffentlich hatten ihm diese Typen die Pizza nicht vergiftet. Quatsch, dachte er in der gleichen Sekunde, sie konnten ja nicht wissen, welche er essen würde. Und sonst schien niemandem unwohl zu sein. Langsam wurde er paranoid. Es musste die Aufregung sein. So cool, wie er sich den anderen gegenüber zeigte und wie er es insgeheim hoffte zu sein, war er nicht. In gewissen Momenten wurde ihm das klar. Tony, dieser Hohlkopf, war genauso oberflächlich und dumm, wie er aussah. Er, Parker, hatte Charaktereigenschaften, die tiefer gingen. Ja, der Zorn und der Hass hatten ihn die letzten Jahre zerfressen, aber es hatte verdammt nochmal auch Gründe dafür gegeben. Seine aufgestauten Emotionen hatten ihn zu einem Getriebenen gemacht, doch tief in ihm steckte noch ein anderer. Einer, der einfach leben und andere leben lassen wollte. Doch der war nie zum Vorschein gekommen. Seine Eltern hatten ihn versaut.

Ein Schwall Bitterkeit drängte nach oben, als Parker seinen Vater vor sich sah. Mit dem Ledergürtel, dem Baseballschläger und dem Feuerhaken hatte dieser ihn traktiert. Und jedesmal, wenn er auf Parker eingedroschen hatte, war ein seltsamer Ausdruck in seine Augen getreten. Anfangs hatte Parker ihn nicht einordnen können, hatte sogar gedacht, es sei Reue oder Mitleid. Bis ihm eines Tages klargeworden war, dass es Sadismus war. Sein Vater hatte es genossen, ihm Schmerzen zuzufügen. Er hatte über ihn triumphiert, ihn für Dinge bestraft, die er nie getan hatte, und hatte sich wie ein Diktator aufgeführt.

Seine Mutter hatte die Misshandlungen hingenommen wie ein Naturgesetz, an dem es nichts zu rütteln gab. Einmal, Parker erinnerte sich noch genau, hatte ihn sein Vater grün und blau geschlagen. Parker war damals vielleicht zehn Jahre alt gewesen. Parkers Lehrerin hatte die Klasse aufgefordert, Herzenswünsche bildlich darzustellen. Die Mädchen hatten Pferde, Puppen und Märchenschlösser gemalt, die Jungs Rennautos, Flugzeuge und Baumhütten. Parker hatte eine Ritterrüstung gezeichnet. Mit Kettenhemd, Brustpanzer und eisernem Helm, der zwei kleine Schlitze für die Augen hatte und den ganzen Kopf schützte. Die Lehrerin hatte sich über seine Kreativität gefreut und wissen wollen, ob ihn die mittelalterlichen Mythen und Sagen interessierten. Parker hatte ausweichend geantwortet. Als sie nachfragte, was ihn zu diesem Bild bewogen habe, antwortete er: »Damit mein Vater mich nicht mehr schlagen kann.« Die Lehrerin erbleichte, wollte mit ihm darüber sprechen, doch Parker zog sich in sein Schneckenhaus zurück.

Zwei Wochen später tauchte eine Sozialarbeiterin auf. Parkers Eltern führten sie durch die Wohnung, boten ihr Kaffee und Kuchen an und plauderten so verkrampft, dass Parker sicher war, sie würde das Spiel durchschauen. Doch sie lächelte, sprach über die überbordende kindliche Fantasie und verließ die Familie mit den Worten: »Da war eine Lehrerin wohl etwas übereifrig.« Kaum war sie verschwunden, vermöbelte sein Vater ihn. Die Mutter stand im Türrahmen und murmelte halbherzig: »Nun hör doch auf, der Junge hat seine Lektion gelernt.« Nachdem sein Vater von ihm abgelassen hatte, Parker von Schmerzen überwältigt auf seinem Bett lag und an die Decke starrte, kam seine Mutter ins Zimmer und flüsterte: »Du musst ihn auch verstehen, Gabriel. Dein Vater hat es nicht leicht.«

»Lass mich in Ruh«, stieß Parker aus.

Die Mutter zuckte die Schultern: »Undankbares Kind«, schalt sie ihn und schloss die Tür hinter sich. Parker blieb stundenlang wach, vor Schmerzen, voller Wut, voll beissender Rachegedanken. Irgendwann wäre er derjenige, vor dem die anderen Angst hätten und kuschten. Zwei Jahre später begann er heimlich zu boxen. Er meldete sich zu einem Trainingskurs für Jugendliche an, log, was sein Alter betraf, fälschte die Unterschrift seiner Mutter auf dem Anmeldeformular und trug eine erfundene Adresse ein. Bis die erste Rechnung verschickt und von der Post als unzustellbar an den Sportclub zurückgesandt wurde, konnte er mehrere Monate im Ring üben. Er maß sich mit weit größeren Jungs, lernte schnell und setzte alles, was er sich angeeignet hatte, geschickt ein. Doch keiner der anderen Boxer mochte ihn. Er war zu aggressiv, zu wenig fair. Er konnte nicht verlieren, rastete aus, wenn er Fehler machte und drosch so heftig auf die anderen ein, dass man ihm nahelegte, den Club zu verlassen. Wieder war Parker allein.

In der Pubertät spielten seine Hormone verrückt. Er sehnte sich nach einem Mädchen, wollte weiche Haut berühren und im Dunkeln des Kinos seine Hände über unbekannte Rundungen wandern lassen wie die anderen Jungs seiner Klasse. Doch keines der Mädchen wollte mit ihm zusammen sein. Er war der Komische, der Unheimliche, der Freak. Die junge Lehrerin, die damals mit ihm über seine Zeichnung hatte sprechen wollen, war längst durch einen strengen Lehrer ersetzt worden, dem Disziplin und Ordnung alles bedeuteten und der ihn an seinen Vater erinnerte. Parker legte sich mit ihm an. Er störte den Unterricht, veranstaltete Machtspiele und klaute Geld aus dem Lehrerzimmer. Zu Hause wurde er nach wie vor windelweich geprügelt, doch draußen war er der Furchteinflößende. Er genoss das Gefühl, wenn andere vor ihm zurückschreckten.

Als er einem älteren Jungen einen Zahn ausschlug, schaltete sich der schulpsychologische Dienst ein. Ein langhaariger Softie namens Felix, für den Parker nichts als Verachtung übrig hatte, befragte ihn zu seinen Eltern, und Parker grinste nur cool: »Alles in Ordnung mit ihnen. Ich bin von Geburt auf ein Arsch.«

Felix lachte nicht mit. Er betrachtete ihn lange, dann meinte er leise: »Warum tust du dir das an?«

Parker steckte sich eine Zigarette zwischen die Lippen, zündete sie an und blies Felix den Rauch ins Gesicht.

»Brauchst du Hilfe, Gabriel?«, fragte Felix.

Parker lachte etwas zu laut und zu spöttisch. »Hilfe? Ich! Vergiss es!«

»Du darfst jederzeit zu mir kommen, das weißt du.«

Parker schnippte den noch glimmenden Stummel in eine Ecke des Büros. »War das alles? Kann ich jetzt gehn?«

Als Nächstes kam der Pfarrer zu ihm und schwafelte etwas von Demut und Vergebung und drückte ihm eine Bibel in die Hand. Parker zündete sie an. Mit sechzehn beging er Einbrüche, Diebstähle und Überfälle auf Kioske. Ein Jahr später zog er aus. Mit Ach und Krach hatte er die Schule hinter sich gebracht, hatte unmotiviert versucht, eine Lehrstelle zu finden – ohne Erfolg. Er stahl, betrog und sahnte ab, hangelte sich von Straftat zu Straftat. Die Schläge zu Hause hatten aufgehört, doch in ihm drin gingen sie weiter. Nacht für Nacht hörte er die Stimme seines Vaters, der ihn anherrschte: »Auf die Knie! Runter mit dir, du Missgeburt!«, und er spürte die Hiebe, die auf seinen Rücken prasselten. Nacht für Nacht träumte er, wie er gedemütigt wurde und wie er andere demütigte.

Mit achtzehn kassierte er die erste Strafe, ab zwanzig saß er entweder im Knast oder versuchte, draußen irgendwie über die Runden zu kommen.

Freunde hatte er keine, ein Mädchen auch nicht. Er ging zu Nutten, wenn ihn die Geilheit überkam, doch die vorgespielte Lust der Frauen ekelte ihn nach einer Weile an. Er begann zu saufen und zu koksen. Mit Mitte zwanzig fand er sich nach einer durchzechten Nacht am Straßenrand liegend mit aufgeschnittenen Hosentaschen und ohne Portemonnaie wieder. Jemand hatte ihm alles geklaut, was er besaß. Er beschloss, dass es so nicht weitergehen könne und heuerte auf einem Transportschiff nach Übersee an. Ein halbes Jahr arbeitete er als Matrose und konnte seine überschüssige Energie in körperliche Arbeit stecken, was ihm gut tat.

In Venezuela lernte er eine Frau kennen, halb Indianerin, halb Weiße, mit traurigen Augen und sinnlichen Lippen, in die er sich verliebte. Sie verbrachten zwei intensive Wochen miteinander, in denen Parker das Gefühl hatte, alles könne gut werden. Rosalita nannte ihn »corazón« und brachte Saiten in ihm zum Klingen, wie er es nie für möglich gehalten hätte. Er wollte sie heiraten, mit ihr eine Horde Kinder auf die Welt stellen und seine Vergangenheit endlich hinter sich lassen. Dann kam José, ihr Mann, von einer Reise zurück. Er schlug Rosalita vor Parkers Augen so brutal zusammen, dass Parker die Sicherungen durchbrannten. An die nächsten Minuten konnte er sich nicht erinnern: Erst als José blutüberströmt auf dem Boden lag und Rosalita wehklagte und weinte, war ihm klar, was er getan hatte. Er kniete sich hin, fühlte nach Josés Puls und konnte keinen ertasten – der Mann war tot. Parker forderte Rosalita auf, ihm zu helfen, die Leiche zu verscharren. Mitten in der Nacht schleppten sie den schweren Mann in den Garten, buddelten während Stunden ein Loch in die trockene Erde und versenkten den Leichnam in der Grube. Während der ganzen Zeit schluchzte Rosalita und bekreuzigte sich immer wieder. Als Parker die letzte Schaufel Erde über den Toten geworfen und den Boden platt getrampelt hatte, nahm er Rosalita an der Hand. »Komm mit mir, wir fangen irgendwo neu an.«

Sie starrte mit tränenschweren Augen auf das Grab und schwieg.

»Komm schon«, drängte er. »Du hast etwas Besseres verdient als diesen primitiven Fettwanst.«

»No puedo«, sagte sie und entzog ihm die Hand. »Lo siento.«

Parker spürte sein Blut aufwallen. Was hieß da, sie könne nicht? Sie wolle nicht! Erneut versuchte er, sie dazu zu bewegen, ihr Dorf zu verlassen und mit ihm zu gehen. Doch Rosalita schüttelte nur den Kopf. Er ging auf sie zu, zitternd vor Enttäuschung und Wut. Sie wich zurück. Er spürte, wie seine Hände wie von selbst ihren Hals suchten und zudrückten. Rosalita riss die Augen auf, wehrte sich aber nicht. Sie sah ihn an wie ein waidwundes Reh, sich dem Schicksal ergebend.

Ihre Hingabe machte ihn fertig. Er schaffte es nicht, ihr weh zu tun. Er ließ von ihr ab, stürzte davon und lief stundenlang durch die Landschaft. Schrie seinen Schmerz in die Nacht. Fühlte sich gefangen in der Einsamkeit. Es würde nie anders werden. Er würde nie jemanden finden. Die Welt war grausam, kalt und erbarmungslos. Er flüchtete nach Caracas und gelangte schließlich auf einen Hochseetanker, ohne je von den Behörden für den Mord an José belangt zu werden.

Als er Europa erreichte, hatte seine seelische Verfassung einen Punkt erreicht, der ihn selbst erschreckte. Er drehte ein krummes Ding nach dem anderen und ließ sich für die abwegigsten und tollkühnsten Aufträge engagieren. Er wohnte in Basel, Thun und Winterthur, danach in Zürich in einer Absteige beim Escher-Wyss-Platz, die nur mit dem Nötigsten ausgestattet war. Er brauchte nicht viel. Bier im Kühlschrank, seine Knarre, griffbereit und geladen, und ein Bündel Geld, das ihm das Überleben für die nächsten Wochen sicherte. So hätte es jahrelang weitergehen können. Parker, der zornerfüllte, todunglückliche Mann, der älter wurde, nichts zu verlieren hatte, keine Träume, keine Wünsche und keine Hoffnungen mehr hatte. Ein zerstörter Mann, ohne Achtung für andere und ohne Selbstachtung. Doch es sollte anders kommen.

Zu seinen Eltern hatte er jeglichen Kontakt abgebrochen. Das letzte Treffen hatte in einem Streit geendet, wobei er sie für alle Ewigkeit verflucht hatte, nachdem sie ihm triumphierend eine Ungeheuerlichkeit an Kopf geworfen hatten, die er nie mehr vergessen konnte. In diesem Moment hatte sein Leben eine radikale Wendung genommen.

Parker riss sich aus den Gedanken. Über die Vergangenheit zu grübeln, brachte nichts. Er musste aufmerksam sein, die nächsten paar Stunden gut über die Runden bringen, dann hatte er es geschafft. Auch auf den Bahamas gab es Frauen, nicht nur in Venezuela. Und irgendeine würde er finden. Es war ihm egal, ob sie jung oder hübsch war, Hauptsache, sie nahm ihn so, wie er war.

Er schaute auf die Uhr. Noch fünf Minuten. Er zündete sich eine Zigarette an. Wenn sie fertiggeraucht war, würden ihm die Bullen die Sachen übergeben.

## 16:25

»Darf ich Sie nochmals für eine kurze Stellungnahme vor die Kamera entführen, Herr Salzmann?«, zwitscherte Veronika Varidis und tippte Mike von hinten auf die Schulter. In der Hand trug sie ein geöffnetes, gelbes Schirmchen, obwohl der Regen schon vor einer Weile aufgehört hatte.

Mike schnellte herum. Wie hatte es diese aufdringliche Reporterin bloß geschafft, zu ihm vorzudringen? »Nein, das dürfen Sie nicht! Verlassen Sie augenblicklich den abgesperrten Bereich!«

Varidis winkte ihren Kameramann her. »Nur eine kleine Frage, dann lasse ich Sie wieder Ihre Arbeit tun: Haben Sie die Lage im Griff?«

»Ja, das haben wir!«

»Warum sind die Geiseln denn noch nicht frei?«

Mike schnaubte. Jedes Wort, das man an diese Frau richtete, war eins zu viel. Er hielt die Hand schützend vors Gesicht und knurrte: »Kein Kommentar. Melden Sie sich bei unserer Pressesprecherin.«

Varidis sprach ins Mikrophon, während sie in die Kamera lächelte: »Soeben hat der Berater Mike Salzmann –«

»Vermittler!«, korrigierte Mike. »Und zum letzten Mal: Verlassen Sie diesen Bereich!« Er nickte zwei Kollegen zu, die Fernsehfrau und ihren Lakaien wegzuschaffen.

»Der Vermittler Mike Salzmann«, fuhr Varidis unbeirrt fort, »ist mit seinen Nerven am Ende. Die furchtbare Tat mitten in unserer Stadt wühlt ihn sichtlich auf. Wir berichten weiter live aus Zürich. Veronika Varidis, für ›Tele Downtown‹.«

Drei kräftige Grenadiere stießen sie mitsamt Schirm und Mitarbeiter unzimperlich Richtung Fraumünsterpost und blieben mit verschränkten Armen stehen, bis die beiden über die Abschrankung geklettert waren.

Mike schüttelte angewidert den Kopf.

Zum Glück erschien in diesem Moment Judith Halder, die Pressesprecherin der Stadtpolizei. Mit ihren langen, blonden Haaren war sie schon von Weitem zu erkennen. Die Reporterin hängte sich an sie und schien genügend Informationen zu erhalten, um ihren Kameramann erneut zu einer Aufnahme zu bewegen.

Noch zwei Minuten. Mikes Kollegen hatten alles Geforderte besorgen können. Der neunplätzige Ford Transit stand neben der Bank, die Schachteln mit den Kleidern und anderen Sachen hatte Mike beim Eingang deponiert.

Sein Funkgerät piepste. Er schaute aufs Display. Leon.

»Wir sind am Schachtende angekommen«, flüsterte der Einsatzleiter Front, »und schrauben jetzt den Deckel auf.«

Mike wusste, dass Baumann im Führungsraum mithörte. »Wann werdet ihr das Untergeschoss der Bank erreichen?«

»In wenigen Augenblicken. Aber gemäß den Plänen können wir nicht in die Halle eindringen, ohne gesehen zu werden. Da hilft nur massive Ablenkung.«

Mike zögerte keine Sekunde. Er schrieb ein SMS an Nora. Das Einzige, was den vier Skorpions ermöglichen würde, die Halle mit den Safes unbemerkt zu betreten, war Aufruhr und Chaos. Dafür musste Nora sorgen.

»4 Spinnentiere im Tunnel«, las Nora, »mach Lärm!«

Unauffällig versteckte sie ihr Handy wieder. Die Gefangenen saßen wie auf heißen Kohlen, Tony grummelte vor sich hin, Parker rauchte und wartete die letzten Minuten ab, bis es halb fünf war.

»Greta«, flüsterte Nora ihrer Nachbarin zu, »streiten Sie mit mir!«

Die alte Dame sah sie begriffsstutzig an. »Wie bitte?«

»Tun Sie es einfach! Je echter, desto besser.«

Furrer schaute in ihre Richtung, hatte ihr Geflüster mitgekriegt und lächelte schüchtern. Nora legte ihren Zeigefinger an die Lippen. Furrer hatte verstanden und nickte.

Da begann Greta: »Wenn ihr jungen Leute eine andere Erziehung genossen hättet, wäre so was nicht passiert!« Es klang noch etwas aufgesetzt, aber Bashkim und Manisha schauten bereits irritiert zur alten Dame. Parker nahm keine Notiz von ihnen, rauchte weiter, starrte Löcher in den Boden, und Tony tat es ihm gleich.

»Was soll das heißen?«, fragte Nora angriffig.

»Ich meine«, fuhr Greta nun schon selbstsicherer fort, »wenn ihr nicht andauernd solche Gewaltspiele am Computer machen würdet –«

»Was hat denn das damit zu tun?«

»Wer Gewalt sät, wird Gewalt ernten!«, sagte Greta im Brustton der Überzeugung.

Nora stieß wütend die Luft aus: »Wollen Sie damit sagen,

wir seien schuld an dieser ganzen Misere hier? Wir sind Opfer wie Sie, Sie verbitterte alte Jungfer!«

Greta zuckte zusammen. »Sehen Sie, genau das meine ich! Fluchen, Spielen, Stehlen, Schulden machen! Das ist die heutige Jugend!«

Parker schaute auf. Tony grinste vor sich hin, als genieße er den Konflikt.

Janis meldete sich. »Sie können doch nicht so verallgemeinern! Ich zum Beispiel habe keine Schulden!«

Dylan knurrte, als wolle er die Worte seines Frauchens bekräftigen.

»Aber bestimmt schauen Sie sich auch solche Horrorfilme im Kino an!«, fuhr Greta fort.

»Dagegen ist doch nichts einzuwenden.«

»Doch!«, rief Greta. »Genau so fängt es an! Zuerst passiv konsumieren, dann aktiv mitmachen!«

»Aber hallo!«, fuhr Nora dazwischen, »Sie stellen uns im Ernst auf eine Stufe mit den Kriminellen?«

»Das ist nur ein gradueller Unterschied. Verdorben sind die jungen Leute allesamt!«

»Ich fass es nicht!«, rief Nora. »Es ist ungeheuerlich, so einen Stuss in solch einer Situation von sich zu geben!«

»Hört doch bitte auf zu streiten«, sagte Manisha, »es ist schon schwer genug.«

»Du hältst dich hier raus!«, gab Nora zurück.

Manisha schaute beleidigt drein, Bashkim rutschte etwas näher zu ihr, Furrer schaute verwirrt.

Greta fuhr fort, über die nutzlose Jugend herzuziehen, Nora konterte lauthals, sie sei eine verklemmte alte Spießerin. Greta behauptete, früher habe man noch Anstand, soziale Werte und Gemeinschaftssinn gehabt, und Nora fragte sarkastisch, welche Generation denn bitte schön den Zweiten Weltkrieg angezettelt habe.

»Sie machen uns dafür verantwortlich?«, stieß Greta aus.

»Ganz genau! Nur in einer prüden Gesellschaft wie der Ihren konnte so was überhaupt passieren.«

»Ich war an keinem Krieg beteiligt!«, schrie Greta.

»Und ich an keinem Bankraub!«, fuhr Nora sie an.

»Haltet eure Klappen, ihr zickigen Weiber!«, rief Parker und trat seine Zigarette auf dem Boden aus.

Andere mischten sich ein, wollten schlichten und vermitteln. Doch Greta machte weiter, und Nora gab zurück, lauthals, mit klopfendem Herzen und voll Furcht, sie könnten den Bogen überspannen. Der Krach wurde heftiger, die Worte beleidigender, der Tonfall gehässiger. Und Nora dankte dem Schicksal für die Improvisationskunst der wunderbaren alten Dame.

## 16:28

Leon hörte den Streit schon von Weitem. Er versuchte, den Schachtdeckel anzuheben, doch die Schrauben, so lose sie auch saßen, verunmöglichten dies. Leon war, als platze sein Kopf demnächst, lange würde er nicht mehr in dieser Position ausharren können. Das Drahtseil um seinen Bauch hielt ihn genau in der Höhe, die er angepeilt hatte, doch sein Eigengewicht quetschte ihm die Lungen zusammen.

Er dachte an die Szene in »Mission Impossible«. Tom Cruise war locker kopfvoran in die Tiefe geglitten, und seine einzige Angst hatte darin bestanden, ein Schweißtropfen könne sich von seinem Gesicht lösen und den hypersensiblen Alarm auslösen. Leon musste seinen Schweiß nicht fürchten, doch das Atmen fiel ihm schwer, und immer wieder zuckten Blitze vor seinen Augen. Mit solchen Problemen hatten Schauspieler nie zu kämpfen. Sie kletterten hundert Meter hohe Häuserfassaden hinauf, sprangen durch Glasfenster, ohne Schnittwunden von den Scherben davonzutragen, und stiegen mit souveränem Siegerlächeln aus komplett demolierten Autos. Viele aus Leons Bekanntenkreis hatten die Vorstellung, Leons Job sei eine endlose Hollywood-Actionszene.

Die Wirklichkeit war einerseits viel banaler und andererseits weit gefährlicher. So sehr er versuchte, seinem Umfeld ein realistisches Bild seiner Arbeit als Grenadier der Interventionseinheit Skorpion zu vermitteln, so sehr genoss er es insgeheim, dass seine Kollegen ihn mit Ethan Hunt oder James Bond verglichen. Oder ihn Leon, den Profi, nannten.

Und da hatten sie recht. Er war ein Profi und wusste es auch. Das Erstaunlichste war – das hatte Baumann gleich bemerkt –, dass Leon das Gefühl von Angst kaum kannte. Ob das genetisch bedingt war oder mit seiner glücklichen Kindheit zusammenhing, wusste er nicht. Vielleicht gab es einfach Menschen, die mehr zu Angst neigten als andere. Er hatte immer furchtsame Freundinnen gehabt. Ein Psychologe hatte ihm einmal erklärt, das sei, damit er sich wenigstens über andere mit der Angst auseinandersetzen könne. Leon hingegen glaubte eher, dass er auf unsichere Frauen eine große Faszination ausübte. Denn das Vertrauen in seine eigene Kraft war nicht gespielt, sondern echt. So was merkten Frauen. Großmäuler, die den Schwanz einzogen, sobald es ernst wurde, durchschauten sie sofort. Er, Leon, war nach einem Löwen benannt und fühlte sich auch wie einer.

Hinter sich hörte er, wie sich seine Kollegen abseilten. Er griff in seine Außentasche, tastete nach dem Schraubenzieher, versuchte, durch die gelochte Rückseite des Deckels an die Schrauben zu kommen. Es klappte nicht.

Er rüttelte sachte an der Platte, immer darauf bedacht, keinen Lärm zu verursachen. Auch wenn das Geschrei, das momentan aus dem Tresorraum drang, jegliches Geräusch übertönte. Er nahm eine Spezialpinzette hervor, die in der Mitte 90 Grad abgewinkelt war. Das dünne Ende schob er durch eines der Lüftungslöcher, drehte es, bis es der Unterwand des Schachts entlangfuhr, und suchte nach dem Widerstand. Er fand die herausragende Schraube auf der anderen Seite und hantierte daran herum. Er bewegte das Werkzeug Bruchteile von Millimetern vorwärts, setzte die Pinzette immer wieder neu ans Gewinde an und machte halbe Umdrehungen. Dann hatte er es geschafft. Die erste Schraube fiel zu Boden. Ein leises metallenes Klimpern erklang, viel zu schwach, als dass der Ton sie hätte verraten können.

Leon machte sich an die zweite Schraube. Die war schneller draußen. Er hob den Deckel an, zog ihn zu sich und ließ sich einige Zentimeter weiter hinuntergleiten. Mit einer Hand langte er durch die Öffnung und löste die beiden letzten Schrauben. Er hielt den Schachtdeckel fest, drehte ihn in die Diagonale und führte ihn durchs quadratische Loch. Mit leisem Surren sauste er aus dem Schacht in die WC-Kabine, stützte sich an der Wand ab, drehte sich um die eigene Achse und kam auf die Füße zu stehen. Er löste den Karabinerhaken vom Seil, trat aus der Kabine und stellte den Deckel neben das Waschbecken.

Hinter ihm folgten seine Kollegen. Vier Drähte hingen aus dem Schacht, die Skorpions standen im Toilettenraum. Hier war der Streit deutlicher zu vernehmen. Mike hatte die Richtigen beauftragt, für Aufregung zu sorgen: Man hörte zwei Frauen sich wüste Schimpfworte an den Kopf werfen, ein Mann wollte sie beschwichtigen, einer feuerte sie spöttisch lachend an, eine weitere Person rief etwas dazwischen, dann übertönten die beiden Frauen wieder alle anderen.

Das war sehr gut. Leon gab seinen Männern ein Zeichen. Diese kontrollierten ihre Schutzwesten, Helme und Pistolen am Gürtel. Dann griffen sie nach ihren Maschinenpistolen und schlichen lautlos das Treppenhaus hinunter.

## 16:29

Während Nora den inszenierten Streit mit Greta weiterführte, fragte sie sich, wie lange sie diese Show wohl noch durchziehen konnten. Parker hatte ihnen schon zweimal den Mund verboten, doch sie fuhren fort, warfen sich Schimpfwörter an den Kopf und beleidigten sich unter der Gürtellinie. Die anderen Geiseln hatten es aufgegeben, die beiden Streithennen zur Vernunft zu bringen, Bashkim schüttelte verständnislos den Kopf, Janis murmelte: »Unglaublich, die beiden.« Ihr Hund hatte anfangs nervös hin- und hergeschaut, bis er gemerkt hatte, dass sein Frauchen nicht in Gefahr war, und hatte seinen Kopf dann wieder auf Janis' Beine gelegt. Tony schien sich göttlich zu amüsieren, doch Parker starrte sie grimmig an. Es konnte sich nur noch um Sekunden handeln, bis er ausrastete.

Nun schaute Tony auf seine Uhr. »Es ist halb fünf, Alter! Teil den Bullen mit, wenn unsere Sachen nicht da sind, muss wieder einer dranglauben!«

»Sag mir nicht, was ich zu tun habe!«, gab Parker zurück und steckte sich eine weitere Zigarette an.

»Ich mein ja nur«, schmollte Tony. »Wenn die nochmals versuchen, uns zu linken, müssen wir ihnen zeigen, wozu wir fähig sind.«

»Wozu du fähig bist, hast du zur Genüge bewiesen! Du hast den IQ eines Sechsjährigen.« Parker ging zum Tisch, wo der Telefonhörer lag. Die Luft war inzwischen rauchgeschwängert.

Tony murmelte ihm kaum hörbar hinterher: »Immerhin bin ich kein Angsthase, der sich davor drückt zu schießen.«

Parker drehte sich um. »Wie hast du mich genannt?«

»Flipp jetzt nicht wieder aus, Alter. Wir wollen doch, dass die Respekt vor uns haben.«

»Nein!«, schrie Parker. »Das wollen wir nicht! Es ist uns scheißegal, wer uns respektiert und wer nicht! Wir wollen das Geld und einen unkomplizierten Abgang.«

»Nun ja. Unkompliziert wird er schon mal nicht mehr.«

»Ach, tatsächlich? Und wem haben wir das zu verdanken?« Parker nahm den Hörer in die Hand.

In diesem Augenblick sah Nora – noch immer mit Greta keifend, wenn auch leiser – einen Schatten durch den Vorraum huschen. Es war nur während eines Sekundenbruchteils, aber sie war sicher, dass sie sich nicht geirrt hatte. Ob die anderen ihn auch wahrgenommen hatten? Tony und Parker fixierten sich wie zwei Kampfhunde, Nora fing wieder an, Greta zu beschimpfen, diese gab zurück, Parker rief: »Nun hört schon endlich auf, ihr nervigen Weiber!«

Zum ersten Schatten kam ein zweiter, ein Bein war zu sehen, ein Arm, eine Maschinenpistole. Die Skorpions tauchten auf! Nora spürte Wellen von Erleichterung und wusste gleichzeitig, dass jetzt die heikelste Phase begann. Die beiden Bankräuber, die mit dem Rücken zum Halleneingang standen und mit sich selbst beschäftigt waren, reagierten nicht. Nora zankte noch lauter, Greta, die die Männer nun ebenfalls sah, hielt wacker mit, Tony und Parker brüllten sich gegenseitig an, dann die Geiseln, dann Nora im speziellen.

»Du willst hier einen Aufstand machen!«, schrie Parker, und der Telefonhörer fiel ihm aus der Hand. Er bückte sich danach, Tony eilte ihm entgegen. Nora rief etwas, um die Geräusche zu übertönen, die die vier Grenadiere machten, als sie in die Halle stürmten. Dann ging alles sehr schnell. Die Männer in Kampfuniform hatten die Bankräuber erreicht, hechteten auf sie zu, drehten Parker und Tony den Arm ruckartig nach hinten, was beide mit einem Schmerzensschrei quittierten. Die beiden anderen Skorpions entwaffneten die Bankräuber.

Leon Merz, den Nora flüchtig kannte, befahl: »Zurücktreten – und Hände hoch!«, worauf zwei seiner Kollegen die Bankräuber zu den Schließfächern stießen und ihnen die Maschinenpistolen an die Brust hielten. Ein weiterer stellte sich einige Meter von ihnen entfernt mit auf sie gerichteter Waffe hin.

»Verdammt!«, stieß Parker aus, starrte wutentbrannt auf Tony und hob seine Hände über den Kopf.

Ein kollektives Aufatmen ging durch die Gruppe der Geiseln.

»Jetzt verstehe ich, weshalb wir streiten mussten«, flüsterte Greta. »Wie klug von Ihnen, Nora, wie überaus klug.«

Die anderen begriffen ebenfalls. Bashkims Gesicht glättete sich, Janis lächelte, Manisha entkrampfte die Schultern.

Leon kam auf die Gruppe zu, kniete sich nieder und legte seine Waffe auf den Boden. »Ist jemand von Ihnen verletzt?«

»Die junge Frau neben mir.« Greta zeigte auf Nora. Dann deutete sie auf Reto Furrer und lächelte ihm aufmunternd zu. »Und der Herr. Aber beide waren sehr tapfer.«

»Nicht der Rede wert.« Furrer winkte ab und grinste verkniffen, als bereite ihm der angeschossene Finger plötzlich keine Schmerzen mehr.

»Angela Morandi ist tot«, berichtete Bashkim.

Leon nickte. »Wir haben sie gefunden. Tut uns sehr leid, dass Sie das miterleben mussten. Bitte stehen Sie auf. Wir bringen Sie raus. Sie sind jetzt in Sicherheit.«

Aus dem Augenwinkel nahm Nora eine Bewegung zu ihrer Rechten wahr. Furrer fuhr mit der Hand unter sein Hosenbein. Um seine Wade war eine Pistole an einem Gummiband befestigt. Er zog sie hervor und riss Manisha in Sekundenschnelle zu sich heran. Sie schrie auf. Er drückte ihr die Waffe hinters Ohr und stieß heiser hervor: »Sicherheit? Noch nicht ganz. Lassen Sie Parker und Tony frei, sonst töte ich Manisha.«

Die Bilder von Leons Stirnkamera waren live in den Führungsraum geleitet worden, so dass Baumann in Echtzeit über alles orientiert war. Mike erfuhr die erschreckende Wende als Erster. Das durfte einfach nicht wahr sein! Unfähig, sich zu bewegen, blieb er mitten auf der Fraumünsterstraße stehen. Leon und seine Männer hatten so gute Arbeit geleistet – und nun das. Nora war noch immer in den Händen der Bankräuber. Die Situation hatte sich aufgrund ihres Eingreifens eher verschlimmert als verbessert.

Wenn er nur handeln könnte! Aber nichts als warten war angesagt. Das war das Schlimmste an seinem Job. Die Unmöglichkeit zu handeln. Aufgewühlt ging er zu einem der Einsatzwagen, öffnete die Hecktür und setzte sich. Die zwei Grenadiere, die neben dem Auto standen, ließen ihn in Ruhe. Vermutlich merkten sie, dass es kein guter Zeitpunkt für ein Gespräch war. Für sie war es Routine. Doch Mike war persönlich betroffen. Baumann behandelte Nora als Mikes frühere Arbeitskollegin. Hätte der Kommandant gewusst, wie nah sich die beiden standen, hätte er Mike vom Fall abgezogen. Befangenheitsprinzip. Sinnvoll und in den meisten Fällen gerechtfertigt. Doch Mike hätte es nicht ausgehalten, Nora in Gefahr zu wissen, zu Hause zu sitzen und nichts tun zu können.

Er stieß ein bitteres Lachen aus. Hier stand er vor dem Tatort und konnte auch nichts tun. War das nicht viel schlimmer? Wie hätte Carlo gehandelt? In solchen Situationen fragte er sich das jedesmal.

Richtung Kappelergasse sah er zwei Männer vom Polizeilichen Assistenzdienst, die noch immer damit beschäftigt waren, Schaulustige vom Betreten des abgeriegelten Bereichs abzuhalten. Irgendwo weiter hinten stöckelte Veronika Varidis für »Tele Downtown« herum und suchte nach einem Opfer, das sie interviewen konnte. Warum fanden die Menschen so viel Gefallen an Sensationen?

Mike ging die Aktionen in Gedanken nochmals durch. Hatten sie einen Fehler gemacht? Etwas übersehen? Als die Forderungen kamen, hatten sie sie erfüllen müssen, da gab es gar keine Alternative. Zumindest am Anfang mussten sie auf die Wünsche der Täter eingehen. Er suchte und suchte, doch er fand den Punkt nicht, an dem sie versagt hatten.

Vielleicht hatten sie gar nicht versagt. Vielleicht hatte das alles genau so geschehen müssen, egal, was sie getan oder nicht getan hatten. In einer halben Stunde würden seine Kollegen alles Nötige auftreiben, und bei der Übergabe konnte man einen neuen Angriff versuchen. Allerdings nur, wenn die Voraussetzungen gut waren. Mike zweifelte nicht daran, dass Parker seine Drohung diesmal wahrmachen und jemanden töten würde.

Sein Handy gab ein Grillenzirpen von sich. Jemand hatte ihm ein SMS geschrieben. Er nahm es aus der Jackentasche und sah eine Nachricht von Sonja. »Bitte wimmle mich nicht ab. Ich muss mit dir reden. Sehr wichtig. Stehe am Eingang der Post. Sonja.«

Mike stöhnte. Das hatte ihm gerade noch gefehlt. Allerdings durfte er ruhig etwas Verständnis für sie aufbringen. Ihre Tochter wurde gewaltsam festgehalten. Er schaute auf die Uhr. Im Moment hatte er keine Aufgabe hier. Er informierte den Grenadier: »Ich bin für ein paar Minuten weg, aber jederzeit per Funk zu erreichen, wenn was ist.«

»In Ordnung.«

Mike verließ den abgesperrten Bereich, bog um die Ecke und achtete darauf, der Reporterin nicht über den Weg zu laufen. Er sah Sonja schon von Weitem auf der Treppe zur Post stehen. Als sie ihn entdeckte, eilte sie auf ihn zu. Sie hatte geweint. Sie strich sich die Haare aus dem Gesicht und umarmte ihn. Mike erwiderte den Druck, dann ließ er sie los. Vielleicht war er zu hart mit ihr ins Gericht gegangen. Nur weil er mit diesem Typ Frau nicht viel anfangen konnte. Carlos Wahl hatte er nie verstanden. Sein Freund hätte so viele andere Frauen haben können. Ausgerechnet für sie hatte er sich entschieden, eine ambivalente, launische Frau, die immer wieder Allgemeinplätze von sich gab und kurz darauf tief philosophische Gespräche führen wollte, solange sie selbst nicht davon betroffen war. In all den Jahren hatten er und Pia sich zwar oft mit den Tabanis getroffen, doch die Beziehung zu Sonja war distanziert geblieben.

Nach Carlos Tod hatten Schuldgefühle Mike fast erdrückt. Er hatte Sonja nie die Wahrheit erzählt, was wirklich vorgefallen war. Sie hatte gemerkt, dass er sich für Carlos Tod verantwortlich fühlte und ihm immer gesagt, sie sei überzeugt, dass er sein Bestes gegeben habe.

Leider hatte er das nicht. Wäre er früher in das Haus gegangen, hätte der andere Carlo nicht erwischt. Wie viele Male hatte Mike diesen Satz wiederholt: Hätte ich, wäre ich doch … Es nützte nichts. Was geschehen war, war geschehen. Mike kehrte in die Gegenwart zurück.

Sonja berichtete gerade: »Ich habe mich von diesem unsäglichen Care-Team entfernt, das sich um Angehörige und Betroffene kümmert.« Sie zeigte auf mehrere Personen, die weiter hinten miteinander sprachen. »Psychologie bringt in dieser Situation gar nichts.«

Mike nickte. »Vielleicht können Sie dir später helfen. Was möchtest du mir sagen, Sonja?«

»Ich habe vorhin ein Gespräch zwischen zwei eurer Leute mitgekriegt, Mike.«

»Ja?« Worauf wollte sie hinaus?

»Da ist ein Name gefallen.« Sie schaute nach rechts und nach links, aber da war weit und breit niemand, der sie hätte belauschen können.

Mike wusste immer noch nicht, was sie ihm mitteilen wollte.

»Ich möchte mich offiziell als Geisel zum Tausch gegen Nora anbieten, Mike.«

»Das geht nicht«, antwortete er. »Die Täter würden nie darauf eingehen. Wir rechnen damit, dass das Ganze nicht mehr lange dauert. Deine Selbstlosigkeit in Ehren, aber –«

»Das ist keine Selbstlosigkeit!«, stieß sie aus und sah plötzlich so verzweifelt aus, dass sie ihm leid tat.

»Was denn sonst um alles in der Welt?«

Sie hielt für einen Augenblick die Hände vors Gesicht, als wolle sie nicht hinsehen. Dann murmelte sie mit monotoner Stimme: »Ich habe einen Namen gehört.«

»Das sagtest du schon einmal. Ich weiß nicht, was du meinst.«

Plötzlich wirkte sie sehr verloren. All der Schmuck, den sie trug, die klimpernden Ohrringe, die übergroße Kette, die rötlich getönten Haare und das allzu stark aufgetragene Rosenparfüm kamen ihm vor wie eine Maskerade. Dahinter steckte ein Mensch, der wie er mit sich rang und sich seit Jahren Vorwürfe machte.

»Der Name, den ich gehört habe«, sagte sie leise, »ist Gabriel Parker.«

Mike spürte, wie das Blut aus seinem Gesicht wich. Er konnte nichts anderes mehr sagen als »Oh Gott. Du weißt es.«

## 16:34

Manishas Augen waren vor Angst geweitet. Furrers Waffe bohrte sich in ihre Kopfhaut.

»Du Monster!«, rief Bashkim und schaute voller Abscheu auf seinen Bankkollegen.

Furrer ignorierte ihn. »Niemandem passiert was, wenn ihr Parker und Tony gehen lasst.«

Leon machte eine Bewegung Richtung seine Maschinenpistole.

»Finger weg!«, schrie Furrer. »Ich meine es ernst. Her mit der Waffe.«

Nora sah, wie es in Leon arbeitete. In kürzester Zeit musste er Risiken abwägen, Szenarien durchspielen und jene Alternative auswählen, die die Geiseln am wenigsten gefährdete.

Leon hatte seine Entscheidung getroffen. Er reichte Furrer die Maschinenpistole. Dieser packte sie, riss Manisha vom Boden hoch und schleifte sie mit. Den anderen Skorpions schrie er zu: »Legt eure MPs auf den Boden! Sofort!«

Die Grenadiere schauten auf Leon, dieser nickte unmerklich, dann taten die Männer, was Furrer verlangte.

Parker ließ langsam die Hände sinken und sagte grinsend zu Furrer: »Auf dich ist ja mehr Verlass, als ich dachte.«

Tony meinte: »Heilige Scheiße, das wär fast in die Hosen gegangen.«

Furrer zerrte Manisha zur Mitte des Raums, Parker sammelte die restlichen Maschinenpistolen ein und legte sie hinten in eine Ecke.

»Willst du sie nicht mitnehmen?«, fragte Tony und schaute gierig auf die schwarz glänzenden Heckler & Koch-MPs.

»Und die Grenze damit überqueren? Kannst du nicht ein einziges Mal dein Hirn benutzen?«

»Sünd und schad um die schönen Teile«, murrte Tony.

Einer der Grenadiere zog unauffällig seine SIG-Dienstwaffe, die in seinem Holster steckte. Leon sah es und schüttelte den Kopf. Nora wusste, dass die Gefahr, Manisha zu treffen, viel zu groß war, falls einer von ihnen auf Furrer schießen würde.

Parker nahm den Skorpions die Pistolen ab, schob sich eine in den Hosenbund, gab die zweite seinem Kumpel und legte die anderen beiden neben die MPs. Dann entriss er ihnen die Funkgeräte und warf sie ebenfalls auf den Stapel. Er preschte auf Leon zu, griff nach dessen Helm und zog das Mikrophon zu sich heran.

»Das war das letzte Mal, dass ihr so was versucht habt!«, brüllte er in die Stirnkamera, wissend, dass ihn irgendwo jemand an einem Bildschirm sah und hörte. »Ich schwöre, das nächste Mal stirbt jemand! Eure vier Jungs sind unsere zusätzlichen Geiseln. Angela ist tot. Schafft augenblicklich drei weitere Masken, Kleider und ihr wisst schon was her. Das ist mein letztes Angebot. Ihr habt Zeit bis 17 Uhr. Danach gibts nur noch Leichen!«

Er riss Leon den Helm vom Kopf und trampelte auf der Kamera herum, bis sie barst. Dann zündete er sich eine Zigarette an und stieß zornig den Rauch aus. Damit schien die verqualmte Luft in der Bank ihren Grenzwert erreicht zu haben. Der Rauchmelder ging los. Die Sirene schrillte ohrenbetäubend durch die Halle. Der Hund jaulte auf und rannte wild herum. Parker schnippte seine Kippe in hohem Bogen auf den Marmorboden und schrie Furrer an: »Stell das verdammte Ding ab!«

Furrer stieß Manisha zu Tony, der sie festhielt, und lief aus dem Raum. Er erreichte den Schalter nicht mehr rechtzeitig. Es knackte an der Decke, erste Tropfen rannen aus den Sprinklerdüsen. Dann versprühten Dutzende von Fontänen eine gewaltige Wasserladung und durchnässten die Menschen in der Bank in Sekundenschnelle bis auf die Haut.

»Ihr habt gehört, was er gesagt hat!«, schrie Thomas Baumann und schickte zwei seiner Männer mit dem Auftrag los, das Verlangte zu besorgen. Im Führungsraum war es stickig. Zu viele Leute, zu viele elektronische Geräte. Baumann öffnete wieder die Fenster. Dann forderte er Philipp Landolt auf, den Film von Leons Stirnkamera zurückzuspulen. Erst kam das Rieseln, da hatte Parker die Kamera bereits zerstört, dann sah man die Bankhalle aus der Froschperspektive und um 90 Grad verdreht, als Parker sie auf den Boden geworfen hatte. Danach war die Szene zu erkennen, als er die Kamera von Leons Helm riss. Ein Dutzend Augenpaare waren gebannt auf den Bildschirm gerichtet.

»Spul etwas weiter zurück«, sagte Baumann.

Landolt tat es, und nun tauchte Parkers Gesicht auf, grobkörnig und riesig, er starrte sie an, den Mund aufgerissen, die Brauen zusammengezogen – eine in der Bewegung erstarrte

Fratze. Landolt synchronisierte das Bild mit dem Ton von Leons Mikrophon.

»Lass es laufen«, sagte Baumann.

Landolt drückte auf »play«.

»Ihr habt Zeit bis 17 Uhr!«, hörte man Parker brüllen. »Danach gibts nur noch Leichen.«

»Spul noch weiter zurück«, meinte Baumann.

Landolt tat es, Szene um Szene, bis Baumann sagte: »Stop!«

Auf dem Bildschirm war Reto Furrer zu sehen, der Manisha Krishnakumaran als Geisel genommen hatte und sie mit seiner Waffe bedrohte.

»Zoom das ran.«

»Welchen Ausschnitt?«

»Die Pistole.«

Landolt vergrößerte den Bereich, holte Furrers Arm, Hand und den Finger, der am Abzug lag, näher heran. Die Auflösung war so schlecht, dass man die Umrisse nur noch schwach erkennen konnte.

»Irgendetwas ist da nicht ganz koscher«, sagte Baumann. »Fällt euch etwas auf?«

Niemand antwortete.

»Kannst du wieder diesen Gap-Fill-Modus aktivieren?«

Landolt zuckte die Schultern. »Wird schwierig, wenn das Bild so stark vergrößert ist. Aber ich kanns versuchen.« Er hantierte am Computer.

Eine eisige Böe wehte herein, Baumann schloss die Fenster. Der Protokollführer schrieb alles auf, was die Männer besprachen. Plötzlich kam einer der Analysten herein und berichtete, sie hätten den verdächtigen Bankangestellten René Schwarz in seinem Feriendomizil ausfindig gemacht.

Baumann winkte ab. »Wir wissen, dass Furrer der Informant war.«

Der Analyst machte ein leicht beleidigtes Gesicht, wie jedesmal, wenn seine Arbeit umsonst gewesen war. Baumann nahm sich vor, in nächster Zeit einmal mit ihm zu sprechen. Umwege, Irrwege und Abklärungen, bei denen sich später herausstellte, dass sie für die Katz gewesen waren, gehörten zu ihrer Arbeit. Der junge Mann musste lernen, das zu verstehen.

Jetzt veränderte sich der Ausschnitt auf dem Bildschirm. Erst wurde er undeutlicher, dann nahm er konkretere Formen an. Furrers Hand füllte sich mit zusätzlicher Farbe, die Konturen und Kontraste wurden schärfer, nun sah man die Fingerknöchel und -nägel, erkannte an der Waffe die kleinen Teile wie Schlaghebel, Visier und Magazinhalter. Irgendetwas daran störte Baumann.

»Zoom den Waffennamen näher ran.«

Philipp Landolt tat es.

»Stronsky metal«, war zu lesen.

»Nie gehört«, meinte Landolt, »ist vielleicht ein russisches Modell.«

»Check es ab«, sagte Baumann zum Analysten.

Dieser setzte sich an einen der Laptops, klickte auf verschiedene Seiten, einige Minuten vergingen, in denen alle warteten und schwiegen, plötzlich stutzte er.

»Was ist?«, fragte Baumann.

»Die Waffe taucht in keinem offiziellen Verzeichnis auf.«

»Sondern?« Baumann spürte, dass der Analyst auf etwas gestoßen war und endlich einmal brillieren konnte.

»Sie ist nicht echt.«

»Was soll das heißen?«

»Ich habe eine ›Stronsky metal‹ in einem ukrainischen Spielzeugladen aufgelistet gefunden. Sie ist gut gemacht und sieht täuschend echt aus. Aber sie schießt nicht. Und hier sehe ich, dass sie auf E-bay angeboten wird.«

»Okay, Männer«, meinte Baumann und holte alle an den Tisch, »Vorschläge: Warum ist Furrer mit einer Imitation bewaffnet?«

Die Antworten kamen sofort.

»Weil er kein Geld für eine Echte hat.«

»Er besitzt keinen Waffenschein.«

»Parker und Tony wollen ihn loswerden.«

»Sie vertrauen ihm nicht.«

»Furrer hat Skrupel, er möchte niemanden verletzen.«

»Er hat Angst vor dem Schießen.«

Baumann nickte ungeduldig, dann hob er die Hand, um die anderen zu bremsen. »Kann alles zutreffen. Aber die Sache ist doch die: Parker und Novak planen den Überfall. Einer der Angestellten hilft ihnen. Dieser wird normalerweise an der Beute beteiligt. Die drei müssen sich je nach Situation verteidigen, falls etwas schief läuft. Dazu sind in der Regel alle Beteiligten bezüglich Waffen gleich ausgestattet. Wir kennen das von etlichen anderen Delikten. Warum ist das hier nicht der Fall? Weshalb besitzen Gabriel Parker und Tony Novak scharfe Feuerwaffen, während Reto Furrer nur ein Spielzeug zur Verfügung hat?«

Philipp Landolts Gesicht hellte sich auf. Er hielt den Zeigefinger hoch. »Weil Furrer nicht freiwillig mitmacht. Er wird erpresst. Er wurde nicht von Parker und Novak bewaffnet, sondern besorgte sich in seiner Not die erstbeste Pistole, die er kriegen konnte. Auch wenn es eine Imitation ist.«

»Genau.«

»Checkt seine wunden Punkte. Womit kann man einen Typen wie Furrer zur Komplizenschaft zwingen? Hat er Schulden, ist er vorbestraft? Ich weiß, er wurde bereits oberflächlich kontrolliert. Grabt tiefer. Wühlt in seinem Privatleben. Ich will alles über ihn wissen.«

Die Geiseln saßen auf dem nassen Boden an der Wand, die vier entwaffneten Grenadiere am Rand, Manisha befand sich wieder neben Bashkim. Parker und Tony standen fünf Meter vor ihnen, die Pistolen auf sie gerichtet, während die Sprinkleranlage nach wie vor Wasser über sie goss.

Die Haare, Kleider und Schuhe aller waren klatschnass. Nora hoffte, dass ihr Handy keinen Schaden nahm. Noch immer hielt sie es in der Bauchgegend unter ihrem Gürtel versteckt. Ihre Schmerzen waren dumpfer geworden, dank der Medikamente, doch jede falsche Bewegung löste eine erneute Schmerzwelle aus.

Einzig Dylan schien sich gut zu unterhalten. Er schnappte nach einem Wasserstrahl, biss hinein, kriegte nichts zu fassen und versuchte es bei einem anderen. Endlich hörte die Berieselung auf. Der Hund schüttelte sein zottiges Fell und trottete wieder zu Janis.

Furrer kehrte zurück.

»Wieso hat das so lange gedauert?«, fuhr Parker ihn an.

»Ich musste die Anlage abstellen und der Feuerwehr Bescheid geben, dass ein Fehlalarm vorliegt, sonst wären sie mit einem Großaufgebot ausgerückt.«

»Und warum hast du mir nicht mitgeteilt, dass man hier drin nicht rauchen kann, ohne den verdammten Alarm auszulösen?«

Furrer strich sich das nasse Haar zurück und sagte voller Bitterkeit: »Du hättest nicht auf mich gehört.«

»Über die antiken Schließfächer hast du ebenfalls nichts gesagt!«, fügte Tony hinzu.

»Ihr habt mich nicht gefragt. Ihr habt gesagt, das Ganze dauere zwei Minuten, es gebe keine Verletzten oder Toten, es gehe nur um das Geld in der Schalterhalle.«

»Wie konntest du nur?«, entfuhr es Manisha. »Warum hast du dich mit solchen Typen eingelassen. Du bist eine Schande für unseren Berufsstand!«

»Du hast ja keine Ahnung!«, brüllte Furrer, und sein Kinn zitterte.

»Wie geht es jetzt weiter?«, wollte Tony wissen.

»Wir warten«, gab Parker zur Antwort. »Keine Mätzchen mehr, keine Nachsicht. Eine falsche Bewegung, und du drückst ab.«

»Das mach ich doch gern«, sagte Tony.

»Was soll das heißen, ich hätte keine Ahnung?«, rief Manisha vom Boden.

Furrer, der unschlüssig neben Tony und Parker stand, als wüsste er nicht, zu wem er sich zugehörig fühlen sollte, meinte nur: »Du weißt gar nichts.«

»Wurden Sie Opfer einer Erpressung?«, fragte Leon.

»Klappe!«, rief Tony.

»Wieso?«, meinte Parker. »Sie sollen es hören. Dann wissen Sie, was auf dem Spiel steht.« Er starrte böse auf Leon, dann auf Nora. »Es geht nämlich nicht nur um euer Leben.«

»Was hat er dir angetan?«, rief Manisha.

Furrer brach zusammen. Er hielt die Hände vors Gesicht und stieß unverständliche Worte aus. Mit seinen nassen Kleidern und den feuchten Haarsträhnen, die ihm in die Stirn hingen, sah er aus wie das personifizierte Elend.

»Reden Sie deutlicher!«, forderte Leon ihn auf.

»Ich konnte nicht anders«, schluchzte Furrer. »Sie haben meine …« Er wurde von einem Weinkrampf geschüttelt. »Jessica. Meine Tochter. Sie ist zehn. Ich musste ihnen die Pläne geben, sonst würden sie sie qualvoll töten, sagten sie.«

Nora schauderte. »Wie lange ist Ihre Tochter schon in den Händen der Täter?«

»Seit gestern«, stammelte Furrer. »Ich darf gar nicht daran denken, was sie mit ihr gemacht haben.«

»Komm wieder runter«, sagte Parker. »Es geht ihr gut. Du wirst sie lebendig und in einem Stück zurückbekommen, wenn du Mumm zeigst und auch die letzte Phase durchhältst. Kannst du das?«

»Ja«, schluchzte Furrer. »Ich halte durch.«

»Hat das Mädchen genug zu essen und zu trinken?«, fragte Nora.

»Geht dich einen Dreck an«, fuhr Parker sie an.

»Ist sie gesund, oder braucht sie Medikamente?« Jede Information war wichtig, Nora überlegte, wie sie etwas aus den beiden herauskriegen konnte, doch Tony kam ihr zuvor.

»Kein Angst, Lady, die Kleine ist okay. Kann sich natürlich jederzeit ändern. Ein Anruf von uns und unser ... Kumpel schneidet ihr die Kehle durch.« Furrer schrie auf. Tony fuhr fort: »Sie braucht keine Tabletten, trinkt Cola und mampft Sandwiches, alles im grünen Bereich.«

»Sagt mir wenigstens, wo ihr sie gefangen haltet!«, rief Furrer. »Wenn euch was zustößt, werde ich sie nie finden können, und sie wird ...« Der Rest ging in Schluchzen unter.

Nora litt mit ihm. Was für eine grauenhafte Vorstellung, sein Kind irgendwo in Gefangenschaft zu wissen, ohne Gewissheit, ob es noch lebte.

»Für wie blöd hältst du uns eigentlich!«, gab Tony zurück. »Sei brav, und du kriegst deine Jessica zurück.«

»Wehe, jemand fasst sie an!«

»Sie ist nicht unser Typ«, feixte Tony. »Wir stehen nicht auf Brillenträgerinnen. Außerdem hat sie noch nicht mal einen Ansatz von Busen.«

»Perversling!«

»Tja, so bin ich. Und jetzt lass uns in Ruhe. Jessica ist gut aufgehoben. Tierisch gut, könnte man sogar sagen. Tief unter der Erde, wo niemand sie –«

»Ihr habt sie umgebracht!«, heulte Furrer. »Ihr habt sie begraben!«

»Quatsch, sie lebt«, sagte Parker. »Es geht ihr gut, sie ist bei einer Familie mit anderen Kindern zusammen. Aber wie lange noch, hängt von dir ab.«

»Beweis es mir! Ich helfe euch nicht mehr, wenn ich nicht weiß, dass meine Tochter noch am Leben ist!«

Parker zückte sein Handy und zeigte ihm einen kurzen Film. Nora konnte das Bild nicht erkennen, aber sie hörte die gebrochene Stimme eines Mädchens, das flehte: »Bitte, Papa, tu, was sie sagen!«

Furrer zitterte, als er seine Tochter hörte.

Nora hatte aufgehorcht, als Tony vorhin bemerkt hatte, »tierisch gut« sei das Mädchen versteckt, und »tief unter der Erde«. Falls es tatsächlich noch lebte, konnte das ein wichtiger Hinweis sein. Es hatte geklungen, als sprächen Tony und Parker nicht vom selben Ort. Vielleicht wusste Parker gar nicht, wo Tony das Mädchen hingebracht hatte. Wenn sie Jan nur ein SMS schreiben könnte. Doch unter dieser Dauerbewachung war das unmöglich.

Sie versuchte es anders.

Während Furrer und Tony weiterstritten, zog Nora die Beine an und fuhr mit der Hand zu ihrem Mobiltelefon. Ohne dass es Parker oder Tony in diesem Geschrei auffiel, drückte sie die Kurzwahl zu Jans iPhone. Sie wartete ein paar Sekunden, bis sie dachte, er habe den Anruf entgegengenommen, dann murmelte sie zwei Sätze vor sich hin und stellte das Handy wieder ab.

## 16:45

Nach den Stunden, die Jan wie auf Nadeln in seinem Büro verbracht hatte, war es eine Erlösung, als er Noras Namen auf seinem Display sah. Das letzte Lebenszeichen war ihr MMS des Lüftungsschachtes gewesen, das er an Mike weitergeleitet hatte. Jan hatte keine Ahnung, ob diese Information den Polizisten dienlich gewesen war. Er hörte Radio und schaute »Tele Downtown«. Doch außer den reißerischen Berichten von Veronika Varidis, die mit Aussagen von Schaulustigen unterlegt waren, welche den Bankraub je nach Lebenseinstellung »horrormäßig« oder »cool« fanden, hatte er über die Medien nichts erfahren. Der Polizeifunk, in den er sich gehackt hatte, hatte ihm ebenfalls nicht weitergeholfen, und die Frequenz, auf der Mike mit dem Hauptgebäude der Stadtpolizei kommunizierte, war abhörsicher.

Als sein Handy klingelte und er Noras Namen sah, hoffte er im ersten Moment, sie würde ihm mitteilen, alles sei gut gelaufen, sie seien frei und wohlauf. Er nahm ab, hörte ein Rascheln, dann die undeutlichen Worte: »Der Banker Reto Furrer war der Informant. Seine Tochter Jessica wurde entführt, damit er mitmacht. Sie wird irgendwo festgehalten, Stichworte: tierisch, unter der Erde.« Dann wurde die Verbindung unterbrochen.

So viel zur Befreiung. Nora und die anderen Geiseln waren immer noch in den Händen der Bankräuber. Das war gar nicht gut.

Jan rief die Polizei an, verlangte die Person zu sprechen, mit der er am Morgen bereits Kontakt gehabt hatte. Ihm wurde mitgeteilt, dass dies nicht möglich sei. Er berichtete, was er vor einer Minute erfahren hatte. Der Polizist reagierte nüchtern.

Zu nüchtern, fand Jan. Aufgebracht stieß er aus: »Ihr Kollege bat mich, Ihnen jede Neuigkeit weiterzuleiten. Ich solle nach Kommandant Baumann fragen. Hören Sie mir überhaupt zu?«

»Selbstverständlich«, gab der Polizist zurück. »Bitte fahren Sie fort.«

»Ein Kind ist in Gefahr! Es wird irgendwo unterirdisch gefangengehalten. Gehen Sie diesem Hinweis nach!«

»Das werden wir. Vielen Dank für Ihre Mitteilung«, antwortete der andere.

»Warum habe ich das Gefühl, Sie nähmen mich überhaupt nicht ernst?«

»Herr Berger, Sie sind der 250. Anrufer seit heute vormittag, der etwas über den Bankraub zu wissen glaubt«, antwortete der andere. »Ich begreife, dass Sie beunruhigt sind. Doch ich versichere Ihnen, dass wir Ihre Informationen überprüfen, so wie alle anderen auch. Leider braucht das seine Zeit. Ich hoffe, Sie verstehen das.«

»Aber ich habe doch vor ein paar Stunden mit Ihrem Kollegen gesprochen! Er müsste meinen Anruf dokumentiert haben.«

»Das hat er bestimmt. Wie gesagt, wir gehen allen Informationen –«

»Behandeln Sie mich nicht wie ein Spinner!«, entfuhr es Jan lauter als beabsichtigt. Normalerweise verlor er nicht so schnell die Fassung, doch jetzt waren seine Nerven zum Zerreißen gespannt. »Es geht um Leben und Tod.«

»Natürlich.«

Jan legte verärgert auf.

Er versuchte es auf Mikes Handy und bekam nur die Combox zu hören. Er hinterließ eine kurze Zusammenfassung, obwohl er nicht glaubte, dass Mike in dieser Situation dazu kam, seine Nachrichten abzuhören. Also musste Jan anders vorgehen. Er startete seinen Computer und rief sich Noras Worte in Erinnerung. Jessica sei unter der Erde, hatte Nora gesagt. Meinte sie damit Friedhöfe? Tiefgaragen? Bunker? Oder Militäranlagen?

Jan googelte sich durch die verschiedensten Institutionen, die über Untergeschosse verfügten, in denen ein Kind festgehalten werden konnte. Es waren unzählige. Wie sollte er bloß vorgehen? Da gab es Spitäler und Heime, Kirchen, Gemeinschaftszentren und Bestattungsunternehmen, ganz zu schweigen von den privaten Kellern in den Hunderttausenden von Wohnblöcken und Einfamilienhäusern. Womöglich hatten die Täter sogar eigens einen unterirdischen Raum eingerichtet, wie es dieser Österreicher getan hatte, der seine Tochter über Jahre eingesperrt und vergewaltigt hatte. Jan schauderte bei diesem Gedanken.

Er klickte sich durch etliche Seiten, hackte sich in Baupläne von Kindergärten, Schulen und deren Nebengebäude, von

Tunnels mit Notausgängen und Verkaufshallen mit Lagerräumen. Dann gab er auf. Es war schlichtweg unmöglich, aufgrund dieser wenigen Angaben weiterzukommen. Er wusste ja nicht einmal, ob die kleine Jessica überhaupt in Zürich gefangengehalten wurde oder ganz woanders. Das Stichwort »unter der Erde« war viel zu umfassend.

Was war das andere gewesen?

Tierisch.

Zoos, Hundeheime, Volieren, Tierhandlungen, die Masoala-Halle, das Reptilienmuseum und die Dinosaurierausstellung – Jan überprüfte alles, was irgendwie Sinn ergab. Und vieles, das keinen Sinn ergab. Als er bei »Aquarien« angelangt war, schüttelte er den Kopf. Jessica konnte überall sein.

Was hatte ihm Nora immer wieder gesagt? Sich in die Täter einfühlen, denken wie sie, Strategien entwickeln wie sie.

Jan klappte den Deckel des Laptops zu und ging im Büro auf und ab. Also, er war ein Krimineller. Sein Plan war, eine Bank auszurauben, dazu hatte er die Tochter eines Angestellten gekidnappt, um diesem Informationen zu entlocken. Wo würde er das Kind verstecken? Gesetzten Falles, er wäre kein Unmensch, wollte nicht zum Mörder werden, sondern das Mädchen nach dem Überfall heil und unverletzt freilassen, musste er es irgendwo unterbringen, wo es zwar nicht kommunizieren konnte, wo es jedoch Wasser, Essen und eine Toilette gab.

Da kamen unzählige Orte infrage. Entweder er knebelte das Kind, damit es nicht um Hilfe schreien konnte, oder der Raum war schalldicht. Falls er noch einen Rest Mitgefühl hatte …

Jan seufzte. Er durfte nicht von sich auf die Täter schließen. Er wusste nicht, ob Novak und Parker Mitgefühl hatten, ob ihnen das Überleben des Mädchens wichtig war oder ob sie es schon getötet hatten. Also nochmals. Jan war ein Bankräuber und musste ein kleines Mädchen verstecken. Wo würde er das tun? Wo, verdammt nochmal? Jan ging hin und her, hin und her und zerbrach sich den Kopf.

Dann hatte er eine Eingebung: Er bräuchte einen Komplizen. Er würde ein Kind nicht an einem Ort gefangenhalten, ohne kontrollieren zu können, ob es nicht Dummheiten machte oder sich auf irgendeine Weise Hilfe holte. Außer er wäre so skrupellos, dass er seine Geisel betäuben und irgendwo liegenließe, wo sie später vielleicht gefunden würde oder auch nicht. Eher überließe er das Mädchen einem Aufpasser.

Aber wem würden die Täter vertrauen?

Möglicherweise einem Zellenkumpel.

Jan setzte sich wieder an den Computer und ging noch einmal die Insaßenliste der Strafanstalt Murwies durch. Er fand heraus, wer mit wem in welchem Jahr die Zelle geteilt hatte. In den wöchentlichen Rapporten las er, welche Gefangenen miteinander Kontakt pflegten und welche sich mieden. Es schien, als sei Anton Novak, genannt Tony, von den meisten nicht ernstgenommen worden, während man Gabriel Parker geachtet hatte.

Was war mit Besuchern?

Jan brauchte eine Weile, bis er auf die interne Datei stieß, in der jeder Besucher mit Namen, Datum und Zeit protokolliert war. Er scrollte zum Zeitraum zurück, als Parker und Novak gesessen hatten. Parker hatte während seiner ganzen Gefangenschaft kein einziges Mal Freunde oder Familienangehörige empfangen. Novak hingegen mehrmals. Eine Jenny Pfeiffer hatte ihn über Monate immer wieder in der Strafanstalt besucht. Jan ging der Spur nach und fand heraus, dass die Frau ein uneheliches Kind von Novak hatte, dass sie vom Sozialamt lebte und nach einem heftigen Streit mit Novak die Schweiz verlassen hatte. Momentan lebte sie in Mallorca. Die anderen Besucher, die Anton gehabt hatte, waren seine Brüder Thomas und Heinz gewesen. Jan kontrollierte Thomas Novak. Der Name kam ihm irgendwie bekannt vor. Doch als Komplize kam er nicht infrage, da er vor einem Jahr gestorben war. Im Gefängnisprotokoll war vermerkt, dass Anton auf den Tod seines Bruders mit einem Tobsuchtsanfall reagiert und einen Teil des Zellenmobiliars zertrümmert hatte.

Jan checkte den anderen Bruder. Er fand Wohnort, Familienverhältnisse und Arbeitsplatz heraus. Und hatte zum ersten Mal das Gefühl, auf der richtigen Fährte zu sein: Heinz Novak, Tonys älterer Bruder, war ebenfalls vorbestraft. Wegen Körperverletzung, Sachbeschädigung und Nötigung. Er war geschieden, hatte zwei Kinder, die teilweise bei ihm lebten, wohnte in Zürich-Oerlikon und war aktives Mitglied in einem Motorrad-Club. Das Wichtigste aber: Er arbeitete in der Kühlhalle des Schlachthofs Werdriet. Schnell klickte sich Jan auf die Webseite des Schlachthofs: Die Kühlräume befanden sich im Untergeschoss.

Tierisch. Und unter der Erde.

Jan schrieb ein SMS an Nora und an Mike. »Tony hat Bruder Heinz, arbeitet im Schlachthof, Jessica evtl. dort.«

Noch wenige Minuten bis zur Übergabe des Fluchtautos. Nora schaffte es, einen Blick auf ihr Handy zu werfen, und entdeckte Jans Antwort. Schlachthof. Ein realistischer Ort, um das Mädchen gefangenzuhalten. Und ein grauenhafter. Hoffentlich lebte Jessica noch. Nora musste unbedingt herausfinden, ob Tonys Bruder der Komplize der beiden Bankräuber war.

Diese waren inzwischen so gereizt, dass sie sich gegenseitig nur noch anschnauzten. Die vier Grenadiere der Interventionseinheit waren zu Passivität verdammt und saßen auf dem nassen Boden neben den anderen Geiseln. Furrer hockte auf dem dritten Bürostuhl bei den Bankräubern und wippte nervös mit dem Oberkörper hin und her.

Erst jetzt schaute Nora auf Furrers Waffe. Als er Manisha in seiner Gewalt gehabt hatte, hatte sie nicht darauf geachtet, nun aber meinte sie zu erkennen, dass die Pistole nicht echt war. Sie sah zwar realistisch aus, wie alle Imitations- oder Softairwaffen, die heutzutage im Handel waren, doch die Schrift war ungewohnt. Furrer schien sich in letzter Minute ein Spielzeug gekauft zu haben, um wenigstens den Hauch einer Chance zu haben, sich zu wehren. Doch gegen Parker und Tony konnte er sie nicht einsetzen, um Jessica nicht zu gefährden. In diesem Augenblick sah Furrer zu Nora herüber. Auf seinem Gesicht lag ein gequälter Ausdruck. Sorge, Schuld und Reue. Manisha schien ihm trotz seiner Notlage nicht verzeihen zu können, dass er sie zu Tode erschreckt hatte. Sie schaute ihn böse an. Er wandte sich ab.

Wie sollte Nora nun vorgehen? In kurzer Zeit konnte die günstige Gelegenheit vorbei sein. Sie musste aufs Ganze gehen. Egal, was es kostete. Es ging um das Leben eines unschuldigen Mädchens.

»Ich weiß das mit Ihrem Bruder!«, rief sie in Tonys Richtung. Ihre Rippen schmerzten sie wieder, als sie ihre Lungen mit Luft füllte.

»Was sagst du da?« Tony stellte sich breitbeinig vor sie hin.

»Ich weiß alles!«

»Wegen dir ist er tot, du Miststück!«, fauchte der Bankräuber.

Nora stutzte. »Er ist tot?«

»Tu nicht so unschuldig! Du hast ihn direkt in die Falle gelockt, damit deine irre Freundin ihn erschießen konnte!«

Nora war völlig verwirrt. Wovon sprach dieser Mann?

Parker sagte eisig: »Was ist, Tony, hast du noch eine Rechnung mit ihr offen?«

»Das hab ich allerdings! Du hast meinen Bruder gekannt. Vor einem Jahr lebte er noch. Wenn diese verdammte Schnüfflerin nicht gewesen wäre. Diese –« Er preschte auf Nora zu, die sich auf weitere Schmerzen gefasst machte.

»Tony, komm mal her«, sagte Parker.

»Ist doch wahr! Sie hat ihn auf dem Gewissen.«

»Ich sagte, du sollst herkommen.«

»Was ist denn?« Tony entfernte sich ein paar Schritte von Nora und sah Parker verbittert an.

»Sag mir, dass es ein Zufall ist, dass Nora Tabani heute in der Bank ist.«

Tony schwieg.

»Sag mir nicht, du hättest sie hierher bestellt.« Seine Stimme hatte einen unüberhörbar drohenden Unterton.

Immer noch keine Antwort.

Nora war völlig konfus. Was ging hier ab? Tony sollte der »Auftraggeber« sein, der sie in diese Bank gelockt hatte, die er vorhatte auszurauben?

»Ich dachte, morgen sind wir sowieso weg«, murrte Tony.

»Du meinst, da spielt es keine Rolle, wenn du sie in der Hitze des Gefechts schnell umlegst, was dann später als Kollateralschaden bezeichnet wird?«, sagte Parker.

»Kalteralschaden?« Tony starrte ihn fragend an. »Was soll denn das sein?«

»Du Vollidiot!« Parker stand auf und knallte Tony die Faust ins Gesicht. »Weißt du nicht, dass sie eine Privatdetektivin ist?«

Tony hielt sich die Wange. »Klar weiß ich das. Darum gings doch. Ich –«

»Hier muss ein Missverständnis vorliegen«, warf Nora ein. »Ich habe Ihren Bruder Heinz bestimmt nicht –«

»Wer redet denn von Heinz, du blöde Zicke? Meinen Bruder Tom hast du umgebracht.« Tony hatte Tränen in den Augen, Parker schüttelte den Kopf.

Und Nora spürte einen Stich, der ihr in den Magen fuhr.

Tom Novak.

Vor einem Jahr war eine stumme Frau auf sie zugekommen, die behauptet hatte, ihren Mann getötet zu haben. Tom Novak war einer der ersten gewesen, den Nora verdächtig hatte, etwas mit dem Tod des Mannes zu tun zu haben, doch kurz darauf hatte sie ihre Ermittlungen auf andere Personen ausgeweitet. Sie dachte an den Abend im Wald, an den Weiher, an den Schuss, den die stumme Frau völlig unerwartet abgefeuert und der Tom Novak getötet hatte.

»Sie wollten sich an mir rächen?«, fragte sie.

»Er war mein Bruder! Klar wollte ich Rache!« Tony wischte sich über die Nase. »Und die will ich immer noch! Du wirst für seinen Tod bezahlen! Ich hab dich nicht umsonst hierher bestellt.« Sein Kinn zitterte. Die Hand mit seiner Pistole ebenfalls.

»Machen Sie keinen Fehler«, warf Leon Merz ein. »Es muss nicht noch mehr Tote geben. Mit einem guten Anwalt können Sie –«

»Bullshit! Ich weiß genau, dass ich geliefert bin, wenn ihr mich kriegt! Da kommt es auf eine Leiche mehr oder weniger nicht an.«

Parker drückte Tonys Waffe hinunter. »Hör schon auf. Wenn schon,« – er starrte mit unverhohlenem Hass auf Nora – »dann bring ich sie um.«

»Warum nur?«, rief sie. »Warum hassen Sie mich so sehr?«

Parker sagte nichts, drehte sich um, setzte sich wieder und richtete seine Waffe auf die Gruppe.

Nora lehnte sich zurück. Immerhin wusste sie endlich, wer sie hierher bestellt hatte. Ein Rätsel gelöst. Das andere noch immer offen. Was war mit Parker? Sie konnte sich nicht an ihn erinnern. Hatte er auch einen Bruder, für dessen Tod sie verantwortlich war? Oder für dessen Gefangennahme? Oder war da doch einmal ein unfaires Gerichtsurteil gewesen?

Plötzlich schaute Tony sie misstrauisch an. »Du hast vorhin nicht von Tom, sondern von Heinz gesprochen. Was weißt du von ihm?«

»Sei still, Tony!«, fiel Parker ihm ins Wort. »Sei einfach einmal still und vermassle nicht restlos alles, verdammt noch mal!«

Nora lehnte sich zurück. Mit Schmerzen, mit einem dumpfen Stechen in der Brust. Doch befriedigt. Sie hatte erfahren, was sie erfahren musste. Parkers Reaktion war ihr Beweis genug. Furrers Tochter Jessica wurde bei Heinz Novak im Schlachthof festgehalten.

## 16:58

Noch zwei Minuten. Mike war so angespannt wie schon lange nicht mehr. Baumann hatte ihm die Einsatzleitung übertragen, solange Leon ausgeschaltet war. Unruhig wippte Mike auf und ab. Vorhin hatte sein Handy vibriert, aber er hatte keine Zeit, sich weiter mit Sonja zu befassen. Auch wenn ihm klar war, wie sehr sie sich Sorgen um ihre Tochter machte. Wenn das Ganze hier vorüber war und hoffentlich gut ausgegangen war, würde er sich bei Sonja melden und sich erkundigen, wie sie die Schreckensstunden erlebt hatte. Aber momentan konnte er sich nur um die Lage vor Ort kümmern.

Er schaute zur evakuierten Bar, vor der sich Judith Halder, die Pressesprecherin, mit den Fernsehleuten abgab. Veronika Varidis bombardierte sie mit Fragen, und Judith ging auf jede einzelne ein, ohne sich anmerken zu lassen, dass sie genervt war. Mit ihr hatten sie eine kompetente Sprecherin, die dafür sorgte, dass die Medienleute die Öffentlichkeit mit realistischen Berichten belieferten.

Noch eine Minute. Alles war bereit. Im neunplätzigen Ford Transit würde es für die inzwischen zwölf Personen eng werden, falls den Tätern die Flucht mit allen Geiseln wirklich gelingen sollte. Doch das war wohl das kleinste Übel. Die Schachteln mit den angeforderten Sachen standen beim Eingang der Bank.

Von der Fraumünsterkirche schlug es fünf.

Mike rief an.

Parker nahm ab. »Habt ihr alles?«

»Ja. Es ist alles da. Lassen Sie die Geiseln frei, Sie bekommen das Fluchtauto und haben eine reale Chance zu entkommen!«

Parker lachte spöttisch. »Hätten wir solch einen Aufwand betrieben und all das Zeug bestellt, wenn wir allein abhauen wollten?«

»Lassen Sie wenigstens die alte Dame gehen. Oder –«

»Oder Nora? Hättest du wohl gern, was?«, feixte Parker. »Wo bleibt deine professionelle Distanz, Herr Vermittler? Eine Kollegin einfach den anderen armen Unschuldigen vorzuziehen.«

Mike sagte nichts. Das Schlimme war, Parker hatte recht. »Ist sie schwer verletzt?«

»Sie hat es sich selber zuzuschreiben.«

»Das war nicht meine Frage.«

Parker antwortete leichthin: »Sie wirds überstehen. Ich komme jetzt rauf. Seid bereit, denn diesmal kannst du mir glauben: Eine falsche Bewegung und meinem zappeligen Kumpel zuckt der Finger am Abzug.«

»Kommen Sie in die Schalterhalle, und Sie werden Ihre Ware erhalten.«

Mike wartete dreißig Sekunden, dann tauchte Parker auf. Er trug so viele Schachteln, wie er fassen konnte, nach unten, kam nochmals herauf und nahm die restlichen mit. Dann wurde es still. Und Mike konnte sich vorstellen, wie das Ganze nun weiterging.

»Anziehen!«, befahl Parker.

Endlich. Dieser Salzmann hatte sie lange genug hingehalten. Parker zeigte auf den Tisch, den er vorher notdürftig trocken gewischt hatte und auf dem nun die offenen Schachteln standen. »Jeder nimmt eine leere Sporttasche, dann raus aus den nassen Klamotten. Die stopft ihr in die Taschen hinein. Dann schlüpft ihr in Overalls und Stiefel, bedeckt eure Gesichter mit den Masken und zieht die Kapuzen über den Kopf. Schließlich schnappt ihr euch eine Waffe. Keine Angst, sie sind weder echt, noch geladen. Los, aufstehen, in einer Reihe anstehen! Tony, du kontrollierst, dass jeder spurt.«

»Aye aye, Boss.« Tony schien wieder in seinem Element zu sein und kommandierte die Leute herum.

»Die Bullen stellen sich links hin, die anderen rechts. Du beginnst.« Er zeigte auf den Chef der Gruppe, den die anderen Leon genannt hatten.

Tony richtete seine Waffe auf den Mann, dieser stand auf, zog seine Kampfuniform aus und stopfte sie in die Sporttasche. Als er in Unterhosen dastand, sah Parker seinen Waschbrettbauch, der genauso straff war wie sein eigener. Dieser Mann schien die Hälfte seiner Zeit im Fitnessstudio zu verbringen, außer sein Job war so muskelfördernd, dass er sich während der Arbeit zu einem Bodybuilder entwickelt hatte. Der Einsatzleiter zog den schwarzen Overall an. Dann suchte er ein Paar Stiefel in seiner Größe, steckte eine falsche Walther P22 in seine Hosentasche und streifte das Gummiband der Maske über seinen Hinterkopf. Er zog die Fratze über seine Nase, schob sie hin und her, bis er durch die Schlitze sehen konnte. Es war ein böses, weißes Clowngesicht mit rotem Mund. Die zu einem Lachen verzogenen Lippen reichten fast bis zu den Augen, über die schwarze, dicke Augenbrauen gemalt waren. Parker war zufrieden. Der Bulle stülpte die Kapuze über den Kopf, so dass seine Haare nicht mehr zu sehen waren, und stellte sich auf die Seite an die Wand.

»Der nächste.«

Ein weiterer Polizist war an der Reihe, er tat es dem ersten gleich und stellte sich neben seinen Kollegen. Als alle Männer der Spezialeinheit fertig waren, kamen die Bankangestellten und Kunden dran. Die alte Frau zögerte.

»Auch du!«, sagte Tony.

»Ich werde mich nicht vor Ihnen entblößen und in Unterwäsche dastehen. Das ist entwürdigend. Ich kann das nicht.«

»Natürlich kannst du das. Ich verspreche dir, dass keiner von uns Hand an dich legen wird. Du taugst nicht wirklich als Sexobjekt.«

Greta Hollenstein errötete, und Parker spürte, wie sich ihre Scham in Wut verwandelte. Widerstrebend zog sie ihr Oberteil aus, stand im Büstenhalter und mit wabbelig-weißer Haut vor ihm, die um den Bauch Wellen bildete. Die anderen schauten diskret weg. Sie schob ihren Rock über die Hüften, stieg hinaus, und ihre von Krampfadern durchzogenen Beine kamen zum Vorschein.

»Das sind ja richtige Landkarten«, feixte Tony. »Ich seh die Windungen des Rheins!«

Greta schaute ihn böse an. »Irgendwann werden Sie für all das zur Rechenschaft gezogen.«

»Schon gut, Omi, wirf dich in das kleine Schwarze und halt dein runzliges Maul.«

Die Frau stieg in den Overall, der ihr viel zu lang war, dafür um den Bauch spannte. Als sie fertig eingekleidet war, forderte Parker den Rest der Gruppe auf, sich zu beeilen. Als alle in ihren schwarzen Overalls und Clownmasken dastanden, betrachtete Parker das Ergebnis.

Perfekt.

Die alte Frau, die eine deutlich andere Figur als der Rest hatte – dicker, gebeugter, einen Kopf kleiner – wäre die Einzige, die trotz der Maskerade zweifelsfrei zu identifizieren war. Alle anderen, Furrer, Ramahni, sogar die Frauen, waren vom Moment an, da sie verkleidet, maskiert und bewaffnet waren, fast nicht mehr voneinander zu unterscheiden. Wer von ihnen Bankräuber, Polizist, Kunde oder Angestellte war, könnte die Polizei nicht mit Sicherheit bestimmen.

Parker grinste. Es gefiel ihm, wie es lief.

Plötzlich sprang der blöde Köter aufgeregt von einer schwarzen Gestalt zur anderen.

»Komm her!«, sagte Janis und winkte ihn zu sich. Dann wandte sie ihr Clowngesicht zu Parker. »Was ist mit Dylan?«

»Der Köter bleibt hier.«

»Nein, bitte nicht!«

»Entweder das oder ich knall ihn ab.« Parker hatte nun wirklich nicht die Nerven, sich auch noch um das Wohlergehen des Tieres zu kümmern; die Frau konnte froh sein, hatte es bis jetzt überlebt.

Janis kniete sich hin, streichelte ihren Hund und band ihn an ein Tischbein. »Ich komme wieder und hol dich ab, ich versprechs.« Dylan winselte.

Tony zog seine Klamotten aus, warf sie schwungvoll auf den nassen Marmorboden und zog die neuen Kleider an. Als er mit seinem angeschossenen Fuß in den Stiefel stieg, stöhnte er auf. Parker war der letzte, der in den Overall schlüpfte und die Maske übers Gesicht zog. »Furrer!«, sagte er dann. »Bring uns Akten, Unterlagen, irgend so was!«

»Warum?«

»Tus einfach. Ich will einen riesigen Stapel Papier.«

Furrer lief zum Vorraum und kam mit mehreren Ordnern zurück.

»Mehr!«

Furrer holte Nachschub.

»Stopf alle Sporttaschen voll, damit sie schwerer werden.«

Während Furrer gehorchte, füllte Parker den Inhalt ihrer beiden Beutesäcke in je eine der gleich aussehenden schwarzen Taschen.

»Jeder von euch nimmt seine Sporttasche in die linke und die Pistole in die rechte Hand!«, fuhr Parker fort.

Die Leute folgten der Anweisung.

»Du bist genial, Alter!«, schwärmte Tony.

»Jetzt stellt ihr euch in eine Reihe hintereinander.« Parker dirigierte einen der Polizisten an die vorderste Stelle, hinter ihn schob er Manisha, dann kam wieder ein Bulle, dann Tony. Geschlechter und Größe der Leute wechselten ab. Er selbst übernahm das Schlusslicht.

»Jeder richtet seine Waffe auf den Hinterkopf seines Vordermanns«, sagte Parker nun. »Denkt daran: Unsere sind geladen. Wer ausschert, kriegt eine Kugel in den Schädel. Und die kleine Jessica stirbt.«

Ein gequälter Ausruf erklang dumpf unter der Maske, unter der sich Furrer befinden musste.

»Oben steht ein Kleinbus«, fuhr Parker fort. »Ich übernehme das Steuer, die Tabani setzt sich neben mich. Tony und die anderen steigen hinten ein. Habt ihr kapiert?«

Zehn Clownmasken nickten.

Er nahm das Bankentelefon zur Hand. Sofort war Salzmann am Draht. Parker sagte: »Steckt den Schlüssel ins Auto, lasst den Motor laufen und macht die Straße frei.«

»Verstanden.«

Parker warf das Telefon in eine Ecke. »Dann los jetzt.«

Die Reihe setzte sich in Bewegung, genau so, wie Parker befohlen hatte: In der Linken trugen alle ihre schwere Tasche, in der Rechten hielten sie die Pistolen; jeder zielte damit auf den Kopf des Vordermanns. So durchquerten die zwölf Schwarzgekleideten den Schließfachraum. Sie stiegen die Treppe hoch, gelangten in die Schalterhalle und traten aus der Bank. Draußen standen etliche Uniformierte, alle abwartend, die Hand an der Waffe, aber keine davon gezogen. Mike Salzmann schaute mit konzentriertem Gesicht von einem Clown zum anderen, den restlichen Polizisten war die Anspannung ebenso anzumerken. Einer murmelte: »Das ist wie in einem Film.«

Parker grinste zufrieden unter der Maske. Sein Plan ging auf! Seine Gruppe, eine schwarze Schlange mit unterschiedlich großen Wirbeln, bewegte sich auf den Ford Transit zu. Niemand sagte ein Wort, niemand versuchte einen Trick.

Nora bog um den Wagen und nahm auf dem Beifahrersitz Platz, Parker setzte sich hinters Steuer. Tony und die anderen kletterten hinten auf die beiden Längsbänke und schlossen die Tür. Dann brauste Parker davon.

»Folge der Spur Heinz«, las Jan auf seinem Handydisplay.

Da Mike sich auf seine Nachricht hin nicht gemeldet hatte, musste er es allein durchziehen. Er verlor keine Minute, setzte sich in seinen Renault und fuhr los. Kaum hatte er die Dufourstraße erreicht, begann der Stau. Heute war er besonders zäh. Vor ihm stand ein Umzugswagen, die offenen Autotüren ragten in die Straße, ein paar Jugendliche schleppten Kisten und Möbel aus dem Haus und verfrachteten sie ins Fahrzeug. Jan wollte links überholen, doch es gab kein Durchkommen auf der Gegenfahrbahn. Er hupte. Einer der Jungen zeigte schulterzuckend auf den Umzug, der in vollem Gang war, Jan machte eine verärgerte Handbewegung, da zeigte ihm der Typ den Vogel.

Jan reichte es. Für so etwas hatte er keine Zeit.

Er riss das Steuer herum, rumpelte aufs Trottoir und fuhr rechts am Umzugswagen vorbei, wobei er haarscharf an den Läden vorbeischrammte. Dann bog er wieder in die Straße ein. Glücklicherweise konnte er in der grün-orangen Welle die Ampeln passieren, er ließ das Bellevue hinter sich und dann die Uni, erreichte bald darauf den Bucheggplatz. Von der Hofwiesenstraße bog er in die Regensdorfstraße ein, wo sich der Schlachthof Werdriet in einer Querstraße zwischen Salersteig und Waldgarten befand. Er stellte sein Auto so nah wie möglich am Zielort ab, was einmal mehr bedeutete: im Parkverbot. Weiter vorn war eine Verkehrspolizistin dabei, solche wie ihn mit Strafzetteln zu beglücken. Sie war in seine Richtung unterwegs. Heute schien er die Bußen magisch anzuziehen. Egal, er hatte es eilig.

Das letzte Stück bis zum roten Backsteingebäude legte er zu Fuß zurück. Ein kräftiger Wind blies ihm um die Ohren. Der

Himmel verdüsterte sich. Ein paar schwere Regentropfen fielen, dann war der Spuk vorbei, und die Sonne kam wieder hervor.

Schon von Weitem roch er die süßlich-penetrante Mischung aus Desinfektionsmitteln, totem Fleisch, Blut und etwas, das er als tierischen Angstschweiß interpretierte.

An der Frontseite der Fabrik hatte es zwei Haupteingänge, einer war beschriftet mit »Personal und Besucher«, der andere mit »Anlieferung«. Die Tore waren so groß, dass Lastwagen sie passieren konnten. Hinter beiden Eingängen saß jemand in einem Glaskabäuschen und kontrollierte die Ankommenden. Keine gute Idee, diesen Weg zu wählen.

Jan überlegte, ob er einfach frech nach Heinz Novak fragen und auf den Faktor Überrumpelung setzen sollte. Er entschied sich dagegen. Denn er hatte zwar seine kleine Handfeuerwaffe dabei, von der er, seit er mit Nora zusammenarbeitete, zum Glück fast noch nie Gebrauch machen musste. Doch als geborener Pazifist war ihm der Gedanke, auf einen Menschen zu schießen, und sei es auch nur aus Notwehr, ein Graus. Er war der Computerfreak, der Hacker, das Hirn. Seine Welt bestand aus Bits und Bytes, aus Logik und Argumenten und einer guten Portion Intuition. Weiblicher Intuition, wie Nora behauptete. Leute, die kleine Mädchen entführten, waren aber mit Worten allein kaum von ihrem Tun abzubringen. Immer vorausgesetzt, diese Spur stellte sich nicht als Irrweg heraus. Sein inneres Gefühl sagte Jan jedoch, dass er auf der richtigen Fährte war. Er würde irgendwie versuchen, unauffällig in das Gebäude einzudringen; er hoffte, es in den unterirdischen Trakt zu schaffen, ohne Aufsehen zu erregen.

Er ging um das Haus herum. Auf der rechten Seite befanden sich keine Türen und Fenster. Auf der Rückseite des Gebäudes entdeckte er zwei Metalltüren, die nicht angeschrieben waren. Jan sah sich um. Niemand beobachtete ihn. Er drückte erst die eine, dann die andere Klinke hinunter. Beide Durchgänge waren verschlossen. Mist. Womöglich musste er sich doch durch den Haupteingang Einlass verschaffen. Wie willkommen er wäre, war allerdings fraglich. Er erinnerte sich, dass es in den letzten Jahren immer wieder zu Demonstrationen vor dem Schlachthaus gekommen war. Verschiedene Interessengruppen hatten die grausamen Zustände hinter diesen Mauern angeprangert, doch anscheinend schienen die Betäubungs- und Tötungsmethoden den Gesetzen zu entsprechen. Jan musste damit rechnen, dass die Mitarbeiter Fremden gegenüber misstrauisch reagierten, da sie in ihnen militante Tierschützer vermuteten.

Er ging der hinteren Gebäudemauer entlang auf der Suche nach einer Möglichkeit, ins Innere zu schlüpfen. Doch da war nichts. Er erreichte die Ecke und warf einen Blick nach oben. Auf dieser Seite ragte ein hoher Kamin in den Himmel, der ebenfalls aus rotem Stein war. Grau-brauner Rauch stieg auf. Hier roch es besonders unangenehm. Jan schaute zu den Wohnhäusern hinüber, die nicht weit entfernt standen. Wie hielten die Anwohner diesen Geruch bloß aus?

Er lief über den Kiesboden, wo zwischen den Steinen vereinzelt Unkraut wuchs, und kam an einem Abzugsrohr vorbei, aus dem ein bestialischer Gestank drang. Er hielt sich die Nase zu und schlich weiter. Hier gab es eine Reihe Milchglasfenster, die auf niedriger Höhe angebracht waren. Er schaute durch eines hindurch, erkannte aber nur Umrisse.

Da hörte er hinter sich eine Stimme fragen: »Willst du die Tiere retten?«

Er drehte sich um und entdeckte im Vorgarten eines Nachbarhauses ein vielleicht siebenjähriges Mädchen, das mit einem Ball spielte. Er wusste nicht, was er antworten sollte, da meinte die Kleine: »Das würde nämlich nichts nützen. Ich habs probiert. Die hören nicht zu.«

»Hätt mich auch gewundert«, erwiderte Jan geistesabwesend und spähte zu den anderen Fenstern.

»Manchmal hört man sie quieken.«

Jan sah sie an.

»Die Schweinchen. Die ganz jungen. Die wissen genau, was kommt.«

Jan nickte betroffen. »Ich muss weiter.«

Das Mädchen balancierte den Ball geschickt auf dem Fuß. »Du musst nicht traurig sein. Aber retten kannst du sie nicht.«

Über nicht artgerechte Tierhaltung, Mästung und Schlachtung konnte er sich ein anderes Mal Gedanken machen, erst musste er Jessica finden. Er schlich der Mauer entlang, blickte immer wieder durch die Milchglasscheiben, erkannte nicht, was sich dahinter befand. Plötzlich blieb er stehen und ging ein paar Schritte zurück.

»Wie heißt du?«, fragte er die Ballspielerin.

»Melanie.«

»Hast du kürzlich ein Mädchen in deinem Alter gesehen, Melanie?«

»Natürlich! Ich sehe Millionen Mädchen in meinem Alter. Schließlich gehe ich in die Schule. Da sind alle so alt wie ich.« Sie trippelte um den Ball herum.

»Ich meine eines, das in den Schlachthof gebracht wurde.«

Sie überlegte eine Weile, dann sagte sie ernst: »Nein. Die töten hier nur Tiere. Keine Menschen.« Sie warf den Ball hoch in die Luft, er sauste herunter, sie kickte ihn an die Hausmauer und verschwand im Haus.

Jan ging weiter. Er kam an einer zweiten Fensterreihe vorbei. Eine Luke stand offen. Jan linste durch den Spalt. Es war stockfinster in dem dahinterliegenden Raum. Hier hindurchzuklettern, wäre fast unmöglich und außerdem ziemlich auffällig. Neben mehreren Containern entdeckte er eine Seitentür, die eine Handbreit geöffnet war. Von drinnen waren Geräusche zu hören. Das Surren einer Maschine, ein regelmäßiges Stampfen und Stimmen. Er ging durch.

Ein junger Afrikaner in weißer Arbeitsschürze kam auf ihn zu und lächelte ihn an. »Bist du der Neue?«

Jan grinste unsicher.

»Du musst dich beim Vordereingang melden.«

»Ist gut, danke«, gab Jan zurück und machte sich auf den Weg.

»Ach was«, meinte der andere gutmütig, »wenn du schon hier bist, kannst du auch gleich die Abkürzung nehmen. Komm.«

Er führte Jan durch einen gekachelten Raum, in dem mehrere Geräte standen, die Jan nicht kannte. Einem anderen Mitarbeiter, der Jan fragend anschaute, erklärte der Afrikaner: »Er ist die Vertretung für Kevin.« Er verließ den Raum, Jan dicht hinter ihm. Sie kamen in eine große Halle, die mit aufeinandergestapelten eingeschweißten Säcken vollgestopft war. Jan konnte nicht erkennen, was sich darin befand. Jedenfalls roch es hier neutral, höchstens etwas nach Plastik und Maschinenöl.

»Siehst du die rote Tür neben dem Elektrokasten?«, fragte der Mitarbeiter und zeigte darauf. »Du gehst hindurch, dann ein Stück den Gang entlang, die Treppen hoch, danach immer geradeaus. So kommst du zum Haupteingang. Die warten schon auf dich.«

»Danke, …?«

»Andy.«

»Danke, Andy.« Jan durchquerte die Halle. Das weißlichgelbe Neonlicht flackerte. Er ging an den Gestellen vorbei, hörte von hinten Männerstimmen, Maschinengeräusche und einen Gabelstapler über den Boden rattern. Als er die rote Tür erreichte, rief jemand: »He, was tun Sie da?«

Jan schaute einem grobporigen Hünen mit maisgelben Haaren in die Augen.

»Andy schickt mich«, gab Jan zurück. »Ich bin die Vertretung für Kevin.«

»Ach so. Willkommen«, knurrte der Mann und ging weiter.

Jan öffnete die Tür und erblickte den erwähnten Gang. An der einen Seite hingen Dutzende von weißen Arbeitsmänteln. Er schnappte sich einen, zog ihn über und knöpfte ihn zu.

Schon viel besser. Dem nächsten Schlachthofarbeiter, dem er begegnete, nickte er nur beiläufig zu, als ginge er hier seit Jahren ein und aus. Als er zur Stelle kam, wo er laut Andy die Treppen hätte hochgehen sollen, entschied er sich anders. Er wollte nicht hoch, sondern runter. Er schaute in alle Richtungen, hörte niemanden, sah niemanden.

Er machte rechtsum kehrt und fand einen Stufengang, der in die Tiefe führte. Leise und schnell stieg er hinunter, gelangte in einen Bereich, in dem es deutlich kälter war. Er kam zu einer schweren Metalltür, öffnete sie und trat in eine Halle, wo ihn der Geruch von Blut fast erschlug.

## 17:21

»Folgt ihnen!«, schrie Mike, als der überfüllte Ford Transit die Fraumünsterstraße entlang davonraste. Er hatte erwartet, Parker würde damit drohen, eine Geisel zu töten, wenn die Polizei sich an seine Fersen heftete, doch das hatte der Bankräuber aus irgendeinem Grund unterlassen. Mike konnte sich keinen Reim darauf machen.

Er klemmte sich hinters Steuer des Einsatzwagens 1, drei Skorpions kletterten zur Hintertür rein, knallten sie zu, und Mike drückte aufs Gas. Zwei weitere Einsatzwagen mit je vier Mann brausten hinter ihnen her. Mike schaltete Horn und Blaulicht ein. Der Ford jagte über die Absperrbänder und überfuhr um ein Haar einen Polizisten. Beim Bürkliplatz rissen die Bankräuber das Lenkrad nach links und preschten quer über die Tramschienen über die Quaibrücke. Ein 11er-Tram kam quietschend zum Stehen, der Tramchauffeur klingelte wütend. Viele Passanten blieben mit offenen Mündern stehen und schauten dem Spektakel zu: ein Kleinbus mit schwarzgekleideten Leuten, die Clownmasken trugen, die Polizei, die ihn verfolgte, worauf der Verkehr auf der Brücke zusammenbrach. Das war ein Schauspiel, das Zürich nicht jeden Tag bot.

Mike blieb dicht hinter dem Ford. Ein zweites Tram hielt, mehrere Autofahrer wichen aufs Trottoir aus, damit die drei sirenenheulenden Polizeiwagen passieren konnten. Jemand schrie. Zwei älteren Frauen gelang es im letzten Moment, sich vor dem Kleinbus zu retten.

Dieser raste zum Bellevue. Parker und Tony machten sich nicht die Mühe, in den Verkehr einzufädeln. Kaum hatten sie die Brücke überquert, donnerten sie auf der Gegenfahrbahn am Café Felix vorbei, kurvten um Autos, zwangen ein 4er-Tram, das vom Limmatquai her kam, zu einem abrupten Stop und brausten die Rämistraße hinauf. Ein von oben kommender VW schaffte das Ausweichmanöver nicht und knallte in das Schaufenster eines Sportgeschäfts.

Mike folgte dem Ford in halsbrecherischem Tempo. Noch hatte er das Bellevue nicht erreicht. Er wurde von einem anfahrenden 15er-Tram ausgebremst, das nicht rechtzeitig anhalten konnte. Mike hupte und schrie; der Chauffeur zuckte hilflos die Schultern. Das Tram tuckerte zur Haltestelle, während Mike mit den Fingern aufs Lenkrad trommelte und fluchte.

Er hatte wertvolle Sekunden verloren. Endlich hatte er die Rämistraße erreicht. Die Bankräuber waren schon fast beim Pfauen angelangt. Mike sah, wie sie vor der roten Ampel neben dem Schauspielhaus hielten, und wunderte sich, dass sie plötzlich die Verkehrsregeln beachteten.

Kurz darauf wusste er, warum.

Die Hecktür des Ford wurde aufgerissen, eine der schwarzgekleideten Personen sprang mit einer vollen Sporttasche in der Hand heraus – von der Statur her konnte es Parker sein – und rannte zu Fuß davon.

»Einsatzwagen 2!«, schrie Mike ins Funkgerät. »Folgt dem Flüchtenden und nehmt ihn fest! Wir bleiben hinter dem Ford Transit.«

Dieser bog rechts ab und fuhr die Hottingerstraße hoch. Ein Fußgänger brachte sich mit einem Hechtsprung vor dem heranrasenden Auto in Sicherheit.

Mike war etwa hundert Meter hinter dem Ford. Seine Männer hatten ihre Helmvisiere hinuntergeklappt, hielten Maschinenpistole und Schilde einsatzbereit und warteten auf Mikes Befehle.

»Hier Einsatzwagen 2«, kam es aus dem Funkgerät.

»Habt ihr den Flüchtenden gefasst?«

»Ja«, ertönte die Antwort. »Es ist einer von uns. Peter.«

»Warum ist er gerannt, als sei er einer der Täter?«, fragte Mike, während er über eine Traminsel holperte und den Abstand zum Ford etwas verringerte. Einsatzwagen 2 hatten sie verloren, doch Wagen 3 war noch immer dicht hinter ihnen.

»Sie haben ihn gezwungen. Haben gedroht, ein kleines Mädchen zu töten.«

»Was für ein Mädchen?«

»Furrers Tochter. Sie wurde gekidnappt, damit er mitmacht.«

Jetzt verstand Mike. Ein gerissener Plan. Erneut verringerte der Ford das Tempo, jemand wurde mitsamt einer Sporttasche hinausgestoßen und lief in eine Seitenstraße. Mike blieb nichts anderes übrig, als Einsatzwagen 3 aufzufordern, die Person zu fassen. Es war so schnell gegangen, dass er sie kaum gesehen hatte und nicht abschätzen konnte, um wen es sich handelte. Der Fahrer des Fords gab Gas, Mike war hinter ihm her. Einsatzwagen 3 quietschte um die Kurve und verfolgte die flüchtende Person.

»Wir brauchen Verstärkung!«, rief Mike ins Funkgerät. »Baumann, hörst du mich?«

»Ich bin hier«, gab der Kommandant zurück.

»Die bringen uns personell ans Limit! Kein Wunder war es ihnen egal, ob wir ihnen folgen oder nicht. Schickt zehn weitere Einsatzwagen in den Kreis 7. Und die Sanität. Die lassen die Leute einzeln raus! Kann sein, dass einige dabei verletzt werden. Wir sind unterwegs Richtung Römerhof.«

»Geht klar.«

»Mike«, ertönte es gleich darauf aus dem Funkgerät. Das war der Fahrer von Wagen 3. »Die flüchtende Person ist eine alte Dame namens –«

»Greta Hollenstein«, knurrte Mike. Er wich einem Smart aus, der von rechts einbiegen wollte. »Die Sanitäter sollen sich um sie kümmern.«

Der Ford hatte den Römerhof hinter sich gelassen und raste stadtauswärts auf der Asylstraße davon. Mike überholte, verkleinerte den Abstand zu den Tätern. Drei Autos befanden sich zwischen ihnen. Was sollte er tun, wenn die nächste Person ausstieg oder hinausgeworfen wurde?

Kaum erreichten sie den Klusplatz, war es so weit. Die Hintertür des fahrenden Fords öffnete sich, und eine athletische Gestalt mit Clownmaske sprang heraus. Sie hielt die Sporttasche im Arm und eilte die Hegibachstraße hinab. Mike hätte schwören können, es sei Parker, und dass sie nun hinter dem verdammten Ford herfuhren, der nur noch mit Geiseln gefüllt war, während sich die Bankräuber abgesetzt hatten. Mike wusste nicht mal, wer am Steuer saß. Vermutlich Parker, wie er vom freigelassenen Grenadier Peter erfahren hatte. Aber ganz sicher war dieser auch nicht gewesen. Die Drohung, Furrers Tochter zu töten, würde jedenfalls alle Gefangenen zur Kooperation zwingen.

Mike rang mit sich. Die Verstärkung war noch nicht aufgetaucht. Sollte er dem Flüchtenden auf den Fersen bleiben, in der Hoffnung, es sei einer der Bankräuber – oder sollte er weiterhin den Kleinbus verfolgen, auf das Risiko hin, dass ihm die Täter zu Fuß entkamen? Was für ein Dilemma!

Unwillkürlich hatte er seine Geschwindigkeit gedrosselt. Der Grenadier neben ihm starrte ihn an. »Du musst dich entscheiden, Mike«.

»Ich weiß.«

Der Ford Transit fuhr im Affentempo Richtung Witikon.

Mike zögerte eine Sekunde. Dann trat er aufs Gaspedal.

»Ich glaube, das war die richtige Entscheidung«, bemerkte der andere.

»Das werden wir sehen«, knurrte Mike. Dann brüllte er ins Funkgerät: »Verdammt! Wo bleibt die Verstärkung? Flüchtende Person an der Hegibachstraße. Schickt mehr Leute!«

»Es sind erst zwei Minuten vergangen, Mike«, gab Baumann zurück. »Wir tun, was wir können.«

Sie hatten die letzten Häuser hinter sich gelassen. Mike folgte dem Ford in einem Abstand von fünfzig Metern die Witikonerstraße hoch durch den Wald. Wieder entließen die Täter jemanden. Erneut war es ein schlanker, junger Mann, so viel war trotz der Maskierung zu erahnen. Mike schnaubte. Die Vorstellung, dass die letzten beiden Tony und Parker gewesen sein könnten, die mit ihrer Beute irgendwo untertauchten, während er hinter einer Gruppe Geiseln herraste, brachte ihn fast um den Verstand. Er musste sich entscheiden, entscheiden, entscheiden.

Die Türen des Fords schlossen sich wieder, der Fahrer beschleunigte, der Schwarzgekleidete mit der Sporttasche verließ eiligen Schrittes die Straße und verschwand im Unterholz. Mike leitete die Position des Flüchtenden in den Führungsraum weiter. Ob er falsch oder richtig gehandelt hatte, würde sich später herausstellen – was er nicht durfte, war zögern. Mike folgte dem Fluchtwagen weiter Richtung Stadtgrenze; gemäß seiner Rechnung befanden sich noch acht Personen darin – ob Täter oder Opfer, wusste er nicht.

Die Fahrt war lebensbedrohlich. Nora wurde es übel, als Parker um die Kurven raste. Jedes Holpern über Bodenerhebungen versetzte ihr einen Stich in die Rippen. Trotz allem hielten sich ihre Schmerzen momentan in Grenzen – vermutlich aufgrund der Medikamente und des Adrenalins. Zusammenbrechen konnte sie später, zuerst musste sie hier durch.

Greta und drei Männer der Einheit Skorpion waren in den letzten Minuten aus der Geiselhaft entlassen worden; Leon gehörte nicht zu ihnen. Nora hoffte, sie hätten ihren Sprung in die Freiheit unverletzt überstanden. Jedem wurde gesagt, wenn er nicht mitspielte, müsse Furrers Tochter dranglauben.

Nora drehte sich um und schaute nach hinten, wo Tony sich den Schweiß unter der Maske wegwischte. Einer der Verkleideten raufte sich buchstäblich die Haare. Den Bewegungen zufolge war es Furrer. Was mochte in ihm vorgehen? Hatte er eine Möglichkeit gehabt, sich gegen den Druck der Bankräuber zu wehren? Vermutlich nicht. Die meisten Menschen nahmen Drohungen von Entführern ernst, ließen die Polizei aus dem Spiel, wenn es ihnen befohlen wurde, und harrten ergeben aus, bis sich ihre Liebsten in Sicherheit befanden. Was oft genug nicht der Fall war.

Parker riss das Steuer herum und überholte einen Lastwagen. Mike war etwas zurückgefallen, gewann jedoch wieder an Boden. Nora erkannte ihre Umgebung nur durch die kleinen Schlitze der Maske. Sie passierten den alten Dorfkern von Witikon und hielten sich auf der Landstraße Richtung Fällanden. Parker fluchte, als ein Traktor, der im Schritttempo unterwegs war, vor ihnen auftauchte. Er drückte auf die Hupe, konnte jedoch nicht überholen, da auf der Gegenfahrbahn reger Verkehr herrschte. Auf einmal scherte er rechts aus, holperte über eine Wiese und bog wieder auf die Straße ein. Nora schaute nach hinten. Mike folgte ihnen.

Eine der Geiseln hielt den Kopf in den Händen und stöhnte. Nora vermutete, dass es Janis war.

»Was ist?«, herrschte Tony sie an.

»Mir ist schlecht«, sagte Janis.

»Reiß dich zusammen.«

»Ich kann nicht«, gab die junge Rasta-Frau zurück. »Ich muss gleich kotzen.«

»Untersteh dich!«

Janis zog ihre Maske weg, hielt sich die Hand vor den Mund und würgte.

»Lass sie raus!«, rief Parker von vorn und drosselte sein Tempo etwas.

Tony schob ihr die Maske grob ins Gesicht zurück, riss die Türe auf und bugsierte Janis mitsamt ihrer Tasche aus dem fahrenden Auto. Bei dieser Geschwindigkeit hatte er noch keinen von ihnen hinausgestoßen. Nora starrte entsetzt auf die schnell kleiner werdende, schwarze Gestalt auf der Straße, die sich nicht bewegte. Das Auto, das ihnen folgte, hätte sie beinahe überfahren. Ein anderes hielt mit kreischenden Bremsen an, wie Nora erkennen konnte, bevor sie zu weit weg waren.

»Eine weniger«, sagte Tony und beugte sich vor. »Wann kommt Hassan?«

»In einer halben Stunde«, antwortete Parker.

Nora überlegte fieberhaft, was das bedeuten mochte. Würden sie in einer halben Stunde freigelassen werden, oder ginge dieser Nervenkrieg weiter? Wer war Hassan? Wohin waren sie unterwegs? Nora schaute hinaus. Sie fuhren inzwischen Richtung Schwerzenbach. Auf der rechten Seite war der Greifensee zu erkennen. Nora hatte keine Möglichkeit, irgendetwas zu unternehmen. Das war das Schlimmste an der ganzen Situation. Sie konnte weder flüchten, noch jemanden retten, noch irgendeine Information an Mike oder Jan weiterleiten, die ihnen geholfen hätte. Selten hatte sie sich so hilflos gefühlt. Ein Schwall Selbstvorwürfe kam hoch. Sie hätte etwas tun müssen – aber was? Wann? Wie? Sie hatte alles gemacht, was möglich gewesen war. Nun verstand sie, was es für Überlebende von Katastrophen bedeutete, wenn sie sich ihrer Handlungsunfähigkeit bewusst wurden. Nicht der Schmerz war das Unerträglichste, auch nicht die Angst. Es war das Ausgeliefertsein. Die absolute Machtlosigkeit. Das war es, was Menschen verzweifeln ließ.

Während Parker über die Landstraße brauste und Mike ihnen auf den Fersen blieb, betrachtete Nora das klägliche Grüppchen im Fond des Wagens.

Zwei der Schwarzgekleideten hielten sich an der Hand, beide schlank, eine Gestalt kleingewachsen, die andere etwas größer. Ihre Knie berührten sich, die Clowngesichter waren auf den Boden gerichtet; ihre Atmung folgte dem gleichen Rhythmus. Es schien, als seien Bashkim und Manisha auf geheime Weise verbunden und die Welt ringsum hätte aufgehört zu existieren. Sie flüsterten leise miteinander. Ihre Stimmen klangen weich und ruhig, als könnte sie nichts mehr erschüttern.

Nora hörte, wie Manisha sagte: »Ich bin fünf Jahre älter als du.«

Bashkim drückte ihre Hand. »Das macht nichts.«

»Meine Eltern werden nie einen Albaner akzeptieren«, fuhr Manisha fort.

»Und meine keine Tamilin.«

Eine Weile waren sie still, dann sagte Manisha mit einer Bestimmtheit, die Nora das erste Mal an ihr wahrnahm: »Es ist absolut egal, was unsere Eltern dazu meinen.«

»Ja«, gab Bashkim zurück, »das ist es.«

Parker riss Nora am Ärmel. »Dreh dich um und schau nach vorn!«

Nora gehorchte. Felder, Waldstücke und Häuser flitzten an ihnen vorbei. Sie überfuhren Kreuzungen bei Rot, schnitten Kurven und quietschten durch die Dörfer. Sie ließen den Greifensee hinter sich und waren nun Richtung Autobahn unterwegs.

»Warum lassen Sie uns nicht gehen?«, versuchte es Nora zum letzten Mal lahm, doch sie wusste, wie die Antwort ausfiele.

Parker schaute kurz zu ihr. Durch die Schlitze seiner Maske waren seine dunklen Augen zu erkennen. Sein Blick war ausdruckslos. Er schüttelte stumm den Kopf, dann richtete er seine Aufmerksamkeit wieder auf die Straße. Nora seufzte. Sie wusste nicht, wer er war. Sie wusste nicht, was er mit ihr tun würde. Und sie hatte keine Ahnung, weshalb er sie so sehr hasste.

Jan ging durch das Untergeschoss des Schlachthofs. Es war riesig, hatte keine Fenster, aber Hunderte von Neonröhren an der Decke, die ein kränklich-gelbes Licht verbreiteten. Weiter hinten führte eine Rampe von draußen ins Innere. Soeben fuhr ein Viehtransporter herein. Hufescharren und Muhen waren aus dem Fahrzeug zu hören. Der Wagen rollte im Schritttempo um die enge Kurve und verschwand in einem anderen Gebäudeteil.

Einige Männer in denselben Mänteln, wie Jan einen trug, eilten geschäftig durch die Halle, die meisten beachteten ihn nicht. Die Wände waren weiß gekachelt, die Böden bestanden – abgesehen von den Chromstahl-Abflussrinnen – aus Beton, auf dem überall dunkle Spuren waren. Jan ging aufs Geratewohl rechts entlang, wo Hunderte geteilter Rinderhälften ohne Kopf und ohne Vorderbeine an großen Haken hingen. Das Fell war bereits abgezogen worden, Muskelfleisch und Fett waren zu sehen.

Es roch unbeschreiblich. Jan konnte kaum atmen, doch er durfte sich nichts anmerken lassen. Zudem hatte er keine Ahnung, ob er sich auf dem richtigen Weg befand, ob Jessica überhaupt hier unten gefangen gehalten wurde oder ob seine ganze Aktion auf einer falschen Schlussfolgerung basierte. Aber unsicher herumzustehen, konnte er sich nicht erlauben. Er musste zielstrebig wirken. Ohne einen Blick auf die langen Reihen aufgehängter Kälber und Schweine zu werfen, ging er weiter und kam in einen Bereich, wo mehrere Männer an Chromstahltischen Tierkörper zerlegten. Sie trugen weiße Gummistiefel, weiße Plastikschürzen und weiße Mützen. Einer trennte den Brustkorb eines Schweins von den Muskeln. Ein anderer schnitt Lendenstücke heraus und legte sie auf einen Rollwagen, auf dem Fleischteile ähnlicher Größe aufgeschichtet waren. Ein junger Mann zerrte einen Schlauch hinter sich her, stellte das Wasser an und richtete den Strahl des Hochdruckreinigers auf den Boden. Jan sprang zur Seite, als das rötlich-braune Wasser um seine Beine spritzte, zur Abflussrinne floss und in einem Schacht verschwand.

Der Mann nickte ihm freundlich zu, Jan grüßte zurück und unterdrückte seinen Ekel. Er hatte schon viele Bilder von Schlachthöfen gesehen, auch kritische Berichte über die mangelnden Betäubungsmethoden vor der Schlachtung gelesen. Er hatte gehört, dass ein erschreckend hoher Prozentsatz der Tiere zwar einen Bolzenschuss erhalten hatte, bei der Entblutung, also dem Durchtrennen der Halsschlagader, aber noch lebte. Diese Informationen waren zwar erschreckend, aber immer weit weg von seinem Alltag gewesen. Die Qual des Schlachtviehs hatte er nie mit dem Steak auf seinem Teller in Verbindung gebracht, dabei achtete er immerhin darauf, dass es von »glücklichen« Tieren stammte. Nun kam ihm das zynisch vor. Auch Kälber oder Ferkel von Bio-Betrieben landeten am Schluss hier. Was die Verarbeitung eines lebenden Tieres zu einer Essware bedeutete, war ihm nie zuvor so bewusst gewesen wie inmitten dieser Legion toter Leiber.

»Noch neu hier?«, fragte der Junge mit dem Hochdruckreiniger.

Jan zuckte zusammen. Er hatte sich gehenlassen, war stehen geblieben, hatte anscheinend seinen Gesichtsausdruck nicht unter Kontrolle gehabt. »Sieht man mir das an?«

Der andere lachte. »Kann man wohl sagen. Ich hab am Anfang nur noch Gemüse gegessen. Aber du wirst dich dran gewöhnen, keine Angst.« Er spritzte in eine rote Lache, in der weiße, dünne Fetzen schwammen, und beförderte sie mit dem Wasserstrahl in die Abflussrinne.

Jan sah sich um. Die riesige Halle war in verschiedene Trakte unterteilt. Bei allen schien es um die Weiterverarbeitung der Tierhälften zu gehen. Das konnte nicht der Arbeitsbereich von Heinz Novak sein, der arbeitete in den Kühlräumen. Wo die sich wohl befanden? Jan kam an einer Tür vorbei, die mit »Konfiskaträume« beschriftet war, was immer das bedeuten mochte. Kurzentschlossen trat er ein. Er stand in eine kleineren Halle, in der Dutzende von Containern nebeneinander aufgereiht waren. Der Gestank hier drin war noch penetranter als in der Haupthalle. Die Behälter waren gefüllt mit Köpfen, Augen und Gedärm des Schlachtviehs. Jan musste würgen und wandte sich ab.

Er lief einige Schritte, dann schaute er sich um. Zu seiner Rechten befanden sich mehrere gelbe Gabelstapler, daneben war ein offener Durchgang. Jan gelangte in eine weitere Halle. Hier wurde Geflügel verarbeitet. Tausende gerupfter Hühner hingen kopfüber an einer Aufhängevorrichtung, die sich langsam an Ketten vorwärtsbewegte. Die Hühnerkörper wurden durch den Raum befördert und verschwanden weiter hinten in einem Durchlass.

Endlich entdeckte Jan einen Durchgang, der mit »Kühlräume« beschriftet war. Er schritt hindurch und gelangte in einen Vorraum mit etlichen Boxen. Die Türen der Räume hatten auf Augenhöhe ein kleines gläsernes Guckloch. Jan spähte in die erste Box. Gefrorenes Fleisch befand sich darin. Er ging zur zweiten und dritten. Überall das gleiche Bild. Einige Kühlräume waren leer, die meisten gefüllt mit Fleisch. Sie waren mit Außenriegeln verschlossen. Neben jeder Tür war ein Thermostat angebracht, der die Temperatur im Innern angab. Jan inspizierte alle Kühlräume. Nichts Auffälliges.

Was nun?

Er schaute auf die Uhr. Wie war es wohl um Nora bestellt? Wie um die anderen Geiseln? Hatte die Interventionseinheit Erfolg gehabt? Er ging weiter, untersuchte Raum für Raum, begegnete Leuten, die ihn ignorierten oder grüßten. Niemand fragte, wer er sei, niemand schaute ihn misstrauisch an. Es schienen zu viele Mitarbeiter hier tätig zu sein, als dass alle einander gekannt hätten.

Er kam an einem Umkleideraum vorbei, in dem etliche weiße Übergewänder hingen, daneben Alltagskleider, Jeans und Hemden. Eine Reihe roter, nummerierter Garderobekästen war an der Wand angebracht, davor stand eine lange Holzbank, unter der Schuhe aufgereiht waren. An einer Pinnwand hing eine Tabelle mit Namen, Schichtzeiten und Telefonnummern. Ein Waschbecken und eine Toilette befanden sich hier, daneben zwei Räume, die mit »Büro 1« und »Büro 2« angeschrieben waren.

Jan lauschte. Er hörte nichts, kein Gespräch, kein Tastaturklappern. Er trat in den ersten Raum. Niemand hielt sich darin auf. Er war karg eingerichtet, Pult, Stuhl, Regal mit wenigen Ordnern. Jan verließ den Raum und betrat denjenigen daneben. Der sah nicht viel anders aus. Telefon, Laptop, Akten. Und ein Foto an der Wand. Darauf war ein breitschultriger Mann in Fischerkleidern zu sehen. In einer Hand hielt er eine Angelrute, in der anderen einen überdimensionalen Hecht. Er lächelte siegessicher. Unter das Bild hatte jemand geschrieben: »Heinz, unser Champion«.

Jan hielt den Atem an und horchte erneut. Keine Schritte, niemand war in der Nähe. Blitzschnell durchsuchte er das Büro, klappte Ordner auf, öffnete Schubladen, fand Heinz Novaks Agenda. Er schaute beim heutigen Tag nach. Keine Einträge. Er blätterte zurück. Auf der Seite des gestrigen Tages stand ein einzelner Buchstabe: »J«. Jans Puls ging schneller. Er zweifelte nicht mehr daran – Novak hatte Jessica. Wo konnte er sie bloß untergebracht haben?

In diesem Moment hörte er Schritte.

Hastig versorgte er die Agenda wieder in der Schublade. Die Schritte näherten sich schnell. Jan verdrückte sich in die Ecke. Jemand trat ein, die Umrisse eines Mannes erschienen. Jan versteckte sich hinter der Tür. Er verharrte atemlos. Es raschelte und klimperte, als versorge der andere einen kleinen Gegenstand in einer Schachtel. Jan blieb stocksteif stehen. Sein Herz raste. Das Telefon klingelte, der andere nahm ab, hörte ein paar Sekunden zu, dann sagte er: »Endlich, ich dachte schon, du meldest dich überhaupt nicht mehr, Bruderherz. Wohin seid ihr unterwegs? Ja … ist gut … wie viel? Heilige Scheiße – dann steigt mein Anteil aber! Ja … dafür habe ich gesorgt … ja, sag ich doch, sie lebt noch! Ich hab ihr grad was gebracht. Aber ich lass mich von euch nicht über den Tisch ziehen!« Er legte auf und verließ das Büro.

Jan stieß den Atem aus. Ohne einen Laut zu verursachen, öffnete er die Tür und linste um die Ecke. Er sah gerade noch, wie Heinz Novak verschwand. Jan fuhr mit der Durchsuchung des Büros fort. Auf einem der unteren Regale standen mehrere Kartonschachteln aufeinander. Jan öffnete die erste. CDs und alte Kassetten befanden sich darin. In der zweiten und dritten waren Stifte, Werkzeuge und allerlei Krimskrams. In der untersten lagen vier einzelne Schlüssel. Jan steckte alle ein. Dann schlüpfte er aus dem Büro.

Er schlich weiter durch den unterirdischen Gebäudetrakt des Schlachthofs. Wo immer er eine Tür entdeckte, probierte er jeden der vier Schlüssel aus. Noch hatte keiner gepasst. Jan kam durch Räume, wo die gefrorenen Fleischstücke in Kisten verpackt wurden, und durch Hallen, in denen in riesigen Plastiksäcken Hühnerfedern gesammelt wurden. Er stieg ein Treppenhaus hoch und gelangte in einen Aufenthaltsraum, in dem ein Tisch mit einem überquellenden Aschenbecher stand, er entdeckte Putzräume, Lagerhallen, Versandbüros. Er fand die Elektronikzentrale, mehrere leere Zimmer und den Heizungsraum mit einem gigantischen roten Öltank. Er durchquerte die hausinterne Kläranlage mit ihren meterdicken Abflussrohren, stieß auf unterirdische Pumpen und Schächte, die zur Abfallmulde führten. Etliche Mitarbeiter begegneten ihm, sie betrachteten ihn als einen der ihren. Alles Männer. Keine einzige Frau schien hier tätig zu sein.

Als Jan kurz vor dem Aufgeben und überzeugt war, das ganze Gebäude durchsucht zu haben, entdeckte er eine unscheinbare Tür, an der er schon mehrmals vorbeigegangen sein musste, die ihm aber nie aufgefallen war.

Er öffnete sie. Der Gang dahinter war unbeleuchtet und führte zu einer steilen Treppe, die tief unten in der Dunkelheit verschwand. Jan drückte den Lichtschalter, eine Neonröhre flackerte auf. Er stieg die Metallstufen hinunter und gelangte in einen engen Korridor mit Betonwänden. Hier schien er am tiefsten Ort des Schlachthofs angelangt zu sein. Am Ende befanden sich zwei Türen. Zur linken passte keiner seiner Schlüssel – sie blieb verschlossen. Die rechte jedoch ließ sich öffnen. Jan trat ein. Und erstarrte.

Das Licht einer Glühbirne erhellte einen leeren Raum von etwa vier Quadratmetern. In einer Ecke kauerte ein Mädchen auf dem Boden. Als es ihn durch die Brillengläser erblickte, öffnete es den Mund zu einem stummen Schrei. Die Hände hielt es abwehrend über den Kopf.

Jan schossen die Tränen in die Augen. »Ich tu dir nichts«, flüsterte er.

Die Kleine machte keine Anstalten, ihm zu glauben, wartete auf Schläge oder Schlimmeres.

Jan schauderte beim Gedanken, was das Mädchen in den letzten Stunden erlitten hatte. So sanft er konnte, sagte er: »Mein Name ist Jan. Ich hol dich hier raus.«

Das Kind sagte nichts, starrte ihn nur an. Er näherte sich vorsichtig. Es zog sich zurück, machte sich klein, als wollte es mit der Wand verschmelzen.

»Wir haben nicht viel Zeit, Jessica. Ich muss dich in Sicherheit bringen, bevor Heinz kommt.«

Er streckte seine Hand aus, um ihr hochzuhelfen. Ihr ganzer Körper versteifte sich.

»Bitte glaub mir«, fuhr er fort, »ich tu dir nicht weh.«

Sie schüttelte den Kopf.

»Komm, Jessica.« Er hielt ihr die offene Hand hin.

Jessica schien mit sich zu ringen.

»Du darfst jetzt nach Hause zu deinen Eltern.«

Zum ersten Mal murmelte sie etwas. »Meine Mama ist tot.«

Oh, verdammt, auch das noch. »Aber dein Papa vermisst dich«, wandte Jan ein. »Wir wollen ihn nicht länger warten lassen.«

»Ja«, sagte sie, rührte sich aber nicht.

»Komm«, forderte er sie nochmals auf.

Zögernd stand sie auf. Er nahm sie bei der Hand und führte sie aus dem Raum. Als sie auf der Treppe standen, flüsterte er: »Wir müssen leise und sehr schnell sein, damit wir Heinz entkommen, verstehst du?«

Sie nickte. Sie stiegen hinauf, gelangten in die Halle und eilten zur anderen Seite.

Ein Mann rief ihnen hinterher: »Find ich nicht gut, dass du deine Kleine hierherbringst! Das ist nichts für Kinder.«

»Ich weiß«, antwortete Jan.

Jessica versuchte, mit ihm Schritt zu halten. Sie liefen an den aufgehängten Tierleibern vorbei, folgten der Abflussrinne, verirrten sich einmal, kehrten um und fanden die Halle, die Jan als Erste betreten hatte. Mehrere Männer schauten ihnen verständnislos hinterher. Einer rief: »Spinnst du?«

Keine Spur von Heinz Novak. Nun begannen sie zu rennen. Sie kamen zum Hinterausgang, wo der Afrikaner, der Jan hereingelassen hatte, gerade dabei war, einen Chromstahltisch zu reinigen. Erstaunt sah er auf Jan, dann auf Jessica. »Wo kommt die denn her?«

»Keine Zeit«, sagte Jan, riss sich den weißen Mantel vom Leib und warf ihn auf den Boden.

»He!«, rief der andere.

Jan und Jessica traten ins Freie. Jans Lungen füllten sich mit frischer Luft. Sie liefen weiter, rannten so schnell sie konnten, bis sie zur Ecke gelangten.

Plötzlich tauchte ein Mann auf. Breitschultrig, fettige Haare, verschlagener Blick. »Du hast was, das mir gehört«, sagte er. In der Hand hielt er ein riesiges Schlachtmesser.

»Lauf!«, schrie Jan und stellte sich vor Jessica.

Die Kleine drehte sich um und flüchtete in die andere Richtung. Novak eilte ihr nach. Jan stellte sich ihm entgegen und zog seine Pistole. Novak blieb überrascht stehen. Er starrte erst auf Jans Waffe, dann mit wutverzerrtem Gesicht dem verschwindenden Mädchen hinterher. Jan spürte, wie die Pistole in seiner Hand zitterte. Novak schien Jans Unsicherheit wahrzunehmen, kam näher, bedrohte ihn mit dem Messer. Pazifismus hin oder her, das war Notwehr. Aber töten wollte Jan ihn nicht. Er zielte auf Novaks Knie und drückte ab. Es machte klick. Novak zuckte zusammen, dann grinste er. Jan drückte nochmals ab. Klick. Novak stand jetzt vor ihm. Klick, klick, klick. Verdammt. Jan hatte ein Magazin in die Waffe geschoben, das wusste er ganz genau. Doch so oft er es auch versuchte, die Pistole gab keinen Schuss ab. Sie hatte eine Ladehemmung. Hätte er doch auf Nora gehört und ab und zu geübt.

Ein Arbeiter kam heraus und fragte: »Was ist denn hier los?«

Novak antwortete: »Ist wieder mal ein Schmierfink von der Presse, der unsere Arbeit in den Dreck ziehen will.«

»Nicht schon wieder!«, stöhnte der andere und verzog sich.

Jan wandte blitzschnell den Kopf. Jessica hatte die Straße erreicht. Er hoffte, dass sich jemand um sie kümmern würde.

Novak sagte: »Du bist kein Bulle. Was willst du?«

Jan drehte sich um und lief davon.

Novak war schneller. Er zerrte ihn am Ärmel ins Innere des Gebäudes, schob ihn vor sich her und schloss eine Tür auf, die in einen Gang führte, in dem Jan nicht gewesen war. Er wehrte sich, aber gegen diesen Hünen hatte er keine Chance. Novak zwang ihn mit dem Schlachtmesser zum Weitergehen und brachte ihn auf verschlungenen, offensichtlich kaum benutzten Pfaden zur Vorhalle der Kühlräume. Der Boden war feucht. Spinnweben klebten in den Ecken. Sie kamen zu einer offenen Tür. Novak stieß Jan in den Gang.

»Pech für dich«, sagte er, »keiner mehr da um diese Zeit.«

Jan wollte abhauen, doch Novak war stark wie ein Bär. Jan schrie um Hilfe, Novak lachte. Arbeiter waren tatsächlich keine mehr zu sehen. Novak schleppte Jan zu einem der Kühlräume, schob den Temperaturregler nach unten und stieß Jan hinein. Jan sah aus dem Augenwinkel gefrorene Schweine an Haken hängen. Er rappelte sich hoch. Die Tür knallte ins Schloss, ein Riegel wurde vorgeschoben. Es war dunkel bis auf das wenige Licht, das durch eine kleine Luke drang. Jan stürzte darauf zu und sah gerade noch, wie Novak etwas über das Guckloch pappte.

Es wurde zappenduster. Roch nach toter Sau. Und war eiskalt.

Mike atmete erleichtert aus. Endlich war die Verstärkung eingetroffen. Acht Wagen der Interventionseinheit Skorpion hatten ihn erreicht und fuhren hinter ihm her, alle mit Blaulicht und Horn. Jedesmal, wenn wieder jemand aus dem Ford sprang oder hinausgestoßen wurde, kommandierte Mike eine Einheit ab, die dem Flüchtenden folgte und ihn festnahm. Bisher waren die Geiselnehmer nicht darunter gewesen. Vielleicht hatte Mike von Anfang an den richtigen Riecher gehabt, immer auf der Spur des Fords zu bleiben. Wahrscheinlich würden Parker und Tony bis zum Schluss mitfahren. Allerdings durfte er sich nicht darauf verlassen. Genauso gut konnten sie, wenn keiner der Polizisten mehr damit rechnete, an einer günstigen Stelle herausspringen und sich absetzen. Mike behielt den Abstand zum Kleinbus bei. Irgendwelche waghalsigen Manöver konnte er nicht unternehmen, sie hatten keine andere Wahl, als den Tätern zu folgen, bis sich eine Gelegenheit zum Eingreifen ergäbe. Entweder flüchteten Parker und Novak über Landstraßen, oder sie hatten vor, irgendwo auf die Autobahn zu gelangen. In Dübendorf oder Effretikon vielleicht. Möglicherweise wollten sie via Winterthur–Schaffhausen die deutsche Grenze überqueren. Offiziell durch den Zoll kämen sie nie, doch Mike rechnete damit, dass sie auf irgendeine Weise vorgesorgt hatten.

Die Sonne stand inzwischen tief am Himmel, vereinzelte Wolkenschleier zogen vorüber. Es windete stark.

Mike schaute auf die GPS-Anzeige, die das Signal des Peilsenders übertrug, den sie am Ford angebracht hatten. Sehr genau schien es nicht zu sein. Es gab den Standort des Ziels mal fünfzig Meter oberhalb, mal fünfzig Meter unterhalb der realen Stelle an. Doch wenn Mike immer in Sichtweite des Fords blieb, brauchte er das Gerät sowieso nicht.

Der graue Ford Transit brauste weiter und entließ unterwegs wieder zwei Personen. Nachdem Mike seine Einheiten auf diese angesetzt hatte, erfuhr er kurz darauf, dass es sich um Bashkim Rahmani und Leon Merz handelte. Kaum hatten seine Leute Leon aufgegabelt, war dieser ganz wild darauf, die Verfolgung zu übernehmen, und fuhr in einem der Wagen hinter dem Ford her. Er behauptete, nicht verletzt zu sein, doch von einem der Fahrer erfuhr Mike, dass Leon blutend aufgefunden worden war.

Mike gelang es, Funkkontakt mit Leon herzustellen. »Bist du in Ordnung?«

»Absolut. Und so was von geladen, das kannst du mir glauben.«

»Übernimmst du die Einsatzleitung wieder?«

Leon zögerte einen Moment. Dann sagte er: »Vielleicht wäre das nicht vernünftig. Mach du weiter, ich melde es Baumann.«

»In Ordnung. Ich bin froh, bist du heil raus. Willkommen zurück.«

»Danke.«

Kurz vor der Autobahneinfahrt ließen die Geiselnehmer wieder jemanden aus dem Wagen. Mike schickte einen Einsatzwagen zur Stelle und hörte, dass es Manisha Krishnakumaran war. Dann bog der Ford Transit auf die Autobahn Richtung Norden ein. Mike raste hinterher, vier weitere Polizeiautos folgten ihm. Die Täter waren mit übersetzter Geschwindigkeit auf der Überholspur unterwegs und vermieden mehrmals nur um Haaresbreite einen Auffahrunfall. Mike schaute auf den Tacho und spürte seine Nerven. Wie schaffte das der Kleinbus vor ihnen bloß? Wer auch immer am Steuer saß, schien ein ausgezeichneter und äußerst risikobereiter Fahrer zu sein. Bei diesem Tempo war die Gefahr eines Unfalls nicht nur viel größer, sondern die Folgen waren auch gravierender. Mike war sich einiges gewöhnt, aber langsam geriet er in Stress. Der Fahrer des Fords raste durch die Landschaft. Sie ließen Winterthur hinter sich, dann wechselten sie auf die Autobahn Richtung Frauenfeld–Kreuzlingen.

Also doch. Sie hatten vor, nach Deutschland zu flüchten. Sobald sie den Kanton Zürich verlassen hatten, informierte Mike seine Thurgauer Kollegen sowie die Grenzbehörden.

Weiter vorn war plötzlich ein Stau, Mike drosselte das Tempo. Der Ford konnte ebenfalls nicht anders, als die Geschwindigkeit zu verringern. Nun war fast kein Durchkommen mehr. Einer der Einsatzwagen wurde abgedrängt und steckte zwischen einem BMW und einem Audi fest. Deren Fahrer versuchten zwar, aufgefordert von Blaulicht und Horn, dem Polizeiauto Platz zu machen, doch es war ihnen schlichtweg unmöglich. Mike sah, wie sein Kollege wütend aufs Lenkrad schlug. Sie fuhren an einem Hinweisschild vorbei, das eine Baustelle ankündigte; die zwei Spuren waren auf eine verengt, rote Alarmlampen blinkten. Die Autos fuhren dichter auf; diejenigen, die konnten, machten Mikes Wagen Platz, dessen Sirene durch die Gegend heulte. Doch die meisten hatten keine Ausweichmöglichkeit, um ihn vorzulassen. Die drei anderen Einsatzwagen drängten sich hinter Mike auf dem Pannenstreifen vor, konnten einige Meter wettmachen, doch irgendwann waren auch sie blockiert. Dem Fahrer des Fluchtautos war es gelungen, in eine Lücke zu schlüpfen. Mike saß fest, mitten in einer Blechlawine. Doch auch der Ford Transit schien nur noch im Schritttempo vorwärtszukommen.

Mike nutzte die Gelegenheit und meldete sich bei Baumann. »Habt ihr etwas über die freigelassenen Geiseln erfahren?«

»Werden in Kürze medizinisch versorgt. Aber es sieht so aus, als wären sie alle den Umständen entsprechend wohlauf. Außer Janis Blocher, welche sich beim Sturz auf die Straße beide Arme gebrochen hat.«

»Wenn ich richtig gezählt habe, befinden sich noch vier Personen im Ford.«

Baumann bestätigte es. »Gabriel Parker, Anton Novak, Reto Furrer und Nora Tabani.«

»Dabei wird es wohl bis auf weiteres bleiben«, prophezeite Mike.

»Das befürchte ich auch.«

Während Minuten waren sie kaum vorwärtsgekommen. Nora hatte gehofft, Mike fände eine Möglichkeit aufzuschließen, aber das war nicht der Fall. Langsam löste sich der Stau auf, Parker ließ die Baustelle hinter sich. Er beschleunigte, überholte einen roten Sportwagen, dessen Fahrer ihm den Vogel zeigte, fuhr in horrendem Tempo weiter Richtung Kreuzlingen. Nora rechnete damit, dass sie an den Bodensee gelangen wollten, wo sie irgendeine Möglichkeit hatten, um das Land zu verlassen, ohne die offizielle Grenze überqueren zu müssen. Sie erinnerte sich an den Telefonanruf, den sie mitangehört hatte. Noch konnten die Bankräuber ihren Flug vermutlich erreichen. Nora schaute nach hinten. Sie entdeckte Mikes Auto in beträchtlicher Entfernung. Von den anderen Einsatzwagen war nichts zu sehen.

Parkers Handy klingelte. Er nahm den Anruf entgegen und sagte durch die Maske: »Wenn es nicht wichtig ist, ruf später wieder an.« Mit einer Hand manövrierte er den Kleinbus gekonnt zwischen den anderen Fahrzeugen durch. Er hörte ein paar Sekunden zu, dann schrie er in den Hörer: »Was zum Teufel soll das heißen! Ich sagte, wir tun keinem Kind was an! Du solltest sie bei deiner Familie unterbringen. Es war nie die Rede davon, dass du die Kleine in einen verdammten Kühlraum sperrst! Und jetzt? Ist sie tot?«

Furrer schrie auf.

»Sei ruhig, Heulsuse!«, brüllte Parker nach hinten. »Ich kann meinen Gesprächspartner nicht verstehen!«

Furrer jammerte verzweifelt vor sich hin.

»Was heißt hier abgehauen?«, fuhr Parker fort. »Wie konnte das passieren? … Nein, das kriegst du nicht … Die Abmachung war, dass du deinen Job machst und wir unseren … Vergiss es. Du hast deinen Part nicht erfüllt.«

Der andere – Nora vermutete, es handle sich um Heinz Novak – schien sich zu empören; die beiden begannen zu streiten, während Parker noch immer mit einer Hand wie ein Irrer über die Autobahn bretterte. Irgendwann beendete Parker den Anruf fluchend und steckte das Handy wieder in seine Overalltasche. Kurz darauf hörte Nora, wie Tony einen Anruf erhielt und aufgeregt mit jemandem sprach.

Furrer flüsterte: »Was ist mit ihr passiert?«

Parker sagte nichts.

»Bitte, Parker. Ich hab doch alles getan, was ihr wolltet.«

»Deine Kleine ist frei.«

»Gott sei Dank. Und was ist mit mir?«

»Nerv mich nicht, ich muss mich konzentrieren.«

Nora drehte sich um. Mike hatte etwas aufholen können, ihm folgten ein zweiter Einsatzwagen und weiter hinten ein dritter. Parker fuhr auf der Normalspur. Plötzlich riss er das Steuer herum, scherte abrupt rechts aus, das Auto geriet so sehr in Schieflage, dass Nora befürchtete, es könnte kippen. Parker bremste im letzten Augenblick ab und verließ die Autobahn bei der Grüneck-Verzweigung. Mike, der auf die linke Spur gewechselt hatte, um überholen zu können, versuchte dranzubleiben und bremste jäh ab, so dass der Fahrer hinter ihm beinah in ihn gekracht wäre. Mike drängte auf die rechte Spur, verursachte fast einen Zusammenstoß, musste wieder nach links ausweichen. Ein wüstes Hupkonzert ertönte. Ein Lastwagen mit Anhänger donnerte auf der rechten Bahn und versperrte Mike die Ausfahrt. Er drehte auf, wollte den anderen überholen, kam zu spät. Er hatte die Ausfahrt, die Parker nahm, verpasst. Nora sah, wie Mike ein halsbrecherisches Bremsmanöver hinlegte, auf dem Pannenstreifen hielt und rückwärts raste. Dann war er aus ihrem Blickfeld verschwunden. Parker jagte die Ausfahrt hinunter, brauste weiter, überholte links, überholte rechts und war nun auf einem Stück Autobahn Richtung Weinfelden unterwegs, das bald endete und in eine normale Überlandstraße überging. Mike hatte es nicht geschafft. So ein Mist! Nora schaute nach hinten, doch weit und breit war nichts von Mike oder einem anderen Einsatzwagen zu sehen.

Jan wusste nicht, wie viel Zeit schon vergangen war. Er zitterte. Die Kälte hatte sich in seine Knochen gefressen. Er hatte in jeder Ecke des Kühlraums versucht, mit seinem Handy zu telefonieren – keine Chance. Mit der Taschenlampe seines iPhones leuchtete er sein Gefängnis aus, wanderte den tiefgefrorenen

Schweinen entlang, den Gestellen, den in Plastikfolien eingeschweißten aufeinandergestapelten Fleischstücken. Er versuchte, an der Türe zu hantierten, doch sie besaß keine Klinke. Er rüttelte, polterte und schlug daran. Er rief um Hilfe, klopfte an die abgedunkelte Glasluke. Keine Reaktion.

Nun durchsuchte er seine Hosentaschen. Gab es irgendetwas, das ihm nützlich sein konnte?

Er lachte spöttisch auf. Eine unbrauchbare Pistole. Noch einmal versuchte er es, richtete die Waffe auf die Tür, drückte ab. Nichts. Er nahm das Magazin heraus, klopfte damit auf den Boden und schob es wieder in den Schaft. Er drückte ab. Nichts geschah. Mit klammen Fingern wühlte er weiter in seinen Taschen herum. Schlüsselbund, Agenda, Portemonnaie mit Geld und verschiedenen Karten. Er nahm eine Kreditkarte heraus, steckte sie in die Ritze zwischen Tür und Rahmen und fuhr daran entlang. Doch er konnte nichts ausrichten. Der Kühlraum war von außen mit einem großen Riegel verschlossen. Was immer er hier drin veranstaltete, würde ihm nicht helfen.

Entmutigt steckte er seine Sachen wieder zurück in die Hosentaschen. Was hatte Heinz Novak gesagt? Die Schicht der Männer hier unten sei beendet? Stimmte das wirklich? War ein Schlachthof kein Rund-um-die-Uhr-Betrieb wie so viele heutzutage? Hatte Novak ihm nur Angst einjagen wollen, oder hatte er ihm die Wahrheit gesagt? Jan hatte keine Ahnung. Aber spätestens morgen um sieben oder acht träfe die Frühschicht ein.

Das war in mehr als zwölf Stunden. Bis dahin wäre er erfroren. Novak würde ihn steif wie einen dieser Fleischkolosse aus dem Raum tragen und irgendwo entsorgen. Vielleicht würde er Jan fachgerecht zerkleinern und seine Teile im »Konfiskatraum« zwischen Rinderköpfen, Schweineaugen und Gedärmen zum Verschwinden bringen. Nora würde nie erfahren, was mit ihm geschehen war. Er dachte an das runde Jubiläum, dass sie heute hatten feiern wollen. Den 541. Arbeitstag mit seiner Detektiv-Partnerin, die er mehr ins Herz geschlossen hatte, als sie vermutlich ahnte. Dann dachte er an seine über alles geliebte Monika. Wenn er schon sterben musste, dann sollten seine letzten Gedanken ihr gelten.

Er fühlte sich müde, kraftlos, fror, wie er noch nie in seinem Leben gefroren hatte. Die Kälte drang in sein Innerstes, trocknete seine Schleimhäute aus. Seine Lungen schmerzten, seine Lippen wurden taub, kleine Eiskristalle bildeten sich an seinen Augenbrauen. Er wischte sie weg. Hauchte in seine gefühllosen Hände.

Er durfte nicht aufgeben, musste sich bewegen. Er machte Kniebeugen, kreiste mit den Armen. Seine Zähne klapperten. Wieder versuchte er zu schreien, doch seine Stimmbänder ließen nur noch ein heiseres Krächzen zu. Er hatte keine Kraft mehr herumzuturnen. Die Erschöpfung nahm zu. Er wusste, er durfte sich nicht setzen, nicht einschlafen, nicht loslassen. Doch er tat es. Er glitt auf den eiskalten Boden und lehnte sich an ein Regal.

Plötzlich hörte er etwas an der Tür. Die Luke wurde frei, Licht drang herein. Hoffnung durchströmte seinen ganzen Körper wie eine warme Welle. Nur eine Sekunde lang. Dann hatte er die Person erkannt, die hereinschaute. Der Riegel wurde weggeschoben, die Tür öffnete sich.

Heinz Novak kam herein, das Schlachtmesser in der Hand. »Na, schön gemütlich hier drin?«

»Lassen … lassen … Sie mich gehen«, brachte Jan kaum heraus. »Das Spiel … ist … aus.«

»Oh nein, das ist es noch lange nicht.«

Jan machte ein paar ungelenke Bewegungen, wollte aufstehen, doch sein durchfrorener Körper gehorchte ihm nicht. »Die … Polizei … hat die Bank gestürmt. Ihr Bruder … wurde verhaftet.«

»Hättest du wohl gern. Ich habe soeben mit ihm gesprochen. Es geht ihm gut. Und weißt du, was er mir gesagt hat?«

»Sie … werden es mir gleich … mitteilen«, brachte Jan zähneklappernd hervor.

Novak stand wie ein Titan vor ihm, das Messer einen Zentimeter von Jan entfernt. »Er meinte, ich soll dich umlegen.«

»Und Sie … tun immer, was er Ihnen sagt?«

Novak hielt Jan die Klinge an den Hals und grinste. »Immer.«

Bei der Verzweigung Eschikofen bog Parker links in eine einfache Landstraße ab, die an Getreide- und Maisfeldern vorbeiführte. Vereinzelt waren kleine Wohnhäuser zu sehen, dann nur noch Bauernhöfe und Ställe. Parker drosselte das Tempo, bog rechts in eine kleine Straße Richtung Märstetten, dann hielt er am Rand eines Rapsfeldes. So weit Nora sah, kein Mensch. Kein Auto. Keine Polizei.

»Furrer, Maske runter und raus mit dir!«, rief Parker.

Furrer schob sich die Clownmaske langsam aus dem Gesicht und starrte ihn erstaunt an.

»Du kannst gehn. Zieh dir vorher deine Kleider an. Ich will nicht, dass du auffällst. Los!«

Eilig legte Furrer die Maske ab, schlüpfte aus dem Overall und holte seinen Anzug aus der Sporttasche, der zerknittert und feucht von der Sprinkleranlage war. Er zog ihn an, strich ihn glatt und band die Lackschuhe. Dann öffnete er die Hintertür des Autos.

»Wo ist Jessica?«

»Ich sagte, sie ist frei. Du wirst sie finden.«

Furrer nickte. Er stolperte aus dem Auto und schaute einen Moment zu Nora: »Es tut mir so leid. Ich konnte nicht anders.« Dann verschwand er aus ihrem Blickfeld.

Nora hatte ihre Zweifel, ob sich Jessica tatsächlich in Sicherheit befand. Vielleicht war das eine gezielte Fehlinformation, um Furrer loszuwerden, ohne dass er aufmuckte.

»Du auch«, sagte Parker jetzt zu ihr, »Maske runter, Kleider an. Schnell. Wir habens eilig. Tony, lass sie nicht aus den Augen.«

Nora griff unter ihren Sitz, holte die schwarze Sporttasche hervor und schälte sich aus dem Overall. Ein unterdrücktes Stöhnen entfuhr ihr, ihre gebrochenen Rippen schmerzten bei jeder Bewegung. Sie wandte sich ab, damit Parker ihr Handy nicht entdeckte, das noch immer in ihrer Unterwäsche steckte. Sie zog Jeans, Bluse, Lederjacke und Turnschuhe an, alles war feucht und klebte an ihrer Haut.

Parker befahl Tony, alle nicht mehr benötigten Taschen, Masken und Imitationswaffen ins Rapsfeld zu schmeissen. Tony tat es. Nichts im Auto erinnerte an das, was vor Kurzem geschehen war, außer die Overalls, die Tony und Parker nach wie vor trugen. Nora hatte keine Möglichkeit zur Flucht gesehen, Tonys Waffe war immer auf sie gerichtet gewesen.

»Ich nehme an«, sagte sie, »ich gehör nicht zu denen, die freigelassen werden.«

»Das nimmst du richtig an, Nora Tabani.«

»Und warum nicht? Ich bin euch nur ein Klotz am Bein, ohne mich gelingt euch die Flucht eher.«

»Du bist meine letzte Absicherung. Falls dein Freund Salzmann wieder auftaucht.«

»Woher kennen Sie uns?«

Parker sah sie lange an. Nora wurde nicht schlau aus ihm. Dass Tony Novak sie nicht ausstehen konnte, weil er sie für den Tod seines Bruders Tom verantwortlich machte, konnte sie nachvollziehen. Obwohl es nicht sie gewesen war, die damals geschossen hatte. Und Tom sonst eine Unschuldige ermordet hätte. Tony hatte keine Ahnung, was damals wirklich vorgefallen war. Weil niemand dort gewesen war, der es ihm hätte erzählen können. Tony hatte sich sein »Wissen« aus Zeitungsberichten und Gerüchten zusammengereimt, hatte seine Fantasien im Knast wohl Tag für Tag genährt und gepflegt, um es Nora bei der nächsten sich bietenden Gelegenheit heimzuzahlen. Was eignete sich da besser, als ein Bankraub, bei dem es sowieso Opfer gäbe? Tonys beschränkte Logik hatte durchaus etwas Bestechendes. Doch er schien die Rechnung ohne Parker gemacht zu haben. Parker hatte nichts von Tonys Absichten gewusst. Er hatte eine eigene Rechnung mit ihr offen. Welche nur?

Parker sah sie an, und in seinen Augen erkannte Nora Abgründe und Schrecken. Er hatte sich auf die dunkle Seite geschlagen, weil ihm nichts anderes übriggeblieben war. Irgendwie spürte sie das. Einen kurzen Moment hatte sie so etwas wie Mitgefühl entdeckt, dann verschwand es wieder. Parker hatte eine Bank ausgeraubt. Er hatte zwar niemanden umgebracht, hatte aber Tote in Kauf genommen. Nein, Nora musste seine Tat nicht entschuldigen, egal, was er erlebt oder was man ihm angetan hatte. Jeder Mensch hatte die Möglichkeit, etwas aus seinem Leben zu machen. Niemand war gezwungen, kriminell zu werden. Zumindest nicht in der Schweiz, in einem Land ohne Krieg, Hungersnot und sozialem Elend.

Stimmte das wirklich?

Sie hatte Parker vorhin etwas gefragt, er hatte nicht geantwortet. Sie versuchte es nochmals. »Woher kennen Sie Mike und mich?«

Parker schüttelte den Kopf und startete den Motor. »Wir haben keine Zeit für Erklärungen.«

»Das find ich auch, Alter«, meinte Tony von hinten. »Wir sollten jetzt weiter, oder nicht?«

Parker schaute auf die Uhr.

»Wie sind wir zeitlich dran?«, fragte Tony.

»Perfekt«, gab Parker zurück. »In fünf Minuten kommt er.«

Mike fuhr rückwärts auf dem Pannenstreifen Richtung Ausfahrt. Hunderte von Autos rasten haarscharf an ihm vorbei. Er hätte sich ohrfeigen können! Wie hatte ihm das bloß passieren können! Es war unverzeihlich. Er war so dicht hinter dem Ford Transit hergefahren, damit er ihn ja nicht aus den Augen verlor. Und kaum hatte er die Fahrbahn wechseln müssen, hatte Parker den Moment genutzt. In dem Sekundenbruchteil, den Mike gebraucht hatte, um zu reagieren, als Parker vor ihm abgebogen war, war er bereits zu weit gefahren, um die Autobahn noch verlassen zu können.

Er schaute in den Rückspiegel. Zwei Einsatzwagen standen etwas weiter hinten ebenfalls auf dem Pannenstreifen, vom dritten fehlte jede Spur. Keiner war hinter Parker und Tony Novak her.

Mike starrte auf die GPS-Anzeige. Diese lokalisierte den Peilsender irgendwo, wo er nicht sein konnte. Der Punkt bewegte sich übers freie Gelände, quer zur Straße. Verärgert klopfte Mike auf das Gerät. Nun war der Punkt auf der Autobahn zu sehen, dann am Rand des Displays, danach war er ganz verschwunden. Mike hätte das Zielobjekt sowieso nicht mehr einholen können. Nun mussten sie mit härterem Geschütz auffahren.

Mike griff zum Funkgerät: »Die Täter konnten entkommen. Fordere Helikopter an.«

»Wohin sind sie unterwegs?«, fragte Baumann. Keine Kritik, keine Missbilligung lag in seiner Stimme, nur Sachlichkeit. Mike war erleichtert. Baumann wusste, dass er sein Bestes gegeben hatte; Vorwürfe würden nichts an der Realität ändern.

»Richtung Weinfelden. Es ist sinnlos, sie mit dem Auto zu verfolgen. Bis ich die nächste Autobahnausfahrt erreicht habe, sind sie schon längst irgendwo auf dem Land. Sie haben noch immer zwei Geiseln in ihrer Gewalt.«

»Eine davon ist Nora.«

»Ja«, sagte Mike mit belegter Stimme, »eine davon ist Nora.«

Baumann versicherte, er werde Schweizer und deutsche Hubschrauber auf das Fluchtauto ansetzen. Das Gebiet liege so nah an der Grenze, dass sie auch von baden-württembergischer Seite her polizeiliche Mithilfe erhielten. Zudem sei auch die Thurgauer Polizei unterwegs. »Du kannst nichts mehr tun, Mike. Nimm die nächste Ausfahrt, parkiere irgendwo und bleib auf Empfang, falls wir dich wieder brauchen.«

»In Ordnung.«

»Und – Mike?«

»Ja?«

»Du hast deinen Job gut gemacht.«

Mike holte tief Atem. Er wusste, er sähe das nie so. Trotzdem sagte er: »Danke, Thomas.«

Er hielt an, verließ den Pannenstreifen und fuhr auf der Autobahn weiter, bis er zu einer Ausfahrt kam. Er bog in eine Überlandstraße ein und fand eine Tankstelle. Die beiden Einsatzwagen folgten ihm. Mike stellte sein Auto auf dem Parkplatz ab, die anderen parkierten neben ihm. Einer seiner Kollegen schaute ihn fragend an. Mike winkte ab. Der andere verstand, ließ das Fenster herunter und zündete sich eine Zigarette an.

Mike holte in der angrenzenden Bar mehrere Becher Kaffee, reichte seinen Kollegen je einen, dann brachte er das Tablett zurück und setzte sich wieder in den Wagen. Er fühlte sich müde, erschöpft, unfähig. Und schuldig. Wie schon seit vielen Jahren.

Er nippte am Kaffee. Die hellbraune Brühe schmeckte scheußlich. Mike ließ das Fenster hinunter, kippte den Inhalt auf die Straße und zerknüllte den Pappbehälter. Immer wieder tauchten Bilder von Nora vor ihm auf. Nora in den Händen der Entführer, Nora in Lebensgefahr, Nora, die Tochter seines besten Freundes – und er, Mike, hatte sie nicht beschützen können. Carlo hatte ihm das Versprechen abgenommen, auf Nora zu schauen.

Und er hatte ihm ein weiteres Versprechen abgenommen. Eines, das ihn zum Geheimnisbewahrer gemacht hatte. Mike hatte all die Jahre schwer daran zu tragen. Das erste Versprechen hatte er gern eingehalten, das zweite war eine Qual gewesen. Die sechs Jahre seit Carlos Tod hatte Mike Tag für Tag mit sich gerungen, ob er sich nicht doch jemandem anvertrauen sollte. Pia, seiner Frau? Sonja, Carlos Witwe? Nora? Oder seinen Kollegen bei der Kripo? Er hatte es nicht getan. Er hatte die Wahrheit gekannt und geschwiegen. Weil Carlo es so gewollt hatte.

Einmal mehr kamen die Erinnerungen an jenen schicksalsträchtigen Tag in ihm hoch. Erneut sah er Carlo blutüberströmt in dem observierten Haus, das sie durchsucht hatten. Wieder hörte er die Schritte des Davoneilenden, der die Schüsse abgefeuert hatte. Er sah sich zu Carlo hinunterbeugen, wissend, dass sein Freund sterben würde. Er hörte seine letzten Worte. Er wollte ihm helfen, den Mörder jagen und zur Strecke bringen. Er vernahm das »Nein« von Carlo. »Tu es nicht. Lass ihn laufen.«

»Warum?«, fragte Mike verständnislos.

»Sein Name ist Gabriel Parker«, murmelte Carlo mit letzter Kraft. »Er hasst uns alle. Er kannte in seinem Leben nichts anderes als Gewalt.«

»Das ist doch keine Entschuldigung! Ich werde ihn kriegen, ich schwörs dir!«

Carlo schüttelte den Kopf. »Bitte nicht, Mike. Lass ihn laufen. Versprich es mir.« Carlo hustete Blut. Strengte sich an. Und brachte dann heraus, was Mike in den kommenden Jahren verfolgen würde: »Er ist mein Sohn.«

## 18:51

Parker fuhr die Straße entlang, die er sich in der Bank auf der Landkarte gemerkt hatte. In ein paar Minuten wäre die Rettung da. Auf Hassan war Verlass. In Kürze wären sie völlig unbeachtet über eine der zahlreichen grünen Grenzen nach

Deutschland unterwegs. Mit ihrem falschen Pass, den künstlichen Schnurrbärten und den blauen Kontaktlinsen. Er, Parker, würde zusätzlich eine dicke Hornbrille tragen. Tony und er hatten die Verkleidung getestet. Sie saß perfekt. Dann würden sie quer durch Deutschland fahren, im neuen Auto, in dem Hassan bereits auf sie wartete. Um Mitternacht konnten sie Holland erreichen, Frank die Ware übergeben, und morgen früh sässen sie im Flugzeug in Richtung Freiheit. Parker hatte an alles gedacht. Dass Tony das Ganze mit Leichen pflastern würde, hatte er nicht mit einberechnet. Es sollte unblutig ablaufen. Aber nun war es anders und nicht mehr zu ändern.

Was er mit Nora tun würde, wusste er noch nicht. All die Jahre, die er sie so sehr gehasst hatte, hatte er sich ausgemalt, was er mit ihr anstellen würde, wenn sie ihm in die Finger käme. Hunderte Male hatte er Gelegenheit gehabt, sie zu töten, sie zumindest zu verletzen für das, was sie ihm angetan hatte. Durch ihre reine Existenz. Doch er hatte jedesmal gezögert. Seine Rache auf später verschoben. Und jetzt war der Zeitpunkt da. Er konnte sie umlegen, wenn er wollte. Niemand war imstande, ihn aufzuhalten. Er würde das Land verlassen und auf einem anderen Kontinent neu anfangen. Und Nora hätte es nie gegeben. Sein verfluchtes Leben hier hätte nie stattgefunden.

Parker bremste und bog scharf links ab. Sie fuhren nun auf einem Schotterweg. Nora neben ihm stöhnte, als sie über den Kies holperten. Vermutlich vor Schmerzen. Er hatte sie heftig traktiert, er nahm an, dass sie innere Verletzungen hatte.

Doch er – verdammt noch mal – hatte die auch! Seit Jahren hatte er die. Geriet von einer Scheiße in die nächste. Weil ihm nie etwas anderes widerfahren war als Verletzungen und Torturen. Innere und äußere. Im Knast, auf der Flucht, schon als Kind.

Nicht nur sein Körper war übersät mit Narben. Seine Seele war es auch. Niemand war ihm je zu Hilfe gekommen, keiner hatte gesehen, wie es bei Parkers zu und her ging. Als kleiner Junge hatte er Stunden im Keller eingesperrt verbracht, unfähig, sich zu wehren oder zu schreien. Der Anlass war jedesmal trivial gewesen. Er hatte geflucht, sich mit anderen gestritten oder seinen Vater zu wenig geachtet.

Parker hatte sich geschworen, es irgendwann allen heimzuzahlen. Und das hatte er getan. Es hatte Unschuldige getroffen, das hatte er in Kauf genommen. Seine Eltern hatte er zeitlebens verschont. Kurz vor ihrem Tod besuchte er sie einmal. Wie jedesmal waren sie sich in die Haare geraten. Und wie so oft hatte Parker geschrien: »Ich wünschte, ihr wärt nicht meine richtigen Eltern!« Doch diesmal antwortete seine Mutter nicht wie sonst mit »Wie kannst du so etwas Gemeines sagen?«, sondern flüsterte mit eisigem Unterton: »Das sind wir auch nicht.«

»Wie bitte?«, schrie Parker. Sein Herz schlug plötzlich rasend schnell.

»Du bist adoptiert, du Satansbraten«, rief sein Vater. »Und das war bei Gott der größte Fehler, den wir in unserem Leben gemacht haben.«

»Was? Wann? Von wem?«, stammelte Parker, »Ich bin nicht euer Sohn? Ich will Antworten!«

»Such sie dir selber«, meinte sein Vater. »Wir sind fertig mit dir. So was Undankbares und Störrisches wie du ist mir noch nie untergekommen.«

Seine Mutter nickte bekräftigend, sein Vater verschränkte selbstgefällig die Arme vor der Brust. In Parker rumorte es. Er war nicht das Kind dieser beiden Monster! Er hatte andere Gene! Irgendwo lebten seine richtigen Eltern. Er würde sie finden, er würde sie zur Rede stellen. Warum hatten sie ihn weggegeben? Warum hatten sie ihn diesem unfähigen Paar überlassen? Erleichterung, nicht mit seinem Vater verwandt zu sein, Wut über den jahrelangen Betrug, Hoffnung auf eine Begegnung mit seinen Erzeugern kämpften in ihm. Er stürzte aus dem Haus, versuchte wochenlang, an Informationen zu kommen, und schaffte es nicht auf legalem Weg. Erst als er Akten stahl und eine Mitarbeiterin der Adoptionsbehörde erpresste, erfuhr er, woher er stammte: Eine junge Frau namens Sonja hatte ihn geboren, kurz darauf war die Beziehung mit ihrem Freund Carlo Tabani in die Brüche gegangen, und Sonja hatte ihn zur Adoption freigegeben, weil sie allein nicht mit dem Kind klarkam. Sein richtiger Name lautete nicht Gabriel, sondern Innocenzo – der Unschuldige. Als er dies auf dem Adoptionsformular las, brach er in Tränen aus.

Er suchte diese Sonja, fand sie, brach in ihr Haus ein, wollte alles über sie erfahren. Er entdeckte, dass sie verheiratet war. Mit jenem Carlo, von dem sie sich damals getrennt hatte. Das Wohnzimmer war überstellt mit gerahmten Fotos. Sonja hier, Carlo dort, kein Gabriel, kein Innocenzo. Parker schlich durch alle Räume, fand Fotos einer jungen, gut aussehenden Frau – seiner Schwester! Er erfuhr, dass sie Nora hieß, sah Kinderbilder von ihr. Beim Holztürmebauen, beim Angeln, beim Skifahren. Auf den meisten Fotos lachte sie. Auf einigen hielt ihr Vater sie umschlungen, trug sie Huckepack oder wirbelte sie in der Luft herum. Auf der Kommode sah er weitere Familienporträts, Sonja, Carlo und Nora, eine glückliche, traute Familie, die keine Ahnung hatte, wie er lebte. Nora wusste vermutlich gar nichts von ihm, Carlo vielleicht auch nicht; Sonja hatte es sich einfach gemacht: abschieben, weg mit dem kleinen Balg, eine neue Familie gründen. Parker spürte heiße Wut in sich auflodern, wie er sie noch nie gefühlt hatte. Seine Empörung über die Ungerechtigkeit war so heftig, dass sie ihn fast erdrückte. Wie ein Berserker begann er, Gegenstände in der Wohnung der Tabanis herumzuschleudern, er schmetterte Rahmen an die Wände, zerriss Fotos, zertrampelte Vasen und Skulpturen.

Als die Tür aufging und eine modisch gekleidete Frau mit viel Schmuck und getöntem Haar hereinkam, in der er seine biologische Mutter erkannte, flippte er aus. Er ging zu ihr, rüttelte sie, schrie sie an. Sie geriet in Panik, lief davon, wollte Hilfe holen.

Er rief: »Ich bin dein Sohn, du Rabenmutter!«

Sie hielt inne, schüttelte ungläubig den Kopf, stieß aus: »Das kann nicht sein. Ich habe keinen Sohn.«

»Du hattest einen!«, brüllte er durch einen Tränenschleier. »Ich heiße Gabriel Parker. Du hast mich einst Innocenzo getauft.«

Als sie den Namen hörte, brach sie zusammen. »Innocenzo … du kannst dir gar nicht vorstellen … Ich war noch so jung …«

»Du hast mich in die Hölle geschickt!«, brüllte er und schlug ihr ins Gesicht.

Sie ließ es geschehen. Als wäre es die gerechte Strafe für ihre Tat.

»Weiß meine Schwester von meiner Existenz?«, fragte er zitternd.

»Nein. Aber deinem Vater habe ich davon erzählt. Wir beschlossen, dass es das Beste sei, Nora nichts zu sagen. Wir wollten sie nicht mit etwas belasten, das vor ihrer Geburt geschehen war.«

»Nicht belasten!«, schrie Parker. »Ich hasse dich und deine ganze Familie! Ich werde euch immer hassen!«

Seine Mutter sagte nur: »Ja.«

Parker raste aus dem Haus, irr vor Schmerz. Er lief ziellos durch die Stadt, suchte seine Schwester Nora Tabani, die alles hatte, was man ihm verwehrt hatte, all die Privilegien, die ihm niemals zuteil geworden waren. Ein intaktes Elternhaus, die Geborgenheit als Kind, Liebe. Er fand heraus, wo sie wohnte, beobachtete sie, brach in ihre Mansarde ein. Er wollte an ihrem Leben teilhaben, durchstöberte ihre Zeugnisse, ihre Kinderzeichnungen, las ihre Briefe. Er erfuhr, in wen sie verliebt war, was sie getan und erlebt hatte. Sie war erfolgreich, intelligent, hatte Freunde und Hobbies. Sie besaß ein Haustier, das er gern getötet hätte. Er wollte sie verletzen, ihr das antun, was man ihm angetan hatte, wollte sie für ihr Glück bestrafen. Er tat es nicht. Er verließ die Wohnung, wie er sie vorgefunden hatte, beobachtete Nora über Wochen und lebte von seinen Rachegedanken.

Einige Monate später sah er eine Sendung im Fernsehen. Es ging um einen Kripobeamten, der einen Kinderpornoring aufgelöst hatte. Nachdem er den Fall abgeschlossen und die Täter hinter Gitter gebracht hatte, wurde er öffentlich geehrt. Sein Name war Carlo Tabani. In seiner Dankesrede sagte er: »Das Wohl der Kinder steht für mich über allem.«

Das war der Punkt, an dem Parkers Wut sich verselbständigte. Sein Wohl hatte die Tabanis einen Dreck interessiert. Sonja hatte ihn weggeben, Carlo hatte es gewusst, niemand hatte nach ihm gefragt.

Parker folgte seinem biologischen Vater während mehrerer Tage. Dieser schien zu spüren, dass er beobachtet wurde, doch Parker schaffte es immer wieder, ungesehen davonzukommen. Carlo war meistens in der Nähe seines Polizeipartners Mike Salzmann, die beiden schienen zusammen durch dick und dünn zu gehen. Parker bekam mit, dass die zwei Kripobeamten das Haus eines Dealers observierten. Er folgte seinem Vater, der das Gebäude betrat, während Salzmann irgendwo im Keller herumhantierte. Leise schlich Parker die Treppe hoch, hörte die Schritte von Carlo, der in eines der Schlafzimmer ging. Parker zog seine Pistole. Carlo drehte sich um, wohl in der Meinung, Salzmann hinter sich zu haben.

Er setzte zu einer Frage an, als er Parker sah.

»Nein«, sagte Parker, »ich bin nicht der Dealer, den ihr sucht.«

Sein Vater runzelte die Stirn. »Was wollen Sie?«

»Waffe runter!«

Carlo zögerte.

»Ich schieße, wenn du die Waffe nicht auf den Boden legst.«

Sein Vater tat es. Parker trat einen Schritt näher, zog die Pistole mit dem Fuß zu sich heran, steckte seine eigene ein und bedrohte Carlo Tabani mit dessen Waffe. »Du hast keine Ahnung, nicht wahr?«

»Nein, ich habe keine Ahnung. Worum geht es hier überhaupt?«

Die Welle überrollte Parker. Die feurige Welle der Wut über die schreiende Ungerechtigkeit. Er fand keine Worte, stammelte etwas. Der andere verstand ihn nicht, schaute zur Tür, hoffte wohl, dass Salzmann ihn aus dieser Situation rettete.

»Carlo Tabani, du hast Schuld auf dich geladen!«, stieß Parker aus. »Große Schuld. Und du kannst sie nicht wiedergutmachen. Nun wirst du dafür bezahlen. Dann deine Frau und deine Tochter.«

»Ich verstehe nicht.«

»Weißt du, wer ich bin?«

»Nein, bei Gott nicht. Würden Sie bitte Ihre Waffe nicht auf mich richten. Wir können in Ruhe –«

»Ich habe jahrelang gelitten wie ein Schwein!«

»Das tut mir leid, junger Mann, aber was hat das mit mir zu tun?«

»Du bist schuld! Du hättest das verhindern können!«

Sein Vater sagte: »Nun reichts mir langsam. Legen Sie die Waffe zur Seite. Ich bin Polizeibeamter. Was immer Sie für familiäre Probleme haben –«

Parker schoss.

Carlo krümmte sich, schaute ihn verständnislos an.

Parker drückte ein zweites Mal ab. Ein drittes Mal.

Carlo stürzte zu Boden.

»Ich bin dein Sohn«, zischte Parker ihm ins Gesicht. »Dein verdammter Sohn! Gabriel Parker! Innocenzo! Der Unschuldige!«

Carlos Augen weiteten sich vor Entsetzen. Er begriff. Parker hörte Schritte heraufkommen, warf einen letzten Blick auf seinen Vater, dann wischte er seine Fingerabdrücke von der Waffe, legte sie neben den Sterbenden und lief aus dem Zimmer. Salzmann kam die Treppen hoch. Mit seiner eigenen Pistole gab Parker einen Schuss in die ungefähre Richtung des anderen ab und glaubte, ihn am Knie getroffen zu haben. Dann flüchtete er.

Die Erleichterung, die er sich erhofft hatte, blieb aus. Vielmehr empfand er eine bleischwere, grauenhafte Schuld. Nichts wurde durch diesen Mord besser, nichts änderte sich. Parkers Leben ging weiter, niemand verhaftete ihn, sein unbändiger Zorn blieb. Er hatte nach wie vor Rachefantasien, die seine Mutter betrafen, ahnte aber, dass ihr Tod ihm keine Ruhe bescheren würde. Er beneidete Nora um ihr Leben. Ihr Platz hätte sein Platz sein sollen, dann wäre alles anders gekommen. Er würde sie immer dafür hassen, dass sie all das erhalten hatte, was ihm zugestanden hätte. In der Blutlinie waren sie Bruder und Schwester, im Herzen waren sie Feinde.

»Blutsfeinde«, murmelte er, ohne dass es ihm bewusst war, während er mit dem Ford dem Schotterweg entlangrumpelte.

»Weinst du, Parker?«, fragte Nora neben ihm und riss ihn aus seinen Gedanken.

»Nein, verdammt noch mal, ich weine nicht!«, schrie er und wischte sich eine Träne von der Wange.

»Wer bist du?«, flüsterte sie.

Er schaltete einen Gang runter und fuhr auf einem schmalen Kiesweg zu einer alten Windmühle, die verwaist auf einer Wiese stand. »Ich bin der Mensch, den du am meisten hasst«, sagte er.

Ein Schwarm Krähen flog kreischend über die Felder, die von der untergehenden Sonne beschienen wurden. Nora sah zu ihm hinüber und versuchte zu verstehen. Ein paar Sekunden jagten alle Regungen durch ihr Gesicht. Erstaunen, Unglauben, Hoffnung, Resignation. Plötzlich schien sie zu begreifen. »Du hast meinen …?«

»Ich habe unseren Vater getötet«, sagte er. »Ich bin dein Bruder.«

## 18:57

Jan hatte mit dem Leben abgeschlossen. Heinz Novak hielt ihm das monströse Schlachtmesser an den Hals, und Jan war mit seinen durchfrorenen Gliedern unfähig, sich zur Wehr zu setzen. Gleich würde die Klinge seine Schlagader aufschlitzen, das Blut würde warm aus ihm quellen, und in wenigen Minuten wäre er tot. Auf einmal wurde er ganz ruhig.

Er dachte an Monika, so wie er es sich vorgenommen hatte. Er würde nicht voll Angst von dieser Welt gehen, sondern sein letztes Gefühl würde Liebe sein. Auch wenn er jung sterben würde, auch wenn er noch vieles hätte tun und erleben wollen – er hatte geliebt. Und er war geliebt worden. Das war alles, was zählte. Jan schloss die Augen. Er spürte die Klinge an seinem Hals, doch sie war ihm egal. Er war nur müde, so müde.

Plötzlich drangen Geräusche aus der Halle zu ihm. Eilige Schritte, gedämpfte Stimmen. Novak hielt inne und zog das Messer zurück. Jan blinzelte. Eine Verkehrspolizistin kam herein. Zwei Streifenpolizisten begleiteten sie, die die Situation sofort erfassten. Einer befahl: »Messer fallenlassen und Hände hoch!«

Novak zögerte einen Moment und starrte auf die Polizeiwaffe. Dann legte er das Messer auf den Boden und ergab sich. Jan nahm seine Umrisse nur verschwommen wahr. Es fiel ihm schwer, die Augen offen zu halten. Alles spielte sich in Zeitlupe ab. Der Uniformierte legte Heinz Novak Handschellen an und führte ihn ab. Jan schaute auf die Frau. Die Verkehrspolizistin beugte sich zu ihm hinunter und versuchte, ihn hochzuheben.

Ihr Gesichtsausdruck war besorgt, sie hatte warme, braune Augen, in die Jan sich am liebsten hätte fallenlassen.

»Ich … friere«, stieß er kraftlos hervor. Er konnte nicht alleine gehen. Die Frau half ihm aus dem Raum und brachte ihn zu einem Stuhl. Sie setzte ihn darauf, legte mehrere weiße Arbeitsmäntel über ihn, tastete nach seinem Puls, befühlte sein Gesicht. »Gleich kommt die Sanität«, sagte sie.

»Wie … wie haben … Sie mich gefunden?«

»Ich klemmte gerade einen Strafzettel an einen Renault, als ein Mädchen weinend auf mich zu rannte. So unglaublich es klang, die Kleine schien im Schlachthof eingesperrt gewesen zu sein. Ich wollte sie auf den Polizeiposten bringen, doch sie bestand darauf, dass ich einen Jan rettete.«

Ein Stein fiel ihm vom Herzen, als er erfuhr, dass Jessica in Sicherheit war. Er lächelte schwach. »Jan, das bin ich. Und der Renault ist meiner.«

## 19:00

In Nora tobte ein Krieg. Sie zweifelte keine Sekunde an Parkers Aussage. Das war er, der Mörder ihres Vaters. Saß neben ihr, war mit ihr verwandt. Er war der Mensch, der für ihren Schmerz verantwortlich war, für ihren Drang nach Vergeltung, für ihre Albträume und ihre Rastlosigkeit, die sie seit sechs Jahren quälten. Nora brachte kein Wort heraus.

Wie in Trance hörte sie zu, als Parker von seiner qualvollen Kindheit erzählte.

Sonja hatte sie all die Jahre belogen. Carlo hatte es gewusst. Mike hatte geschwiegen. Wie hatten ihre Eltern ihr das ganze Leben lang verheimlichen können, dass sie einen Bruder hatte! Wie hatte Mike den Mörder decken können! Jahrelang hatte er miterlebt, wie Nora unter dem Tod ihres Vaters litt. Warum hatte er es ihr nicht gesagt? Doch wäre es Nora wirklich besser gegangen, wenn sie erfahren hätte, dass ihr eigener Bruder ihren gemeinsamen Vater ermordet hatte?

Sie wusste es nicht. Sie wusste überhaupt nichts mehr. Sie war völlig durcheinander. Es war unglaublich. Ungeheuerlich. Nora spürte einen Stich im Magen, fühlte die Übelkeit. Ihr wurde schwindlig, alles drehte sich in ihr. Sie ließ das Fenster herunter und erbrach sich aus dem Auto. Ihre Rippen schmerzten bestialisch. Die Tränen liefen ihr übers Gesicht.

»Ich kann es nicht fassen!«, stieß sie hervor.

Ihr ganzes Leben fiel wie ein Kartenhaus in sich zusammen. Alles, woran sie geglaubt hatte, hatte auf Lügen basiert. Sie hatte ihren Eltern vertraut. Sie hatte ihren Vater geliebt. Doch da war Parker, der in einem dunklen Loch vegetiert hatte, während sie ein gutes Leben hatte führen dürfen. Plötzlich fühlte sie sich schuldig, wollte die Last abwälzen, wollte irgendetwas tun, um die letzten Jahre ungeschehen zu machen. Wieder musste sie erbrechen. Tony rief irgendetwas Spöttisches von hinten, das Nora nicht verstand. Wirre Bilder zogen durch ihren Kopf. Nun ergab alles einen Sinn. Die Schuldgefühle ihrer Mutter, die Dringlichkeit, mit der sie seit Wochen schon mit Nora hatte reden wollen. Nora dachte an das violette Bild, das im Tresorraum der Bank hing und das sie stundenlang betrachtet hatte. Es war Sonjas wichtigstes Aquarell, das wusste Nora. »Trennung« hieß es, und nun verstand Nora, warum. Die vier kleinen Silhouetten in der dunkelvioletten Landschaft, von denen sie nicht gewusst hatte, ob es Steinformationen oder Menschen waren, standen für ihre Familie. Drei Punkte lagen nahe beieinander, einer war weit abseits. Dieses Motiv tauchte immer wieder in Sonjas Malerei auf. Drei Dinge, die zusammen gehörten, und eines, das irgendwo verlorengegangen war. Sonja hatte die ganze Zeit versucht, sich über ihre Kunst auszudrücken.

Aber Nora konnte ihr nicht verzeihen, dass sie geschwiegen

hatte. Vielleicht hätte sich alles abwenden lassen. Wenn Sonja Parker wenigstens als Erwachsenen hätte akzeptieren können, wenn sie mit ihm gesprochen hätte, wenn Nora ihn hätte kennenlernen können … Vielleicht hätte er keine kriminelle Laufbahn eingeschlagen, vielleicht wäre der heutige Bankraub nie geschehen, Tony hätte Angela Morandi und Rainer Hagen nicht getötet …

Hätte sie nur, wäre sie bloß … Nora war völlig durcheinander, wusste nicht, ob sie Schuld trug, Opfer oder Mittäterin war, wusste nicht, ob Parker Opfer oder Täter war. Vermutlich beides.

»Ich weiß nicht, was ich sagen soll«, brachte sie hervor.

Parker trat auf die Bremse. »Es gibt nichts zu sagen. Was kaputt ist, ist kaputt. Mach dich bereit, wir wechseln den Wagen.«

Sie hielten vor einer baufälligen Windmühle, die weit abseits eines Dorfes stand, Überbleibsel einer anderen Zeit. Das Fundament bestand aus hellen, vom Wetter abgeschliffenen Steinen, der obere Teil aus ausgebleichten Holzschindeln. Vier marode Flügel drehten sich im Wind und quietschten in den rostigen Scharnieren. Die Querlatten waren an vielen Stellen abgebrochen, hingen lose herunter und waren mit Vogeldreck übersät. Zuoberst auf dem Turm hockte eine Krähe und putzte ihr Gefieder.

Nora stieg aus. Vor dem Eingang der alten Mühle wartete ein dunkelhäutiger Mann, der Parker und Tony angrinste. Er hatte seinen Arm aufs Dach eines Toyotas gelegt, dessen Türen offen standen. Die Sonne hing als leuchtender Feuerball über dem Horizont und tauchte Mühle, Mann und Auto in ein rotes Flammenmeer.

»Hallo Kumpel«, sagte der Mann zu Parker.

»Hallo Hassan«, gab dieser zurück.

»Frisches Fluchtfahrzeug und neue Klamotten, wie du gewünscht hast.« Er hielt Parker zwei Jeans, zwei Pullover und Schuhe hin.

»Halt die mal«, sagte Tony, reichte Hassan die Waffe, der sie auf Nora richtete.

Parker und Tony zogen ihre Overalls aus und die neuen Kleider an. Tony stöhnte theatralisch auf und warf Parker einen vorwurfsvollen Blick zu, als er mit seinem verletzten Fuß in den Turnschuh schlüpfte. Parker holte die beiden prallen Sporttaschen und seinen Rucksack aus dem Ford und verstaute alles im Kofferraum des Toyotas. »Du kommst mit, bis wir über der Grenze sind«, sagte er zu Nora.

»Und dann?«

Parker seufzte, und das Ausmaß an Resignation, das daraus zu hören war, erschütterte Nora. »Dann bist du frei.«

»Aber hallo!«, rief Tony. »So haben wir nicht gewettet! Wer hat gesagt, dass sie ungeschoren davon kommt?«

»Ich hab das gesagt.«

Tony spielte mit seiner Waffe. »Und wieso gibst eigentlich immer du die Befehle?«

»Das hatten wir doch schon mal. Lass uns verschwinden, bevor du noch mehr Bockmist baust. Nora hat dir nichts angetan.«

»Ach, hat sie nicht? Und was ist mit Tom? Und dem Zeug, von dem du vorhin geschwafelt hast? Deine Kindheit und so?«

»Du verstehst überhaupt nichts. Wenn wir sie umlegen, macht uns das nicht glücklich.«

»Woher weißt du das? Mich würde es mehr als glücklich machen, wenn ich diesem Miststück eine Kugel in den Kopf jagen könnte.«

»Glaub mir. Ich hab jahrelang von der Aussicht auf Rache gelebt. Und jetzt, da ich sie haben könnte …« Er schaute mit leerem Blick auf Nora.

Tony kam einen Schritt näher. Plötzlich knurrte er: »Siehst du, Hassan, ich habs dir gesagt. Parker hat keinen Mumm mehr in den Knochen. Weißt du noch, was wir besprochen haben?«

»Klar doch«, sagte Hassan, schnellte vor und riss die Pistole aus Parkers Hosenbund.

»Was soll das?«, rief der.

Nora wich einen Schritt zurück.

»Hiergeblieben, Süße«, sagte Tony. »Und jetzt ihr beide: An die Wand!«

Hassan stellte sich neben Tony, beide richteten die Pistolen auf Parker und Nora.

Parker rief: »Was hast du vor, du Idiot?«

»Mir reichts, dass du mich immer Idiot nennst. Meinst du, nur du hast gute Ideen? Denkst du, du bist der Einzige, der Hassan von der Bank aus angerufen hat? Hassan hat keine Lust, mit einem Trinkgeld abgespeist zu werden. Von mir wird er fürstlicher entlohnt als von dir.«

»Es reicht doch für uns drei«, gab Parker zurück.

Tony schaute auf ihn und Nora. »Hübsches Paar, das ihr da abgebt. Und nun an die Wand mit euch. Und Pfoten hoch! Aber dalli!«

Parker ging rückwärts zur Mauer der Mühle und hob seine Hände. Nora tat es ihm gleich. Sie standen da wie zwei zum Tode Verurteilte in einem Schurkenstaat, die man heimlich umlegen und in einem anonymen Massengrab verscharren würde. Über ihren Köpfen drehten die klapprigen Mühlflügel ihre Runden.

Hassan sah zu Tony. »Was soll ich jetzt tun?«

»Knall sie ab.«

»Was? Aber … wir können doch mit der Kohle abhauen und sie einfach ihrem Schicksal überlassen. Wir müssen sie doch nicht gleich umnieten.«

Tony schüttelte den Kopf. »Wenn du wüsstest, was ich da vorhin im Auto mitgekriegt habe. Die beiden leben vermutlich seit Jahren von nichts anderem als von Rachegedanken. Einer schlimmer als der andere. Wie echte Geschwister eben! Ich sag dir, wenn wir die laufenlassen, finden sie uns und töten uns.«

Hassan stand unschlüssig herum. »Ich weiß nicht …«

»Komm schon, wir haben keine Zeit. Ein Flug wartet auf uns. Du hast das Ticket doch gekauft, oder nicht?«

»Klar. New York einfach, wie du gesagt hast.«

»New York – genau!« Tony brach in schallendes Gelächter aus. Dann meinte er: »Wenn dus nicht tust, tu ichs eben.« Er schoss Hassan in die Hüfte.

Dieser stürzte stöhnend zu Boden und blieb reglos liegen.

Nora hielt den Atem an.

»Du spinnst ja!«, stieß Parker aus. »Wozu all die Toten?«

Tony verzog abschätzig das Gesicht. »Das musst ausgerechnet du sagen!« Mit gespielt wehleidiger Stimme sagte er: »Ich hatte so eine schlimme Kindheit! Ich bin so ein Armer, ich kann nicht anders als töten!« Er richtete seine Waffe auf Parker. Krümmte seinen Zeigefinger. Grinste.

Nora wusste später nicht, was sie dazu bewogen hatte, aber in diesem Moment konnte sie nicht anders. Sie warf sich in die Schusslinie.

Die Wucht von Tonys Kugel traf sie wie eine Bombe. Sie wurde zur Seite geschleudert, spürte einen rasenden Schmerz in der Schulter, prallte an die harte Steinwand.

Tony drückte erneut ab. Es klickte. »Verdammt«, stieß er aus, suchte nach einem neuen Magazin. In diesem Moment stürzte sich Parker auf ihn. Tony wehrte sich. Parker schlug zu. In kürzester Zeit hatte sich aus dem Handgemenge ein lebensbedrohlicher Kampf entwickelt. Tony schlug Parker die leergeschossene Pistole über den Kopf. Parker konterte mit einem Fußtritt in Tonys Weichteile. Dieser klappte zusammen, röchelte, raffte sich wieder auf und riss Parker zu Boden. Parker trat gegen Tonys verletzten Fuß, Tony schrie auf.

Nora robbte zur Seite, berührte ihre Schulter und merkte, dass es nur eine Fleischwunde war. Die Kugel war hinten wieder ausgetreten, sie konnte ihren Arm heben, die Knochen und Gelenke schienen nicht betroffen zu sein. Ihre gebrochenen Rippen schmerzten unbeschreiblich. Während Parker und Tony sich bis aufs Blut bekämpften, kroch Nora zu Hassan hinüber. Sie nahm die Waffe aus seiner Hand.

In diesem Moment hob Tony einen riesigen Stein, um ihn auf Parkers Kopf zu schmettern. Nora schoss. Sie traf Tonys Ellbogen, Tony schrie auf, ließ den Stein fallen, der haarscharf neben Parkers Gesicht zu Boden sauste.

»Hände hoch!«, rief sie. »Alle beide! Sofort!«

Parker rappelte sich hoch, Tony wimmerte und hielt seinen Ellbogen.

»Und jetzt stellt ihr euch zur Abwechslung mal an die Wand! Ich habe keine Nerven mehr. Rüber mit euch!«

Die beiden wichen zurück zur Steinmauer. Von Hassan kam ein unterdrücktes Stöhnen. Wenigstens lebte er noch. Dieser irre Tony ging mit Menschen um, als seien sie Comicfiguren.

Nora stand breitbeinig vor den drei Männern, richtete die Waffe ohne zu zittern auf sie und grabschte mit der anderen Hand nach ihrem Mobiltelefon.

»Du hast ein Handy!«, entfuhr es Parker. »Du warst das! Du hast die Bullen in die Bank gelotst.«

»Ja. Ich war das.« Sie wählte Mikes Nummer und hatte ihn nach einem einzigen Läuten am Apparat.

»Nora, du lebst?«

»Ich lebe. Und du hast mir eine Menge zu erklären.«

»Nora, du glaubst nicht, wie leid es mir tut. Ich habe Carlo geschworen, Stillschweigen zu bewahren. Mir hat es fast das Herz zerrissen, dich zu sehen. Ich –«

»Jetzt ist nicht der Zeitpunkt, Mike. Komm so schnell wie möglich her. Ich habe Anton Novak und Gabriel Parker und einen weiteren Mittäter namens Hassan in Gewahrsam. Doch ich machs nicht mehr lange.«

»Mein Gott, du bist verletzt?«

»Ich werds überleben, aber ich hab nicht mehr viel Kraft. Komm einfach her. Autobahnausfahrt Grüneck, Eschikofen, einige Minuten auf einer Landstraße Richtung Märstetten. Rapsfeld auf der rechten Seite. Kein Dorf, keine Häuser. Wir sind vor einer verlassenen Windmühle im Nirgendwo.«

Nora hörte, wie er den Motor startete und losfuhr. »Ich bin sofort bei dir, Nora. Es tut mir so leid.«

Nora schluckte. »Mir ebenfalls. Ich kann noch immer nicht fassen, was vor all den Jahren passiert ist. Und heute.« Sie sah zu Parker hinüber. Er horchte auf jedes ihrer Worte.

Mike antwortete nicht.

Nora sagte leise: »Ich habe nicht dazu beigetragen, diesen Fall zu lösen.«

Mike widersprach. »Es war nicht dein Fall. Und obschon du nicht Ermittlerin, sondern Geisel warst, hast du uns ganz entscheidend geholfen.«

Nora lachte bitter. »Geholfen? Es sind Menschen umgekommen!«

»Ohne dich hätte es noch mehr Tote gegeben. Dank dir konnten wir Heinz Novak festnehmen. Und deine heimliche Kommunikation mit Jan hat einem kleinen Mädchen das Leben gerettet.«

»Jessica lebt?«

»Sie ist den Umständen entsprechend wohlauf. Jan hat Großartiges geleistet.«

Nora nickte müde und erleichtert. Ihre Rippen pochten, ihre Schulter blutete, ihr ganzer Körper war ein einziger Schmerz. Kurze Zeit musste sie noch durchhalten. Sie beendete das Gespräch, steckte das Handy in ihre Hosentasche und starrte auf die drei Männer. Hassan stöhnte und hielt sich die Seite, Tony schaute vorwurfsvoll zu ihr. Parker stand reglos da. Niemand sprach. Die Minuten vergingen. Die klapprigen Mühlflügel drehten stetig ihre Runden und wehten kühle Luftströme vor sich her.

Endlich hörte Nora den Hubschrauber. Sie machte nicht den Fehler, nach oben zu schauen. Ihr Blick blieb auf die drei

Männer gerichtet, die sie in Schach hielt. Ein Auto näherte sich in rasendem Tempo. Knirschend kam es auf dem Kiesweg zum Stehen, fuhr ein Stück auf die Wiese, die Türen wurden aufgerissen, Schritte kamen auf sie zu. Nora sah sich nicht um.

Sie hörte Mikes tiefe Stimme: »Ich bin da, Nora. Es ist gut.«

In diesem Moment brausten zwei weitere Wagen der Einheit Skorpion heran. Mehrere Männer sprangen heraus und richteten ihre Maschinenpistolen auf die drei Täter an der Steinmauer. Der Helikopter kreiste über der Mühle. Während Mike Nora sanft die Waffe aus der Hand nahm und Nora endlich ihren Arm entlasten konnte, lief Leon Merz auf Tony zu und legte ihm Handschellen an. Ein Grenadier führte ihn ab. Danach packte Leon Hassan grob an den Armen. Dieser öffnete die Augen, ließ sich wehrlos die Handschellen anlegen und ebenfalls ins Auto verfrachten. Leon ging auf Parker zu.

Und Nora wusste in diesem Augenblick, dass etwas geschehen würde.

Parker rief: »Mich kriegt ihr nicht lebend! Ich geh nicht wieder in den Knast!« Dann stürzte er sich auf Leon und griff nach dessen Dienstwaffe. Es schien ihm egal zu sein, ob er es schaffte, sich umzubringen, oder ob die anderen dies erledigten. Drei Männer richteten gleichzeitig ihre Maschinenpistolen auf ihn. Doch Parker hatte sich bereits Leons Waffe in den Mund gesteckt.

Sein letzter Blick galt Nora.

Dann drückte er ab.

»Nein!«, schrie Nora und lief auf Parker zu.

Mike wollte sie zurückhalten, aber sie riss sich los.

Parker war leblos zu Boden gesunken. Das Blut strömte aus seinem Hinterkopf und versickerte in der Erde. Seine Augen starrten leer in den Himmel, seine blutigen Gesichtszüge entspannten sich. Und Nora weinte, wie sie seit dem Tod ihres Vaters nicht mehr geweint hatte. Ein riesiger Kloß löste sich in ihr, ein jahrelang aufgestauter Schmerz fand seinen Weg nach oben. Sie sah ihren Vater vor sich. Sein Temperament, sein Lachen, seine Kreativität. Sie sah Sonja, die ihr das Wichtigste vorenthalten hatte. Mike, der immer für sie da gewesen war, der Carlo ein Versprechen gegeben hatte und es nicht hatte brechen können. Wie konnte sie ihm verübeln, dass er seinem besten Freund treu geblieben war? Nora weinte um die Vergangenheit und um all das, woran sie geglaubt und was sich als Lüge herausgestellt hatte. Sie weinte um Parker, der im Dunkeln gelebt hatte, während sie auf der hellen Seite gestanden hatte. Sie spürte Mikes Hand auf ihrer Schulter, hörte seine tröstenden Worte, sah den toten Gabriel Parker vor sich. Innocenzo, ihren Bruder. Ihr Leben lang hatte sie sich einen Bruder gewünscht. Für einen Tag hatte sie einen gehabt.

# Epilog

Nora Tabani verbrachte nach dem Bankraub zwei Tage im Spital, wo ihre Rippenbrüche, Prellungen und die Schusswunde versorgt wurden. Als sie nach Hause zurückkehrte, erhöhte sie Jans Lohn um einen Viertel und nannte es Gefahrenzulagebonus. Die Stunden in der Bank waren die größte Herausforderung ihres Lebens gewesen. Nun brauchte sie nichts anderes als Ruhe, um das zu verarbeiten, was geschehen war. Sie wollte dem See entlang spazieren, Musik hören und lesen. Doch als sie ein paar Tage später den anonymen Brief unter ihrem Türspalt fand, auf dem stand: »Treffen Sie mich morgen um zehn unter der großen Uhr beim Hauptbahnhof«, ahnte sie, dass aus ihrem Wunsch nach Ruhe nichts würde.

Greta Hollenstein erreichte die »Kronenhalle« pünktlich und feierte mit ihrer Schwester deren 78. Geburtstag. Statt ihr einen Krimi zu schenken, erzählte sie ihr einen.

Bashkim Rahmani heiratete kurze Zeit später Manisha Krishnakumaran, was Manishas Eltern als schlechtes Karma und Bashkims Eltern als eine von Allahs unverständlichen Entscheidungen bezeichnen.

Die Ärzte des Instituts für Rechtsmedizin fanden bei der Autopsie von Rainer Hagen heraus, was tatsächlich mit ihm geschehen war: Die Einblutungen in seinem Kopf, die vom äußeren Rand des Schläfenlappens bis zum Sehnerv reichten, bewiesen, dass der deutsche Geschäftsmann nicht an einem

Herzinfarkt gestorben, sondern von zwei Kugeln einer Walther P22, Kaliber .22lfb getötet worden war.

Tony Novak wurde für den Mord an Rainer Hagen und Angela Morandi, für bewaffneten Banküberfall und etliche weitere Delikte zu einer lebenslänglichen Strafe verurteilt. Er beglückt seine Zellengenossen unermüdlich mit den Schilderungen seiner Erlebnisse in der Zurich Credit Bank, die er mit humoristischen Details ausschmückt, was ihn zum »Looser« des ganzen Gefängnisses macht.

Mike Salzmann quittierte den Polizeidienst kurz vor seiner Pensionierung und schreibt an einem psychologischen Buch zum Thema Schuld und Schweigen. Da ihn seine Frau weiterhin mit selbstgebackenen Delikatessen verwöhnt, hat er sieben Kilogramm zugenommen. Er hält das Versprechen, das er Carlo gegeben hat, und kümmert sich weiter um Nora.

Jan Berger ist nach seinem Aufenthalt im Kühlraum des Schlachthofs zum Vegetarier geworden, was seine Frau Monika nicht freut, die weitherum für ihren ausgezeichneten Schmorbraten bekannt ist.

Sonja Tabani hat Zürich verlassen und lebt wieder in Südfrankreich. Sie hat neue Wege in ihrem künstlerischen Schaffen beschritten: Anstelle farbintensiver Aquarelle kreiert sie zum Zweck der Selbstbestrafung schwarz-weiße Holzschnitte, mit denen sie jedoch nicht an die früheren Erfolge anknüpfen kann.

Innocenzo Tabani alias Gabriel Parker wurde auf dem Friedhof Sihlfeld begraben. Alle paar Wochen liegen frische Blumen auf seinem Grabstein, auf dem steht: »Hier ruht mein Bruder, der nie eine Chance hatte.«

# Mitra Devi

Mitra Devi wurde 1963 geboren und lebte als Jugendliche zwei Jahre in Israel und ein halbes Jahr in Indien. Sie absolvierte die F+F-Kunstschule in Zürich, war in verschiedenen Jobs tätig – unter anderem als Gärtnerin und Marionettenbauerin – und zeigte ihre Bilder in etlichen Ausstellungen. 2001 erschienen ihre ersten Kurzgeschichten. Inzwischen ist sie Autorin von zahlreichen Büchern, darunter die Krimiserie mit der Privatdetektivin Nora Tabani. 2007 verbrachte Mitra Devi ein halbes Jahr als Krimi-Stadtschreiberin in Leipzig; 2009 bekam sie das Krimistipendium des Literaturhauses Wiesbaden. Für ihren Roman *Der Blutsfeind* erhielt sie den Zürcher Krimipreis 2012. Mitra Devi lebt als freie Autorin, bildende Künstlerin und Journalistin in Zürich.

## Bibliografie

Kriminalromane mit der Privatdetektivin Nora Tabani: *Stumme Schuld* (2008); *Filmriss* (2009); *Seelensplitter* (2010); *Das Kainszeichen* (2011); *Der Blutsfeind* (2012)
Mörderische Geschichten: *Die Bienenzüchterin* (2003); *Giftige Genossen* (2010); *Der Teufelsangler* (2014)
Regionalkrimis: *Der Spinner von Leipzig* (2007)
Lyrik: *Galgenvögel* (2004); *Schattentanz* (2011)
Als Herausgeberin mit Petra Ivanov: *Mord in Switzerland* (2013)

Ausführliche Informationen zur Autorin und zu ihren Büchern finden sich auf Mitra Devis Homepage: *www.mitradevi.ch*

***Filmriss***

Zürich, drei Tage vor Heiligabend. Die Zwillinge Lukas und Lorena werden aus ihrem Elternhaus entführt. Nora Tabani ermittelt auf Hochtouren. Warum lügt die Mutter? Was verschweigt das Kindermädchen? Und was hat der seltsame junge Mann mit der Erinnerungslücke mit dem Fall zu tun? Da geschieht in einem Kinosaal ein Mord. Die Lage spitzt sich zu.

***Seelensplitter***

Ein Firmenboss springt von einem Hochhaus in die Tiefe. Die Polizei geht von einem Unfall aus, doch Privatdetektivin Nora Tabani entdeckt die wahre Todesursache: eine Überdosis einer Giftpflanze, die das Gefühl vermittelt, fliegen zu können. Etliche Mitarbeiter haben ein Motiv. Nora Tabani stößt bei ihrer Suche nach dem Mörder auf seelische Abgründe.

***Das Kainszeichen***

Der »Kainszeichenmörder« Paul Berthold wird aus der geschlossenen Anstalt entlassen. Mitten in der Nacht lockt er seine Psychiaterin Carla Manser in eine alte Fabrik zu einer Leiche. Die Polizei nimmt Berthold und Carla Manser fest, denn sie kennt das Opfer. Auf der Fahrt ins Untersuchungsgefängnis gelingt es ihr, Detektivin Nora Tabani zu benachrichtigen. Sie soll ihre Unschuld beweisen.

*Fremde Hände*

In der Kehrichtverbrennungsanlage Zürich Nord wird die Leiche einer jungen Frau gefunden. Bezirksanwältin Regina Flint und Kriminalpolizist Bruno Cavalli kommen im Zürcher Rotlichtmilieu Frauenhändlern auf die Spur. Je verworrener die Spuren, desto klarer das Motiv: Geld. Bis ein zweiter Mord geschieht, der viel mit dem Fall, aber gar nichts mit Geld zu tun hat. Gleichzeitig kämpfen Flint und Cavalli gegen ihre Liebe an, die sie in der Vergangenheit bereits einmal an den Abgrund geführt hat.

*Tote Träume*

Nach einem Brand in einer Zürcher Asylunterkunft wird der Sudanese Thok Lado tot aufgefunden. Erste Untersuchungen ergeben, dass der junge Mann bereits vor dem Ausbruch des Feuers nicht mehr am Leben war. Während Kriminalpolizist Bruno Cavalli glaubt, den Täter über das Opfer ermitteln zu können, verlangt Bezirksanwältin Regina Flint, da anzusetzen, wo die ersten Spuren hinführten: zum Pfarrhaus. Dort gehen einige als Ausländerhasser bekannte Jugendliche ein und aus.

*Kalte Schüsse*

Kurz nach Weihnachten wird eine Kickboxerin in ihrem Badezimmer tot aufgefunden, wenig später wird die Leiche einer älteren Frau entdeckt, beide mit einem Deformationsgeschoss getötet. Und doch suchen Staatsanwältin Regina Flint und Kriminalpolizist Bruno Cavalli zunächst vergeblich nach weiteren Gemeinsamkeiten zwischen den Mordfällen. Einzig Lukasch, ein ukrainischer Bekannter der Kickboxerin, zieht mit seinem Schweigen Verdacht auf sich. Führt die Spur in den Osten?

*Stille Lügen*

Staatsanwältin Regina Flint und Kriminalpolizist Bruno Cavalli machen Urlaub im Südkaukasus. Das Ermittlerteam nutzt die Ferien, um nach Isabelle Jenny, Reginas ehemaliger Schulfreundin zu suchen. Diese arbeitete in Georgien als Entwicklungshelferin und verschwand von einem Tag auf den anderen. Einer ihrer Kollegen, der Buchhalter der Hilfsorganisation, stirbt kurz darauf. Selbstmord? Flint und Cavalli stoßen auf eine Mauer des Schweigens. Ihr Aufenthalt wird zum Albtraum, als die georgische Polizei sie in Untersuchungshaft nimmt.

*Tiefe Narben*

Bauarbeiten fördern die Leiche einer Frau zutage. Die Rippen wurden mit einer Gartenschere durchtrennt, der Schädel mit einem spitzen Gegenstand aufgebrochen – dasselbe Muster wie beim »Metzger«. Aber der sitzt im Gefängnis. Ein Nachahmungstäter? Da verschwindet eine weitere Frau. Kriminalpolizist Bruno Cavalli kann nur noch Staatsanwältin Regina Flint vertrauen, denn der Täter scheint über Insiderwissen zu verfügen.

*Geballte Wut*

Sebastians Leben ist eine einzige Abwärtsspirale. Seine Eltern sind enttäuscht, Freunde hat er kaum. Eine Lehrstelle findet er nur dank der Beziehungen seines Vaters. Einzig im Billardspielen ist Seb wirklich gut. Als er dabei Isabella kennenlernt, scheint sein Leben eine Wende zu nehmen. Doch es kommt anders als erwartet. Statt auf sicheren Boden, führt ihn diese Beziehung aufs Glatteis. Unfähig, sich aufzufangen, schlittert Seb geradewegs in eine Katastrophe.

**Bücher fürs Handgepäck**
Malaysia (UT 720)
Kuba (UT 719)
Kolumbien (UT 718)
Bali (UT 679)
Thailand (UT 678)
Finnland (UT 663)
Sri Lanka (UT 662)
Mexiko (UT 659)
Schottland (UT 644)
Peru (UT 643)
Marokko (UT 642)
Kambodscha (UT 638)
Kalifornien (UT 637)
Brasilien (UT 616)
Dänemark (UT 615)
Korea (UT 576)
New York (UT 575)
Vietnam (UT 574)
Neuseeland (UT 573)
Bayern (UT 554)
Namibia (UT 553)
Schweden (UT 552)
Sizilien (UT 551)
Südafrika (UT 549)
Patagonien und Feuerland (UT 547)
Innerschweiz (UT 513)
London (UT 512)
Belgien (UT 511)
Emirate (UT 510)
Kapverden (UT 509)
Kanada (UT 508)
Malediven (UT 507)
Norwegen (UT 506)
Indonesien (UT 476)
Hongkong (UT 475)
Toskana (UT 474)
Argentinien (UT 473)
Kreta (UT 472)
Sahara (UT 471)
Island (UT 470)
Japan (UT 469)
Myanmar (UT 443)
Tessin (UT 442)
Provence (UT 440)
Ägypten (UT 439)
China (UT 438)
Indien (UT 423)
Himalaya (UT 421)
Schweiz (UT 420)

**Jörg Juretzka** Equinox (UT 702)
**Petra Ivanov** Geballte Wut (UT 701)
**Michael Dibdin** Tödliche Lagune (UT 700)
**Michael Dibdin** Himmelfahrt (UT 699)
**Galsan Tschinag** Gold und Staub (UT 698)
**Peter Fröberg Idling** Pol Pots Lächeln (UT 697)
**Leonardo Padura** Ketzer (UT 696)
**Nury Vittachi** Der Fengshui-Detektiv (UT 695)
**Jørn Riel** Vor dem Morgen (UT 694)
**Friedrich Glauser** Schlumpf Erwin Mord (UT 693)
**Galsan Tschinag** Der Wolf und die Hündin (UT 692)
**Inge Sargent** Dämmerung über Birma (UT 691)
**Jury Rytchëu** Traum im Polarnebel (UT 690)
**Claudia Piñeiro** Ganz die Deine (UT 689)
**Nii Parkes** Die Spur des Bienenfressers (UT 688)
**Leonardo Padura** Ein perfektes Leben (UT 687)
**Nagib Machfus** Die Midaq-Gasse (UT 686)
**Sahar Khalifa** Der Feigenkaktus (UT 685)
**Yaşar Kemal** Memed mein Falke (UT 684)
**Jean-Claude Izzo** Total Cheops (UT 683)
**Salim Alafenisch** Die acht Frauen des Großvaters (UT 682)
**Tschingis Aitmatow** Du meine Pappel im roten Kopftuch (UT 681)
**Jörg Juretzka** TaxiBar (UT 680)